HEYNE <

PIERRE GRIMBERT

DIE HÜTER VON GONELORE

DIE SAGA VON LICHT UND SCHATTEN 1

Roman

Aus dem Französischen von Sonja Finck
und Maximillian Stadler

WILHELM HEYNE VERLAG
MÜNCHEN

Titel der französischen Originalausgabe
GONELORE – LES ARPENTEURS 1

Verlagsgruppe Random House FSC® N001967
Das für dieses Buch verwendete
FSC®-zertifizierte Papier *Super Snowbright*
liefert Hellefoss AS, Hokksund, Norwegen.

Deutsche Erstausgabe 06/2014
Redaktion: Catherine Beck
Copyright © 2013 by Pierre Grimbert
Copyright © 2014 der deutschsprachigen Ausgabe by
Wilhelm Heyne Verlag, München,
in der Verlagsgruppe Random House GmbH
Printed in Germany 2014
Umschlaggestaltung: Bürosüd, München
Satz: Buch-Werkstatt GmbH, Bad Aibling
Druck und Bindung: GGP Media GmbH, Pößneck

ISBN 978-3-453-31562-4

1

Behutsam legte die junge Frau ihre flache Hand in den Abdruck. Die beiden Umrisse unterschieden sich deutlich voneinander. Selbst wenn sie die Finger spreizte, berührte sie die Ränder nicht. Dasselbe galt für seine Tiefe: Gut daumenlang hatte er sich in die gefrorene, steinharte Erde hineingebohrt. Welche riesige Kreatur konnte eine solche Spur hinterlassen haben, ausgerechnet hier, in dieser sonst so beschaulichen Gegend? Und noch wichtiger: Wo trieb sich dieses Ungeheuer jetzt herum? Der Fährtenleserin lief ein Schauer über den Rücken. Hastig zog sie die Hand zurück, als hätte sie sich verbrannt. Sogleich zwang sie sich zu einer würdigen Haltung, schließlich verfolgte ein Dutzend Augenpaare jede ihrer Bewegungen aufmerksam. Doch zu spät: Der kritischste Beobachter runzelte die Stirn.

»Und, Sohia?«, fragte er. »Was sagt uns die Spur?«

Sie holte tief Luft. Dadurch gewann sie ein wenig Zeit, um ihre Gedanken zu ordnen und die beste Einschätzung zu formulieren, denn obwohl ihnen womöglich akute Gefahr drohte, nutzte ihr Lehrmeister die Gelegenheit, um sie auf die Probe zu stellen. Wie schon seit über einem Jahrzehnt und damit länger als die Hälfte ihres Lebens.

»Der Abdruck ist von gestern Abend«, begann sie, »oder aus den frühen Nachtstunden. Auf jeden Fall wurde er vor Tagesanbruch hier hinterlassen. Sonst wäre er nicht mit so viel Raureif bedeckt.«

»Vor Tagesanbruch, schön und gut, aber wann genau?«, wollte ihr Lehrer wissen. »Vor drei Tagen, einem Monat, einem Jahr?«

»Das kann nicht länger als zwei Tage her sein«, erwiderte Sohia. »Die Ränder des Abdrucks sind noch klar erkennbar, und das wäre nicht der Fall, wenn er lange Zeit Wind und Regen ausgesetzt gewesen wäre.«

»Aber wir befinden uns an einem Berghang«, entgegnete der Alte, »und hier hat es womöglich schon länger nicht mehr geregnet. Das können wir nicht mit Sicherheit sagen. Der Abdruck blieb vielleicht wochenlang erhalten, weil er gefroren ist.«

»Das ist möglich«, gab die junge Frau zu, »aber dann wäre er von einer dünnen Eisschicht überzogen. So wie die Pfütze da drüben.«

Als ihr Lehrer nickte, unterdrückte sie einen Seufzer der Erleichterung. Sie hatte keine Angst davor, sich zu irren, aber sie wollte dem Mann, der ihr alles beigebracht hatte, keine Schande machen. Ermutigt ließ sie abermals den Blick schweifen. Sie waren umringt von Tälern und mehr oder weniger verschneiten Gipfeln. Es gab nur wenige Spuren menschlichen Lebens. Auf einmal kam es ihr geradezu unwirklich vor, dass sie überhaupt hier waren, sie, ihr Lehrer, die zehn Kinder, die in den Planwagen warteten, und die drei Dorfbewohner, die tapfer genug gewesen waren, sie in dieses unwegsame Gebiet zu führen.

»Es ist der einzige Abdruck, den wir finden konnten«, fuhr Sohia fort, »dabei müsste es in so einem Boden weitere geben. Also gibt es zwei Möglichkeiten. Erstens könnte es sich um einen schlechten Scherz handeln.«

Bei diesen Worten drehte sie sich zu den Dorfbewohnern um und musterte sie argwöhnisch. Ihr Lehrmeister tat es ihr gleich, nur dass sein Blick noch drohender war.

Zwei Hirten schüttelten heftig die Köpfe und schlugen die Augen nieder. Der dritte, der kühner und vorlauter war als seine

Nachbarn, trat einen Schritt vor und fuchtelte nervös mit seiner Lanze herum.

»Ein Scherz!«, rief er empört. »Allein in der vergangenen Woche hab ich vier Tiere verloren. Glaubt Ihr, ich finde das lustig? Im ganzen Tal wurden mindestens fünfzig Lämmer von dem Ungeheuer gefressen. Denkt Ihr etwa, das macht uns Spaß?«

»Beruhigt Euch«, brummte der Alte. »Ihr müsst verstehen, dass wir einen weiten Umweg gemacht haben, um Euch zu Hilfe zu kommen. Und das, obwohl wir Kinder dabeihaben. Und Ihr konntet uns kein einziges gerissenes Lamm zeigen.«

»Wie denn auch?«, brüllte der Mann zornig. »Wo der Dämon sie doch verschwinden lä…«

»Beruhigt Euch!«

Diesmal war der Ton gebieterischer. Die junge Frau zuckte zusammen. Ihr Lehrer hob nicht allzu oft die Stimme, aber wenn er es tat, verschlug es den größten Draufgängern die Sprache. Er gehörte zur alten Generation der Weltwanderer und hatte seine Ausbildung vor über vier Jahrzehnten durchlaufen, und so strahlte er die Würde der alten Garde aus. Jeder spürte das. Selbst ein tölpelhafter Hirte aus einem gottverlassenen Tal, dessen Namen sie längst vergessen hatte.

»Weiter, Sohia. Was ist die zweite Möglichkeit?«

Sie wartete kurz ab, um sich zu vergewissern, dass der Hirte seinen vorlauten Mund hielt. Dann fuhr sie fort: »Die andere Schlussfolgerung, und die Einzige, die noch übrig bleibt, ist, dass wir es mit einer fliegenden Kreatur zu tun haben. Sie hat nur einen einzigen Abdruck hinterlassen, weil sie hier nur kurz aufgesetzt und sich gleich wieder in die Luft geschwungen hat. Das würde auch erklären, wieso die Tiere in dieser Gegend so rasch verschwinden und warum man ihre Kadaver nicht findet.«

»Und was würde eine solche Kreatur dazu veranlassen, an dieser Stelle einen Halt einzulegen?«

Die junge Frau sah sich erneut um und ging ein paar Schritte bergauf. Ihre Befürchtung bestätigte sich, und ihr Magen schnürte sich vor Schreck zusammen.

»Blut«, sagte sie und wies auf den Boden. »Nur wenig, aber es ist eindeutig Blut.«

Sie kehrte zu dem Abdruck zurück und untersuchte das Gelände darum herum, während ihr Lehrer und der vorwitzige Hirte die Blutspur betrachteten. Kurz darauf fand sie ein weiteres Indiz, das ihre Theorie belegte, und zwar auf einem Granitfelsen, der ihr bis zu den Schultern reichte.

»Ein zweiter Abdruck«, rief sie. »Er stammt von einem anderen Fuß desselben Wesens.«

Bei diesen Worten erbleichte sie. Die Krallen des Wesens, was auch immer es war, hatten so tiefe Spuren im Stein hinterlassen, dass ein Mensch einen halben Finger hineinstecken konnte. Und dabei hatte sich die Kreatur hier nur kurz mit dem Fuß abgedrückt. Sicher hätte es den ganzen mannshohen Felsbrocken hochheben können, wenn es gewollt hätte.

Als sie sich zum Rest der Gruppe umwandte, sah sie, dass die anderen ebenso entsetzte Gesichter machten wie sie selbst. Die Kinder verpassten kein Wort der Unterhaltung, auch wenn es ihnen strengstens verboten war, von den beiden Planwagen herunterzusteigen. Ein paar spuckten große Töne, aber Sohia hörte die Angst aus ihrem schrillen Kichern heraus. Sie wusste aus eigener Erfahrung, wie sie sich fühlten.

Die Hirten rangen um Fassung. Ihre Blicke huschten zwischen den beiden Abdrücken hin und her. Vermutlich stellten sie sich den riesigen Körper der Kreatur vor, die ihre Schafe stahl. Jetzt schien es, als wären sie jederzeit bereit, der Bestie ihre gesamte Herde zu überlassen und in ein anderes Tal zu fliehen. Selbst dem vorlauten Kerl hatte es die Sprache verschlagen. Er stand reglos vor den gefrorenen Blutstropfen, als warte er auf ein Wunder.

Nur der Alte blieb ungerührt. Allerdings hatte sich auf seiner Stirn eine tiefe Furche gebildet, die die junge Frau noch nie zuvor gesehen hatte. Stumm lief er mehrere Male zwischen den beiden Abdrücken hin und her und blieb dann neben seiner Schülerin stehen. Sohia begriff, dass die Zeit der Lektionen und Ratespiele vorbei war, und dieser Gedanke war äußerst beunruhigend.

»Das Wesen kam mit einem Lamm in den Klauen angeflogen«, erklärte er. »Es landete kurz, um seine Beute zu töten. Kurz bevor es den Boden berührte, ließ es das Tier los, biss ihm den Hals durch und hob gleich wieder ab. Das alles hat nur einen Augenblick gedauert.«

Sohia nickte. Sie war zu demselben Schluss gelangt. Die Bestätigung ihres Lehrers beruhigte sie allerdings nicht. Sie hatte keinerlei Erfahrung mit so mächtigen Wesen, und schlimmer noch: Bisher hatte sie nur in einem zweihundert Jahre alten Buch von deren Existenz gelesen!

»Wisst Ihr ... Wisst Ihr, was das für eine Kreatur ist?«

»Eine Chimäre«, antwortete der Meister. »Das ist klar, da die Hirten die Bestie nicht gesehen haben. Sie hat nur wenige Spuren hinterlassen. Sie taucht auf, schlägt ihre Beute und verschwindet gleich wieder.«

»Ja, natürlich, aber ... welche Art von Chimäre?«

Der Alte zögerte kurz. Das verhieß nichts Gutes.

»Ein Kokatrus«, sagte er schließlich. »Wenn wir Glück haben. Oder aber ein Drakonid.«

Sohia nickte, doch sie war noch blasser geworden. Diese Namen kannte sie nur aus alten Manuskripten, die sie während ihrer Ausbildung studiert hatte, und hin und wieder hatte ein ergrauter Lehrer sie erwähnt. Solche Bestien waren ihres Wissens höchst selten, jedenfalls auf der Erde. Schon seit mehreren Jahrzehnten war keine mehr gesehen worden. Sie bezweifelte sehr, dass ihr eigener Lehrmeister schon einmal eine gesehen hatte, aber sie fragte ihn lieber nicht danach. Zum einen hatte sie viel zu großen Respekt vor ihm, zum anderen wollte sie unbedingt weiterhin glauben, dass er die Lage im Griff hatte.

»Nimm dein Prisma«, sagte er. »Such die Umgebung ab und konzentrier dich auf Berghänge und Felsvorsprünge.«

Die junge Frau gehorchte, auch wenn sie bei dem Gedanken, dass sie die Chimäre finden könnten, eine Gänsehaut bekam. Sie öffnete eine Tasche des Bandeliers, das sie quer über der Brust trug, und holte eine Art Edelstein hervor. Er sah aus wie ein kostbares Monokel und bestand aus einer dicken, geschliffenen Linse, die in einen prächtig verzierten Ring aus edlem Metall eingefasst war. Es war zweifellos Sohias wertvollster Besitz und ein Zeichen ihrer Zugehörigkeit zur Bruderschaft der Weltwanderer.

Nach kurzem Zaudern schloss sie die Augen, hielt den Gegenstand vor ihr linkes Lid und öffnete es langsam. Trotz ihrer Vorsicht wurde ihr wie jedes Mal kurz schwindelig. Die meisten ihrer Kameraden hatten keine solchen Schwierigkeiten, aber sie hatte sich nie ganz davon befreien können. Zum Glück verging der Schwindel nach zwei Herzschlägen, und sie konnte damit beginnen, ihre Umgebung abzusuchen.

Alle Weltwanderer besaßen mindestens ein Prisma. Die meisten hatten zwei oder drei, und nur selten besaß jemand mehr als fünf. Es gab sie in den unterschiedlichsten Formen, Größen und Ausführungen. Das Prisma ihres Lehrers war kugelförmig, glänzte bläulich und steckte oben auf einem Stab, den er sich vors Gesicht hielt. Sohias Linse hingegen war rötlich, wodurch sie auch im Dunkeln etwas sehen konnte. Die Färbung verlieh ihrer Umgebung aber auch ein bedrohliches Aussehen, was nicht unbedingt angenehm war, vor allem dann nicht, wenn sie befürchten musste, eine schreckliche Entdeckung zu machen.

Dennoch suchte sie gewissenhaft die Landschaft ab, so weit ihr Blick reichte. Mithilfe des tiefroten Kristalls und seiner geheimnisvollen Macht nahm sie die steinigen Hänge, Gipfel und Felswände in Augenschein. Sollte sich tatsächlich eine Chimäre in der Gegend herumtreiben, war dies der einzige Weg, sie aufzuspüren. Sobald die Weltwanderer das Ungeheuer entdeckt hatten, mussten sie alles daransetzen, es von der Erde zu vertreiben – oder es sogar töten. Selbst wenn der Kampf von Vornherein verloren schien.

Nachdem sie eine gute Minute lang die Berge betrachtet hatte, löste sich ihre Anspannung ein wenig. Kein Kokatrus und kein Drakonid waren in Sicht. Sohia schämte sich fast ein wenig, solche Erleichterung zu verspüren, auch wenn sie nicht auf Feigheit beruhte. Zehn Kinder in den Planwagen hinter ihnen mussten in Sicherheit gebracht werden, und sie war persönlich für fünf von ihnen verantwortlich. Wenn die beiden Weltwanderer gewusst hätten, dass die Angelegenheit derart wichtig war, wären sie nicht das Risiko eingegangen, diesen Umweg zu machen. Glücklicherweise konnten sie ihre Reise bald fortsetzen. Später würden sie mehrere erfahrene Kollegen herschicken, damit sie sich der Chimäre annahmen.

Zumindest glaubte Sohia das – bis ihr Lehrer zu seinem Fernrohr griff.

Das Gerät bestand aus zwei Prismen und war ein Meisterwerk der Juwelierkunst, denn die Kräfte der Kristalle waren ungeheuer schwierig zu kombinieren. Mit dem Fernrohr konnte der Alte noch auf größte Entfernung jede Einzelheit erkennen. Als Sohia sah, wie er das Instrument auf einen Punkt richtete, der in Richtung der Abdrücke lag, begriff sie, dass er etwas entdeckt hatte. Als er ihr das Gerät reichte, bestätigte sich ihr Verdacht. In tausend bis tausendzweihundert Fuß Entfernung sah sie neben einem grasbewachsenen Hang einen Höhleneingang, der teilweise von Felsbrocken verborgen war. Gleich daneben lag etwas, das wie ein kleiner Haufen schmutzigen Schnees aussah – die Überreste eines halb aufgefressenen Lamms.

»Wir müssen nachsehen gehen«, sagte der Meister ernst.

Sohia gab ihm das Fernrohr zurück und nickte. Ja, natürlich. Das war ihre Pflicht. Ganz gleich, wie hoch der Preis sein würde.

»Wir lassen die anderen hier«, fuhr der Lehrer fort. »Auf keinen Fall dürfen wir die ganze Gruppe der Gefahr aussetzen. Ich werde den Hirten Anweisungen geben, damit sie wissen, was sie mit den Kindern tun sollen, falls ... nun ja. Such du in der Zwischenzeit ein Kind aus, das uns begleitet.«

Sohia hob abrupt den Kopf. Sie glaubte, sich verhört zu haben, zumal ihr Lehrer sehr leise gesprochen hatte.

»Eines ... eines der Kinder? Aber ...«

»Wenn wir in die Höhle gehen, brauchen wir jemanden, der die Lampe hält«, erklärte der Alte. »Mir ist es lieber, wenn wir beide die Hände frei haben. Wir werden sie brauchen, nehme ich an.«

»Aber wir haben sie gerade erst rekrutiert! Der Älteste ist zwölf Jahre alt! Sie haben noch nicht einmal die Schule ...«

»Es reicht, Sohia. Meine Entscheidung steht fest. Was die Kinder angeht, kennst du die Regel: Jede Erfahrung ist nützlich. Der oder die Ausgewählte bekommt die Gelegenheit, sich früher als die anderen im Kampf zu stählen.«

Mit diesen Worten drehte er sich um und ging zu den drei Hirten, die ihrerseits beisammenstanden und sich berieten.

Sohia wiederholte im Geiste, was er gesagt hatte: »Die Gelegenheit, sich früher im Kampf zu stählen.« Sicher, wenn der oder die Ausgewählte den Ausflug überlebte, was niemand versprechen konnte!

Da ihr keine andere Wahl blieb, ging sie zu den Wagen hinüber. Zehn neugierige Augenpaare lugten unter den Planen hervor und verfolgten jeden ihrer Schritte unter aufgeregtem Tuscheln. Als Sohia vor ihnen stehen blieb, wurde es mucksmäuschenstill.

2

Der Junge links von Dælfine schubste sie zum zweiten Mal innerhalb einer Minute. Das Mädchen hatte endgültig die Nase voll. Sie boxte ihm hart in die Rippen und sorgte dafür, dass sich der Rüpel auf dem Boden des Wagens wiederfand. Bei seinem Sturz riss er einen unschuldigen Jungen mit. Egal! Wenigstens war die Botschaft angekommen: Sie würde nicht zulassen, dass man ihr auf den Füßen herumtrampelte. Zufrieden kniete sie sich wieder auf die Bank, von der aus die Kinder die Weltwanderer belauerten. Erst da bemerkte sie, dass Sohia sie anstarrte. In ihrem Blick lag Tadel, und das konnte nur bedeuten, dass es Schwierigkeiten gab.

Dælfine hatte zwar einen aufbrausenden Charakter, aber dumm war sie nicht. Sie begriff sofort, dass sie sich schleunigst klein machen musste. Leider war der Rüpel, dem sie eine Lektion erteilt hatte, nicht so geistesgegenwärtig. Kaum stand er wieder aufrecht, warf er sich von hinten auf sie, schlang ihr einen Arm um den Hals und versuchte, sie auf den Rücken zu werfen. Und es kam noch schlimmer: Der Junge, der mit ihm zu Boden gegangen war, kam dem Schwachkopf wütend zu Hilfe und packte ihre Handgelenke. Dælfine hätte Sohias Eingreifen abwarten können, aber ihre Reflexe waren ausgeprägter als ihre Geduld. Sie warf sich nach hinten, verpasste ihrem Angreifer einen Kopfstoß und gab dem anderen Jungen eine schallende Ohrfeige, was seiner Wut einen gehörigen Dämpfer verpasste.

Die beiden Jungen standen völlig verdattert da. Der eine wischte sich das Blut ab, das ihm aus der Nase lief, der andere rieb sich die brennende Wange. Dælfine stand mit geballten Fäusten da und ließ die beiden nicht aus den Augen, aber als der Rest der Gruppe die Verlierer auslachte, kam sie zu dem Schluss, dass sie fürs Erste nichts mehr von ihnen zu befürchten hatte. Sie drehte sich um und fand sich etwas sehr viel Furchteinflößenderem gegenüber: dem Zorn ihrer erwachsenen Begleiterin.

»Du!«, sagte Sohia und zeigte auf sie. »Du scheinst ja vor Energie zu sprühen! Runter vom Wagen. Du kommst mit.«

Dælfine stieß einen genervten Seufzer aus, der nicht zu überhören war, aber sie trieb die Aufsässigkeit nicht auf die Spitze. Kurz darauf stand sie neben dem Planwagen und scharrte mit der Ferse in der gefrorenen Erde, während die Weltwanderin unter den neun verbliebenen Kindern einen Anführer bestimmte.

Die Kinder starrten sie entgeistert an. Es war das erste Mal seit dem Beginn der Reise, dass sich die beiden Lehrer von ihren Schülern trennten. Bisher waren sie ihnen nicht von der Seite gewichen. Als Sohia dem Mädchen befahl, ihr zu folgen, konnte sie ihre Neugier nicht mehr im Zaum halten: »Werde ich jetzt bestraft? Wo gehen wir hin?«

Die Lehrerin zögerte, bevor sie antwortete. Das allein war schon seltsam.

»Nein, du wirst nicht bestraft. Auch wenn es vielleicht so aussieht. Ich brauche nur jemanden ... der entschlossen handeln kann.«

»Auch wenn es vielleicht so aussieht?«, wiederholte Dælfine.

Sie bekam keine weitere Erklärung. Als die Weltwanderin wieder den Mund öffnete, hatte sie schon das Thema gewechselt: »Das war nicht deine erste Prügelei, stimmt's?«

»Meine Eltern führen eine Herberge«, antwortete Dælfine achselzuckend.

»Ah.«

Der Zusammenhang schien Sohia nicht gleich einzuleuchten. Für Dælfine lag er dagegen auf der Hand: Seit Jahren prügelte sie sich mit den Kindern der Gäste, wehrte sich gegen ältere Jungs, die sie im Stall in die Enge treiben wollten, und gegen Mädchen, die ihr zwischen den Tischen Beinchen stellten. Und das war noch nicht alles, wie ihr plötzlich einfiel.

»Außerdem habe ich fünf Brüder und drei Schwestern«, fügte sie hinzu.

»Aha. Eine große Familie also.«

Sie verstummte abrupt, weil dieses Thema für Weltwanderer oft schmerzhaft war, und damit auch für alle Anwärter auf die Bruderschaft. Dælfine gab sich Mühe, das Heimweh, das sie plötzlich überfiel, zu unterdrücken. Es hatte keinen Sinn, irgendetwas zu bereuen. Sie hatte ihre Entscheidung getroffen, und jetzt musste sie dazu stehen.

»Und was ist mit den beiden Idioten, die mich angegriffen haben? Werden sie wenigstens bestraft?«

»Nicht, wenn sie so schlau sind und es dabei belassen. Ihr alle werdet in den kommenden Jahren viel durchmachen müssen, und ihr müsst lernen, euch nicht zu bekriegen, sondern zusammenzuhalten. Eure Lehrer haben Besseres zu tun, als kindische Streitereien zu schlichten.«

»Aber sie haben sich zu zweit über mich hergemacht! Sie haben versucht, mich zu erwürgen!«

»Da habe ich aber etwas anderes gesehen. Außerdem weiß ich weder, wie lange ihr euch schon triezt, noch wer angefangen hat. Und es ist mir auch vollkommen egal. Noch einmal, die Lehrer haben Wichtigeres zu tun. Ihr müsst lernen, selbst zurechtzukommen. Je früher, desto besser.«

Dælfine verzog das Gesicht. Ein paar Augenblicke lang hatte sie gedacht, Sohia ziehe sie den anderen vor, aber da hatte sie sich offensichtlich geirrt.

»Ihr werdet«, setzte Sohia hinzu, »noch oft genug die Gelegenheit haben, die Klingen zu kreuzen und eure schlechte Laune aneinander auszulassen. In der übrigen Zeit verhaltet euch bitte still oder sorgt dafür, dass uns eure Streitigkeiten nicht zu Ohren kommen.«

Das Mädchen hätte zu gern mehr darüber erfahren, aber die Weltwanderin schien nicht geneigt, ihre Worte näher zu erläutern. Außerdem waren sie in diesem Moment bei dem Alten angelangt, und er war offenbar ziemlich schlecht gelaunt – was reichte, um alle um ihn herum verstummen zu lassen.

Dælfine musste sich eingestehen, dass der Mann sie immer noch tief beeindruckte – mindestens genauso sehr wie bei ihrer ersten Begegnung, als er durch die Tür der Herberge ihrer Familie getreten war. Sein Name war Vargaï, er war knapp sechzig Jahre alt, und seine Erscheinung flößte einem Respekt ein. Und das, obwohl er recht klein war, eine hohe Stirn hatte und sein gelblich grauer Kinnbart von zweifelhafter Sauberkeit war. Wenn sie nebeneinanderstanden, überragte Sohia ihn um einen halben Kopf. Sie trug das Haar zu einem langen Zopf geflochten und hatte ein anmutiges Gesicht, das ohne Schminke auskam. Dælfine wünschte sich manchmal, sie wäre von der Weltwanderin rekrutiert worden und nicht von dem Alten. Aber das Schicksal hatte anders entschieden: Sie würde bei dem Alten in die Lehre gehen. Gerade jetzt, wo sie seine finstere Miene sah, machte sie dieser Gedanke nicht gerade froh.

»Was ist los?«, fragte Sohia.

Vargaï deutete gereizt auf den Hirten, der sich gerade abgewandt hatte und zu den anderen Dorfbewohnern ging.

»Dieser Trottel will unbedingt mitkommen!«, schimpfte der Alte. »Egal, wie oft ich ihm gesagt habe, dass wir nicht für seinen Schutz sorgen können, er rückt nicht von der Idee ab. Haben die Leute denn nach nur dreißig Jahren alles vergessen? Na, wenn er meint. Soll er sich doch einen Arm abreißen lassen, wenn ihm das Spaß macht!«

Er hätte sicherlich noch eine Weile weitergeschimpft, wenn Sohia nicht unauffällig mit dem Kopf auf Dælfine gezeigt hätte. Erst jetzt schien der Weltwanderer das Mädchen wahrzunehmen. Auf einmal war ihr sehr mulmig zumute. Was war das für eine Geschichte mit dem abgerissenen Arm? Und war das jetzt eine Strafe oder nicht?

»Wenn er mitkommt«, versetzte Sohia, »könnten wir sie ja …«

»Es bleibt dabei«, entschied der Alte. »Wenn dieses Großmaul im letzten Augenblick einen Rückzieher macht, stehen wir beide mit der Lampe da. Darum können wir uns nicht auch noch kümmern.«

Wortlos stapfte er zu dem zweiten Planwagen, und die anderen beiden folgten ihm. In diesem Wagen transportierten sie das Gepäck und alles, was sie sonst für die Reise brauchten: Lebensmittel und Trinkwasser, Decken, ein paar Küchengeräte und Geschirr, Werkzeuge – und nicht zuletzt die Ausrüstung der Weltwanderer.

Die beiden Lehrer trugen auch im Alltag eine Montur, mit der sie für alle Eventualitäten gewappnet waren: bequeme, eng anliegende Kleider, feste Stiefel, einen wasserdichten Umhang mit Kapuze und dem legendären Bandelier, das neben den Prismen das zweite Erkennungszeichen der Bruderschaft war. Diesmal schien dieser Aufzug jedoch nicht auszureichen. Dælfines Unbehagen wuchs, als sich Vargaï einen zusätzlichen Schutz um Arme und Beine schnallte: dicke Lederplatten, die violett schimmerten, aber seltsam schuppig aussahen. Sohia schlüpfte in ein Überkleid aus einem unangenehmen Stoff, der aussah, als wäre er aus dem Flügel einer riesigen Fledermaus geschneidert worden, und streifte sich Handschuhe aus demselben Material über.

»Du bist dran«, erklärte sie dann.

Dælfine nickte, auch wenn sie nicht wusste, ob sie sich freuen sollte, dass die Lehrer um ihre Sicherheit besorgt waren, oder ob sie eher Angst haben sollte, weil dies notwendig war. Sie dachte noch über diese Frage nach, als Sohia ihr einen großen flachen Gegenstand hinhielt, der in eine Decke geschlagen war.

»Das ist ein Schild«, erklärte sie und wickelte es aus. »Du musst ihn dir mit dem linken Arm vor den Körper halten und dich falls nötig dahinter zusammenkauern. Verstanden? Bleib auf keinen Fall wie erstarrt stehen und reiß den Schild einfach nur hoch. Halte ihn dir auch nicht unters Kinn oder stell ihn auf den Zehen ab. Das hier ist die richtige Höhe und die richtige Position. Keine andere, kapiert?«

Das Mädchen hörte kaum die Frage, so gebannt starrte sie auf den Schild. Von der Form her ähnelte er einem gigantischen Reißzahn oder dem Giftzahn einer Schlange, und die weißliche Färbung verstärkte diesen Eindruck noch. Man glaubte wirklich, den Teil eines Gebisses vor Augen zu haben. Es sah aus, als hätte jemand einen furchterregend spitzen Zahn in Scheiben geschnitten.

»Kapiert?«, wiederholte Sohia.

»Ja«, antwortete das Mädchen hastig.

Sie packte den Schild und bemühte sich, ihn so zu halten, wie Sohia es ihr gezeigt hatte. Die beiden Weltwanderer warfen sich einen vielsagenden Blick zu, und da sie nichts mehr sagten, nahm Dælfine an, dass sie sich nicht allzu dumm anstellte. Auf einmal wurde ihr klar, dass ihr Unterricht soeben begonnen hatte, und bei dem Gedanken wurde ihr warm ums Herz. Endlich war es so weit! Nun war sie auf dem besten Weg, eine Weltwanderin zu werden.

Während ihre Lehrer die Vorbereitungen fortsetzten, musterte sie erneut den merkwürdigen Gegenstand, den man ihr anvertraut hatte. Er war viel leichter, als er aussah, und dennoch schien er hart wie Marmor zu sein. Aus welchem Material war der Schild hergestellt worden? Und mit welchem Werkzeug?

Bei genauerem Hinsehen erkannte sie an der Oberfläche des Schilds zahlreiche Spuren, die bezeugten, dass er schon sehr alt sein musste. Es handelte sich um Kratzspuren, die sehr weit auseinanderliegende Krallen hinterlassen hatten, oder tiefere Kerben, die wohl von gierigen Reißzähnen stammten. Ihr lief ein Schauer über den Rücken. Offenbar gab es Bestien, die stark genug waren, um ein so hartes Material zu beschädigen. Richtige Gänsehaut bekam sie, als ihr aufging, dass die Weltwanderer im Begriff waren, sie in den Kampf gegen eine dieser Bestien mitzunehmen.

»Gehen wir«, sagte Vargaï plötzlich. »Je eher wir dort sind, desto schneller ist es vorbei.«

Dælfine fragte sich, was er damit wohl meinte, aber als die Lehrer losmarschierten, bemühte sie sich hastig, mit ihnen Schritt zu halten.

Bis zum Eingang der Höhle, die sie erkunden wollten, brauchten sie etwa zwei Stunden. Vargaï wusste, dass Entfernungen in unwegsamem Gelände schwierig einzuschätzen waren, aber er hatte dennoch mit einem kürzeren Marsch gerettet. Ein Anfängerfehler – er hatte sich geirrt.

Und Vargaï hasste es, sich zu irren.

Er hatte nicht einmal eine Entschuldigung: Alle hatten das stramme Marschtempo durchgehalten, Sohia, der abenteuerlustige Hirte und selbst das Mädchen mit den pechschwarzen Haaren. Keiner hatte sich über den beschwerlichen Weg beklagt, und sie hatten nur gesprochen, wenn es wirklich wichtig war, um keine Energie zu verschwenden. Der Rückweg würde leichter werden, weil es vor allem bergab ging, aber die beiden Lehrer würden nicht vor Anbruch der Nacht zurück bei ihren Schülern sein. Wenn alles gut ging. Was nicht gewiss war.

Ungewissheit hasste Vargaï auch.

Wenigstens würden sie sich bald Klarheit verschaffen. Sie würden die Höhle inspizieren und herausfinden, ob eine Chimäre sie als Versteck in dieser Welt gewählt hatte. Im besten Fall war die Höhle unbewohnt. Oder die Bestie war zwar hier gewesen, hatte sich aber längst in einen anderen Horizont zurückgezogen. Auf so einen glücklichen Ausgang konnte er nur hoffen, denn genauso gut konnten sie auf eine Kreatur stoßen, wie sie seit Jahrzehnten nicht mehr gesehen worden war. In diesem Fall mussten sie alles daransetzen, sie zu vertreiben oder zu töten, notfalls, indem sie ihr eigenes Leben opferten.

Das war ihre Pflicht und das oberste Gesetz der Bruderschaft: Weiche niemals vor einer Chimäre zurück – denn wenn sich die Bestien in der Welt der Menschen ausbreiten, ohne auf Widerstand zu stoßen, wäre binnen weniger Jahre ganz Gonelore davon befallen. An Beispielen für tragische Ereignisse im Laufe der vergangenen Jahrhunderte mangelte es nicht – selbst in der jüngsten Geschichte, dachte er und berührte instinktiv die Abzeichen an seinem Bandelier.

Aus diesem Grund hatten sie einen Umweg durch das Gebirge gemacht. Ein paar entlegene Dörfer hatten die Weltwanderer um Hilfe gebeten, aber angesichts einiger gerissener Lämmer hatte Vargaï erwartet, einen Lupinus, eine Felina oder allerhöchstens einen Ursid anzutreffen. Gewiss jedoch keine Kreatur, die man seit zwei Generationen bezwungen glaubte, auch wenn die Ereignisse der letzten Jahre darauf hingedeutet hatten, dass ihnen eine böse Überraschung bevorstand.

Hätte der Weltwanderer geahnt, was sie in dem Gebirge erwartete, hätte er die neuen Rekruten dieser Gefahr nicht ausgesetzt. Aber jetzt, wo sie den Abdruck entdeckt hatten, gab es kein Zurück mehr. Er hatte einen Eid abgelegt, also musste er der Fährte bis zum Ende folgen. Ihm blieb nur die Hoffnung, dass das Unterfangen nicht so gefährlich würde, wie er befürchtete. Immerhin hatte die Bestie offenbar noch keine Menschen angegriffen. Vielleicht war sie doch nicht so gefährlich, wie Vargaï dachte. Vielleicht irrte er sich …

In diesem Fall hätte er nichts dagegen, sich zu irren.

Mit einem leisen Seufzer befahl er einen Halt und blickte abermals durch sein Prismafernrohr. Ein weiterer Seufzer folgte. Aus dieser Entfernung war kein Zweifel mehr möglich: Am Höhleneingang lag tatsächlich der Kadaver eines Lamms. Es sah aus, als hätte ihn das schwarze Loch ausgespuckt, dieser finstere, unergründliche Schlund, durch den ein ganzes Haus gepasst hätte – oder ein riesiger Flugsaurier.

»Wir bleiben dicht an der Felswand«, sagte er, »und gehen bis zur Höhle an ihr entlang.«

»Das ist ein Riesenumweg!«, protestierte der Hirte. »Die Höhle liegt doch direkt vor uns!«

»Es wäre keine gute Idee, ohne Deckung durchs offene Gelände zu laufen. Wenn sich die Bestie von oben auf uns stürzt, seht Ihr sie erst im letzten Moment. Aber vielleicht seid Ihr ja scharf darauf, Euch wie ein Schaf packen und davontragen zu lassen ...«

Er wartete die Antwort des Hirten nicht ab, da er überzeugt war, dass dieser ihnen folgen würde. Und tatsächlich setzten die drei Erwachsenen und das Mädchen ihren Aufstieg im Schutz der Felswand fort.

Die letzte Etappe war am mühsamsten. Sie mussten möglichst wenig Geräusche machen und warfen immer wieder besorgte Blicke zum Höhleneingang. Der Himmel über ihnen färbte sich bereits rot. Vargaï und Sohia sahen immer wieder durch ihre Prismen, konnten aber nichts Ungewöhnliches entdecken. Sie wussten nicht, ob das ein gutes oder ein schlechtes Zeichen war.

Bald waren sie am Ziel angelangt. Jetzt war es an der Zeit, Dælfine ihre Aufgabe zu übertragen. Der Weltwanderer winkte sie zu sich heran und reichte ihr seinen Stab.

»Du musst ihn hoch über den Kopf halten«, flüsterte er. »Stütze ihn auf dem Schild ab, falls dir die Kraft ausgeht.«

Mit bangem Gesicht nickte das Mädchen. Vargaï zwang sich, beim Blick in ihre braunen Augen, in denen kindliche Unschuld und die grausame Wirklichkeit des Erwachsenenlebens mitein-

21

ander im Widerstreit lagen, nicht weich zu werden. In einer perfekten Welt bräuchten die Menschen keine Weltwanderer, die sie beschützten, und die Lehrer müssten keine Kinder im Kampf ausbilden, um ihre Nachfolge zu sichern. Doch leider war Gonelore keine perfekte Welt.

»Ich befestige jetzt die Lampe an dem Stab«, fuhr er fort. »Sie ist sehr kostbar, gib also darauf acht, nirgendwo anzustoßen.«

Er zog die Lampe aus ihrer Schutzhülle und hängte sie an den Haken an der Spitze des Stabs. Was den Wert der Laterne anging, hatte er nicht übertrieben. Sie bestand aus sechs recht einfachen Prismen, die aber so geschliffen waren, dass sie aus dem Licht einer Kerze eine kraftvolle Aura erschufen. Auf diese Weise wurde jede Chimäre, die sich ihnen näherte, für die Menschen sichtbar. Das war ein entscheidender Vorteil, konnte doch jeder Überraschungsangriff das vorzeitige Ende des Kampfs bedeuten.

»Bleib einfach immer zwei Schritte hinter uns«, schärfte er dem Mädchen ein, »und achte darauf, dass wir immer genug Licht haben. Alles Weitere ergibt sich in der Höhle. Wenn ich dir zurufe, dass du weglaufen sollst, lass alles fallen und renn zurück zu den Planwagen, ohne dich noch einmal umzudrehen. Verstanden?«

Dælfine nickte abermals, jetzt noch blasser als zuvor. Vargaï hatte nicht vorgehabt, ihr Angst zu machen, aber im Grunde war das vielleicht gar nicht so schlecht. Lieber eine eingeschüchterte Helferin, die wusste, womit sie rechnen musste, als eine, die im ungünstigsten Moment kopflos die Flucht ergriff.

Damit war das Wichtigste gesagt, und der Weltwanderer entzündete die dicke Kerze im Inneren der Lampe. Dann trat er zur Seite und zog seine Schaumklinge. So nannte er seinen Säbel, weil die weiße Klinge von unzähligen kleinen grünen und blauen Punkten übersät war, die wie Gischt auf dem Meer aussahen.

Auf dieses Zeichen hin stellte sich Sohia neben ihn. Sie umklammerte ihren Speer, dessen Spitze aus der Schere eines Krebstiers bestand, die mit einer Reihe von Widerhaken bewehrt war.

Die beiden Krieger benutzten ihre Waffen natürlich nicht zum ersten Mal, darum fiel ihnen das ungewöhnliche Aussehen gar nicht mehr auf. Ganz anders erging es ihrem Schützling und dem Hirten, die neugierige Gesichter machten. Für Fragen blieb allerdings keine Zeit: Vargaï marschierte bereits auf die Höhle zu. Während der kleine Trupp die letzten Meter bis zum Eingang zurücklegte, herrschte angespanntes Schweigen. Dabei musste der Weltwanderer an Ereignisse zurückdenken, die schon mehrere Jahrzehnte zurücklagen, seinem Gedächtnis aber für immer und ewig eingebrannt waren. Nur ungern würde er so etwas noch einmal erleben ... Doch leider konnte er sich jetzt, wo er im Begriff war, das Versteck des Ungeheuers zu betreten, nicht länger einreden, dass die Vorzeichen trogen. Die Befürchtungen der alten Garde und die Vorhersagen der Weisen und Seher, die diese schon vor zehn Jahren getroffen hatten, bewahrheiteten sich also. Der Verwesungsgeruch des toten Lamms, der dem Alten in die Nase fuhr, war ein untrüglicher Beweis dafür ...

»Licht«, zischte er.

Die kleine Dælfine schlüpfte sogleich hinter ihn und reckte den Stab in die Höhe. Der Schein tanzender Flammen erhellte den Höhleneingang. Vargaï und Sohia hielten kurz inne, lauschten angespannt und bewegten sich dann vorsichtig auf die dunkle Öffnung zu. Ihre junge Schülerin folgte ihnen unverzüglich, und auch der Hirte schloss sich ihnen an.

Wenigstens, dachte der Weltwanderer, *erfüllt die Kleine ihre Aufgabe gut.* Sollte es zu einem Kampf kommen, müssten sie ihn wenigstens nicht im Dunklen austragen!

Nachdem der Alte in einem Zustand höchster Wachsamkeit etwa fünfzig Meter weit in die Höhle vorgedrungen war, begann er sich ein wenig zu entspannen. Seine Erfahrung und die Beschaffenheit der Höhle verrieten ihm, dass hier im Moment keine Chimäre lauerte. In einem nahen Horizont konnte sie auch nicht sein. Eine blutrünstige Bestie von solcher Größe hätte die

Menschen, die es wagten, ihr Versteck zu betreten, längst angefallen. Entweder war sie also irgendwo weit hinter dem Schleier, oder sie war in den Bergen unterwegs und konnte jeden Moment zurückkehren. In beiden Fällen durften sie keine Zeit verlieren, um nicht in der Höhle von ihr überrascht zu werden.

»Wir machen einen raschen Erkundungsgang, und dann verschwinden wir«, befahl er. »Hier entlang.«

Er führte den kleinen Trupp in den hinteren Teil der Höhle, wo es bestialisch nach Verwesung stank. Er musste nur seiner Nase folgen. Sie hatten keine Mühe, die Quelle des Gestanks zu finden: Tierkadaver, hauptsächlich von Lämmern und Steinböcken, abgenagte Knochen, abgerissene Köpfe, Eingeweide und verwesende Körperteile übersäten den Boden. Der kleinen Dælfine wurde speiübel, und sie erbrach ihr Mittagessen auf einen Haufen blutiger Knochen – immerhin ohne dabei die Prismalaterne loszulassen, wie Vargaï zufrieden feststellte.

Der Weltwanderer überwand seinen eigenen Ekel und untersuchte die Überreste des Gemetzels genauer. Nach wenigen Augenblicken stand fest: Es war kein Menschenfleisch darunter. Das war zwar eine große Erleichterung, aber auch ziemlich seltsam: Eine Chimäre von solcher Größe unterschied bei ihren Raubzügen eigentlich nicht zwischen Schafen und den Menschen, die sie hüteten. Hatten die Hirten mehr Glück gehabt, als sie ahnten? Wie oft waren sie in der letzten Zeit einem schrecklichen Tod entronnen, ohne es überhaupt zu wissen?

Sohias Stimme unterbrach seine Überlegungen.

»Ich glaube, da ist etwas«, murmelte sie. »Da drüben.«

Vargaï wandte sich blitzschnell um und starrte in die Richtung, in die sie zeigte. Dieser Teil der Höhle lag jedoch im Dunkeln, sodass er nichts sah als undurchdringliche Finsternis. Sohia konnte nur dank ihres rötlichen Prismas etwas erkennen – was unter diesen Bedingungen eine enorme Hilfe war. Sie reichte es dem Alten, und er blickte durch die Linse. Es dauerte eine Weile, bis sich seine Augen daran gewöhnten. Die Konturen waren zunächst nur undeutlich zu erkennen, doch bald klärte sich das Bild. Etwas von der Größe und Gestalt eines Kartoffelsacks lag in der Mitte der Höhle am Boden. War es ein halbwegs vollständiges totes Lamm? Oder ...

»Schnell!«, rief er plötzlich. »Sehen wir nach!«

Er lief auf die Gestalt zu und überraschte damit die kleine Dælfine, die nicht so rasch folgen konnte. Vargaï musste stehen bleiben, damit seine Gefährten mit der Laterne zu ihm aufschließen konnten. So entdeckten sie alle gleichzeitig, was sie hier niemals erwartet hätten.

Einen Jungen.

Er lag zusammengerollt auf dem kalten Felsboden. Dreckig, mit zerlumpten Kleidern und schmutzigem Haar, aber offenbar unverletzt. Noch bevor die Weltwanderer reagieren konnten, kniete sich der Hirte vor die kleine Gestalt.

»Er lebt vielleicht noch!«

»Rühr ihn nicht an!«, warnte der Alte.

Er wusste nicht einmal, weshalb er diesen Befehl gab. Vermutlich aus reinem Instinkt. Im Laufe langer Reisen durch die Welt, eines harten Lebens auf der Straße und unzähliger Kämpfe gegen mehr oder minder listige Chimären hatte er eine Art Überlebensreflex entwickelt.

Aber es war bereits zu spät.

3

Als der Hirte den Jungen berührte, brach die Bestie aus dem Schleier hervor und stürzte sich auf die allzu verletzlichen Menschen.

Gleich in den ersten Augenblicken des Kampfs wurde Dælfine der Stab aus der Hand gerissen. Dabei hatte sie ihn mit aller Kraft umklammert und sich das Ende sogar zwischen Unterarm und Rippen geklemmt. Doch angesichts der Wucht, die das Holz traf, hatte sie keine Chance. Noch dazu war alles blitzschnell gegangen: die Entdeckung des Jungen. Vargaïs Warnruf. Dann der seltsame Eindruck, dass sich die Luft in der Höhle kräuselte wie kleine Wellen auf dem Wasser – nur für den Bruchteil einer Sekunde, denn im nächsten Augenblick war die Bestie schon da. Direkt vor ihnen, und so groß, dass sie gleichzeitig links, rechts und über ihnen zu sein schien.

Diesen Anblick würde das Mädchen nie vergessen. Die Kreatur schien geradewegs einer uralten Legende entsprungen zu sein, die sich die Menschen erzählten, oder ihrem schlimmsten Albtraum – was mehr oder weniger auf dasselbe hinauslief. Sie hatte einen reptilienhaften Körper, lederne Flügel, einen langen, schuppigen Kamm und ein Maul, mit dem die Kreatur ein ganzes Krokodil am Stück hätte verschlingen können.

Inzwischen hatte sich die Bestie zu ihrer vollen Größe aufgerichtet und mit ihrem Schwanz einen Rundumschlag vollführt. Dælfine, die ein wenig abseits stand, hatte nur ein heftiger Windstoß gestreift, aber die Schwanzspitze riss ihr den Stab aus der Hand und kugelte ihr fast den Arm aus. Trotzdem kam sie noch glimpflich davon – im Gegensatz zu ihren Gefährten.

Sohia und der Hirte hatten dem Schlag nicht mehr ausweichen können. Beide wurden hart getroffen und mehrere Meter weit durch die Luft geschleudert. Sie landeten hart auf dem felsigen Boden. Vargaï, der über erstaunliche Reflexe verfügte, konnte gerade noch einen Satz nach hinten machen.

Die Atempause war jedoch nur von kurzer Dauer. Die Kreatur stürzte sich von der Seite auf den Alten, und obwohl er auszuweichen versuchte, wurde er von dem mit Widerhaken versehenen Schwanz im Gesicht getroffen.

Inmitten des Chaos ging Dælfine auf, dass ihr nur noch wenige Augenblicke zu leben blieben. An Flucht dachte sie nicht. Vermutlich wäre sie ohnehin tot, bevor sie dem Wesen den Rücken zuwenden könnte. Wie erstarrt stand sie da, ebenso verängstigt wie fasziniert.

Das seltsame Licht, das die Szene erhellte, verwirrte sie noch mehr. Durch einen merkwürdigen Zufall war der Stab in einen senkrechten Spalt in der Felswand gefallen und klemmte nun dort fest. Zum Glück war die Kerze nicht ausgegangen, obwohl die Lampe wild hin und her schwankte. So wurde der Kampf abwechselnd in ein flackerndes Licht und tiefe Dunkelheit getaucht, und die Bilder, die Dælfine vor ihren Augen aufblitzen sah, waren furchterregend.

Die meisten zeigten Vargaï in großen Schwierigkeiten. Der Alte erwies sich als ungeheuer beweglich. Flink wich er den Attacken der Bestie aus, aber jedes Mal, wenn die Szene im Dunkeln versank, war Dælfine überzeugt, dass der Weltwanderer von den Krallen des Reptils zerfetzt oder von dem klaffenden Maul verschlungen werden würde. Das nächste Bild zeigte ihr, dass sie sich täuschte, aber das konnte nicht ewig so weitergehen. Die Bestie war etwa dreißigmal stärker als der Alte, der sich verzweifelt gegen sie zur Wehr setzte, und die wenigen Säbelhiebe, die er anbringen konnte, fügten der schuppigen Haut kaum einen Kratzer zu.

»Sohia!«, schrie er, als das Gebrüll der Kreatur kurz verstummte. »Bring sie in Sicherheit!«

Durch seinen Ruf kehrte das Mädchen wieder in die Wirklichkeit zurück. Mechanisch wandte sie den Kopf in Richtung der beiden Verletzten und stellte verwundert fest, dass nur der Hirte noch am Boden lag. Da legte sich ihr von hinten eine Hand auf die Schulter. Sie zuckte heftig zusammen und musste zweimal blinzeln, bis sie die Weltwanderin erkannte.

»Reiß dich zusammen!«, befahl Sohia ihr. »Gib uns mit dem Schild Deckung!«

Dann rannte sie auf den Alten zu und ließ Dælfine völlig verdattert stehen. Als sich Sohia bückte, den Jungen hochhob und zum Ausgang rannte, begriff das Mädchen endlich, was von ihr erwartet wurde. Wie von der Tarantel gestochen sprintete sie hinter der Kriegerin her und bemühte sich, den Schild hochzuhalten und im Dunkeln nicht zu stolpern. Das war alles andere als einfach, doch als sie einen kurzen Blick über die Schulter warf, duckte sie sich tiefer hinter den Schild und rannte noch schneller.

Sohias Eingreifen hatte die Bestie in Raserei versetzt. Sie schleuderte Vargaï brutal zur Seite und jagte den beiden fliehenden Menschen hinterher, die ihr das Mittagessen raubten. Wäre die Höhle breiter gewesen, hätte sie nur ihre Flügel ausbreiten müssen und wäre im nächsten Moment bei ihnen gewesen. Aber auch so würde die Verfolgungsjagd ein blutiges Ende nehmen …

Als die Bestie hinter Dælfine aufbrüllte, dachte sie, der Augenblick wäre gekommen. Jeden Moment rechnete sie mit dem Schlag, der sie zu Boden schleudern, unter dem lächerlichen Schild begraben und zerquetschen würde. Es gelang ihr, noch drei Schritte zu tun, vier, fünf, ohne dass etwas geschah. Dann konnte sie der Versuchung nicht länger widerstehen und drehte sich um. Vielleicht zum letzten Mal ...

Was sie sah, ließ sie erstarren.

Sie vergaß ganz, dass sie fliehen musste, und starrte wie hypnotisiert ins Halbdunkel der Höhle. Aus dem Nichts war eine weitere monströse Kreatur aufgetaucht und hatte sich auf die erste gestürzt.

Diese zweite Bestie war kleiner als die erste, sah aber nicht weniger fantastisch aus. Sie war eine Art Kreuzung zwischen Löwe und Stier – allerdings von der Größe eines Elefanten. Eine orangefarbene Aura, die ab und zu ein wenig verschwommen wirkte, als könnte sie jeden Moment erlöschen, umgab ihren Körper. Und diese wundersame Erscheinung hatte sich nun mit wütendem Fauchen auf den Drachen gestürzt.

Dælfine begriff sofort, dass dies ihre Rettung war. Der Löwe mit dem Stierkopf hatte seine Reißzähne in den Schwanz des Drachen geschlagen und ihn so daran gehindert, seine Opfer zu verfolgen. Die beiden Kreaturen kämpften wutentbrannt gegeneinander. Ihre Hiebe hätten einen Menschen auf der Stelle getötet, aber die Bestien schienen sie kaum zu spüren.

Das Mädchen war sicher, dass Vargaï tot oder schwer verletzt weiter hinten in der Höhle lag. Wie könnte es auch anders sein? Die Kreaturen hatten ihn vermutlich gleich zu Beginn ihres Kampfes totgetrampelt, vermutete Dælfine. Und so traute sie ihren Augen kaum, als sie den Weltwanderer plötzlich hinter dem Löwen ausmachte. Im schwachen Licht der Prismalampe sah sie den Alten jetzt ganz deutlich. Zu ihrer großen Überraschung versuchte er weder sich zu verstecken noch zu fliehen. Im Gegenteil, er stürzte sich in den Kampf.

Sie stand zu weit weg, um zu erkennen, was er genau tat. Vargaï setzte kaum noch seinen Säbel gegen den Drachen ein. Dafür wurde die Bestie immer wieder von hellen Blitzen getroffen, die der Weltwanderer zu lenken schien. Außerdem hatte Dælfine den Eindruck, dass er der Herr des abscheulichen Löwen war und ihm in einer fremden Sprache Befehle gab. Oder bildete sie sich das alles nur ein?

Offenbar war sie vor lauter Angst in eine Art Fieberwahn gefallen und konnte nicht mehr klar denken. Ihre Augen spielten ihr eindeutig einen Streich. Sie musste sich zusammenreißen und endlich diese grauenvolle Höhle verlassen, solange das noch möglich war.

Sie gab sich einen Ruck, wandte sich ab und wollte gerade zum Ausgang laufen, als sie fast mit Sohia zusammengestoßen wäre, die zurückgekommen war, um sie zu holen. Die Weltwanderin erfasste die Lage mit einem Blick, packte Dælfine am Handgelenk und zog sie hastig aus der Höhle.

Das Mädchen wehrte sich nicht. Endlich musste sie nicht mehr nachdenken. Da Sohia nun die Führung übernommen hatte, konnte sie einen letzten Blick zurückwerfen. Viel konnte sie nicht mehr erkennen, doch im Zwielicht hatte sie kurzzeitig den Eindruck, dass sich Vargaï verwandelte. Es war, als würde der Alte verschwinden und ein drittes Wesen seinen Platz einnehmen, dessen Umrisse noch recht verschwommen waren. Aber das konnte nur eine optische Täuschung sein, eine Einbildung.

Ihr blieb keine Zeit, genauer hinzusehen. Im nächsten Moment ließen das Mädchen und ihre Lehrerin die Höhle hinter sich und standen im orangefarbenen Licht der untergehenden Sonne. Sohia zog sie ein wenig abseits unter einen Felsvorsprung, wo sie zuvor den bewusstlosen Jungen abgelegt hatte.

»Bleib hier!«, befahl sie. »Und zähl bis zweihundert. Falls ich dann nicht wieder zurück bin, läufst du zurück zu den Planwagen, und ihr fahrt alle zusammen ins Tal hinab.«

Dælfine nickte, auch wenn sie der harte Gesichtsausdruck ihrer Lehrerin einschüchterte.

»Und ... und er?«, fragte sie leise.

Sohia zog die Riemen ihrer Montur fest, die sich beim Laufen gelockert hatten. Sie warf nur einen flüchtigen Blick auf die leblose Gestalt.

»Allein kannst du ihn nicht tragen, und es wäre verrückt, einen der Hirten herzuholen. Wenn in drei Minuten niemand aus der Höhle kommt, fliehst du. Ihn lässt du hier. Etwas anderes kannst du nicht tun.«

Das Mädchen nickte unsicher. Sie fröstelte in der kühlen Abendluft und musterte den fremden Jungen, dessen Schicksal bald besiegelt sein würde. Der Arme ... Er war ungefähr so alt wie sie selbst. Ein Kind noch, erst zehn oder elf Jahre alt, und doch musste sie ihn vielleicht dem sicheren Tod überlassen.

»Bis zweihundert«, schärfte ihr die Weltwanderin noch einmal ein und nahm den Schild.

Dann lief sie los, zurück in die Höhle. Da ihr keine große Wahl blieb, fing Dælfine an zu zählen. *Eins, zwei, drei ...*

Ihr war noch ganz schwindelig. Die Bilder von den Ungeheuern und dem wütenden Kampf gingen ihr nicht aus dem Kopf. *Neun, zehn, elf ...* Sie hüpfte von einem Bein auf das andere und blies sich in die eiskalten Hände. Ihre Stirn hingegen glühte. *Neunzehn, zwanzig, einundzwanzig ...* Unverwandt starrte sie auf den Höhleneingang: Würde ein Weltwanderer heraustreten? Oder eine blutrünstige Bestie? *Dreiunddreißig, vierunddreißig ...*

Nach einer Weile wanderte ihr Blick zu dem fremden Jungen. In Kürze würde sie fliehen und ihn im Stich lassen müssen. Bei diesem Gedanken platzte der Kloß in ihrem Hals, und Tränen traten ihr in die Augen. *Neunundfünfzig, sechzig ...* Wer er wohl war? Ein Bewohner dieser Berge? Ein junger Hirte, den die Bestie gefangen hatte, als er versuchte, seine Schafe zu schützen? Ein Unschuldiger, der von seiner Familie vermisst wurde? *Siebzig ...*

Spontan ging Dælfine neben dem Jungen in die Hocke. Er starrte vor Schmutz, und seine Haut war von verkrustetem Tierblut überzogen. Trotzdem zwang sich das Mädchen, ihm über das Haar zu streichen. *Achtzig ...* So war er wenigstens in den nächsten zwei Minuten nicht ganz allein. *Dreiundachtzig ... Vierundachtzig ...*

Die folgenden dreißig Sekunden vergingen ähnlich schnell. Als sie bei hundertzwanzig angelangt war, begann Dælfine trotz ihrer Angst, langsamer zu zählen. Ihr Überlebensinstinkt schrie ihr zu, die Beine in die Hand zu nehmen und die Höhle weit, weit hinter sich zu lassen ... Aber mit jedem Augenblick, der verstrich, und bei jeder Zahl, die sie vor sich hinmurmelte, hatte sie das Gefühl, ein Todesurteil auszusprechen. Also ließ sie sich Zeit ... *Hundertdreißig.* Eine Pause. Ein Seufzer. *Hunderteinunddreißig ...*

Bei hundertsiebzig erklang plötzlich wütendes Gebrüll aus den Tiefen der Höhle, ein bestialischer, schauerlicher Schrei. Er drang sogar bis zu dem bewusstlosen Jungen durch, denn er fing plötzlich an, sich zu bewegen. Dælfine beachtete ihn jedoch nicht, sondern starrte bang auf den finsteren Höhleneingang. Sie wagte gar nicht, sich vorzustellen, was als Nächstes passieren würde.

In diesem Moment brach der gigantische Drache fauchend und brüllend aus der Dunkelheit hervor. Wie eine Kanonenkugel schoss er aus der Höhle, schlug laut flappend mit den Flügeln und stieg mit rasender Geschwindigkeit in den Himmel empor. Wenn er verletzt war, schien ihm das jedenfalls keine Kraft zu rauben. Das Mädchen rechnete fast damit, dass er mitten im Flug explodieren und tödliche Schuppen in alle Richtungen schleudern würde – und tatsächlich geschah etwas Außergewöhnliches. Allerdings setzte die Bestie nicht zu einer letzten wütenden Attacke an, nein, im Gegenteil – sie verschwand komplett.

Dælfine blinzelte mehrmals und kniff die Augen fest zusammen. Sie musste sich getäuscht haben. Aber es war kein Irrtum möglich: Die Kreatur hatte sich verflüchtigt. Es war, als hätte sie sich in Luft aufgelöst – oder zumindest, als hätte sie diese Welt verlassen.

Das Mädchen suchte den Himmel ab und sah sich nach allen Seiten um. War die Gefahr tatsächlich gebannt? Nachdem sie sich vergewissert hatte, dass die Bestie tatsächlich ein für alle Mal verschwunden war, wandte sie sich wieder dem Jungen zu. Er hatte die Augen weit geöffnet.

Mit starrem Blick sah er in den Himmel, genau auf die Stelle, wo der Drache verschwunden war. War das ein Zufall? Stand er vielleicht einfach unter Schock, und sein Blick ging ziellos ins Leere? Nahm er überhaupt wahr, was um ihn herum geschah?

Als er den Kopf langsam Dælfine zuwandte und sie sah, wie das Leben in sein blutverschmiertes Gesicht zurückkehrte, erstarrte sie vor Schreck. Kaum hörte sie die beiden Silben, die der Junge mühsam hervorstieß: »Wo…biax.«

Seine Augen quollen hervor und fielen dann wieder zu. Er hatte abermals die Besinnung verloren. Dælfine war sich nicht einmal sicher, ob sie ihn richtig verstanden hatte. Was war das für ein seltsames Wort gewesen? Bedeutete es irgendetwas? In welcher Sprache hatte er gesprochen? War es ein Name gewesen? Oder fehlte ein Teil?

Kurz darauf kamen Sohia und Vargaï aus der Höhle, in der sich das Drama abgespielt hatte. Als Dælfine sah, wie schwer beide verletzt waren, hatte sie plötzlich sehr viel weniger Lust, eine Weltwanderin zu werden.

Allerdings war es längst zu spät, um einen Rückzieher zu machen.

4

Als der Junge aufwachte, hörte er als Erstes den Regen. Das stete Plätschern hatte ihn schon im Schlaf begleitet und sich mit seinen wirren Träumen vermischt. Als Nächstes kamen die Geräusche eines fahrenden Gespanns hinzu, das Knirschen der Räder – und Kinderstimmen. Jetzt war er endgültig wach. Er schreckte hoch und warf die Decke zurück.

Für einen kurzen Augenblick glaubte er noch zu träumen. Was tat er hier? Warum befand er sich in einem schwankenden Wagen, während Regen unablässig auf die Plane prasselte? Warum lag er auf einer Bank, auf der man ihm ein Bett bereitet hatte? Und wer waren die zehn Kinder, die ihn misstrauisch anstarrten?

»Endlich!«, rief eines von ihnen.

Es handelte sich um einen wohlgenährten Jungen von kräftiger Statur. Unhöfliche Menschen hätten ihn vielleicht als »dick« bezeichnet, aber der Junge blickte so finster drein, dass es wohl niemand wagen würde, ihm das ins Gesicht zu sagen. Als er von der Bank aufstand und sich auf das behelfsmäßige Lager setzte, rückten seine Kameraden dankbar auf den freien Platz.

»Das wurde aber auch Zeit!«, rief er. »Du hast ja ewig geschlafen, Mann! Seit drei Tagen quetschen wir uns auf einer Bank zusammen, während du seelenruhig vor dich hin schnarchst!«

»Seit drei Tagen?«, wiederholte der Junge.

Jetzt glaubte er nicht mehr, dass das Ganze ein Traum war – oder doch? Er versuchte sich zu erinnern, wo er vorher gewesen war, aber in seinem Kopf herrschte vollkommene Leere. Alles, was ihm einfiel, waren ein paar unzusammenhängende Bilder: eine Frau gab ihm Wasser zu trinken und wischte ihm das Gesicht mit einem Lappen ab, und ein Mann stellte ihm tausend Fragen, sobald er ein Auge öffnete.

Verwirrt sah er sich abermals um, und dabei fiel sein Blick auf die Kleider, die er trug. Sie gehörten ihm nicht. Oder doch? Plötzlich war er sich nicht mehr sicher. Im Grunde hatte er keine Ahnung.

»Also?«, schnauzte ihn der rundliche Junge an. »Wer bist du? Wie heißt du?«

Er setzte zu einer Antwort an, stellte aber verwundert fest, dass er über die Fragen nachdenken musste. Mit jeder Sekunde wuchs seine Angst. Er hatte das Gefühl, ersticken zu müssen, schnappte panisch nach Luft und schrie: »Ich weiß es nicht! Ich erinnere mich nicht!«

»Aha!«, höhnte ein anderer. »Ich hab es dir gesagt, Berris! Du hast die Wette verloren und schuldest mir einen Dukaten!«

»Verdammt!«, fluchte Berris.

Um seinen Ärger an jemandem auszulassen, boxte er dem an Gedächtnisschwund leidenden Jungen gegen die Schulter. Dieser spürte, wie ihm Tränen in die Augen schossen. Nicht der Schmerzen wegen, die waren nicht schlimm, sondern wegen der Verzweiflung, die ihn überkam. Was machte er hier? Und wer war er?

»Bu-hu-hu!«, spottete der Junge, der die Wette gewonnen hatte. »Jetzt fängt er gleich auch noch an zu heulen! Habt ihr so was schon mal gesehen? Einen heulenden Schakal?«

»Halt die Klappe, Vohn!«, fuhr ihn ein Mädchen mit rabenschwarzen Haaren an, das bislang geschwiegen hatte. Sie war weder besonders groß noch wirkte sie sonderlich stark, im Gegensatz zu ihrem Widerstreiter, aber sie schien trotzdem keine Angst vor ihm zu haben.

»Halt doch selber die Klappe!«, blaffte der Junge zurück. »Was ist, Dælfine, hast du dich verliebt? Willst du ihm vielleicht dafür danken, dass wir seinetwegen einen Riesenumweg machen mussten? Gefällt es dir etwa, dass wir uns alle auf eine Bank zwängen müssen, wo wir eigentlich längst hätten da sein sollen?«

Sie zuckte nur verächtlich mit den Schultern und warf dem namenlosen Jungen einen Blick zu. Plötzlich meinte er, sich an sie zu erinnern. Er hatte dieses Gesicht schon einmal gesehen ... Und zwar ...

Doch ganz gleich, wie sehr er sich den Kopf zerbrach, er konnte den Gedanken nicht zu Ende bringen. Ein unüberwindliches Hindernis stand zwischen ihm und seinen Erinnerungen.

»Du musst dich wehren und zurückschlagen«, riet sie ihm. »Lass dir von diesen Schwachköpfen nichts gefallen, sonst wird es immer schlimmer.«

Die nun eintretende Stille knisterte vor Anspannung. Alle warteten auf die Reaktion des fremden Jungen, vor allem Berris. Noch hatte er die Hände nicht zur Verteidigung erhoben, aber er ballte schon drohend die Fäuste.

Der namenlose Junge hatte keine Lust auf eine Keilerei. Außerdem wusste er gar nicht, ob er sich in seinem jungen Leben überhaupt schon einmal geprügelt hatte, und von jetzt an würde er sich diese Frage wohl bei jedem Gedanken stellen, der ihm in den Sinn kam. Niedergeschlagen wandte er sich ab und vergrub das Gesicht in den Händen.

»Gut so!«, spottete Vohn. »Versteck dein dreckiges Gesicht, dann müssen wir es wenigstens nicht mehr sehen! Und was mischst du dich da überhaupt ein, Dælfine! Du hältst dich wohl für die Anführerin, was?«

»Nein«, entgegnete die Schwarzhaarige. »Genauso wenig wie du. Sohia hat Nobiane ausgewählt.«

»Pfft! Das war vor ein paar Tagen in den Bergen, das zählt nicht. Ich bin der Größte und ...«

»Der Dümmste«, ergänzte das Mädchen. »Also ist und bleibt Nobiane die Anführerin.«

Eine zweite, weniger selbstsichere Mädchenstimme meldete sich: »Ich hab mich nicht darum gerissen ...«

Eine heftige Diskussion brach aus. Jedes der zehn Kinder brachte mindestens eine Meinung und zwei Beleidigungen ein. Der namenlose Junge begriff, dass das Thema offenbar regelmäßig zum Streit führte. Ihm war das alles völlig gleichgültig; er hörte nicht einmal mehr zu. Diese Kinder waren für ihn Fremde. Unbekannte, die ihn noch dazu nicht ausstehen konnten. Sie zankten sich über völlig belanglose Dinge, während er sich nicht einmal an seinen eigenen Namen erinnern konnte.

Schon bald ertrug er ihr Geplapper nicht mehr. Es machte ihn wahnsinnig, während er verzweifelt versuchte, seine Erinnerungen wachzurufen. Als er es nicht mehr aushielt, richtete er sich abrupt auf und schrie aus vollem Hals: »Kann mir vielleicht endlich mal jemand sagen, wer ich bin?«

Mit einem Schlag war es wieder still, nur der Regen prasselte weiter auf die Plane. Dann kam der Wagen zu einem Halt, ein Beweis dafür, dass auch der Kutscher den Schrei gehört haben musste.

Dælfine rang sich als Erste zu einer Antwort durch: »Das weiß niemand. Wir haben dich vor vier Tagen im Gebirge gefunden. In einer Höhle weit entfernt von jedem Dorf.«

»Und dort hast du tote Lämmer gefressen«, ergänzte Vohn. »Wie ein Schakal.«

Der namenlose Junge spürte die tiefe Verachtung hinter den Worten. Er selbst fand die Vorstellung ebenfalls widerwärtig, und er hatte keinerlei Erinnerung an all das. Konnte das wirklich wahr sein?

»L... Lämmer?«, wiederholte er fassungslos.

»Hör nicht auf ihn«, riet ihm Dælfine. »Er sagt viel, wenn der Tag lang ist. Er will sich nur wichtig machen.«

»Vargaï hat es selbst gesagt!«, widersprach Vohn. »Ich habe es genau gehört, und ich bin nicht der Einzige!«

»Das stimmt!«, rief Berris. »Er hat sogar gesagt, dass es so aussah, als hätte das Ungeheuer ihn ernährt!«

»Ja! Und da fragt man sich doch, wieso!«

»Bestimmt, weil sie miteinander verwandt sind!«, höhnte Berris. »Stell dir vor, die Mutter des Schakals ist ein Drache!«

In diesem Augenblick machte es im Kopf des namenlosen Jungen Klick. Oder besser gesagt: irgendetwas explodierte. Zwar fand er seine Erinnerungen nicht wieder, aber er sah eine Reihe von grellen Bildern vor seinem geistigen Auge aufblitzen. Doch auch wenn sie sogleich wieder verschwanden, war es zu spät. Unbändiger Zorn stieg in ihm auf.

Mit bestialischem Gebrüll warf er sich auf Berris und packte ihn an der Gurgel. Er drückte mit aller Kraft zu, ohne auf die entsetzten Rufe der anderen Kinder zu hören, ohne die Hände zu beachten, die ihn wegziehen wollten, und vor allem ohne Erbarmen für sein Opfer ...

Es brauchte das energische Eingreifen eines Erwachsenen, um Berris, der bereits blau angelaufen war, zu befreien. Aber nicht einmal das reichte, damit der namenlose Junge von ihm abließ. Erst nachdem Vargaï ihm eine schallende Ohrfeige versetzt hatte, kam er wieder halbwegs zu Sinnen.

Ein paar Minuten zuvor hatte es aufgehört zu regnen. Sohia nutzte die Gelegenheit und führte den fremden Jungen ein Stück von den Planwagen fort. So konnten sich die erhitzten Gemüter erst einmal beruhigen. Vargaï konnte es gewiss kaum abwarten, sich zu ihnen zu gesellen, um den Jungen auszufragen, aber er musste sich zuerst vergewissern, dass es dem kleinen Berris gut ging, der einer seiner zukünftigen Schüler war. Außerdem war der Weltwanderer der Meinung gewesen, dass sich der namenlose Junge vielleicht eher der jungen Frau anvertrauen würde. Da hatte er sich allerdings getäuscht. Seit sie auf einem moosbewachsenen, feuchten Baumstumpf Platz genommen hatten, kam dem Jungen kein Wort über die Lippen. Er starrte nur stumpf auf den Boden. Da war er ja sogar im Schlaf redseliger gewesen ...

»Willst du mir wirklich nicht sagen, was los war?«, fragte Sohia abermals sanft.

Keine Antwort. Die junge Frau konnte ihm deswegen keinen Vorwurf machen. Der Arme musste völlig verwirrt sein. Er wusste nicht, wer er war, und konnte sich an nichts erinnern. Außerdem war er noch ein halbes Kind. Er musste Dinge erlebt haben, die so grauenvoll waren, dass sein Gehirn beschlossen hatte, sie auszulöschen – zusammen mit dem Rest seiner Persönlichkeit. Jeder andere hätte genauso panisch reagiert, wenn er in solch einem Zustand aufgewacht wäre. Seine Wut war nur Ausdruck seiner Verwirrung.

»Als wir dich gefunden haben«, fuhr sie fort, »hast du mehrmals ein Wort gesagt. ›Wobiax.‹ Ist das ein Name? Sagt dir das irgendwas?«

Er zuckte kurz zusammen und schien nachzudenken, schüttelte dann aber langsam den Kopf.

Schade. Aber wenigstens hatte er auf ihre Frage reagiert.

»Könnte das vielleicht dein Name sein? Möchtest du, dass wir dich so nennen, bis wir herausfinden, wie du wirklich heißt?«

Wieder ein Kopfschütteln, diesmal weniger zaghaft. Zwar kamen sie dem Rätsel so nicht auf die Spur, aber immerhin führten sie eine Art Gespräch ...

»Du brauchst einen Namen«, erklärte Sohia. »Auch wenn es nur vorübergehend ist. Verstehst du?«

Nach einer halben Ewigkeit nickte der Junge. Dann schluckte er und murmelte bitter: »Die anderen nennen mich ›Schakal‹.«

»Ich finde, das passt überhaupt nicht zu dir«, sagte Sohia mit Nachdruck. »Vielleicht ›Löwe‹ oder ›Hyäne‹, aber bei deinen blonden Haaren kann man dich beim besten Willen nicht ›Schakal‹ nennen.«

Endlich wandte er sich ihr zu, auch wenn er nur große Augen machte. Sohia ließ ihm keine Zeit, sich wieder in sein Schneckenhaus zurückzuziehen. In scherzhaftem Ton fuhr sie fort: »Andererseits kann man es sich leicht merken, und es ist originell. Man begegnet nicht oft jemandem, der ›Schakal‹ heißt. Was meinst du, bleiben wir bei dem Namen, oder versuchen wir, etwas Besseres für dich zu finden? Willst du dir vielleicht einen Namen aussuchen?«

Er gab keine Antwort, sondern sah sie nur unendlich traurig an. Sein verlorener Blick berührte Sohia tief. Spontan nahm sie ihn in die Arme und wiegte ihn sacht hin und her. So etwas war bei den Weltwanderern normalerweise nicht üblich, aber das war ihr egal. Der arme Junge war ohnehin kein Anwärter auf die Bruderschaft. Auch wollte sie nicht die Mutter für ihn spielen. Vom Alter her war sie eher so etwas wie eine große Schwester. Für einen Jungen, der alles verloren hatte, war das schon viel.

»Jona«, murmelte sie. »Wir nennen dich Jona.«

Sie wusste nicht einmal, wie sie darauf kam. Der Name war ihr plötzlich eingefallen. Da sich der Junge nicht gegen den Vorschlag sträubte und das Eis zwischen ihnen nun offenbar gebrochen war, fing sie an zu erzählen. Sie begann mit dem Tag, an dem die Hirten die Reisenden um Hilfe gebeten hatten, und berichtete alles, was bis zum Morgen geschehen war, als der Junge aus seinem dreitägigen Fieberschlaf erwacht war.

Natürlich ließ sie ein paar Einzelheiten aus. Vor allem den brutalen Kampf zwischen den Weltwanderern und der Chimäre, bei dem sie sich eine tiefe Wunde an der Wade und Vargaï eine böse Schramme im Gesicht zugezogen hatten, erwähnte sie nur kurz. Auch den Tod des Hirten, der darauf bestanden hatte, sie zu begleiten, handelte sie in wenigen Worten ab – am liebsten hätte sie ihn ganz verschwiegen. Sie erzählte, wie schmutzig der Junge gewesen war, als sie ihn gefunden hatten, und konzentrierte sich auf das, was ihn sicher mehr interessierte: ihre Bemühungen, seine Familie zu finden.

Leider war die Suche erfolglos geblieben. Im nächsten Dorf kannte niemand den Geretteten, und auch in den folgenden Dörfern erging es ihnen nicht anders. Und weit und breit vermisste niemand ein Kind. Das warf einige Fragen auf: War der Junge von der Chimäre in das Gebirge verschleppt worden? Wo war sein Zuhause?

Jedes Mal, wenn der Junge ein Auge geöffnet hatte, hatten die Erwachsenen versucht, ihn zu befragen, doch sie hatten rasch festgestellt, dass er das Gedächtnis verloren hatte. In seinem fiebrigen Zustand wiederholte er nur immer wieder mit schwacher Stimme: »Ich erinnere mich nicht ... Ich weiß es nicht ...« Das einzige andere, was er vor sich hinmurmelte, war jenes seltsame Wort: »Wobiax«.

Die beiden Weltwanderer hatten gehofft, dass seine Erinnerung zurückkehren würde, sobald es ihm besser ginge, doch das war offensichtlich nicht eingetreten. Da sie niemanden gefunden hatten, der den Jungen kannte, hatten die Weltwanderer ihn auf eine Bank in einem der Planwagen gebettet und ihre Reise fortgesetzt.

Hier endete Sohias Bericht. Eins behielt sie allerdings für sich: In den ersten drei Orten, die sie durchquerten, hatten sie versucht, die Dorfbewohner dazu zu überreden, den Jungen bei sich aufzunehmen. Doch die Bergbewohner hatten stets dieselbe Antwort gegeben: Sie wollten mit diesem Jungen, der neben einem Ungeheuer gefunden worden war, nichts zu tun haben. Entweder würde er die Chimäre anlocken, oder er war selbst eine Art Bestie ... Kurzum, er würde großes Unheil über die Menschen bringen, die so schwach wären, ihn aufzunehmen.

Vielleicht hatten sie gar nicht so unrecht, schoss es Sohia durch den Kopf, als sie an Berris blau angelaufenes Gesicht dachte. Sofort bereute sie diesen bösartigen Gedanken.

Als sie geendet hatte, schwiegen sie eine ganze Weile. Der Junge, dem sie den Namen Jona gegeben hatte, war tief in Gedanken versunken. Bestimmt zermarterte er sich das Hirn, um sich an irgendeine Kleinigkeit zu erinnern, die ihm Aufschluss über seine Vergangenheit geben konnte. Als er schließlich den Mund aufmachte, war Sohia überrascht, dass er ein ganz anderes Thema anschnitt.

»Wer ... Wer seid Ihr eigentlich?«, fragte er.

»Wie meinst du das?«

»Na ja ... Ihr und der Alte. Warum haben die Hirten ausgerechnet Euch um Hilfe gebeten? Und wer sind die Kinder? Wohin bringt Ihr sie?«

Sohia runzelte die Stirn. Als ihr aufging, was seine Fragen bedeuteten, riss sie verwundert die Augen auf. »Du hast noch nie von den Weltwanderern gehört? Im Ernst?«

Jona zuckte verlegen mit den Schultern.

Sohia fragte sich, wie so etwas möglich war ... Der Junge schien tatsächlich aus einer anderen Welt zu stammen. Es gab keinen Menschen, der die Weltwanderer nicht kannte.

5

Normalerweise hatte der gemächliche Gang seiner Pferde eine entspannende Wirkung auf Vargaï. Bereits zum elften Mal unternahm er diese Reise, und jedes Jahr nahm er dafür dieselben Pferde: zwei robuste Friesen, die den Wagen in jedem Gelände und bei jeder Witterung stoisch zogen. Der Weltwanderer mochte das monotone Klappern der Hufe und das langsame Tempo dieser Art zu reisen. Den Rest der Zeit war sein Leben aufregend genug. Jedenfalls hatte er es in den Vorjahren nicht eilig gehabt, ans Ziel zu kommen, und jede Sekunde dieser erzwungenen Verschnaufpause genossen.

Doch diesmal war es anders.

Der Kampf gegen den Drakoniden und die Begegnung mit Jona hatten eine Menge Fragen aufgeworfen, die schleunigst beantwortet werden mussten. Vargaï ahnte, dass das Ganze viel komplizierter war, als es schien. So hatte der Junge sie immer wieder überrascht. Erst hatten sie angenommen, dass er aus einem der umliegenden Dörfer stammte, dann aber einsehen müssen, dass dem nicht so war. Dann hatten sie herausgefunden, dass er das Gedächtnis verloren hatte und ihnen keinerlei Fragen beantworten konnte. Und nicht zuletzt hatten sie aus den Worten, die er im Schlaf von sich gegeben hatte, geschlossen, dass er sich in der Höhle von den von der Chimäre erbeuteten Tieren ernährt hatte – und seinen Durst auf die einzig mögliche Art gestillt hatte: indem er ihr Blut trank.

Um ihre Schützlinge nicht zu verängstigen, hatten die Weltwanderer dies natürlich für sich behalten. Und erst nachdem der Schlaf des Jungen ruhiger geworden war, hatten sie ihn in dem Planwagen bei ihren zukünftigen Schülern untergebracht. Doch die Kinder hatten ihre eigenen Schlüsse gezogen. Warum war der fremde Junge von der Bestie verschont worden? Seit wann hatte er in der Höhle gelebt? Woher kam er? Hatte er neben dem Gedächtnis vielleicht auch noch den Verstand verloren? Musste man sich vor ihm hüten – oder ihn gar fürchten?

Der Alte musterte Jona, der brav neben ihm auf dem Kutschbock saß, aus dem Augenwinkel. Vargaï hatte ihn in einem Tonfall, der keinen Widerspruch duldete, aufgefordert, dort Platz zu nehmen, und der Junge hatte nicht protestiert. Zweifellos war er froh, nicht länger den Schikanen der anderen Kinder ausgesetzt zu sein. Doch seit er bei ihm auf dem Kutschbock saß, hatte der Junge kein Wort gesprochen, was es dem Weltwanderer nicht einfach machte, sich ein Urteil über ihn zu bilden.

Wer war er wirklich? Ein unschuldiges Opfer oder eine düstere Gestalt? Ein durch ein Wunder gerettetes Kind oder eine vom Bösen besessene Seele? Um das herauszufinden, musste er ihn erst einmal dazu bringen, den Mund aufzumachen ...

»Sohia hat mir erzählt, dass du dich fragst, wer wir sind?«, sagte er.

Er erntete nur ein vages Achselzucken. Die Ohrfeige, die der Alte ihm hatte verpassen müssen, war offenbar noch nicht verdaut. Vielleicht schüchterte auch die Schramme, die Vargaïs Gesicht seit dem Kampf verunstaltete, den Jungen ein. Nun, so schnell würde er sich nicht geschlagen geben.

»Es ist das erste Mal, dass ich jemandem begegne, der noch nie etwas von uns Weltwanderern gehört hat. Allerdings treffe ich häufiger Leute, die glauben, dass es uns nicht mehr gibt. Dass wir einer längst vergangenen Zeit angehören. In einigen entlegenen Gegenden denkt man sogar, dass die Bruderschaft nur eine Legende ist. Aber alle Menschen kennen zumindest unseren Namen. Auch wenn du das Gedächtnis verloren hast, dürftest du ihn nicht vergessen haben.«

»Habe ich aber offenbar«, knurrte Jona mürrisch.

Vargaï konnte sich ein Grinsen nicht verkneifen. Als er das Gesicht verzog, schmerzte die noch nicht verheilte Wunde an seiner Wange. Immerhin hatte er erreicht, was er wollte: Eine widerwillige Reaktion war immer noch besser als gar keine. Er fuhr fort: »Ich muss zugeben, dass mich die Meinung eines Unwissenden interessiert. Was glaubst du denn, wer wir sind? Wonach sehen wir aus?«

Erneutes Achselzucken. Nach ein paar Sekunden sagte der Junge schließlich: »Tja ... eine Art Krieger?«

»Hm ... Vermutlich hast du recht, so dürften uns die meisten Leute sehen. Aber in Wahrheit sind wir noch viel mehr als das. Wir sind nämlich auch Fährtenleser und Jäger. Und Zauberer. Einige von uns sind Gelehrte, andere Handwerker. Aber in erster Linie sind wir Hüter.«

»Hüter? Und was behütet Ihr?«

»Grenzen, die niemand sehen kann«, antwortete Vargaï. »Die wichtigsten Grenzen, die es auf dieser Welt gibt.«

Er hatte sich mit Absicht geheimnisvoll ausgedrückt, weil er das Interesse des Jungen wecken wollte, doch der versank wieder in nachdenklichem Schweigen. Wahrscheinlich fragte er sich, inwieweit er diesen Geschichten Glauben schenken konnte ... Der Alte beschloss daher, die Sache zu beschleunigen. Er nahm die Zügel in eine Hand und holte mit der anderen einen kleinen Gegenstand aus einer Tasche seines Bandeliers.

»Schau mal. Was ist das deiner Meinung nach?« Er drückte ihm das Ding in die Hand.

Jona betrachtete es eine Weile mit düsterer Miene. Er wirkte überhaupt nicht beeindruckt.

»Irgendein Zahn«, meinte er dann. »Vielleicht der Fangzahn eines Hundes. Eines großen Hundes.«

»Gar nicht mal so falsch. Es ist der Fangzahn eines Wolfs. Aber kein Wolf, wie man ihn in den Wäldern Gonelores findet, sondern eine andere, sehr viel gefährlichere Gattung Wolf. Deshalb ist dieser Zahn etwas ganz Besonderes.«

Jetzt schien der Junge neugierig geworden zu sein. Stirnrunzelnd drehte er den Zahn hin und her und versuchte zweifellos festzustellen, was an ihm so besonders war. Vargaï ließ ihn ein wenig grübeln. Dann hielt er ihm seinen Stab mit dem blauen Prisma hin.

»Schau ihn dir noch einmal an«, sagte er, »aber diesmal durch den Kristall.«

Jona zögerte kurz, als wollte er sich vergewissern, dass der Alte ihn nicht auf den Arm nahm. Dann blickte er durch den Edelstein und riss sogleich überrascht die Augen auf.

Vargaï musste lachen, obwohl ihm der Schmerz in die verletzte Wange fuhr. Er wusste nur zu gut, was die Zauberkraft des Prismas offenbart hatte: Der Zahn schien ein Eigenleben zu führen. Er wand sich zuckend wie eine Made, und fast sah es aus, als könnte er sich einem ins Fleisch graben. Wie zu erwarten, reagierte der Junge mit Abscheu und Angst.

»Nehmt ihn zurück«, bat er tonlos. »Bitte ...«

»Keine Sorge. Das Tier, das diesen Zahn im Maul hatte, ist seit Langem tot. Es kann dir nichts mehr ...«

Er wurde von einem Aufschrei des Jungen unterbrochen. Als er das Blut sah, das von Jonas Handfläche tropfte, zuckte er zusammen und nahm den Zahn sofort wieder an sich. Was war geschehen? Wie konnte sich der Junge verletzt haben?

»Pass auf, er ist spitz!«, brummte er. »Das ist kein Spielzeug!«

»Aber Ihr habt ihn mir doch gegeben! Ich habe nichts getan! Ich bohre ihn mir doch nicht zum Spaß in die Hand, so dumm bin ich nicht!«

Er wagte es nicht, Vargaï offen herauszufordern, aber der Alte verstand auch so, was er sagen wollte: »Der Zahn hat mich angegriffen! Ganz von selbst!«

Der Alte war sicher, dass so etwas unmöglich war. Jedenfalls war so etwas noch nie passiert, weder ihm noch irgendeinem anderen Weltwanderer, den er kannte. Wenn dem so gewesen wäre, hätte er sicher davon erfahren ... Also musste sich Jona aus Unachtsamkeit an dem Zahn geschnitten haben, sonst nichts. Andererseits ... bei den vielen Rätseln, die den Jungen umgaben, war der Vorfall besorgniserregend.

»Ist das eure Zauberkraft?«, fragte Jona verächtlich. »Ihr schafft Trugbilder, um den Leuten Angst einzujagen?«

»Das ist kein Trugbild«, entgegnete der Alte. »Durch das Prisma hast du das wahre Erscheinungsbild des Zahns gesehen. Das, was du mit bloßem Auge wahrnehmen kannst, ist ein Trugbild. Das wollte ich dir zeigen.«

Jona legte die Stirn in Falten und biss die Zähne zusammen. Vargaï hatte das Vertrauen des Jungen gewinnen wollen, indem er ihm den Zahn zeigte, und hatte genau das Gegenteil erreicht.

Der Weltwanderer stand vor einer schwierigen Entscheidung. Denn der Junge ohne Gedächtnis war nicht die einzige Entdeckung, die Sohia und er in der Höhle gemacht hatten. Sie waren auch auf einen kostbaren Schatz gestoßen, der viel Neid erregen konnte, nicht zuletzt innerhalb der Bruderschaft. Was würde geschehen, wenn er dem Jungen den Gegenstand zeigte? Es wäre interessant zu sehen, was er bei ihm auslöste ...

Allerdings konnte es genauso gut sein, dass er gar nicht darauf reagierte. Vargaï war hin- und hergerissen. Es bestand die magere Hoffnung, dass sein Fund dem Gedächtnis des Jungen auf die Sprünge half. Aber war es das wert? Sollte er ihn nur deswegen in sein Geheimnis einweihen? Besser nicht ... Zumal die Sache schlimm enden könnte. Was, wenn eine plötzliche Rückkehr der Erinnerungen zu viel für Jona wäre und er einen Zusammen-

bruch erlitt? Nach langem Grübeln beschloss Vargaï, dass es zu früh für solch ein Experiment war.
Fast eine Stunde verging, ohne dass einer der beiden Reisenden etwas sagte. Die anderen Kinder saßen in dem hinteren Wagen, der von Sohia gelenkt wurde, und so hörten er und Jona nicht einmal das Gemurmel ihrer Gespräche. Normalerweise genoss Vargaï die Stille, aber jetzt, wo sie bald am Ziel wären, musste er das Findelkind unbedingt zum Reden bringen. Denn bald würde er anderen erklären müssen, warum er den Jungen mitgebracht hatte. Daher sagte er unvermittelt, so als hätten sie ihr Gespräch nie unterbrochen: »Gegen solche Bestien kämpfen wir. Wölfe mit schrecklichen Reißzähnen, Bären, die größer sind als Pferde, Ungeheuer, die einem Albtraum zu entstammen scheinen ... Solche wie der Drakonid, der dich entführt hat.«
Er hielt kurz inne und fuhr dann fort: »Das sind keine normalen Tiere. Wir nennen sie Chimären. Sie stammen nicht aus unserer Welt, aber manchmal kommen sie auf Nahrungssuche her. Immer wieder passiert es, dass sie beschließen hierzubleiben. Es ist die Pflicht der Weltwanderer, dies zu verhindern. Deshalb sind wir die Hüter einer unsichtbaren Grenze.«
Jona rutschte unruhig auf der Bank hin und her. Vargaïs ernster, ja geradezu todernster Ton schien ihn überzeugt zu haben. Warum sollte ein Erwachsener so eine Geschichte erfinden?
»Aber ... warum gerade Ihr?«, stieß er hervor. »Ich meine ... warum keine ...«
»Warum keine Muskelpakete mit breiten Schultern?«, ergänzte Vargaï. »Oh, davon haben wir natürlich auch einige in unseren Reihen. Aber Kraft allein macht noch keinen guten Weltwanderer aus – auch wenn das im Kampf natürlich ein Vorteil ist. Aber bei der Auswahl meiner Schüler achte ich auf andere Eigenschaften. Intelligenz, Tapferkeit, Mut und Ausdauer beispielsweise. Wer diese Tugenden besitzt, kämpft genauso gut wie jeder Kraftprotz. Wenn nicht sogar besser.«

Jona wirkte nachdenklich. Er schwieg eine Weile und fragte dann: »Die Kinder in dem anderen Wagen, sind das ... Eure Schüler?«

»Nur die Hälfte. Die anderen hat Sohia rekrutiert. Aber noch sind sie nicht offiziell meine Schüler. Sie sind noch nicht in die Bruderschaft aufgenommen worden.«

»Sie kamen mir aber nicht besonders intelligent vor«, sagte der Junge bissig. »Einige von ihnen jedenfalls nicht. Sie geraten sich ständig in die Haare ... Ich mag sie nicht.«

»Das ist schade. Ich hoffe, du änderst deine Meinung noch. Ihre Nerven liegen blank, und das nicht ohne Grund. Du musst wissen, dass manche schon seit über einem Monat in diesem Wagen sitzen. Außerdem hat jeder von ihnen eine schwierige Vergangenheit. Ihre Geschichte ist vielleicht nicht ganz so dramatisch wie deine, aber sie haben etwas Nachsicht verdient. Meinst du nicht auch?«

Jona verzog das Gesicht.

»Mag sein. Aber ich muss mich ja nicht gleich mit ihnen anfreunden. Schließlich werde ich nicht ewig mit ihnen zusammen sein ...«

Vargaï wusste, dass seine Worte als Frage gemeint waren.

»Du hast recht«, sagte er mit einem Nicken. »Du bist frei wie ein Vogel und kannst mich jederzeit bitten anzuhalten. Dann kannst du absteigen und gehen, wohin du willst. Aber ich halte das für keine gute Idee ... Solange du dein Gedächtnis nicht wiedergefunden hast, musst du bei Menschen bleiben, die für deinen Schutz sorgen können. Das verstehst du doch, oder?«

Jona schien eine Weile darüber nachzudenken und nickte dann resigniert.

Vargaï war erleichtert, dass er so vernünftig war. Das alles war ohnehin schon kompliziert genug, da konnte er sich nicht auch noch mit den Launen eines trotzigen Jungen herumschlagen.

»Also werde ich Euch bis zum Ende Eurer Reise begleiten«, sagte Jona mit einem Seufzer.
Vargaï nickte.
»Und ... wohin fahren wir?«
Ein Lächeln huschte über Vargaïs verletztes Gesicht.
»An einen Ort, von denen es in ganz Gonelore nur wenige gibt«, erklärte er feierlich. »Einen Ort, an dem die besten Weltwanderer weit und breit ausgebildet werden!«
»Eine Schule?«, fragte Jona missmutig. »Und ist es noch weit?«
»Nein. Morgen dürften wir endlich da sein«, antwortete Vargaï. Nach kurzem Schweigen fügte er hinzu: »Ich habe dir den Namen des Orts noch nicht gesagt. Er heißt Zauberranke«, erklärte er feierlich.

Jona zuckte die Achseln, als hätte man ihm mitgeteilt, was es zum Mittagessen geben würde. *Natürlich*, dachte Vargaï. Der Junge hatte ja keine Ahnung, welche Aufregung der Name in der Regel bei den Leuten auslöste. Zauberranke war ein geheimnisumwitterter Ort, der auf eine lange Geschichte zurückblickte. Hier wurden Ränke geschmiedet und gefährliche Abenteuer vorbereitet.

Aber das würde Jona ja bald mit eigenen Augen sehen.

6

Gegen Abend hörte es endlich auf zu regnen, dafür frischte der Wind auf. Jona störte sich nicht an dem ungemütlichen Wetter. Er empfand solche Leere in seinem Inneren, dass ihm alles andere egal war. Zudem erzählten die anderen, er habe tagelang in einer eisigen Höhle überlebt. Wenn ihn die Kälte dort nicht umgebracht hatte, konnten ihn auch ein paar kräftige Windstöße nicht in die Knie zwingen. Während die anderen Kinder die Krägen hochschlugen und bibbernd die Köpfe einzogen, stand er da, aufrecht wie ein Galgen. Außerdem zeigte er ihnen so, dass er nicht gewillt war, die Rolle des Prügelknaben zu spielen.

Doch die künftigen Weltwandererschüler hatten in diesem Moment andere Sorgen. Seit Vargaï einen Schlafplatz für die Nacht ausgewählt und seinen Wagen zum Halt gebracht hatte, hatten die Kinder alle Hände voll zu tun. Jeder hatte offenbar eine feste Aufgabe: die Pferde striegeln, das Gepäck ausladen, das Zelt aufbauen ... Alles lief reibungslos, und Jona stellte verwundert fest, dass sich keines der Kinder sträubte. Nach dem Gespräch mit dem Alten sah er seine Mitreisenden ohnehin mit anderen Augen. Sie hatten sich zu einem Leben voller Abenteuer und Gefahren entschlossen. Das machte sie zwar noch lange nicht zu sympathischen Zeitgenossen, aber zugegebenermaßen waren sie in der Lage, eine Lichtung in kurzer Zeit in einen anständigen Schlafplatz zu verwandeln.

In der Mitte zwischen den beiden Wagen stellten sie einen langen Ast auf und legten Zeltplanen darüber, die sie an den Wagen festzurrten. Auf diese Weise entstand ein Regenschutz mit spitzem Dach, unter dem die Kinder ihre Decken ausbreiten konnten. Die erwachsenen Weltwanderer bezogen in den beiden Planwagen Quartier, wo sie etwas mehr Bequemlichkeit genossen und außerdem durch einen Spalt in der Plane die Umgebung überwachen konnten. Als Nächstes ging es darum, ein Feuer zu entzünden, um den kleinen Trupp mit Essen zu versorgen. Ein kraushaariger Junge formte mit Steinen einen Kreis, der die Flammen in Schach halten sollte.

Jona betrachtete das alles aus einigem Abstand, als auf einmal der große Vohn vor ihm stand: »Vargaï will, dass du bei uns schläfst«, verkündete er. »Aber glaub bloß nicht, dass ich dir dein Bett mache, Schakal! Deinen Strohsack musst du dir schon selbst holen!«

Mit diesen Worten wandte er sich ab und ging davon. Jona zuckte mit den Schultern. Nach einigen Augenblicken beschloss er, der Aufforderung Folge zu leisten, und sei es nur, um seine Selbstständigkeit zu unterstreichen. Als er zu dem Planwagen hinüberging, in dem das Gepäck verstaut war, versetzte ihm jemand von hinten einen heftigen Stoß, und er fiel ins nasse Gras.

Er setzte sich auf. Vor ihm standen Vohn, der breit grinste und die Muskeln spielen ließ, und der dicke Berris, der ihm wie ein treuherziger Hund überallhin zu folgen schien. Selbstverständlich gab es weit und breit keinen Zeugen, der hätte eingreifen können …

»Du dachtest doch nicht, dass du so einfach davonkommst, oder?«, fragte Vohn und fuchtelte mit der Faust vor Jonas Gesicht herum.

Jona biss die Zähne zusammen. Er konnte sich nicht erklären, warum er einige Stunden zuvor so wütend geworden war, aber

er spürte, dass der Zorn ihn jederzeit wieder übermannen konnte. Also beschloss er, erst einmal liegen zu bleiben.
»Lasst mich in Ruhe«, zischte er.
»Ach ja?«, höhnte Vohn. »Was passiert denn sonst? Beißt du uns? Oder rufst du deine Drachenmama?«
Jona musste sich bremsen, um ihm nicht an die Kehle zu springen. Auch wenn er nicht auf die Provokation einging, sprach sein Blick offenbar Bände, denn Berris bekam es auf einmal mit der Angst zu tun.
»Lass ihn«, sagte er zu seinem Freund. »Der Kerl ist nicht ganz richtig im Kopf. Und mir tut auch gar nichts mehr weh.«
»Auge um Auge, Zahn um Zahn!«, beharrte der andere. »Er kriegt seine Abreibung, so wie wir es gesagt haben!«
»Komm schon!«, drängte Berris. »Vergiss ...«
Als ein vierter Junge zu ihnen trat, verstummte er. Es handelte sich um den Lockenkopf, der sich um die Feuerstelle gekümmert hatte. Ein paar Sekunden lang herrschte Schweigen, alle blickten sich unschlüssig an. Dann sagte der neue Junge zu Jona: »Sohia sagt, du sollst mir beim Brennholzsammeln helfen. Sonst brauche ich eine Stunde, bis ich genügend trockene Äste zusammenhabe. Nach dem Regen ist alles klitschnass.«
Allen war klar, dass er log, aber so konnten sie die Sache beenden, ohne sich eine Blöße zu geben.
Jona rappelte sich hoch, ließ dabei aber weder Berris, der sich bereits entfernte, noch Vohn aus den Augen. Der Rüpel ballte noch immer die Fäuste.
»Glaub nicht, ich lasse dich so einfach davonkommen, Schakal«, drohte er. »Du kriegst deine Abreibung schon noch, und zwar dann, wenn du es am wenigsten erwartest. Wenn du glaubst, ich hätte es längst vergessen.«
Mit einem fiesen Grinsen wandte er sich ab und ließ Jona mit seinem unverhofften Verbündeten zurück.
»Hör nicht auf ihn«, riet ihm der Lockenschopf. »Das macht

er mit jedem. Ich wette, er droht sogar seinem Spiegelbild mit Prügel. Aber das sind alles nur hohle Sprüche.«

»Danke für deine Hilfe«, sagte Jona und klopfte sich den Schmutz von den Kleidern. »Oder brauchst du wirklich Hilfe beim Holzsuchen?«

»Na klar!«, rief der Junge grinsend. »Und ob! Also komm!«

»Äh ... Dürfen wir uns überhaupt so weit vom Lager entf...«

Der andere hörte ihm schon gar nicht mehr zu. Er hüpfte davon und bedeutete Jona mit einem Wink, ihm zu folgen. Jona beschloss, ihm zu vertrauen. Gleich darauf stellte er mit Erleichterung fest, dass ihr Ausflug wirklich dazu diente, Äste aufzuklauben, und er nicht abermals Opfer eines bösen Streichs wurde.

Nachdem sie eine Weile schweigend Holz gesammelt hatten, verspürte er den Drang, sich seinem Kameraden anzuvertrauen: »Ich weiß nicht, wie ich in Wirklichkeit heiße, aber hast du schon gehört, dass Sohia mir einen neuen Namen gegeben hat?«

»Jona«, antwortete der andere. »Gefällt mir sehr gut. Damit kann man viele Wortspiele machen. Wirst schon noch sehen, Jon-abenteurer.«

Jona zuckte zusammen, merkte dann aber, dass es sich um einen unschuldigen Spaß handelte und der andere ihn nicht verspotten wollte.

»Und wie heißt du?«

»*General Einer Sagenhaften Supermacht*«, verkündete er großspurig. »Aber weil das ein bisschen lang ist, erlaube ich dir gnädig, es mit Gess abzukürzen. Wenn du mir Respekt erweisen willst, kannst du mich auch einfach nur ›Eure Herrlichkeit‹ nennen.«

Er zwinkerte ihm über sein Reisigbündel hinweg zu und nahm Jona damit die letzten Zweifel. Er überraschte sich sogar dabei, wie er den Lockenkopf angrinste.

»Dir ist schon klar, dass man auch mit Gess ziemlich viele Wortspiele machen kann?«, fragte er schmunzelnd.

»Gess-statte mir, dass ich darüber lache. Wage es bloß nicht, mich herauszufordern, Jon-arrogant!«

Jona brach in lautes Lachen aus. Das war ihm seit ... seit ... Er hatte keine Ahnung, wann er zum letzten Mal wirklich gelacht hatte. Jedenfalls hatte er das Gefühl, dass es viele Wochen her war. Ihm war, als hätten sich schon in den Wochen vor seinem Gedächtnisverlust dramatische Dinge ereignet.

»Das dürfte reichen«, befand Gess nach einer Weile. »Danke für die Hilfe, Jon-assistent!«

In trauter Eintracht kehrten die beiden Jungen zu den Wagen zurück. Wenig später schickte Vargaï sie allerdings noch einmal los. Sie sollten noch mehr Holz sammeln, weil er zwei weitere Feuer anzünden wollte. Gess war sehr erstaunt über dieses Vorhaben, aber Jona und er gehorchten, ohne zu murren. Während der Arbeit lieferten sie sich einen wahren Wettstreit im Witzereißen, den der Lockenschopf natürlich haushoch gewann. Doch Jona machte seine Niederlage überhaupt nichts aus, im Gegenteil. Die Kabbelei tat ihm ungeheuer gut.

Nach etwa zwanzig Minuten des Herumalberns fragte er in eine kleine Pause hinein: »Erzählt doch mal, *Eure Herrlichkeit*. Was hat Euch hergebracht? Warum wollt Ihr Weltwanderer werden?«

Zu seiner Verwunderung versank Gess in tiefem Schweigen. Sein neckischer Gesichtsausdruck wurde ernst, und Jona bereute seine Neugier sofort. Er beschloss, die Sache auf sich beruhen zu lassen, aber nach einer guten Minute sprach sein neuer Freund das Thema von selbst an: »Sei mir nicht böse. Aber Vargaï hat uns versprochen, dass niemand diese Frage beantworten muss.«

»Entschuldige ...«, stammelte Jona. »Ich wollte nicht ... Ich wusste nicht ...«

»Außerdem: Wenn ich es dir sagen würde – wäre ich gezwungen, dich zu töten.«

Er schien es todernst zu meinen, jedenfalls einige Augenblicke

lang ... Dann breitete sich ein Grinsen auf seinem Gesicht aus, womit er Jona vollends aus der Fassung brachte.
»Ha!«, lachte der Witzbold. »Du solltest dein Gesicht sehen. Man könnte glauben, du hättest eine Kröte verschluckt!«
Jona lachte nervös. Er war nicht sicher, ob er den Scherz lustig fand. Und war es überhaupt ein Scherz? Anscheinend war Gess nicht der fröhliche, unbekümmerte Junge, der zu sein er vorgab. Im schlimmsten Fall konnte er sich als zehnmal gefährlicher als dieser Trottel Vohn erweisen.
Vargaï hatte offenbar recht: Jedes der rekrutierten Kinder hatte eine dunkle Vergangenheit. Warum sonst sollten sie sich für ein gefährliches Leben fern von ihren Familien entschließen?
Nach dem Vorfall war die Stimmung gedrückt, und die beiden Jungen brachten ihre Aufgabe zu Ende, ohne ein weiteres Wort zu wechseln. Die einbrechende Dunkelheit veranlasste sie bald, sich auf den Rückweg zu machen. Plötzlich fühlte sich Jona wieder schrecklich verloren. Was tat er hier? In einem Land, dessen Namen er nicht einmal kannte? Wie kam es, dass er trockene Äste für ein Dutzend Fremder sammelte, von denen mehrere ihm mit offener Feindseligkeit begegneten? Hatte er keine Familie, die irgendwo auf ihn wartete? Würde er sie eines Tages wiederfinden?
Er versank in dumpfem Trübsinn. Als er das improvisierte Zelt zwischen den beiden Planwagen betrat, winkte Dælfine ihm zu, aber er reagierte nicht. Ebenso wenig konnte er sich daran erfreuen, wie gemütlich ihr Schlafplatz geworden war. Während die anderen Kinder froh waren, endlich nicht mehr dem Wind ausgesetzt zu sein und sich Hände und Füße an einem prasselnden Feuer wärmen zu können, fühlte er sich an einem Ort gefangen, an dem er nicht sein wollte, in Gesellschaft von Kindern, mit denen er nichts zu tun haben wollte. Jetzt, wo Gess nicht mehr an seiner Seite war, hüllte er sich in grimmiges Schweigen.
Vargaï hatte sie gebeten, das Feuerholz außerhalb des Zelts auf-

zuschichten, einen Haufen links, den anderen rechts. Der Weltwanderer hatte nicht erklärt, warum, und Jona war das auch völlig egal. Er hoffte nur, dass er an einem der Feuer außerhalb des Zelts würde schlafen dürfen statt bei den anderen Kindern. Doch leider ließ Sohia ihn nicht einmal allein im Freien stehen. Sie schickte ihn zu den anderen ins Zelt, und Jona musste sich einen Platz am Feuer suchen. Er zögerte kurz und setzte sich dann zwischen Gess und Dælfine, obwohl auch Berris und Vohn bei ihnen waren. Der Rüpel ging wieder einmal seiner Lieblingsbeschäftigung nach: der Prahlerei.

»Ihr werdet es nie erraten«, spottete er. »Ich bin der Einzige, der weiß, was sie mit dem Holz vorhaben.«

»Pfft«, schnaubte Dælfine. »Das ist doch nur der Vorrat für die Nacht, nicht mehr.«

»Aber so viel Holz brauchten wir bisher noch nie«, sagte Gess. »Sie haben uns sogar zu zweit zum Sammeln geschickt. Mein Jon-arbeiter hat mir geholfen.«

Jona hätte sich am liebsten unsichtbar gemacht, aber natürlich richteten sich alle Blicke auf ihn. Er starrte zu Boden.

»Vielleicht wird es heute Nacht kälter als sonst«, beharrte Dælfine. »Und überhaupt, das ist doch vollkommen egal.«

Das zweite Mädchen der Gruppe, eine kleine Rothaarige namens Nobiane, meldete sich zu Wort: »Es gibt zwei Holzstapel«, sagte sie, »einen auf jeder Seite des Zelts. Vielleicht bereiten die Meister eine neue Prüfung für uns vor?«

»Du meinst, Vargaïs Schüler gegen Sohias Schüler?«, fragte Dælfine.

Die Idee war nicht abwegig. Jona erinnerte sich, dass Sohia Nobiane zur Anführerin der Gruppe ernannt hatte. Offenbar war sie nicht auf den Kopf gefallen. Seine Neugier war geweckt, und er schenkte dem, was um ihn herum vorging, ein wenig mehr Aufmerksamkeit. Die zehn Kinder teilten sich in der Tat in zwei Gruppen auf. Jeweils fünf von ihnen waren auf einer Seite des

Feuers in ein Gespräch vertieft. War das Zufall? Oder hatten die Weltwanderer diese Aufteilung vorgegeben? Vermutlich Letzteres, denn Dælfine und Vohn würden wohl kaum so nah beieinandersitzen, wenn sie es vermeiden könnten …

Die fünf Kinder, zu denen er sich gesellt hatte, die Einzigen, mit denen er bisher ein paar Worte gewechselt hatte, waren also Vargaïs zukünftige Schüler.

»Es stimmt schon, dass die Alten seit einer Weile miteinander tuscheln«, bemerkte Gess. »Sie scheinen irgendwas auszuhecken.«

»Was für eine dumme Prüfung soll das denn werden? Mit ein paar vermoderten Ästen?«, brummte Berris.

»Da kommt ihr nie drauf«, höhnte Vohn. »Ihr seid auf der komplett falschen Fährte. Ihr werdet staunen.«

»Red keinen Blödsinn!«, fauchte Dælfine. »Was weißt du schon darüber?«

Vohn grinste breit. Er sah aus wie ein Wolf, der ein verirrtes Lamm entdeckt hat.

»Weil ich es schon einmal gesehen habe«, verkündete er großspurig. »Letztes Jahr, bei meiner ersten Reise nach Zauberranke.«

»Erzähl doch keine Märchen!«, erwiderte Dælfine. »Das nimmt dir keiner ab!«

»Wirst schon noch sehen«, sagte Vohn. »Und dann schaust du dumm aus der Wäsche. Bis dahin, habe ich einen Rat für euch: Hütet euch vor den Schatten …«

Er weigerte sich, mehr zu verraten, und quittierte jede weitere Frage mit einem spöttischen Lachen.

Die anderen verloren bald das Interesse an dem Thema, und beim Essen redeten sie nur noch über die Größe der Portionen. Nun, da die Reise dem Ende zuging, hatten die Weltwanderer offenbar beschlossen, die Lebensmittel nicht mehr zu rationieren, und so gab es an jenem Abend ein kleines Festmahl.

Als sämtliche Schüsseln geleert waren und sie das Geschirr gespült hatten, kündigten die Lehrer eine Überraschung an. Einer alten Tradition folgend, würden sie ihren jungen Rekruten ein Schauspiel vorführen. Damit war auch das Geheimnis der beiden Holzstapel gelüftet. Vargaï und Sohia entzündeten außerhalb des Zelts zwei Feuer. Sie würden Schattentheater spielen! Während die Erwachsenen ihren Auftritt vorbereiteten, ließ Vohn jeden wissen, wie recht er gehabt hatte. Allerdings beeindruckte er damit niemanden. Jona fand es bemitleidenswert, wie sehr er angesichts der Tatsache, dass niemand ihn leiden konnte, nach Wertschätzung gierte. Es war geradezu erbärmlich.

Vargaï hatte vollkommen recht: All diese Kinder waren auf ihre Art besonders. Jedes versuchte, seiner eigenen finsteren Höhle zu entfliehen.

7

Das versprochene Theaterstück begann ziemlich spät. Sie mussten warten, bis sich der Wind ein wenig legte, denn anfangs riss er so heftig an den Zeltplanen, dass sich die darauf projizierten Schatten verformt hätten. Dann mussten die beiden Erwachsenen einen Streit zwischen zwei von Sohias Schülern schlichten, und es dauerte eine Weile, bis sich die Gemüter wieder beruhigt hatten. Als die Vorstellung endlich begann, lag Dælfine bereits unter ihrer Decke, gähnte im Minutentakt und rieb sich die müden Augen.

Den anderen Mitgliedern ihrer Gruppe erging es kaum besser. Nur Vohn erzählte weiterhin irgendwelche Angebergeschichten, und schon deswegen war Dælfine versucht, sich die Decke über den Kopf zu ziehen und das Theaterstück zu ignorieren. Allerdings musste sie zugeben, dass sie schon neugierig war ...

Seit dem Beginn ihrer Reise vor mehreren Wochen wichen sie zum ersten Mal vom alltäglichen Trott ab – abgesehen von dem Abstecher in die Berge natürlich. Sie setzte sich auf und richtete ihre Aufmerksamkeit auf das Schauspiel ihrer Lehrer. Vorher warf sie Jona noch einen flüchtigen Seitenblick zu. Der Junge war völlig gebannt.

Die Inszenierung der Weltwanderer war originell. Jeder von ihnen stand auf einer Seite des Zelts, sodass die Schatten, die sie erzeugten, auf gegenüberliegenden Stoffbahnen tanzten. Wenn die Zuschauer nichts verpassen wollten, mussten sie den Kopf ständig hin und her drehen. Dadurch saßen sie zwar mitten im Geschehen, aber Dælfine befürchtete auch, sich einen steifen Nacken zu holen. Zum Glück wurde ihr rasch klar, dass sich die beiden Lehrer abwechselten. Während der eine seine Szene spielte, machte der andere eine Pause, und ihre Schüler mussten sich weniger die Hälse verrenken als gedacht.

Der Anfang spielte sich allerdings zeitgleich auf beiden Tüchern ab. Nachdem Vargaï mit dröhnender Stimme für Stille gesorgt hatte, rezitierte er in dramatischem Ton: »Zum Anbeginn der Zeit war die Welt nicht so, wie wir sie heute kennen. Sie hieß auch noch nicht Gonelore. Sie war eine einzige Ödnis, über die Naturgewalten hinwegfegten. Mal war sie von ungeheuren Wassermassen überflutet, mal unter glühender Lava begraben.«

Die ersten Schattenbilder veranschaulichten seine Worte auf so kunstvolle Weise, dass die Zuschauer klatschten und johlten. Dælfine war hingerissen. Wie machten ihre Lehrer das nur? Wie schafften sie es, das Aufeinanderprallen zweier Landmassen oder einen Vulkanausbruch darzustellen? Alles war da, nur die Geräusche fehlten!

»In diesem ewigen Wüten triumphierten manche Kräfte über andere. Die mächtigsten dieser sogenannten Furien kämpften jahrtausendelang weiter, bis sich ein gewisses Gleichgewicht einstellte. Daraufhin teilten Wasser, Wind und Erde die Welt untereinander auf, und fortan herrschte jeder von ihnen über ein eigenes Gebiet. Ebenso beanspruchten Schatten und Licht jeweils die Hälfte der Zeit für sich ...«

Die Szenerie änderte sich und zeigte nun eine beschauliche Landschaft sowie eine Sonne, die über einen imaginären Himmel zog.

»Nachdem die Furien untereinander Frieden geschlossen hatten, entstanden weitere Energien. So kam das Leben auf die Erde. Aber noch nicht das Leben, wie wir es heute kennen ... Die ersten Wesen, die aus dem Nichts entstanden, waren beinahe ebenso mächtig wie die Furien selbst. Und wie die Naturgewalten, die sie hervorgebracht hatten, begannen sie untereinander einen Krieg, aus dem niemand als Sieger hervorgehen konnte. Heute nennen wir diese Wesen Götter.«

Das Bild änderte sich wieder und zeigte nun Riesen, die über Berggipfeln miteinander rangen. Mittlerweile war Dælfine hellwach. Wie erschufen die Weltwanderer nur so lebendige Schatten? Da schien Magie im Spiel zu sein. Die Ausführung faszinierte sie noch mehr als der Inhalt des Theaterstücks, der ihr nicht ganz unbekannt war. Alle Kinder hatten schon einmal die eine oder andere Version dieser Geschichte gehört. Außer Jona vielleicht.

»Die Götter bekämpften einander so lange, bis weitere Lebensformen entstanden. Als die Götter dies bemerkten, wollten sie sie vernichten, denn die Welt erschien ihnen bereits zu klein für sie selbst. Doch die neuen Kreaturen waren zu zahlreich ... Sie konnten sie zwar töten, aber es kamen immer neue nach. Daher schlossen die Götter untereinander einen Waffenstillstand und suchten nach einem Weg, wie sie wieder allein sein konnten. Gemeinsam schufen sie den Schleier, die magische Grenze, hinter der sie sich verbargen. Dort begannen sie wieder, einander zu bekämpfen.«

Auf Sohias Tuch erschienen Bilder, die diese Ereignisse darstellten: erst ein Massaker an gigantischen Sauriern, dann der freiwillige Rückzug der Götter hinter den Schleier.

»Die Wesen, denen sie den Rest der Welt überlassen hatten, bemerkten die Veränderung nicht einmal. Es waren monströse Kreaturen in allen möglichen Gestalten und Größen, und sie taten das, was alle Mächte vor ihnen getan hatten: Sie bekämpften einander in einem fort ...«

Diesmal spielte sich die Szene auf Vargaïs Seite ab. Sie enthielt so viele Einzelheiten, dass Dælfine endgültig überzeugt war, es mit Hexerei zu tun zu haben. Wie sonst konnte der Alte gleichzeitig die Schatten zweier Drakonide, einer Riesenschildkröte und mehrerer anderer Wesen, deren Silhouetten sie nicht erkannte, zum Leben erwecken? Das war unmöglich! »Dieses Zeitalter dauerte ebenfalls eine halbe Ewigkeit an. Irgendwann waren die Götter der ständigen Kämpfe müde. Da sie unsterblich waren, konnte ohnehin keiner von ihnen siegen. So erschufen sie Abbilder ihrer selbst, die an ihrer Stelle die Kämpfe austragen sollten. Kleinere, viel schwächere Kreaturen, die vor allem eins waren: sterblich. Und so entstanden die ersten Menschen ...«

Die Zuschauer drehten sich wieder zu den Schatten um, die Sohia auf die Zeltwand warf. Dælfine ging durch den Kopf, dass sie in der Herberge ihrer Eltern von dieser Geschichte mindestens dreißig verschiedene Versionen gehört hatte. Die Anhänger jeder Religion vertraten die Ansicht, ihr Gott sei der Vater der Menschheit – sofern sie nicht eine vollkommen andere Schöpfungsgeschichte erzählten.

»Fortan ließen die Götter nur noch ihre Stellvertreter kämpfen. Doch da gab es ein Problem: Diese Wesen waren zu schwach, um lange hinter dem Schleier zu überleben. Auch auf der Welt, wo die Ungeheuer hausten, war ihr Leben ständig in Gefahr. Deshalb gebrauchten die Unsterblichen noch einmal ihre Macht. Sie schlossen die größten Ungeheuer hinter einem zweiten Schleier ein. Dann schufen sie einen dritten, vierten und fünften Schleier, so lange, bis die Menschen unbehelligt in einer Welt leben konnten, die frei von den Schreckgestalten war.«

Verschiedene neue Schatten veranschaulichten diesen Teil der Geschichte. Das letzte Bild zeigte ein Paar, das allein durch eine verlassene Landschaft zog.

»Daraufhin konnten die Götter ihren ewigen Kampf wiederaufnehmen. Sie gaben den Menschen die Fähigkeit, sich zu vermehren, Völker zu bilden und sich im Namen ihrer Götter zu bekriegen. So ging es Tausende von Jahren. Mit der Zeit vermischten sich die Völker, und die Sterblichen ähnelten ihren Schöpfern immer weniger. Als sich die Götter in ihren Stellvertretern nicht mehr wiedererkannten, verloren sie das Interesse an ihnen, und nach einer Weile vergaßen sie sie ganz.«

Dælfine dachte, dass diese Worte die Anhänger vieler Religionen empört hätten. Für Gläubige musste der Gedanke, dass die Götter, zu denen sie beteten, sie vergessen hatten, unerträglich sein ... Ihr selbst war das ziemlich egal – sie war nicht besonders religiös.

»Nachdem die Götter die Menschen ihrem Schicksal überlassen hatten, gaben sie es leider auch auf, sie zu beschützen. Die verschiedenen Schichten des Schleiers lösten sich langsam auf. Die Ungeheuer nutzten die durchlässigen Stellen, um in das schwächste Gebiet einzufallen. Das Gebiet, das wir Gonelore nennen. Unsere Welt.«

Diesmal tauchten die Schatten auf beiden Seiten des Zelts gleichzeitig auf. Die Lehrer boten all ihr Geschick auf, um diesen Teil der Geschichte darzustellen. Dutzende Wesen, eines schrecklicher als das andere, fielen über die friedliche Landschaft aus der vorigen Szene her. Dælfine ahnte, was als Nächstes kommen würde: die Heldentaten der ersten Weltwanderer, die Entstehung der Bruderschaft, ihre Ausbreitung über ganz Gonelore, vielleicht sogar die Gründung von Zauberranke ... Denn das war ja das Ziel ihrer Reise. Am nächsten Tag würden sie dort ankommen. Und obwohl sie das Ende der Geschichte schon kannte, genoss Dælfine die Vorführung sehr. Sie war völlig fasziniert von den zuckenden Schatten. Bei jeder neuen albtraumhaften Gestalt, die Vargaï und Sohia erschufen, lief es ihr kalt den Rücken hinunter. Die Schatten waren unglaublich lebensecht. Die jungen Zuschauer hatten fast das Gefühl, sie brüllen zu hören ...

Umso heftiger fuhren sie zusammen, als plötzlich ein grauenhafter Schrei durch die Nacht hallte.

Nachdem wieder Stille eingetreten war, sahen sich die Kinder ängstlich an. Sie fragten sich, ob der Schrei Teil der Aufführung gewesen war, doch im nächsten Moment kamen ihre Lehrer ins Zelt gerannt. Ihre alarmierten Gesichter beseitigten die letzten Zweifel. Entsetzt beobachteten die Schüler, wie die beiden Weltwanderer nach ihren Waffen griffen.

Niemand wagte es, auch nur die kleinste Bewegung zu machen. Angespannt lauschten Vargaï, Sohia und ihre Schüler in die Nacht hinaus. Hatte sich das Ungeheuer wieder entfernt, oder würde es jeden Moment auf sie herabstoßen? Plötzlich hörte Dælfine neben sich ein Murmeln. Jona wiegte sich mit geschlossenen Augen vor und zurück, er presste sich die Fäuste an die Stirn und wiederholte immer wieder leise dieselben zwei Silben ... Als er sich beobachtet fühlte, verstummte er und hielt inne, aber es war zu spät. Das Mädchen hatte klar und deutlich gehört, wie er mehrmals »Wobiax« gesagt hatte.

Hatte er vielleicht schon vor dem Schrei, der durch die Nacht gehallt war, damit angefangen? Fast kam es ihr so vor, als hätte Jona mit seiner geheimnisvollen Beschwörung eines der Ungeheuer des Schattentheaters zum Leben erwecken wollen.

8

In dieser Nacht bekam Sohia nicht allzu viel Schlaf. Erst musste sie vier Stunden lang Wache schieben, und als Vargaï sie dann endlich ablöste und sie sich hinlegen konnte, gelang es ihr nicht, die Augen länger als ein paar Minuten zu schließen. Zu viel Anspannung lag in der Luft, und immer dann, wenn die Erschöpfung doch die Oberhand gewann, riss das besorgte Getuschel der Kinder sie gleich wieder aus dem Schlaf.

Das Ungeheuer hatte ihr Lager nicht angegriffen und auch keinen zweiten Schrei mehr ausgestoßen. Doch der eine Schrei, den sie vernommen hatten, hallte ihnen allen noch in den Ohren.

Und genau das war das Problem: Sohia war überzeugt, ihn schon einmal gehört zu haben. Ein paar Tage zuvor, in einer Höhle in den Bergen. Ihre verletzte Wade erinnerte sie ständig daran ...

Nach dem Abbruch des Schattentheaters hatte sie sich kurz mit Vargaï beraten, der ihre Einschätzung teilte. Es handelte sich entweder um dieselbe Kreatur oder um einen anderen Drakoniden. Diese Art von Chimäre war sehr selten, was nur einen Schluss zuließ. Und dieser Schluss bereitete selbst dem kampferprobten Vargaï Magenschmerzen.

Es konnte kein Zufall sein, dass die Kreatur in der Nähe ihres Nachtlagers aufgetaucht war. Schließlich hatten sie den Drachen in der Höhle besiegt und hinter den Schleier zurückgetrieben. Nur äußerst selten kehrten Chimären, wenn sie einmal verjagt worden waren, so schnell wieder nach Gonelore zurück. Was trieb die Bestie an? War sie auf Rache aus? Auch solch ein Verhalten hätten die Weltwanderer noch nie bei einer Chimäre beobachtet. Das verhieß nichts Gutes ...

Sie hatten abermals versucht, Jona zu seiner Vergangenheit zu befragen, aber der Junge konnte sich weiterhin an nichts erinnern. Er schämte sich sehr und wagte kaum zuzugeben, dass er, als der grauenvolle Schrei ertönt war, vor Angst vorübergehend einen Aussetzer gehabt hatte.

Die Weltwanderer waren nicht weiter in ihn gedrungen. Der Junge war ohnehin schon verwirrt genug, und sie wollten ihm mit ihren Fragen nicht noch mehr zusetzen.

Sohia lag fast die ganze Nacht wach und lauschte dem Knistern des Feuers, dem Heulen des Winds und dem Gemurmel ihrer zukünftigen Schüler. Zwischendurch zerbrach sie sich den Kopf darüber, ob sie ihren Aufgaben als Lehrerin wohl gewachsen sein würde, und als endlich die ersten Sonnenstrahlen über den Horizont krochen, vertrieben sie zwar die Finsternis, nicht aber ihre Ängste.

Sie zog sich die Decke über den Kopf, um vielleicht doch noch ein paar Minuten wertvollen Schlafs zu erhaschen, hielt es aber bald nicht mehr aus. Sie sprang auf und trat aus dem Zelt. Die kalte Luft, die ihr entgegenschlug, tat ihr gut. Sie streckte sich ausgiebig und wechselte den Verband an ihrer Wade. Dann nahm sie wie jeden Morgen die Umgebung durch ihr Prisma in Augenschein. Das war wichtig, und heute mehr denn je.

Das rötliche, durch den Kristall verzerrte Bild offenbarte nichts Besonderes. Nur selten war das anders. Wenn die Weltwanderer Chimären in der Nähe ihres Lagers entdeckten, diese aber in der Nacht nicht angegriffen hatten, genügte es meist, die Kreaturen mit ein paar ausholenden Gesten zu erschrecken und sie so zurück hinter den Schleier zu treiben. Doch das funktionierte nur mit den kleinsten und harmlosesten Exemplaren, jenen, die vor allem aus Neugierde nach Gonelore kamen. Die meisten Ungeheuer, die in die Welt der Menschen eindrangen, trieb der Hunger her – und die Aussicht auf leichte Beute.

Sohia stieß einen leisen Seufzer aus. Sie ging zu Vargaï hinüber, der immer noch an einem der Lagerfeuer saß. Der Alte sah müde aus, war aber bereit, bei der kleinsten Gefahr aufzuspringen. Seine Schaumklinge lag griffbereit auf seinem Schoß, und im Minutentakt suchte er mit dem Blick den Himmel ab. Die Chimäre mochte längst über alle Berge sein – die Weltwanderer würden wachsam bleiben, bis sie den Schutz von Zauberranke erreicht hatten.

Sohia wünschte ihm einen guten Morgen. Wie immer klang aus ihrer Begrüßung eine seltsame Mischung aus Ehrerbietung und Vertrautheit. Sohia war Vargaïs erste Schülerin gewesen, als er vor elf Jahren Lehrer von Zauberranke geworden war. Seitdem hatte der Alte immer ein wachsames Auge auf sie. Zum Beispiel hatte er dafür gesorgt, dass sie ihn auf diese Rekrutierungsfahrt begleitete. Ohne dass Sohia etwas sagen musste, spürte er, was sie auf dem Herzen hatte.

»Heute ist dein großer Tag, was?«, fragte er mit einem Lächeln.

Als Sohia nickte, fuhr er fort: »Du schaffst das. Du wirst eine gute Lehrerin sein, da bin ich ganz sicher.«

»Ich werde mein Bestes geben«, sagte sie. »Aber ich muss zugeben, dass ich ziemliches Lampenfieber habe.«

Sie warf einen raschen Blick in Richtung Zelt und fügte leise hinzu: »Mindestens zwei Jungs in meiner Gruppe werden mir Probleme machen. Ich bereue es fast ein wenig, sie mitgenommen zu haben ...«

»Ah ja, das Gefühl kenne ich ...«

Er lachte. Auf diese Reaktion war Sohia nicht gefasst gewesen.

»Mach dir keine Sorgen«, sagte der Alte. »Um ehrlich zu sein, dachte ich anfangs dasselbe über dich. Und sieh nur, wo du heute bist!«

Sohia verschlug es kurz die Sprache. Dann, als sie sicher war, dass es sich um ein Kompliment handelte, erwiderte sie sein Lächeln.

»Du wirst eine wunderbare Lehrerin sein«, versicherte ihr Vargaï. »Im Zweifelsfall denk immer daran, dir nicht allzu viele Fragen zu stellen. Es gibt kein Richtig oder Falsch. Man kann es nicht oft genug sagen: Jede Erfahrung ist nützlich. Selbst wenn du glaubst, deinen Schülern nicht viel zu bieten zu haben, kann genau das, was du ihnen beibringst, eines Tages entscheidend sein.«

Er hielt kurz inne, und als er fortfuhr, wurde sein Gesichtsausdruck ernst: »Wir brauchen alle verfügbaren Kräfte, das weißt du. Wir wissen nicht, wie viel Zeit uns noch bleibt.«

Sohia nickte langsam. Er hatte recht, und das umso mehr, wo die beiden Weltwanderer schlechte Nachrichten mit nach Hause brachten.

»Was ist mit Jona?«, fragte sie nachdenklich. »Er wird nicht lange in Zauberranke bleiben können. Der Hohe Rat wird es nicht erlauben.«

Vargaï warf einen Blick in Richtung Zelt und sagte leise: »Nach den Ereignissen von gestern Abend hoffe ich, genügend Ratsmitglieder überzeugen zu können. Der Junge muss in Zauberranke bleiben. Das wird nicht leicht, aber ich habe mir schon ein paar Argumente zurechtgelegt.«

Er zögerte kurz, bevor er fortfuhr, als wüsste er nicht, ob er ihr vertrauen konnte. »Ehrlich gesagt werde ich dieses Jahr wohl nicht unterrichten können. Ich werde meine Schüler zu gegebener Zeit davon in Kenntnis setzen. Noch vor heute Abend hoffentlich.«

Sohia konnte ihre Überraschung nicht verbergen. Sie dachte sogleich an die fünf Kinder, die der Alte ausgewählt hatte: Dælfine, Nobiane, Gess, Berris und der große Vohn. Ihnen stand eine große Enttäuschung bevor.

»Aber was, wenn der Hohe Rat Jona trotz Eurer Argumente verbietet, in Zauberranke zu bleiben?«, wollte sie wissen.

Vargaï zuckte die Achseln und seufzte resigniert.

»Dann muss er gehen«, antwortete er. »In diesem Fall müsste ich meine Pläne ändern. Aber das wäre ein großer Fehler, und ich hoffe sehr, dass es nicht dazu kommt.«

Sohia hätte das Thema gern noch ausführlicher besprochen, aber ihre Kehle war wie zugeschnürt. Nur wenige Jahre zuvor hatte sie selbst sich an der Stelle der Kinder befunden. Am Morgen vor ihrer Ankunft in Zauberranke war sie schrecklich aufgeregt gewesen. Sie erinnerte sich noch gut an jenen Tag. Sie war neugierig auf alles Neue gewesen, hatte sich ungeheuer erwachsen gefühlt und war froh gewesen, ihr altes Leben hinter sich zu lassen. Den zehn Kindern im Zelt ging es wahrscheinlich nicht anders, aber noch vor dem Abend würde die Hälfte von ihnen wieder nach Hause geschickt werden.

Sohia fiel es schwer, das hinzunehmen, und für die Kinder musste es noch viel schlimmer sein.

9

Wie immer ließ Vohn die zusammengefaltete Zeltbahn genau in dem Moment fallen, als Nobiane die Hände ausstreckte, um sie entgegenzunehmen. Und wie fast jedes Mal wurde das schmächtige Mädchen unter dem schweren Stoff begraben. Resigniert kroch sie darunter hervor, während sich der große Rüpel und dieser Einfaltspinsel Berris schieflachten. Dælfine beschimpfte die beiden lautstark, während Gess das Geschehen aus einigem Abstand lächelnd verfolgte, ohne für die eine oder andere Seite Partei zu ergreifen. Kurzum, dieser Morgen unterschied sich kaum von den anderen seit dem Beginn ihrer Reise. Nur, dass sie heute in Zauberranke ankommen würden.

Nobiane wurde plötzlich klar, dass sie die kommenden fünf Jahre – mindestens – in Gesellschaft von Dælfine und der drei Jungen verbringen würde.

Diese Aussicht machte ihr keine Angst, und sie bereute den Weg, den sie eingeschlagen hatte, nicht. So oder so musste sie mit den Menschen zurechtkommen, mit denen das Schicksal sie zusammengeführt hatte. Außerdem hatte sich die Lage erheblich verbessert, seit Dælfine Vohn eine blutige Nase verpasst hatte. Der Junge hütete sich mittlerweile davor, auf die Mitglieder ihrer Gruppe einzuprügeln. Selbst dieser Idiot begriff offenbar, dass er mit offener Feindseligkeit nicht weiterkam. In Zauberranke würden die fünf genug mit den anderen Schülern zu tun haben, mit denen sie sich messen mussten.

Über diesen Punkt machte sich Nobiane die meisten Sorgen. Sie stellte sich die Horde Kinder, die keiner elterlichen Kontrolle mehr unterlagen und alle fest entschlossen waren, große Weltwanderer zu werden, als einfältige Rabauken vor, die ständig Streiche ausheckten und nach Schwächeren suchten, die sie tyrannisieren konnten. Mit ihrer schmächtigen Gestalt und dem roten Haar wäre sie bestimmt das Lieblingsziel dieser Rohlinge. Ganz wie in ihrem alten Leben.

Nobiane wollte nie wieder so leben wie zuvor.

Als Sohia sie zur Anführerin ernannte, hatte sie sogar kurz protestiert, da sie sicher war, sich dadurch unbeliebt zu machen. Wie war die Weltwanderin überhaupt auf die Idee gekommen? Warum fiel ihre Wahl ausgerechnet auf sie, die Kleinste der Gruppe? War es Zufall? Oder hatte sie es aus Mitleid getan?

Auf keinen Fall wollte Nobiane bemitleidet werden!

War es aber weder das eine noch das andere, fiel ihr nur eine weitere Erklärung für ihre Ernennung ein. Und die hatte mit ihrer Herkunft zu tun. Ja, Nobiane war in einem Palast aufgewachsen. Ja, ihre Familie gehörte einem Adelsgeschlecht an. Aber das war doch kein Grund, sie gleich über die anderen zu stellen! Zumal ihr Leben in Wahrheit ganz anders ausgesehen hatte, als Sohia sich das wahrscheinlich vorstellte!

Nobiane war durchaus ehrgeizig. Natürlich wollte sie ihre zukünftigen Lehrer beeindrucken. Natürlich wollte sie aus der Masse hervorstechen. Aber nur durch ihr Können. Nicht, weil man Mitleid mit ihr hatte, und schon gar nicht, weil sie adliger Herkunft war!

Aber Sohia hatte ihr keine Wahl gelassen, und so trug Nobiane einen Titel, von dem sie glaubte, dass sie ihn nicht verdient hatte. Zum Glück schien es eher ein Ehrentitel zu sein. Die einzige Anweisung, die sie bisher bekommen hatte, musste sie nicht befolgen, da die Weltwanderer noch vor der vereinbarten Zeit von ihrem Ausflug in die Berge zurückgekehrt waren. Nobiane hatte die anderen Schüler nicht allein in das Tal hinabführen müssen, und seither hatte ihre Rolle als Anführerin keinerlei Verantwortung mit sich gebracht.

Als Vargaï sie an diesem Morgen zu sich winkte, spürte sie jedoch, dass sich das ändern würde. Hastig ging sie zu dem Alten hinüber, der ein wenig abseits von der Gruppe stand. Das Lager war fast abgebaut, und die Reisenden würden bald wieder aufbrechen. Was wollte der Weltwanderer bloß von ihr?

»Komm, gehen wir ein Stück«, sagte er.

Wohl oder übel musste sie ihrem Lehrer folgen. Während sie sich von den Planwagen entfernten, überschlugen sich die Gedanken in ihrem Kopf. Sie spürte die neugierigen und neidischen Blicke der anderen im Rücken. Dass Vargaï ausgerechnet sie zu einem Gespräch unter vier Augen bat, war ganz und gar nicht hilfreich. Sobald sie außer Hörweite waren, ergriff Vargaï das Wort.

»Ich muss meine Pläne für das kommende Jahr ändern«, verkündete er. »Nach unserer Ankunft werde ich euch alles erklären. Aber jetzt möchte ich erst einmal, dass du mir ehrlich auf eine einfache Frage antwortest: Wer von diesen Kindern verdient es deiner Meinung nach wirklich, nach Zauberranke zu kommen?«

Nobiane riss überrascht die Augen auf. War das eine Falle? Eine Prüfung? Auf jeden Fall war ihr nicht wohl bei der Sache.

»Werdet ... werdet Ihr das die anderen auch fragen?«, wollte sie wissen.

»Nein. Ich will nur deine Meinung als Anführerin hören.«

»Warum denn?«, protestierte sie. »Ich wollte doch gar nicht die Anführerin sein!«

»Ich war auch nicht besonders erpicht darauf, Lehrer zu werden«, erwiderte der Alte, »aber in den letzten zehn Jahren habe ich praktisch nichts anderes gemacht. So ist es halt: Gemeinwohl geht vor Eigenwohl. Wir haben dich zur Anführerin gemacht, weil wir glauben, dass du diesem Grundsatz folgen kannst. Und deshalb möchte ich auch deine ehrliche Einschätzung hören: Haben alle, wirklich alle Rekruten den unbedingten Willen, der Bruderschaft beizutreten? Wenn eines der Kinder schon nach ein paar Wochen aufgibt, weil es seine Entscheidung bereut, Heimweh hat oder es ihm schwerfällt, sich in die Gruppe einzufügen, musst du mir das jetzt sagen. Es ist besser, wenn ich es weiß.«

Nobiane hielt seinem Blick einige Augenblicke stand und sah dann zu Boden. Wollte er ihr ihre eigenen Schwächen vor Augen führen? Suchte er nach einem Vorwand, sie nach Hause zurückzuschicken? Vielleicht hoffte er ja, dass sie sich selbst anschwärzte? Doch dazu war sie nicht bereit. Genauso wenig, wie sie einen ihrer Kameraden ans Messer liefern würde. Sie fand Vargaïs Frage ungerecht.

»Also, was ist?«, drängte er.

»Ich weiß es nicht«, redete sie sich heraus. »Wir kennen uns noch nicht lange genug.«

»Aber du hast doch bestimmt eine Meinung. Ihr müsst euch doch unterhalten haben. Seit Tagen reist ihr zusammen in einem Wagen.«

»Aber ansonsten haben wir noch nichts getan«, erwiderte Nobiane. »Außer vielleicht das Zelt auf- und abbauen. Das reicht nicht, um jemanden kennenzulernen und zu wissen, ob er oder sie die Ausbildung fünf Jahre durchhalten wird.«

Vargaï musterte sie lange, es kam ihr wie eine halbe Ewigkeit vor. Sein Gesicht blieb reglos. Hätte sie mehr sagen sollen? Aber was? Sie hätte sich leicht aus der Affäre ziehen können, indem sie Berris als nicht besonders klugen Kopf und Vohn als Raufbold und Angeber beschrieb, aber sie wollte nicht schlecht über die anderen reden. Vor der Reise hatte sie selbst viel zu sehr darunter gelitten, dass man über sie herzog.

»Nun gut«, meinte der Weltwanderer schließlich. »Dann muss

ich mich wohl auf meinen eigenen Eindruck verlassen. Du kannst gehen.«

Nobiane nickte und ging davon. Sie musste die Zähne zusammenbeißen, um nicht loszuheulen. Der Alte hätte genauso gut sagen können: »Auf dich kann man sich wohl nicht verlassen. Schade.«

Hätte sie sich allerdings noch einmal umgedreht, hätte sie gesehen, dass Vargaï lächelte.

10

Schon beim Aufwachen war Jona mies gelaunt. Er hatte schlecht geschlafen und war die ganze Nacht von Albträumen geplagt worden, an die er sich am Morgen nicht mehr erinnerte. Darüber ärgerte er sich schrecklich. Nicht genug, dass er seinen Namen und seine Herkunft vergessen hatte, er konnte nicht einmal einen einfachen Traum im Gedächtnis behalten. Der Junge fühlte sich vollkommen verloren, wie ein totes Blatt, das den Launen des Winds ausgeliefert war.

Und nun hatte ihn der Wind den Weltwanderern vor die Füße geweht.

Er wusste nicht, ob das Glück oder Unglück war, und auch das missfiel ihm. Zwar hatten Sohia und Vargaï offensichtlich viel Erfahrung darin, sich um fremde Kinder zu kümmern, und sie hatten Jona mit offenen Armen aufgenommen. Andererseits ging er in der Gruppe etwas unter und fürchtete, inmitten der Schüler in Vergessenheit zu geraten. Vor allem heute, wo sie in der legendären Schule ankommen würden.

Er war nicht besonders wild darauf, den Ort kennenzulernen, den er sich als eine Art Trainingslager mit strengen Regeln vorstellte. Er selbst würde dort wie ein Eindringling behandelt werden – mehr noch als in den letzten Tagen. Auch jetzt war er ein ganzes Stück hinter die anderen zurückgefallen.

Seit drei Stunden waren sie wieder unterwegs, und mindestens die Hälfte des Wegs hatten sie zu Fuß zurückgelegt. Die

Landschaft um sie herum war zerklüftet; hohe Berge wechselten sich mit schmalen Tälern ab. Wenn es bergauf ging, mussten sie absteigen, um das Gewicht der Wagen zu verringern, und auch bergab liefen sie zu Fuß, damit die Pferde nicht talwärts geschoben wurden. Die anderen Schüler waren solch anstrengende Märsche offenbar gewöhnt, denn keiner von ihnen beklagte sich. Manche schienen sich sogar zu freuen, an der frischen Luft zu sein, statt einen weiteren öden Tag auf der Sitzbank zu verbringen. Aber Jona fühlte sich immer noch etwas schwach, und so schleppte er sich mühsam hinter den anderen her.

Wäre Sohia mit ihrem Wagen nicht hinter ihm gefahren, hätte der Junge vielleicht aufgegeben und die anderen ohne ihn weiterziehen lassen. Doch die Weltwanderin zügelte ihre Pferde, um sie seiner Geschwindigkeit anzupassen, wodurch sich der Konvoi noch mehr in die Länge zog, denn Vargaï fuhr mit seinen Wagen unbeirrt voran. So wurde Jona immer wieder von Sohia eingeholt, bis sie ihm irgendwann vorschlug: »Willst du dich nicht neben mich setzen? Du wiegst nicht viel, den Unterschied merken die Pferde kaum.«

Jona wusste sehr wohl, dass er für das freundliche Angebot dankbar hätte sein sollen, aber sein Missmut war stärker.

»Nein, danke«, murmelte er. »Ich will wie alle anderen behandelt werden.«

»Die anderen werden kein Wort darüber verlieren. Alle wissen, dass du noch geschwächt bist und dich schonen musst.«

»Nein«, beharrte er. »Ihr braucht mich nicht zu verhätscheln.«

Am liebsten hätte er hinzugefügt: »Ich will nur wissen, wer ich bin, und meine Eltern wiederfinden«, aber das wäre ein weiteres Eingeständnis seiner Schwäche gewesen. Rasch beschleunigte er seine Schritte, bis er die Weltwanderin zwanzig Meter hinter sich gelassen hatte. Ihm war klar, dass er sich wie ein trotziges Kleinkind benahm, und dieser Gedanke drückte ihm noch mehr aufs Gemüt. Von nun an wollte er sich bemühen, seine schlechte Laune nicht an anderen auszulassen, also schenkte er Dælfine, die stehen geblieben war und auf ihn wartete, ein verlegenes Lächeln.

»Ich habe alles gehört«, erklärte sie. »Du solltest dir keine Sorgen machen und zu Sohia auf den Wagen steigen. Es kann uns doch völlig egal sein, was die anderen über das, was in der Höhle passiert ist, denken.«

Jona erstarrte.

»Uns? Warum sagst du ›uns‹?«

»Ich war dabei, als die Weltwanderer dich gefunden haben«, verriet sie ihm. »Und ich habe mich um dich gekümmert, als du bewusstlos warst. Das hat gereicht, um ein paar Idioten komische Ideen in den Kopf zu setzen: In ihren Augen sind wir so gut wie verheiratet. Frag mich nicht, warum. Das ist so was von albern. Aber jetzt hänseln sie mich deswegen genauso wie dich. Deshalb sage ich ›uns‹.«

Der Junge schwieg eine ganze Weile, denn er musste ihre Worte erst einmal verdauen. Jetzt wusste er wenigstens, warum Dælfine ihm so seltsam vertraut vorkam. Im Fieberschlaf hatte er ihr Gesicht gesehen. Das schwarzhaarige Mädchen, das er bisher für eine vorlaute Göre gehalten hatte, entpuppte sich als seine Retterin. Plötzlich schämte sich Jona, ihr bisher die kalte Schulter gezeigt zu haben. Es war Zeit, das wiedergutzumachen.

»Danke«, murmelte er. »Und es tut mir leid, dass du meinetwegen geärgert wirst ...«

»Ach, halb so wild. Vohn triezt mich schon, seit ich in den Planwagen gestiegen bin, und die beiden anderen Trottel sind Sohias Schüler. Ab heute Abend werde ich nicht mehr viel mit ihnen zu tun haben. Dann haben wir endlich unsere Ruhe.« Sie zögerte kurz und fragte dann: »Weißt du, was sie mit dir vorhaben? Ich meine, wenn wir in Zauberranke angekommen sind?«

Jona zuckte die Achseln. Niemand hatte mit ihm über dieses Thema gesprochen.

»Ich nehme an, dass sie mich ein paar Tage lang dortbehalten werden, in der Hoffnung, dass ich mein Gedächtnis wiederfinde. Danach ... nun, keine Ahnung. Vielleicht wissen sie es selbst noch nicht.«

Dælfine schwieg eine ganze Weile nachdenklich. Da sie sonst immer gleich sagte, was ihr durch den Kopf ging, ahnte Jona, dass das kein gutes Zeichen war. Doch schon bald konnte sie ihre Gedanken nicht mehr für sich behalten: »Hoffentlich täusche ich mich, aber es würde mich wundern, wenn sie Zeit hätten, sich um dich zu kümmern. Ich habe gehört, dass Zauberranke eine ganz besondere Schule ist. Anscheinend verbringen Lehrer und Schüler den ganzen Tag miteinander.«

»Na und? Das tut ihr jetzt doch auch.«

»Ja, schon«, sagte Dælfine. »Es ist nur, dass ... Vohn hat erzählt, dass er letztes Jahr schon einmal in Zauberranke war, und es kann durchaus sein, dass er dieses Mal nicht lügt. Er behauptet, dass der Lehrer, der ihn rekrutiert hatte, fünf Wochen nach Unterrichtsbeginn tödlich verunglückt ist. Vohn dachte, ein anderer Weltwanderer würde seine Schüler übernehmen, aber das geht offenbar nicht. Deshalb hat man ihn wieder nach Hause geschickt und ihm gesagt, er müsse warten, bis ihn jemand anders rekrutiert.«

»Du meinst, in Zauberranke wird es für mich keinen Platz geben?«, sagte Jona. »Vielleicht sollte ich einfach kehrtmachen und euch ohne mich weiterziehen lassen ...«

Er meinte es ernst, marschierte aber trotzdem weiter. Was sollte er auch sonst tun? Es gab keinen Ort auf der Welt, wo er hinkonnte. Außerdem schien ihn das hübsche Mädchen mit dem schwarzen Haar gernzuhaben ...

Zehn Minuten später schlug er sich immer noch mit diesen Gedanken herum, als Vargaï plötzlich stehen blieb. Während Sohia, Dælfine und Jona näher kamen, stieg der Weltwanderer vom Kutschbock und schlich die grasbewachsene Böschung neben dem Weg hinab. Nach einigen Dutzend Metern endete der Hang an einem Bach. Jona konnte nichts Besonderes entdecken, dabei versperrten ihm nicht einmal Bäume die Sicht. Trotzdem zückte der Alte seinen Säbel und reckte ihn entschlossen in die Luft. Vargaï hatte den Schülern befohlen, auf dem Weg zu bleiben. Sohia stieg nun ebenfalls von ihrem Wagen und zog ihr Schwert, aber Vargaï gab ihr mit einem Wink zu verstehen, bei den Kindern zu bleiben, bevor sie überhaupt einen Schritt in seine Richtung tun konnte. Vielleicht wollte er die junge Frau schonen, die unter der Wunde an ihrer Wade litt und immer noch leicht humpelte. So blieb Sohia neben Dælfine und Jona stehen und beobachtete mit ihnen den Weltwanderer.

Jona war völlig verwirrt, und ihm war ziemlich mulmig zumute. Bei dem merkwürdigen Schauspiel kamen ihm fast Zweifel an Vargaïs Verstand. Mit erhobenem Säbel drehte sich der Weltwanderer langsam um die eigene Achse, sprang plötzlich nach vorn und hielt ebenso rasch wieder inne, nur um gleich wieder zwei oder drei Schritte zurückzuweichen ... Gleich darauf drehte er sich wieder um, hielt sich seinen seltsamen Kristall vors Auge und änderte abermals die Richtung. Man konnte wirklich meinen, er versuche, ein Gespenst zu erhaschen.

»Du hast gefragt, wer wir sind, Jona«, sagte Sohia. »Nun, hier hast du ein Beispiel für das, was Weltwanderer hauptsächlich tun.«

Jona riss die Augen noch weiter auf und versuchte vergeblich zu verstehen, was sie meinte. Neben ihm verfolgte Dælfine fasziniert das Geschehen, aber sie wirkte überhaupt nicht überrascht, ebenso wenig wie die anderen Schüler, die etwa fünfzehn Meter entfernt standen. Offenbar wohnten sie solch einer Szene nicht zum ersten Mal bei. Was wussten sie, was Jona nicht wusste? Hatten sie etwas gesehen, das ihm nicht aufgefallen war?

Kurz darauf stießen die Kinder einen Schrei der Überraschung aus. Vielleicht waren sie doch genauso unwissend wie Jona?

Er blinzelte mehrmals und dachte erst, dass seine Augen ihm einen Streich spielen mussten. Das war einfach unmöglich! Für das, was vor seinen Augen geschehen war, gab es keine vernünftige Erklärung. Gerade noch war Vargaï ganz allein auf der Wiese gewesen, und jetzt zeigte sein Säbel auf ein grauenhaftes Ungeheuer, das geradewegs aus dem Nichts aufgetaucht war. Das Wesen schien eine Kreuzung zwischen einem Puma und einem Wildschwein zu sein. Von dem einen hatte es den gedrungenen, muskulösen Körper, von dem anderen das Maul mit den spitzen Eckzähnen. Die Kreatur kauerte in Verteidigungshaltung vor Vargaï und belauerte den Menschen, der keine Angst zeigte. Dann fauchte es wie eine Katze, holte aus und verpasste der Klinge des Alten einen heftigen Schlag. Die Kinder schrien abermals auf.

Jeder andere wäre vor dieser abscheulichen Bestie zurückgewichen. Sie sah aus, als könnte sie einem Menschen mit einem einzigen Tatzenhieb den Kopf abreißen. Jona war wie gelähmt. Gerade einmal dreißig Meter trennten das Ungeheuer von der Stelle, an der sie standen. Vargaï jedoch bot ihm weiterhin die Stirn!

Dem Alten gelang es so mühelos, die Bestie in Schach zu halten, als hätte er es mit einer streunenden Katze zu tun. Er machte einen entschlossenen Schritt auf sie zu und scheuchte sie ein Stück zurück. Als sie sich mit einem hasserfüllten Zischen ins Gras duckte und zum Sprung ansetzte, bedrohte Vargaï sie mit dem Säbel und zwang sie zurückzuweichen. Das ging eine ganze Weile so. Dann stürzte sich die Bestie plötzlich mit einem gewaltigen Satz auf Vargaï, und dieser stieß sie mit seiner Klinge zurück. Die Kinder kreischten auf. Der Weltwanderer überzeugte sich, dass sein Brustpanzer keinen Schaden genommen hatte, und nahm den bizarren Tanz mit dem Ungeheuer wieder auf ...

»Warum tötet er die Bestie denn nicht?«, fragte Dælfine ungeduldig. »Er hätte schon mehrmals angreifen können!«

»Es ist nicht das Ziel der Bruderschaft, die Chimären zu vernichten«, erklärte Sohia. »Wir versuchen sie nur zu vertreiben. Im Notfall verletzen wir sie. Außerdem sollte man so einen Kampf nie auf die leichte Schulter nehmen. Die Bestien sind immer für eine böse Überraschung gut.«

»Woher ... woher kommt sie?«, fragte Jona.

Er wagte kaum, die Frage laut auszusprechen, so sehr fürchtete er, die Aufmerksamkeit der Kreatur auf sich zu lenken.

»Aus der Welt hinter dem Schleier«, antwortete die junge Frau. Zweifelsohne hielt sie das für eine ausreichende Antwort, aber Jona machte sie damit nur noch mehr Angst. Es war eine Sache, die Geschichten über die Entstehung der Welt und die Aufgaben der Weltwanderer in einem Schattentheater erzählt zu bekommen. Eine echte Chimäre zu sehen, eine ganz andere.

»Woher wusste Vargaï, dass ...«

Verblüfft verstummte er. Die Kreatur war ebenso schnell verschwunden, wie sie aufgetaucht war. Sogleich hielt sich Vargaï wieder den Kristall vors Auge und drehte sich in alle Richtungen. Gerade noch rechtzeitig wehrte er das Ungeheuer ein zweites Mal mit dem Säbel ab – die Bestie hatte mitten im Sprung Gestalt angenommen, kurz bevor sie die Krallen in ihr Opfer schlagen konnte.

»Sie müssen den Schleier durchbrechen, um zu uns zu gelangen«, erklärte Sohia. »Dieses Exemplar scheint ziemlich hinterlistig zu sein. Ich glaube, Vargaï kann die Hilfe meines Speers gebrauchen ...«

Sie machte ein paar Schritte auf die Kämpfenden zu, doch der Alte schickte sie abermals zurück und gab ihr mit einer Handbewegung zu verstehen, sie solle die Rekruten beschützen.

Sohia bezog wieder am Wegrand Stellung.

»Woher wusste Vargaï, dass die Chimäre da war?«, fragte Jona.

Sohia zuckte mit den Schultern.

»Vielleicht hat er sie aus der Ferne gesehen, bevor sie sich hinter den Schleier zurückgezogen hat. Oder er hat gerade einen

Blick durch sein Prisma geworfen. Vielleicht folgt er auch einfach nur seinem Instinkt. Es wäre nicht das erste Mal, dass er die Anwesenheit einer Chimäre spürt, bevor sie sich zu erkennen gibt.«

Falls Sohia bei diesen Worten lächelte, sah der Junge es nicht, denn er konzentrierte sich ganz und gar auf den Kampf zwischen dem Weltwanderer und der Bestie. Die Raubkatze mit dem Wildschweinkörper schien nicht bereit zu sein, sich geschlagen zu geben: Sie schlich um den Alten herum, wich seinen Abwehrmanövern aus und versuchte, ihn zu überlisten. Manchmal verschwand sie, nur um sich gleich wieder heimtückisch auf den Weltwanderer zu stürzen. Ohne seinen schützenden Brustpanzer wäre Vargaï schon längst verletzt worden. Doch Jona fürchtete, dass Vargaï dem Ungeheuer nicht ewig würde standhalten können. Was, wenn es die Oberhand gewann, ihn zu Boden warf und tötete? »Vielleicht hätte die Chimäre uns ja in Ruhe gelassen«, murmelte Jona. »Wir hätten einfach weiterziehen können ...«

»Nein«, widersprach Dælfine. »Es ist die oberste Pflicht der Weltwanderer, die Chimären zu bekämpfen!«

»Sie hat recht«, pflichtete Sohia dem Mädchen bei. »Wenn wir eine Chimäre entdecken, müssen wir sie so schnell wie möglich hinter den Schleier zurücktreiben. Sonst fallen sie bald über ganz Gonelore her.«

Jona fand das ein wenig übertrieben. Auch wenn die Kreaturen furchteinflößend waren, schien es nicht besonders viele davon zu geben.

Als Sohia seine zweifelnde Miene sah, sagte sie: »Du glaubst mir nicht? Die Menschen mussten bereits einen ganzen Kontinent aufgeben. Die Bruderschaft wurde gegründet, um nicht auch noch den Rest der Welt an die Chimären zu verlieren.«

Der Junge gab keine Antwort, obwohl ihn Sohias Behauptung erschreckte. Jetzt zog der Kampf ihn wieder ganz in den Bann. Die Chimäre hatte sich abermals unsichtbar gemacht, und die Zuschauer warteten angespannt darauf, dass sie wieder auftauchte. Doch diesmal blieb sie verschwunden. Vargaï suchte die Umgebung durch seinen Kristall ab, ohne die Bestie zu entdecken.

»Ist ... ist sie weg?«, flüsterte Jona.

Sohia blieb stumm. Auch die Kinder waren mucksmäuschenstill, und selbst die Natur schien den Atem anzuhalten. Jona warf Sohia einen schnellen Blick zu. Sie hielt sich eine in einen Ring eingefasste bunte Linse vors Auge und lächelte nicht mehr.

»Geht zurück zu den Wagen«, flüsterte sie. »Aber ganz langsam.«

Dælfine und Jona gehorchten auf der Stelle. Als Vargaï kurz darauf in ihre Richtung zeigte, begann Jonas Herz zu rasen. Was war los? Wo war die Kreatur? Sein Verstand kannte die Antwort bereits, aber noch weigerte er sich, ihm zu glauben. Selbst als Sohia plötzlich vor die beiden Kinder sprang und mit ihrem Speer zustach, wollte er das alles nicht wahrhaben.

Erst als die Chimäre urplötzlich sichtbar wurde und Jona ihren heißen Atem im Gesicht spürte, wurde ihm bewusst, dass er um Haaresbreite einem grauenhaften Schicksal entronnen war.

Noch war die Bestie nicht tot. Aufgespießt auf Sohias Speer, hing sie zappelnd ein Stück über dem Boden und versuchte, den in Schockstarre dastehenden Jona mit ihren Krallen zu erreichen. Doch damit verschlimmerte die Kreatur nur ihre Verletzung.

Sohia senkte den Speer und legte die Chimäre auf dem Boden ab, sei es aus Mitleid oder aus Erschöpfung. Vargaï rannte mit gezücktem Säbel herbei, vielleicht wollte er das Tier von seinem Leid erlösen.

Doch diese Mühe konnte er sich sparen. Mit einem letzten Röcheln verschwand die Bestie im Nichts. Sohia wäre fast umgefallen, weil sie plötzlich von ihrem Gewicht befreit war.

Die Weltwanderer suchten die Umgebung durch ihre Kristalle ab, um sicherzugehen, dass die Gefahr gebannt war. Dann traten sie zu ihren Schülern, die Jona umringt hatten. Einige stießen Siegesschreie aus, andere kommentierten den Vorfall, aber allen war bei dem Gedanken, dass die Chimäre genauso gut sie hätte angreifen können, angst und bange. Vargaï und Sohia wechselten einen ernsten Blick, und Jona wurde klar, dass soeben etwas äußerst Ungewöhnliches geschehen war.

»Wir fahren weiter«, ordnete der Alte an. »Wir haben noch ein gutes Stück Weg vor uns.«

Mit diesen Worten entfernte er sich, und die meisten Rekruten folgten ihm. Jona blieb mit Dælfine und Sohia zurück. Die junge Frau wischte ihren blutverschmierten Speer im Gras am Wegesrand ab. Bei diesem abstoßenden Anblick erwachte Jona aus seiner Erstarrung.

»Wo … wo ist die Bestie jetzt?«, fragte er.

»Sie hat sich zum Sterben hinter den Schleier zurückgezogen«, erklärte Sohia. »Das tun sie meistens.«

Jona nickte schweigend. Das alles machte ihn tieftraurig. Dabei hatte die Kreatur ihn angegriffen. Und Vargaï hatte sein Bestes gegeben, um sie zu vertreiben, ohne sie zu verletzen. Jona ertappte sich dabei, wie er wieder einmal den Himmel absuchte – mindestens zum zehnten Mal an diesem Morgen. Er wusste selbst nicht genau, was er dort eigentlich zu finden hoffte. Einen Hinweis darauf, wer er war? Ein Zeichen, was er tun sollte?

Doch natürlich gab es kein solches Zeichen am Himmel, und so setzte sich Jona wieder in Bewegung und folgte dem Konvoi nach Zauberranke. Nach wenigen Schritten sah er mit eigenen Augen, was Vargaï vor der Chimäre gewarnt hatte: Auf einer umzäumten Weide lagen vier tote Kühe.

11

Gess ertrug die gedrückte Stimmung, die nach der Begegnung mit der Chimäre herrschte, nicht lange. Ihm war auch so schon elend genug zumute, da musste man es nicht auch noch schlimmer machen. Also bekämpfte er die allgemeine Trübsal auf die einzige Weise, die er kannte: indem er Witze riss. Zu allem und jedem fiel ihm ein Wortspiel ein, ein harmloser Spott oder ein Scherz. Und wenn es einmal so gar keinen Anlass für einen Witz gab, füllte er die Pause mit Anekdoten, bis ihm vor lauter Plapperei der Hals wehtat.

Nachdem seine Zuhörer anfangs noch gelacht hatten, verloren sie bald das Interesse. Die meisten Witze aus Gess' Repertoire, das für einen Elfjährigen beträchtlich war, hatten sie im Verlauf ihrer Reise bereits gehört. Nach einer Weile ging nur noch Jona auf seine Scherze ein, und selbst der brachte nur noch ein müdes Lächeln zustande.

Doch Gess ließ sich davon nicht entmutigen. Wenn er aufhörte, Witze zu reißen, wäre er mit seinen Gedanken allein, und das wollte er unbedingt vermeiden.

Zum Glück brachte der Nachmittag etwas Abwechslung, als Sohia verkündete, dass sie die letzte Etappe ihrer Reise antraten.

Die Weltwanderer forderten die Schüler abermals auf, von den Wagen zu steigen. Die Kinder wunderten sich, denn der Weg schlängelte sich durch eine Ebene, und weit und breit gab es keine Steigung. Doch dann sahen sie, wie tief die Räder in den Boden einsanken. Der Regen der letzten Tage hatte die Erde durchtränkt, und so mussten die Rekruten durch tiefen Schlamm stapfen.

Nach kaum zehn Minuten merkte Gess, wie seine trüben Gedanken zurückkehrten. Er fragte sich, was er in dieser trostlosen Landschaft tat, die mehr und mehr einem Moor ähnelte. Warum hatte er sich den Weltwanderern angeschlossen? War das wirklich so eine gute Idee gewesen? Doch diese Fragen waren gefährlich ...

Er wusste haargenau, warum, und es gab nur einen Weg, diese Gedanken in den hintersten Winkel seines Kopfes zu verbannen. Er musste den Kasper spielen.

»Wenn ich vorher gewusst hätte, in welchem Zustand der Weg ist, hätte ich schwimmen gelernt!«, rief er.

Er erntete vereinzelte Lacher, auch wenn die meisten Kinder sich darauf konzentrierten, nicht auszurutschen und keinen Schuh im Schlamm zu verlieren.

»Memme«, spottete Vohn. »Wenn du wasserscheu bist, wirst du noch dein blaues Wunder erleben!«

»Warum? Spürst du etwa in deinen morschen Knochen, wann es regnen wird?«

Der große Junge ließ sich nicht zu einer Antwort herab, sondern grinste nur selbstgefällig. Gess bohrte nicht weiter nach. Es machte ihm Spaß, den Trottel ein wenig auf den Arm zu nehmen, aber ernsthaft mit ihm anlegen wollte er sich nicht. Nur Dælfine traute sich, Vohn so richtig eins aufs Dach zu geben. Gess wandte sich Jona zu, der neben ihm ging.

»Alles klar, Jon-abenteurer? Du siehst ja noch unglücklicher aus als ich!«

Er biss sich auf die Lippe. Jetzt hatte er sich auch noch verplappert. Zum Glück schien sein neuer Freund nichts bemerkt zu haben.

»Du hast gesagt, dass du schwimmen lernen willst«, murmelte Jona. »Ich weiß nicht einmal, ob ich schwimmen kann oder nicht. Selbst das habe ich vergessen.«

»Es gibt nur einen Weg, es herauszufinden!«, rief Gess.

Er näherte sich Jona mit ausgestreckten Armen, zog eine drohende Grimasse und tat so, als wollte er ihn in ein Schlammloch stoßen. Jona grinste schwach. Als Gess jedoch nicht von ihm abließ, wurde sein Grinsen breiter, und gleich darauf war er gezwungen, die Flucht zu ergreifen. Die beiden lieferten sich eine Verfolgungsjagd, bei der sie sich von Kopf bis Fuß mit Schlamm bespritzten. Nach einer Weile blieben sie lachend stehen, säuberten sich von dem schlimmsten Dreck und warteten auf die anderen.

Als sich Jona über den Mund wischte, wurde sein Gesicht wieder ernst.

»Das Wasser ist salzig«, sagte er.

Gess zuckte mit den Schultern, wollte sich aber trotzdem selbst vergewissern. Er tauchte die Hand in eine Pfütze und leckte sich über die Finger. Jona hatte recht. Wie war das möglich?

Jetzt betrachteten die Jungen ihre Umgebung mit neuen Augen. Sie waren so sehr auf ihre Füße konzentriert gewesen, dass sie kaum gemerkt hatten, wie sich die Landschaft verändert hatte. Sie befanden sich mitten in einem Sumpfgebiet. Doch das Moor lud nicht dazu ein, an einen Baumstamm gelehnt die Füße ins Wasser baumeln zu lassen. Bäume gab es hier weit und breit keine, und fester Boden war kaum noch zu sehen.

Der Pfad verlor sich vor ihnen im Morast. Wussten die beiden Weltwanderer wirklich, wohin sie ihre Rekruten führten? Gess fragte sich, ob es sich vielleicht um eine weitere Prüfung handelte. Er wartete, bis Vargaïs Wagen auf seiner Höhe war, und fragte dann: »Sind wir auf dem richtigen Weg? Liegt Zauberranke wirklich mitten im Sumpf?«

»Dahinter«, antwortete Vargaï knapp. »Wir müssen das Moor durchqueren. Es bietet einen guten Schutz gegen Chimären.«

Damit fuhr er seelenruhig weiter. Die Jungen blickten sich fragend an. Jona wirkte genauso besorgt wie Gess. Was war das für eine seltsame Schule am Ende der Welt? Wieso gab es weit und breit kein einziges Dorf? Und warum benötigte Zauberranke Schutz? War es überhaupt eine Schule? Das Ganze erinnerte vielmehr an ein Gefängnis und damit an genau den Ort, den Gess um jeden Preis meiden wollte!

Leider konnte er darüber mit niemandem sprechen. Außerdem hatte er sowieso keine Wahl. So kurz vor dem Ziel ihrer Reise konnte er nicht mehr umkehren. Also würde er die nächsten Jahre damit verbringen, all das zu lernen, was ein guter Weltwanderer können musste. Nur so konnte er für die Fehler, die er in der Vergangenheit begangen hatte, Buße tun. Wenn das überhaupt möglich war. Und wenn man ihn nicht vorher fand ...

Bevor ihm die trüben Gedanken wieder zusetzen konnten, suchte er schnell nach einem Vorwand, den Clown zu spielen. Seine Wahl fiel auf die Vögel, die im flachen Wasser auf und ab stolzierten. Er erschreckte alle, an denen sie vorbeikamen, ahmte ihre Schreie nach und tat so, als würde er mit den Flügeln schlagen. Sein Gehampel war allerdings nicht besonders lustig, weshalb der dicke Berris brummte: »Du gehst uns auf den Geist. Lass die armen Viecher in Ruhe.«

Berris mischte sich nur selten in etwas ein, ohne von Vohn angestachelt worden zu sein. Gess begriff, dass er wohl tatsächlich besser aufhörte. Er fand das Spiel ja selbst nicht einmal amüsant. Er versank in betrübtes Schweigen, und sofort war die Schwermut wieder da. Jetzt fiel ihm nichts mehr ein, womit er sich ablenken konnte.

Eine Stunde lang etwa kämpften sich die beiden Wagen und die elf Rekruten durch das unwegsame Gelände voran, und schon bald waren die Herzen der Schüler ebenso schwer wie ihre schlammverschmierten Stiefel. Selbst die Landschaft bot keine Abwechslung. Sie stapften durch eine trostlose, von Salzwasser

durchtränkte Einöde. Die Kinder waren am Ende ihrer Kräfte, und bei einer kurzen Rast ermutigte Vargaï sie, nicht aufzugeben.
»Es ist nicht mehr weit«, verkündete er. »Seht ihr die Umrisse dort hinten am Horizont? Das ist Zauberranke. Habt noch ein wenig Geduld, wir sind gleich da. Lange vor der Flut.«
»Der Flut?«, wiederholten mehrere Stimmen.
»Natürlich. Wir sind in der Nähe des Ozeans. In ein paar Stunden wird die Stelle, an der wir uns jetzt befinden, drei oder vier Meter unter dem Wasser liegen. Jede Nacht kommt die Flut. Also beeilen wir uns lieber!«
Er stieg seelenruhig auf seinen Wagen, während sich die Schüler ungläubig anstarrten.
»Na, Lockenkopf!«, spottete Vohn. »Immer noch wasserscheu? Da musst du dich mit dem Schwimmenlernen wohl beeilen!«
Er wandte sich ab, ohne auf eine Antwort zu warten, aber Gess hatte es ohnehin die Sprache verschlagen. Wenn er ehrlich sein sollte, hatte er in diesem Moment mehr Angst vor den Weltwanderern als vor dem Ertrinken. Ihm war schon aufgefallen, dass ihre Lehrer so manches vor ihnen verheimlichten. Wenn sie gezwungen waren, ihren Schülern etwas mitzuteilen, taten sie es erst im letzten Augenblick und verrieten nie mehr als notwendig. In diesem Fall fand sogar Gess, der immer für einen Scherz zu haben war, dass sie verantwortungslos handelten. Was, wenn etwas Unvorhergesehenes passierte? Ein Wagen konnte im Matsch stecken bleiben, ein Pferd konnte krank werden, einer von ihnen konnte sich verletzen, und dann müsste der ganze Konvoi haltmachen. Schlimmstenfalls würden sie von der Flut erwischt!
Doch vielleicht wussten die Weltwanderer ja auch, was im Notfall zu tun war. Vielleicht hatten sie noch einen Trumpf im Ärmel, von denen die Kinder nichts wussten. Ein weiteres Geheimnis …
Warum ließen sie ihre Schüler immer im Ungewissen? Um sie abzuhärten und sie auf die Aufgaben vorzubereiten, die sie als

Weltwanderer erwarteten? Gess hatte nicht das Gefühl, durch diese Erfahrung etwas anderes zu lernen, als seinen Lehrern zu misstrauen.

Der Gedanke daran, schneller als die Flut sein zu müssen, verlieh ihm jedoch neue Kräfte, und seinen Kameraden erging es nicht anders. Mit entschlossenen Schritten marschierten sie auf den Umriss zu, der sich am Horizont abzeichnete. Als sie näher kamen, versuchte Gess zu erkennen, worum es sich handelte. Bald kam er zu dem Schluss, dass es Felsen waren. Entweder handelte es sich um eine natürliche Gesteinsformation oder um eine von Menschen errichtete Festung. Je geringer der Abstand wurde, desto besser konnte er das Gebilde sehen, das sich aus der Ebene erhob. Es bestand aus unzähligen spitzen Felsen verschiedener Größe, wobei die vorderen am niedrigsten waren. Dahinter ragte ein noch viel größerer Umriss in die Höhe, ein dunkler Schatten vor dem wolkigen Himmel ... Was war das? Eine Felswand? Da die Ebene jede Nacht überflutet wurde, musste sich die Schule zwangsläufig auf einer Erhebung befinden.

Keiner der Schüler sagte ein Wort, was nicht oft vorkam. Alle hatten den Blick auf das seltsame Gebilde geheftet, das immer noch in weiter Ferne lag und sich vor ihren Augen zu verformen schien. Mittlerweile stapften sie nicht mehr durch Morast und knöchelhohes Wasser, sondern durch weichen Sand, der sich bis zum Horizont erstreckte. Schon bald änderte Gess sein Urteil über das Gebilde, das vor ihnen aufragte. Seine Form war zu chaotisch und verschlungen, als dass es sich um Felsen hätte handeln können. Was zum Henker konnte das nur ...

Er stolperte über etwas Hartes und wurde aus seinen Gedanken gerissen. Überrascht starrte er auf einen länglichen Stein, der einige Zentimeter aus dem Boden ragte. Er hatte etwas von einer Pflanze, aber die Kanten waren scharf. Es sah aus, als hätte jemand ein Stück dunkles Glas im Sand vergraben. Gess versuchte, den Edelstein zu bewegen. Erst trat er mit dem Stiefel dagegen, dann zog er daran. Als er sich in die Hand schnitt, gab er es auf. Er beugte sich vor und musterte den Stein eingehend. Die Ähnlichkeit zu einer Pflanze stach ihm abermals ins Auge. Der Stein erinnerte ihn an eine Mischung aus Kaktus und Koralle. Er hatte weder Blüten noch Blätter, sondern bestand nur aus einem dicken Stängel, von dem Zweige abgingen, die sich immer weiter verästelten. Seine Farbe war dunkel, aber nicht näher zu bestimmen. Es schien, als ändere der Stein ständig die Schattierung. Dieser seltsame Edelstein wirkte beinahe ... lebendig.

Da ging Gess ein Licht auf. Er wusste, was er vor sich hatte, obwohl die Weltwanderer noch kein Wort darüber verloren hatten. Und plötzlich wurde ihm auch klar, was da am Horizont aufragte.

Zauberranke.

Am liebsten hätte er sich geohrfeigt. Wie hatte er nur so begriffsstutzig sein können? Bald kamen die anderen Schüler zu demselben Schluss und begannen aufgeregt miteinander zu tuscheln. Nobiane und Dælfine entfernten sich ein Stück von der Gruppe, um eine der steinartigen Pflanzen zu untersuchen. Neugierig gesellten sich Gess und Jona zu ihnen. Ihrer Rolle als Anführerin der Gruppe getreu, grub Nobiane im Sand und begann, einen scharfkantigen Ast freizulegen. Gess hätte sich das niemals getraut.

Nachdem sie zehn Minuten lang gegraben hatte, ohne das Ende freizulegen, richtete sie sich wieder auf und klopfte sich den Sand von den Händen.

»Der Stängel reicht zu tief in den Boden«, sagte sie. »Ich wette, dass sämtliche Gewächse miteinander verbunden sind. Oder besser gesagt, dass sie zu ein und demselben Stamm gehören.«

»Was, bis ganz da hinten?«, fragte Dælfine entgeistert.

Sie deutete auf das schwarze Gebilde mit den unzähligen Ausbuchtungen und Verzweigungen, das vor ihnen aufragte. Gess fand den Gedanken ziemlich absurd. Andererseits, warum nicht?

»Was meinst du, Jon-aspirant?«

Er fragte eigentlich nur, um ein Wortspiel anzubringen, war aber überrascht, als der Angesprochene nicht reagierte. Jona blickte starr auf einen Punkt am Himmel in der entgegengesetzten Richtung zur Schule. Neugierig hob Gess den Kopf, um zu sehen, was seinen Freund ablenkte. Zwischen den Wolken am Abendhimmel entdeckte er einen kleinen schwarzen Punkt. Einen kleinen schwarzen Punkt, der Flügel zu haben schien.

»Wir müssen Vargaï Bescheid sagen«, stieß er hervor. »Sofort!«

12

Der von Gess ausgelöste Alarm und die allgemeine Aufregung rissen Jona aus seiner Erstarrung. Plötzlich zogen die letzten Minuten an seinem inneren Auge vorbei, als würde er sie zum ersten Mal erleben: Dælfine zerrte ihn im Laufschritt hinter sich her … Die Kinder rannten zu Vargaïs Wagen … Der Alte blickte durch sein Prisma-Fernrohr zum Himmel und erteilte hektisch Befehle …

Jona hatte das alles zwar miterlebt, aber es war nicht richtig zu ihm durchgedrungen, ganz so, als beobachtete er das Geschehen von außen. Er konnte sich seinen Zustand nicht erklären. Es war, als würde er am helllichten Tag schlafwandeln. Er erinnerte sich schwach, dass er irgendetwas gesehen hatte, das ihn in den Bann geschlagen hatte. Dann war er in einen Traumzustand abgeglitten, aus dem er keine Erinnerung behalten hatte. Erst als alle um ihn herum panisch durcheinanderliefen, war er wieder zu sich gekommen.

Plötzlich war er wieder hellwach. Als Erstes wanderte sein Blick zum Himmel, aber er konnte nicht erkennen, was ihn in diesen seltsamen Zustand versetzt hatte. Die Weltwanderer schienen jedoch zu glauben, dass sie in Gefahr schwebten, denn sie erteilten mit harten Stimmen Befehle.

Vargaï trug Sohia und drei Schülern auf, alle vier Pferde vor einen Wagen zu spannen. Der Alte holte die wichtigsten Dinge aus dem zweiten Wagen, während der Rest der Schüler eine

Kette zwischen den beiden bildete. Kaum waren sie damit fertig, befahl der Weltwanderer allen Kindern, in den vorderen Wagen zu klettern.

Jona verstand nicht, warum sie es plötzlich so eilig hatten, aber allein der Ton des Weltwanderers verursachte ihm eine Gänsehaut. Gehorsam nahm er mit den anderen auf der Bank Platz und wäre fast umgefallen, als die Pferde losgaloppierten.

Der Wagen knirschte und knarrte, brach aber nicht auseinander, wie Jona kurz befürchtete. Die zusammengepferchten Schüler warfen einen letzten Blick auf den zweiten Wagen, der mitten in der Ödnis zurückblieb und bald von der nahenden Flut verschluckt werden würde. Der Anblick machte Jona traurig: Er sah darin ein Sinnbild seiner eigenen Lage. Doch er war viel zu sehr damit beschäftigt, sich irgendwo festzuhalten, um nicht bei voller Fahrt vom Wagen zu fallen. So konnte er sich derlei düsteren Gedanken nicht ganz hingeben.

»Wir fahren zu schnell, das kann nicht gut gehen!«, stöhnte Nobiane.

Nicht einmal die Raufbolde, die sonst gern große Töne spuckten, machten sich über die Anführerin lustig. Alle waren ihrer Meinung.

Die Räder des Wagens zogen tiefe Furchen, und Sand und Wasser spritzten auf. Der gestreckte Galopp der vier Pferde verhinderte, dass sie stecken blieben, aber früher oder später würde ein Hindernis den Wagen zum Umkippen bringen. Zum Beispiel eine der kristallartigen Pflanzen mit den scharfen Kanten und spitzen Zacken, die überall wucherten ...

Jona konnte nicht erkennen, wie weit sie von ihrem Ziel entfernt waren, denn dazu hätte er neben den Weltwanderern auf dem Kutschbock sitzen müssen. Während sie an immer größeren Gewächsen vorbeirasten, hoffte er von ganzem Herzen, dass sie bald da wären. Das halsbrecherische Schlingern des Wagens und die immer dichter wuchernden Planzenteile machten ihm viel mehr Angst als die unsichtbare Gefahr, vor der sie flohen.

Schon im nächsten Augenblick dachte er jedoch genau das Gegenteil, denn plötzlich war die Gefahr alles andere als unsichtbar.

Eine Bestie brach aus dem Nichts hervor. In einem Moment war hinter dem Wagen alles frei, im nächsten jagte ihnen ein brüllender Drache hinterher. Und er war nah, viel zu nah.

Vor Schreck und Überraschung schrien die Schüler auf. Die Kreatur stieß mit peitschenden Flügeln, nach vorn gerecktem Hals und schnappendem Maul auf sie herab ... Nur die wuchernden Kristalle am Wegesrand verhinderten, dass sie den Planwagen zertrümmerte. Doch wie lange würden sie ihnen vor der Bestie Schutz bieten?

Jona und die anderen kauerten ängstlich auf der Bank. Fast vergaß er zu atmen. Jedes Mal, wenn der Wagen umzukippen drohte oder der Drache ein Stück näher kam, schrien die Kinder auf. Bei aller Angst fand Jona die Kreatur, die aus dem Nichts Gestalt angenommen hatte, faszinierend. Es musste sich um den Drakoniden aus der Höhle handeln. Inmitten des Tumults fragte er sich kurz, warum das Tier ihn dort verschont hatte, wenn es sich jetzt rasend vor Wut auf ihn stürzen wollte.

Nach einer Minute dieser wilden Verfolgungsjagd, die ihnen wie eine Ewigkeit erschien, keimte unter den Schülern etwas Hoffnung auf. Die Kristalle wucherten inzwischen so hoch, dass sie über ihren Köpfen fast eine Art Dach bildeten, und der Drache kam nicht mehr an sie heran. Mit wütendem Gebrüll brachte das Ungeheuer seine Enttäuschung zum Ausdruck. Jona begann schon zu glauben, dass sie noch einmal glimpflich davongekommen waren, als die Bestie plötzlich im Sturzflug durch das Gewächs brach.

Das Kreischen der Kinder übertönte fast den Schrei der Kreatur, deren geschuppte Haut von mehreren Dutzend scharfer Zacken zerschrammt wurde. Doch der Drache hatte für seinen Angriff eine Lücke im Kristallgeflecht gewählt, und so gelang es ihm, sich durch die Zauberranke zu zwängen. Innerhalb weniger Augenblicke war er auf dem Weg angelangt und setzte seine Verfolgungsjagd im Galopp fort.

Die Hoffnungen auf ein glückliches Ende schwanden abrupt. Das Ungeheuer kam im Sand deutlich schneller voran als die erschöpften Pferde, und jeden Moment konnte das Ende des Planwagens in seinem riesigen Maul verschwinden. Jona erwog kurz abzuspringen und sich in dem Wald aus Kristallen zu verstecken, doch bei der Geschwindigkeit hätte er den Sprung nicht unverletzt überstanden. Und dann würde er leichte Beute für den Drachen.

Die Schüler fühlten sich vollkommen hilflos. Sie saßen in der Falle und konnten sich nicht einmal wehren. Dælfine begehrte als Erste gegen den unvermeidlichen Tod auf. Sie nahm den Stein, den sie am Abend als Keil unter die Räder schoben, und schleuderte ihn auf das Ungeheuer.

Ihr Ziel war so riesig, dass sie keine Mühe hatte, es zu treffen. Das Ungeheuer schien den Aufprall kaum zu bemerken, doch die Kinder waren zu allem bereit, um das Unausweichliche hinauszuzögern und ein wenig Zeit zu gewinnen, und seien es nur ein paar Sekunden. So hagelte dem Drachen bald ein Sammelsurium an Gegenständen entgegen: Schuhe, Taschenmesser, Schleifsteine, Trinkflaschen aus Metall. Die Kinder benutzten alles, was sie in die Finger bekamen, als Wurfgeschoss, selbst Dinge, von denen manch einer geschworen hatte, dass er sich nie davon trennen würde.

Jona besaß nichts, das er hätte opfern können, aber da er ganz hinten saß, konnte er sich an der Verteidigung beteiligen, indem er alles auf den Drachen schleuderte, was ihm die anderen in die Hände drückten. Bald wurde ihm sogar Stücke der Bank und andere Wagenteile gereicht. Sie mussten alles versuchen, um die Bestie zu vertreiben. Leider schien sie keinen Schmerz zu spüren, und den Kindern gelang es nicht, sie ernsthaft zu verletzen.

Als ihnen außer der kostbaren Ausrüstung ihrer Lehrer nichts mehr zum Werfen blieb, gerieten die Schüler vollends in Panik. Sie waren verloren. Mittlerweile bildeten die Kristallgewächse eine Art Tunnel. Die Pferde waren zu Tode erschöpft, und das Ungeheuer holte immer weiter auf. Als der Drache gierig den Hals in ihre Richtung reckte, begannen selbst die Mutigsten von ihnen zu kreischen.

Erneut erwog Jona einen waghalsigen Sprung von dem Wagen. Es bestand zwar nur eine winzige Chance, den Sturz zu überleben, aber das war immer noch besser, als einfach aufzugeben. Wenn er zwischen die Kristalle schlüpfen konnte, bevor das Ungeheuer ihn schnappte, wäre er in Sicherheit. Selbst der Drache konnte die Kristalle, zwischen denen sie hindurchrasten, nicht zertrümmern.

Doch Jona fehlte der Mut. Selbst wenn ihm diese Verzweiflungstat gelingen sollte, wäre er anschließend allein, mitten in feindlichem Gebiet. Und die Flut würde bald kommen ...

Wieder begannen die Schüler zu schreien, doch diesmal beschimpften sie das Ungeheuer, brüllten es an, drohten ihm. Sie hatten nichts mehr zu verlieren, und auf diese Weise bannten sie die Todesangst.

Natürlich scherte sich der Drache nicht im Geringsten darum. Er fegte weiter durch den Sand und schnappte immer wieder nach ihnen. Als die Bestie an einer schmalen Stelle langsamer laufen musste, stießen die Kinder ein Triumphgeheul aus.

Sofort war die Hoffnung wieder da, und mit ihr die Lebenslust. Die Schüler johlten und klatschten jedes Mal, wenn sich der Drache an einer scharfen Kante schnitt, wenn seine Flügel an dem Kristallgewölbe entlangschrammten oder eine seiner riesigen Krallen an einem aus dem Boden ragenden Zacken hängen blieb. Der merkwürdige Weg, auf dem der Wagen dahinraste, wurde immer schmaler und stieg stetig an.

Dennoch gab die Chimäre nicht auf. Auch sie war gefangen, da sie in dem Tunnel nicht fliegen konnte. Um ihre Freiheit wiederzuerlangen, musste sie bis zum Ende weiterlaufen. Sie litt offensichtlich unter schrecklichen Schmerzen, stürmte aber immer weiter und zwängte sich trotz der Zacken, die sich ihr ins Fleisch bohrten und die Flügel zerfetzten, durch den engen Gang. Die anderen Kinder schrien jedes Mal, wenn sie zwischen den Kristallen stecken blieb, vor Freude auf. Der Abstand zu dem Ungeheuer wurde immer größer. Sie waren gerettet!

Auch Jona war erleichtert, aber zugleich schnürte ihm der Anblick die Kehle zu. Als die Bestie abermals zwischen den tödlichen Kristallen hängen blieb und sich mit aller Kraft gegen die Zacken stemmte, die ihr die Haut aufrissen, konnte er das Spektakel nicht länger ertragen. Er stimmte in den Chor der Schüler ein und brüllte so laut er konnte:

»Hör auf! Geh! GEH WEG!«

Der Drache mühte sich noch kurz weiter ab, hielt dann aber inne. Es war schwer zu sagen, ob er seine Niederlage akzeptierte oder ob er einfach nicht mehr weiterkam. Jona blickte auf ihn zurück, bis der Wagen um eine Biegung verschwand.

Da erst wurde ihm bewusst, dass er als Letzter geschrien hatte. Die anderen Kinder waren verstummt und starrten ihn neugierig an, ihn, den Jungen, der in einer Höhle bei einem Drachen aufgefunden worden war und dem Ungeheuer offenbar Befehle erteilen konnte.

Gleich darauf erreichte der Wagen endlich Zauberranke. Jona bekam davon nicht viel mit. Tränen verschleierten seinen Blick.

13

Dælfine sprang als Erste vom Wagen. Dann musste sie sich erst einmal auf den Boden setzen, so sehr zitterten ihre Beine, und sie wollte auf keinen Fall, dass die anderen sie so schwach sahen.

Doch ihre Sorge war unbegründet: Ihre Kameraden waren kaum in einem besseren Zustand. Als Berris den Ort betrat, an dem er die kommenden fünf Jahre verbringen würde, musste er sich erst mal übergeben. Zwei weitere Schüler folgten seinem Beispiel und erbrachen ihren Mageninhalt. Nobiane wiederum blieb auf der Bank hocken. Sie hatte die Hände vors Gesicht geschlagen und schluchzte laut, um die Anspannung zu lösen. Gess schwieg, was außergewöhnlich genug war, um Erwähnung zu verdienen, und sah sich gedankenverloren um. Nun ließ auch Dælfine den Blick schweifen.

Es gab so viel zu entdecken!

Zum einen war da die Zauberranke, die vor ihnen in die Höhe wuchs. Als Dælfine an die Steigung dachte, die sie bereits erklommen hatten, konnte sie ermessen, wie gigantisch der lebende Kristall war. Vermutlich war er genauso alt wie Gonelore selbst.

Der Kristall überwucherte den Weg, auf dem sie gekommen waren, und ließ nur einen schmalen Durchgang frei. Gleich nachdem Vargaï und Sohia die Pferde gezügelt hatten, postierten sie sich mit ihren Waffen und Prismen vor dieser Mündung. Seither wachten sie dort, notfalls bereit, einen letzten Angriff des

Drachen abzuwehren – oder es zumindest zu versuchen. Doch Dælfine bezweifelte, dass die Bestie es schaffen würde, sich durch den Tunnel zu zwängen. Wenn sie nicht immer noch an der Engstelle feststeckte, hatte sie vermutlich den Rückzug angetreten. Bei dem Gedanken, dass das Ungeheuer fliehen und sie vielleicht abermals angreifen könnte, lief ihr ein Schauer über den Rücken. Hektisch suchte sie den Himmel mit dem Blick ab.

Vohn beobachtete sie, was ihr gar nicht recht war. Mit einem arroganten Grinsen sagte er: »Von oben können die Chimären nicht angreifen. Das habe ich letztes Jahr schon gelernt.«

»Ach ja? Und wie erklärst du dir das?«

»Ich bin nicht dein Lehrer«, tönte er. »Ich hab keine Lust, meine Zeit mit Erklärungen zu verschwenden.«

Er wandte sich ab und ging davon. Dælfine zuckte die Achseln. Zumindest schien er zu wissen, wovon er redete. Sie waren also fürs Erste in Sicherheit. Beruhigt atmete sie aus.

Als sie wieder einatmete, fiel ihr plötzlich auf, dass die Luft nach Meer roch. Wenn sie die Ohren spitzte, konnte sie sogar das Tosen der Wellen hören. Der Ozean konnte nicht weit entfernt sein, er musste den Fuß des Kristallgebirges umspülen. Am Himmel zogen Möwen vorbei, ein weiterer Hinweis auf die Nähe der Küste. Dælfine, die noch nie am Meer gewesen war, wurde ganz aufgeregt.

Neugierig musterte sie ihre Umgebung. Der Planwagen stand auf einem kleinen Plateau, das mehr oder weniger kreisförmig war und auf drei Seiten von der Zauberranke begrenzt wurde. Sie mussten sich ungefähr zehn Meter über dem Meeresspiegel befinden, und wer sich dem Rand näherte, riskierte einen Sturz in die Tiefe. Der überwucherte Pfad, über den sie gekommen waren, schlängelte sich auf einem Kamm entlang, einer Art Landbrücke, die die sandige Ebene mit den vor ihnen aufragenden Klippen verband.

Dælfine fragte sich, warum sie das alles nicht früher gesehen hatte. Natürlich war sie von dem Drachen, der sie verfolgt hatte, abgelenkt gewesen. Außerdem hatten ihnen die wuchernden Kristalle den Blick versperrt. Jetzt, wo sie aus dem Tunnel heraus waren, konnte sie Zauberranke endlich in ihrer vollen Pracht bewundern. Ein Stück vor ihnen erhob sich ein riesiger Turm, der stolzeste Leuchtturm, der je von Menschenhand gebaut worden war.

»Werden ... werden wir dort oben wohnen?«, fragte Berris.

»Natürlich nicht«, höhnte Vohn. »Jedenfalls nicht in den ersten Jahren. Komm, ich zeige dir, was hinter dem Turm liegt!«

Gemeinsam mit Berris rannte er los und ließ Dælfine stehen, die nur zu gern mit den beiden Jungen mitgelaufen wäre – oder besser noch, ihnen zuvorgekommen wäre. Doch sie wandte sich zunächst fragend zu Vargaï um, der ihr mit einem Wink zu verstehen gab, dass sie tun und lassen konnte, was sie wollte, bevor sie überhaupt den Mund aufmachte. Offenbar schätzten ihre Lehrer die Lage nicht mehr als gefährlich ein.

Alle Schüler, die sich vom Angriff des Drachen erholt hatten oder sich austoben mussten, um den Vorfall zu verarbeiten, machten sich daran, das letzte Stück des Anstiegs zu erklimmen. Nach dem stundenlangen Fußmarsch waren ihre Beine jedoch müde, und der Hang war so steil, dass die Pferde vermutlich große Mühe haben würden, den Wagen hochzuziehen. Doch die Neugier der Schüler war stärker. Sechs aufgekratzte Kinder rannten bis zu dem mächtigen Turm, der vor ihnen in die Höhe ragte. Dælfine würde ohnehin nicht als Erste oben ankommen, denn Vohn und Berris hatten zu viel Vorsprung. Also ließ sie sich Zeit, blieb am Ende des Plateaus stehen und betrachtete die Wellen, die sich weit unten an den Felsen brachen, und die Riesenkristalle, die aus der Tiefe emporragten. Gleich darauf setzte sie den anderen nach.

Oben angekommen wurde sie von einer frischen Meeresbrise erfasst. Die Kinder hatten sich am Fuß des Turms versammelt, dessen Fundament so breit war wie eine ganze Burg, und starrten aufs offene Meer hinaus. Dælfine stockte der Atem, so beeindruckt war sie von der Weite des Horizonts. Nach einer Weile begann sie sich für ihre nähere Umgebung zu interessieren. Von hier oben hatten sie einen unvergleichlichen Ausblick. Der Turm stand am höchsten Punkt einer großen Halbinsel, die sachte zum Meer hin abfiel. Die Festung aus Felsen und schwarzgrauen Kristallen, auf der er erbaut war, bewachte den einzigen Zugang vom Land aus. Im Schutz des Turms befanden sich zahlreiche weitere Gebäude. Einige lagen isoliert im Wald, andere waren zu kleinen Siedlungen vereinigt. Das mussten die Schlafräume, Speisesäle und Unterrichtsräume der Schüler sein.

Die Insel zu ihren Füßen allein war schon interessant genug, aber weiter draußen auf dem Meer lagen weitere Inseln, die vollkommen vom Festland abgetrennt waren. Einige davon waren genauso groß wie die Halbinsel, auf der die Schule stand. Gehörten sie auch zu Zauberranke? Würde Dælfine hinfahren?

Das Mädchen war hundemüde und immer noch etwas zittrig von der Flucht vor dem Drachen. Außerdem hatte sie Heimweh nach der Herberge ihrer Eltern, die sie hatte verlassen müssen. Trotzdem konnte sie es kaum erwarten, die fremde Welt zu erkunden, die sich vor ihr auftat.

Als sie sich zu dem Planwagen umdrehte, der erst jetzt den Hang heraufkam, bekam ihre Begeisterung allerdings einen Dämpfer. Vargaï und Sohia blickten finster drein. Freuten sich die Weltwanderer denn gar nicht, nach Hause zu kommen? Zwar hatten sie einen Planwagen opfern müssen, aber dafür waren alle mit heiler Haut am Ziel angekommen. Ihre Lehrer würden gewiss wie Helden empfangen werden. Gleich würden ihre Kollegen herbeieilen, ihnen auf die Schulter klopfen und sie in einem Triumphzug auf ihren Schultern durch die Schule tragen. Wie konnte es anders sein?

Die Antwort erhielt sie wenige Augenblicke später. Als der Alte endlich am Fuß des Turms angelangt war und müde zu dem befestigten Balkon im ersten Stock hinaufsah, bemerkte Dælfine verblüfft, dass dort ein alter Mann stand und sie beobachtete. Er war groß gewachsen, recht stämmig und hatte eine Glatze. Vor dem rechten Auge klemmte ein Monokel, und wie jeder Weltwanderer trug er ein mit Abzeichen geschmücktes Bandelier. Wie lange beobachtete er die neuen Rekruten schon? Wann hatte er vorgehabt, auf sich aufmerksam zu machen? Dælfine beschlich ein unbehagliches Gefühl, und die undurchdringliche Miene des Mannes machte das Ganze nicht besser.

»Jor Arold«, grüßte Vargaï mit einem leichten Kopfnicken.

Der Mann auf dem Balkon ließ sich mit einer Erwiderung Zeit. Zunächst blickte er zur Sonne, die soeben hinter dem Horizont verschwand, erst dann ließ er sich zu einer Antwort herab.

»Jor Vargaï«, sagte er. »Ihr kommt acht Tage zu spät. Ich dachte schon, ich würde Euch nie wiedersehen.«

»Und jeder weiß, wie sehr Euch das betrübt hätte«, sagte der Alte. »Jetzt bin ich jedenfalls da.«

Es vergingen einige Augenblicke, ohne dass gesprochen wurde, und Dælfine fragte sich, welcher der beiden Männer den nächsten Pfeil abschießen würde. Man musste kein Hellseher sein, um zu erahnen, dass sie einander verachteten.

»Ich zähle elf Schüler«, verkündete Arold. »Daraus schließe ich, dass Ihr uns sehr interessante Dinge zu berichten habt. Seid doch bitte so gnädig und tretet ein.«

Vargaï nickte steif, stieß aber einen lauten Seufzer aus, als der Glatzkopf mit dem Monokel den Balkon verließ. Der Alte nickte Sohia zu und verschwand dann in dem Turm. Die Weltwanderin befahl den Schülern, sich nicht vom Fleck zu rühren und am Fuß des Turms auf sie zu warten. Dann folgte sie ihrem Kollegen.

Keines der Kinder verstand, was vor sich ging. Aber Dælfine hatte das Gefühl, dass hinter diesen Mauern über ihr Schicksal entschieden wurde.

14

»Es dürfte nicht mehr lange dauern«, sagte der Jüngling zum wiederholten Mal.

Sohia dankte ihm mit einem Kopfnicken, obwohl ihnen diese Ankündigung wenig weiterhalf. Vargaï schienen die Worte eher noch mehr zu reizen. Er begann, unruhig auf seinem Stuhl hin und her zu rutschen. Seit fast einer Stunde warteten sie nun schon in dem Vorzimmer. Im Vergleich zu den Wagen, in denen sie wochenlang gewohnt hatten, war der Raum zwar recht luxuriös eingerichtet, aber das machte die Wartezeit auch nicht kürzer. Normalerweise dauerte es nicht annähernd so lange, den Hohen Rat einzuberufen. Die meisten Mitglieder arbeiteten im Herzen von Zauberranke, weniger als achthundert Meter vom Turm entfernt und damit praktisch gleich nebenan.

»Das macht er mit Absicht!«, knurrte Vargaï. »Und hinterher wird er uns vorwerfen, wir hätten unsere Rekruten zu lange unbeaufsichtigt gelassen!«

»Es wird bestimmt alles gut gehen«, murmelte Sohia.

Damit wollte sie sich vor allem selbst beruhigen. Es war ihr erstes Jahr als Lehrerin, und jetzt, wo sie endlich angekommen waren, hatte sie unendlich viel zu tun. Sie musste den Unterricht vorbereiten, und zu allem Überfluss hatten ihre Schüler auch noch ihr gesamtes Hab und Gut verloren, weil sie es auf den Drachen geworfen hatten. Um dieses Problem musste sie sich auch noch kümmern.

»Soll ich lieber zu den Kindern zurückgehen?«, fragte sie.

»Nein. Der eingebildete Fatzke hat dich nicht einmal begrüßt. Das ist nicht hinnehmbar. Du musst dich durchsetzen und allen zeigen, dass du es verdienst, wie die anderen Lehrer behandelt zu werden. Du trägst die Raute auf deinem Bandelier schließlich zu Recht.«

Die junge Frau nickte und blickte auf die Metallplakette hinab, die seit kurzer Zeit an ihrem Gürtel prangte. Sie hatte sich das Abzeichen hart erarbeitet, zweifellos. Sie hatte alle Prüfungen bestanden, die man ihr auferlegt hatte, und war eine der jüngsten Weltwanderinnen aller Zeiten.

Doch sie wusste auch, dass der Hohe Rat ihr den Posten als Lehrerin nicht angeboten hätte, wäre Gonelore nicht in so großer Gefahr gewesen. Genau deshalb würden einige Mitglieder der alten Garde sie nie als ebenbürtig betrachten, oder jedenfalls nicht in den nächsten Jahren. Und auch das nur, wenn sie keinen Fehler machte.

Vargaï hatte sie gewarnt, und Sohia hatte es auch schon am eigenen Leib erfahren: Der Gemeinschaftssinn der Weltwanderer war nur eine Illusion, auch wenn sie alle im Dienst desselben hehren Ziels standen. Sie wollten die Welt vor einer Invasion der Chimären bewahren, zumindest diejenigen, die ihren Eid nicht gebrochen und sich als Söldner verkauft hatten. Doch wenn sie nicht gerade gemeinsam in den Kampf zogen, wurden Intrigen gesponnen und Rivalitäten ausgetragen wie am dekadentesten Königshof. Viele Weltwanderer gierten nach Ruhm, einem wichtigen Posten oder einem weiteren schimmernden Abzeichen an ihrem Bandelier. Manchmal waren ihre Absichten sogar noch schäbiger. Einige versuchten, sich durch den Handel mit Prismen oder antiken Artefakten zu bereichern.

Vargaï war da völlig anders. Sohia, die die letzten zehn Jahre an seiner Seite verbracht hatte, konnte das bezeugen. Der Alte reiste am liebsten durchs Land und hasste es, sich mit Ränkespielen abzugeben. Nur aus ausgeprägtem Pflichtbewusstsein hatte er sich überhaupt bereit erklärt, Schüler aufzunehmen. Er war nicht aus Eitelkeit Lehrer geworden oder um sein Abzeichen an den Bandelieren der Kinder zu sehen. Manche Lehrer waren nur auf die Ehre aus und überließen ihre Schüler mehr oder weniger sich selbst. Wenn nicht Vargaï, sondern einer dieser eitlen Pfaue dem Drakoniden gegenübergestanden hätte, wäre keiner der Rekruten, die draußen warteten, heil in Zauberranke angekommen.

»Das gibt's doch nicht!«, schimpfte Vargaï. »Es wäre schneller gegangen, wenn ich die Ratsmitglieder selbst geholt hätte! Wer fehlt denn noch?«

Die Frage war an den Jungen gerichtet, der sie hinhalten sollte, den Abzeichen nach zu urteilen, ein Schüler im dritten Jahr. Dem armen Kerl hatte das Schicksal übel mitgespielt: Er war zum Dienst im Turm abgestellt und unterstand Arold höchstpersönlich.

»Jora Vrinilia«, antwortete der Junge. »Sie ist nicht in ihrer Werkstatt. Man sucht sie offenbar.«

»Das hoffe ich doch sehr«, knurrte der Alte.

»Wollen Sie, dass ich mich erkundige, Jor Vargaï?«

»Nicht nötig. Wenn sie eingetroffen wäre, hätte man uns ja wohl schon hereingebeten! Und ist Denilius schon da?«

»Er hält sich im Moment nicht in Zauberranke auf«, erklärte der Junge. »Er ist vor fast vier Wochen abgereist.«

»Abgereist?«, rief Vargaï und sprang auf. »Wohin? Zu welchem Zweck?«

»Das weiß ich nicht, Jorensan.«

Vargaïs Miene verfinsterte sich noch mehr. Kein Wunder, dachte Sohia, denn Denilius war nicht nur sein Bruder, sondern auch sein wichtigster Verbündeter in Zauberranke. Vargaï hatte gewiss auf seine Unterstützung gezählt, um sich im Hohen Rat durchzusetzen, und diese Hoffnung war nun zunichtegemacht. Und was noch viel schlimmer war: In Denilius' Abwesenheit führte Arold den Vorsitz der Versammlung. Es sah schlecht aus.

»Denilius verlässt Zauberranke praktisch nie«, sagte er zu Sohia. »Was kann ihn nur zu dieser Reise getrieben haben? Er hat sogar den Beginn des Schuljahrs und die feierliche Übergabe der Bandeliere verpasst. Das sieht ihm gar nicht ähnlich. Es muss etwas Schlimmes passiert sein.«

Sohia nickte. Sie wusste nicht, was sie sagen sollte, um ihren ehemaligen Lehrer zu trösten. Trotz seiner eigenbrötlerischen Art und seiner vermeintlichen Unerschütterlichkeit hing der Alte sehr an seinem Bruder.

Ihnen blieb keine Zeit, sich weiter darüber zu unterhalten. Die Tür hinter dem Jungen ging auf, ein weiterer Schüler trat ins Vorzimmer, und nachdem sich die beiden kurz flüsternd ausgetauscht hatten, baten sie Sohia und Vargaï endlich in den Saal des Hohen Rats.

Sohia zupfte an ihrer Kleidung und rückte ihr Bandelier über der Brust zurecht, bevor sie Vargaï folgte. Der Versammlungssaal hatte sie schon immer eingeschüchtert. In den elf Jahren, die sie nun in Zauberranke lebte, war sie erst dreimal in dem Raum gewesen, und jedes Mal hatte sie nicht gewusst, wo sie hinsehen sollte. Allein die Aussicht durch die Fenster, die sich auf halber Höhe des Turms befanden, war beeindruckend. Das Mobiliar wiederum war dazu angehalten, jedem jungen Weltwanderer Ehrfurcht einzuflößen. Auf Regalen und in Glaskästen entlang der Wände waren Gegenstände ausgestellt, die berühmte Weltwanderer der Schule überlassen hatten: gewebte Wandteppiche, die Siege über Chimären darstellten, kostbare Bandeliere, die mit Abzeichen übersät waren, Krallen und Zähne, die heldenhafte Kämpfer von Chimären erbeutet hatten, und Waffen, denen man ansah, dass sie häufig benutzt worden waren. Sohia bestaunte die Schätze der Vergangenheit und nahm sich abermals fest vor, sich dieses Erbes würdig zu erweisen.

Als ein geräuschvolles Räuspern sie aus ihren Gedanken riss, lief sie rot an.

Arold warf ihr durch sein violettes Monokel einen verächtlichen Blick zu. Als Oberster Hüter war er für den Schutz Zauberrankes und für alles, was mit der Sicherheit ihrer Bewohner zu tun hatte, verantwortlich. Er thronte in der Mitte des langen Tisches, an dem der Hohe Rat tagte. Der leere Stuhl neben ihm gehörte Denilius. Auf den anderen fünf Stühlen saßen einflussreiche Persönlichkeiten der Schule, die Sohia mehr oder weniger sympathisch fand – in den meisten Fällen weniger.

»Jorensans«, grüßte Vargaï in die Runde. »Joransames«, fügte er an die beiden einzigen Frauen gewandt hinzu.

Die eine antwortete ihm mit einem kleinen Lächeln, während die andere keine Miene verzog. Da Sohia beide kannte, überraschte sie das nicht.

»Jor Vargaï«, sagte Arold pompös. »Und Jora Sohia«, fügte er widerstrebend hinzu. »Ihr kehrt mit acht Tagen Verspätung von Eurer Rekrutierungsfahrt zurück. Das Schuljahr hat längst begonnen, und die neuen Schüler haben ihre erste Woche Unterricht hinter sich. Noch dazu habt Ihr nur einen der zwei Wagen, die wir Euch anvertraut hatten, zurückgebracht. Außerdem muss ich feststellen, dass Ihr verwundet wurdet, was bedeutet, dass Ihr womöglich nur eingeschränkt unterrichten könnt. Und nicht zuletzt habe ich elf Kinder in Eurer Begleitung gezählt. Ihr wisst aber, dass unseren Gesetzen zufolge jeder Lehrer nur fünf Schüler aufnehmen darf und keine Ausnahme möglich ist. Der Hohe Rat erwartet nun Eure Erklärungen, um dann über die notwendigen Maßnahmen zu entscheiden.«

Sohia bemühte sich trotz dieser Flut an Anschuldigungen um eine würdige Haltung. Dieses Gefecht würde mindestens so hart werden wie der Kampf gegen den Drakoniden.

Vargaï war kein besonders guter Redner, und das wusste er auch. Also versuchte er gar nicht erst, seinen Bericht auszuschmücken, sich als Held darzustellen oder das Ganze dramatischer klingen zu lassen, als es war, so wie es manch eitlerer Mann getan hätte. Auch versuchte er nicht, seine Verantwortung für das, was man ihm vorwarf, kleinzureden. Er erzählte einfach wahrheitsgemäß, was passiert war, ohne sich in belanglosen Einzelheiten zu verlieren. Als er endete, starrten ihn die Mitglieder des Hohen Rats entsetzt, ja geradezu entgeistert an. Ihre fassungslosen Mienen entlockten Vargaï ein leichtes Grinsen.

»Das ist ein Skandal!«, stieß Arold fuchsteufelswild hervor. »Ihr sagt, ein Drakonid hat sich in meiner Ranke verfangen, und Ihr habt ihn einfach dagelassen? Weniger als dreitausend Schritte von der Schule entfernt? Und wann wolltet Ihr uns warnen?«

»Ich wäre schneller gewesen, wenn ich nicht eine halbe Ewigkeit in Eurem Vorzimmer herumgesessen hätte«, entgegnete Vargaï. »Und mit Verlaub, es ist nicht *Eure* Ranke. Was die Horizonte durchquert, gehört niemandem.«

»Wie könnt Ihr es wagen ...«

»Beruhigt Euch, Arold«, fiel ihm sein Nachbar ins Wort.

Vargaï stieß einen unhörbaren Seufzer der Erleichterung aus. Er hatte die Horizonte mit Absicht erwähnt, weil er hoffte, sich so die Unterstützung von Selenimes zu sichern, dem Ratsältesten und Hüter der Archive. Der alte Mann hatte weniger Macht als der Rohling mit dem Monokel, aber niemand würde es wagen, ihn zu unterbrechen oder zurechtzuweisen. Die Schwierigkeit bestand allerdings darin, sein Interesse an der Debatte zu wecken, was glücklicherweise geschafft war. In Denilius' Abwesenheit war der Älteste der beste Verbündete der Krieger.

»Mittlerweile wird der Drakonid längst von der Flut überspült sein«, sagte er mit zittriger Stimme. »Die Krustenkrebse werden sich über seine Überreste hermachen. Morgen früh wird nichts mehr von ihm übrig sein, wie Ihr wisst.«

»Schon«, gab Arold zu, »aber das ist nicht das Problem. Jor Vargaï hat äußerst unverantwortlich gehandelt. Die Chimäre hätte es bis auf das Schulgelände schaffen und unter den Schülern ein wahres Massaker anrichten können!«

»Dann hätten sie eine gute Gelegenheit gehabt, ein wenig zu üben«, warf jemand ein.

Es war Gregerio, der Oberste Fährtenleser. Vargaï wusste nie so genau, was er von ihm halten sollte. Sosehr er seine Fähigkeiten im Kampf gegen die Chimären bewunderte, so unsympathisch war er ihm als Mensch. Wie immer trug Gregerio unter dem sorgfältig gestutzten Schnurrbart ein höhnisches Grinsen zur Schau, und man hörte ihn nur selten etwas Ernsthaftes sagen. Wie so oft reagierte niemand auf seinen Zwischenruf.

»Wir hatten keine Wahl«, erklärte Vargaï. »Mehr gibt es dazu nicht zu sagen. Wenn wir es in der Ebene zu einem Kampf hätten kommen lassen, hätten wir die Kinder in Lebensgefahr gebracht. Wir mussten so schnell wie möglich zur Schule fahren, um sie in Sicherheit zu bringen.«

»Mich würde vor allem interessieren«, meldete sich eine der beiden Frauen zu Wort, »warum diese Chimäre Euch bis hierher gefolgt ist. Ihr sagt, es handele sich um dasselbe Tier wie in der Höhle, nicht? Aber Ihr wurdet am Kopf verletzt. Vielleicht seid Ihr nicht im Vollbesitz Eurer Kräfte ....«

Das war Vrinilia, die Prismenschmiedin. Vargaï misstraute ihr noch mehr als Arold. Während der Oberste Wächter ihm offen feindlich gesinnt war, spielte sie ein viel versteckteres – und damit gefährlicheres – Spiel.

»Es war eindeutig dieselbe Chimäre«, sagte er fest. »Ihr könnt mir glauben, dass ich mich an die Bestie, die mir das Gesicht aufgeschlitzt hat, gut erinnere. Auch Jora Sohia wurde verletzt. Weder sie noch ich haben vergessen, wie sie aussah. Ihr fragt, warum sie uns gefolgt ist. Ich glaube, das kann uns nur der Junge verraten, dem wir den Namen Jona gegeben haben.«

»Das ist der Knabe, der sich an nichts mehr erinnert, oder?«, höhnte Gregorio. »Wie soll der uns denn weiterbringen?«

»Was hat der Junge mit der Sache zu tun?«, wandte Arold ein.

»Nun gut, er lag wie durch ein Wunder unversehrt in der Höhle, aber das war es auch schon! Ihr hättet ihn dem erstbesten Tempel anvertrauen sollen, an dem Ihr vorbeikamt! Dann hätten wir uns die Mühe gespart, ihn jetzt fortzuschicken, und niemand von uns müsste seine Zeit damit verschwenden, ihn zu begleiten! Ist Euch klar, welch schlimme Folgen Eure eigenmächtige Entscheidung hat? Ihr habt das Kind nicht gerettet, Ihr habt ihm das Leben schwer gemacht!«

Vargaï biss die Zähne zusammen, um nicht wüst loszuschimpfen. Während er mit den Kindern unterwegs gewesen war, hatte er es genossen, mit dem Respekt behandelt zu werden, der ihm als Vertreter der alten Garde zustand. Leider waren in Zauberranke fast alle Lehrer alt und grau. Hier war er trotz seiner Kampferfahrung und der zahlreichen Abzeichen an seinem Bandelier nur ein einfacher Lehrer, der nicht viel zu sagen hatte.

»Anfangs haben wir versucht, für Jona ein neues Zuhause zu finden«, erklärte er. »Aber ich bin froh, dass es uns nicht gelungen ist. Denn dann wäre uns etwas Wichtiges entgangen ...«

Er holte tief Luft und sagte dann: »Ich glaube, dass der Drakonid dieses Kind beschützen wollte. Ich nehme an, dass er unseren Wagen tagelang gefolgt ist und sich dabei hinter dem Schleier versteckt hat. Am Ende hat er dann versucht, uns aufzuhalten. Vielleicht spürte er, dass er keinen Zugriff mehr auf Jona haben würde, sobald der Junge in Zauberranke ist. Eigentlich glaube ich es nicht nur – ich bin fest davon überzeugt.«

Wie erwartet starrten ihn die Ratsmitglieder verblüfft an. Selbst Sohia warf ihm einen überraschten Seitenblick zu.

»So einen Unsinn habe ich ja noch nie gehört«, sagte Gregorio. »Ihr glaubt also, dass die Bestie planvoll handelt? Ist Euch klar, wie lächerlich das klingt?«

»Ich glaube eher, dass sie instinktiv handelt«, erwiderte Vargaï.
»Oder dass irgendjemand sie gezähmt hat.«
Abermals verzogen die Mitglieder des Hohen Rats ungläubig die Gesichter. Selbst der alte Selenimes und die weise Maetilde, die bisher noch nicht das Wort ergriffen hatte, obwohl Vargaï sie immer wieder mit Blicken dazu aufforderte, musterten ihn perplex.

»Noch nie ist es jemandem gelungen, einen Drakoniden zu zähmen«, sagte Gregerio. »Das ist schlicht und ergreifend unmöglich. Ich weiß, wovon ich rede.«

Ausnahmsweise meinte er seine Worte ernst, und das machte es Vargaï nicht leichter.

»Ich gebe zu, dass es unwahrscheinlich ist«, gab Vargaï zu. »Wenn mir jemand letzte Woche diese Geschichte erzählt hätte, hätte ich ihn auch ausgelacht. Aber ich finde keine andere Erklärung für das Verhalten der Kreatur. Sie scheint sich tagelang um das Kind gekümmert zu haben. Als wir sie aus der Höhle verjagten, benutzte sie keine der Kräfte, mit denen sie uns auf der Stelle hätte töten können. Nach dem Kampf folgte sie uns dann in einiger Entfernung, obwohl sie uns jederzeit hätte angreifen können. Sie verhielt sich nicht wie ein Raubtier auf der Jagd.«

»Denken wir diesen aberwitzigen Gedanken doch mal zu Ende«, sagte Arold. »Ihr glaubt also, dass die Bestie den Kleinen wie ihr Junges behandelt hat.«

»Vielleicht, wenn sie ihrem Instinkt gefolgt ist«, antwortete Vargaï. »Aber ich glaube eher, dass der Drakonid gezähmt wurde. Jemand hat ihm beigebracht, den Jungen zu beschützen und vielleicht sogar, Menschen zu verschonen. Denn vor unserer Ankunft in der Höhle hatte der Drakonid nur Schafe getötet, keine Menschen. Und er ging bei der Jagd recht unauffällig vor.«

»Unsinn«, rief Gregerio. »Seid Ihr etwa über Nacht zum Fährtenleser geworden? Habt Ihr es auf mein Amt abgesehen, Vargaï?

Schaut lieber mal in den Spiegel und sagt mir dann noch einmal, dass das Ungeheuer niemandem etwas zuleide tun wollte!«
»Ich bin davon überzeugt«, beharrte der Krieger. »Ohne unser Eingreifen hätte der Drache sich weiterhin von Lämmern und Steinböcken ernährt. Jona wäre allerdings entweder erfroren oder verhungert.«
Diese Worte beruhigten die erhitzten Gemüter ein wenig. Selbst die feindseligsten Mitglieder des Hohen Rats konnten Vargaï keinen Strick daraus drehen, dass er einem Jungen das Leben gerettet hatte. Ein Mann am äußeren Ende des Tisches nutzte die kurze Stille, um das Wort zu ergreifen. Es war der Leuchtturmwärter, ein alter Seemann namens Zakarias, der mit seiner Pfeife aussah wie ein Pirat. Er stieg nur selten von seinem Turm herab und hatte den Ruf, äußerst wortkarg zu sein. Wenn er jedoch einmal etwas sagte, nahm er kein Blatt vor den Mund – vor allem nicht, wenn er mit klaren Worten eine sich in die Länge ziehende Diskussion abkürzen konnte.
»Es ist mir vollkommen egal, was diesem Drachen durch den Kopf ging«, sagte er. »Wir werden wohl nie erfahren, was ihn angetrieben hat. Außerdem habe ich schon verrücktere Dinge gehört. Das einzig Wichtige ist doch: Was machen wir jetzt mit dem Jungen?«
Vargaï nickte ihm ermutigend zu, aber das Lächeln erstarb auf seinen Lippen, als der Kapitän hinzufügte: »Ich bin dafür, dass wir ihn fortschicken. Wir haben genug mit den neuen Schülern zu tun und können uns nicht auch noch um ein krankes Kind kümmern. Er kann mit der nächsten Lebensmittellieferung mitfahren, dann müssen wir nicht extra eine Eskorte losschicken.«
»Ihr habt mir wohl nicht zugehört!«, rief Vargaï empört. »Selbst wenn ...«
»Beruhigt Euch, Jor Vargaï«, mahnte Selenimes. »Wir hören Euch gut, Ihr müsst nicht schreien.«
Vargaï atmete einmal tief durch und nickte entschuldigend. Er

durfte das Wohlwollen des Ratsältesten nicht verlieren. Schließlich hatte er seine wichtigste Bitte noch gar nicht geäußert.

»Ich wollte nur noch einmal betonen, dass wir einer Chimäre begegnet sind«, sagte er. »Und zwar einem Drakoniden, der sich seltsam verhalten hat. In den letzten dreißig Jahren wurden Drakonide nur äußerst selten gesichtet. Doch wir sind vier Tagesmärsche von hier auf einen gestoßen.«

Er hielt inne und sah den Ratsmitgliedern nacheinander in die Augen.

»Diese Bestie hätte Zauberranke innerhalb weniger Stunden erreichen können. Die Begegnung ist nur eines von vielen Anzeichen in der letzten Zeit, die auf eine dramatische Entwicklung hindeuten. Wie viele Drakonide könnten in den kommenden Wochen dem Beispiel dieser Kreatur folgen und den Schleier durchqueren? Fünf? Zwanzig? Zehntausend?«

Er fürchtete, es mit der Zahl ein wenig übertrieben zu haben, aber so abwegig war diese Einschätzung gar nicht. Bevor ihn jemand unterbrechen konnte, fuhr er fort: »Der Drakonid, der uns verfolgt hat, war nicht einmal besonders groß. Die in den Chroniken unserer Vorfahren erwähnten Riesen hätten ihn wohl mit einem Biss verschlingen können.«

»Worauf wollt Ihr hinaus?«, fragte Arold ungeduldig. »Wir alle sind uns der Gefahr bewusst, in der Gonelore schwebt. Hebt Euch diese Rede für Eure Schüler auf!«

»Sie werden schon noch davon erfahren, von mir oder von jemand anderem«, sagte Vargaï. »Aber ich kann es nicht oft genug sagen: Offenbar kommen die Drakoniden wieder durch den Schleier, und wir kennen noch nicht mal das ganze Ausmaß des Problems. Wenn wir es herausfinden – falls uns das überhaupt gelingt –, wird es vielleicht schon zu spät sein.«

Kurz genoss er die Verunsicherung im Gesicht des Monokelträgers, auch wenn unter diesen Umständen keine Schadenfreude angebracht war.

»Wir müssen überprüfen, ob der Drakonid allein unterwegs war«, fuhr Vargaï fort, »oder ob er die Vorhut eines ganzen Schwarms war. Jona ist der einzige Anhaltspunkt, den wir haben. Der Junge stammt nicht aus der Gegend, in der wir ihn gefunden haben, also muss der Drache ihn irgendwo anders in Gonelore aufgegriffen haben, vermutlich unweit der Stelle, wo er durch den Schleier gedrungen ist. Sollten wir es tatsächlich mit einem ganzen Schwarm zu tun haben, werden wir dort auf weitere Kreaturen stoßen. Je schneller wir diesen Ort finden, desto mehr Chancen haben wir, eine Invasion zu vereiteln.«

Er wandte sich an Gregerio und fuhr fort: »Andererseits könnte jemand den Drakoniden gezähmt haben. Das dürfte mehrere Jahre gedauert haben. In diesem Fall müssen wir unbedingt den Menschen aufspüren, der zu diesem Kunststück in der Lage ist, und herausfinden, wie er das angestellt hat. So oder so rate ich, den Jungen in Zauberranke zu behalten, bis er sein Gedächtnis wiedergefunden hat. Das könnte schon bald der Fall sein.«

»Oder auch nie«, sagte Vrinilia schnippisch.

Vargaï nickte. Das konnte er nicht abstreiten. Die Prismenschmiedin verstand es hervorragend, ihn zur Weißglut zu bringen.

»Ich bin dagegen«, sagte Arold. »Ich stimme mit Jor Zakarias überein, denn wir können uns nicht um einen kranken Jungen kümmern. Und was den Rest des Gesagten angeht, das gehört eher an die Theke einer Taverne als in den Saal des Hohen Rats. Sollte wirklich ein Schwarm Drakonide versuchen, den Schleier zu durchdringen – was ich sehr bezweifle –, werden wir das ganz sicher mitbekommen. Und dann wird die Bruderschaft die Drakoniden vertreiben, so wie sie es immer tut: mit Mut und Tapferkeit.«

»Ich bin auch dagegen«, sagte Vrinilia mit Nachdruck.

Vargaïs Schultern sanken herab. Die Hälfte des Rats war gegen seinen Antrag ...

»Ich bin dafür«, erklärte Maetilde.

Es waren die einzigen drei Worte, die sie in der Versammlung sprach, aber der Klang ihrer Stimme war Balsam auf Vargaïs Seele.

Die Ratsmitglieder wandten sich Gregerio zu. Der Oberste Fährtenleser hielt sie hin, zwirbelte an seinem Schnurrbart und rutschte auf seinem Stuhl hin und her. Oder war er tatsächlich unentschlossen?

»Ich werde mich dafür aussprechen«, sagte er endlich. »Wir müssen ein für alle Mal klären, ob der Drakonid tatsächlich gezähmt worden ist, so absonderlich das auch klingen mag. Wenn wir den Jungen wegschicken, werden wir diese Frage nie beantworten können.«

Vargaï dankte ihm mit einem Kopfnicken und wandte sich Selenimes zu. Es dauerte eine ganze Weile, bis sich der Alte zu einer Entscheidung durchrang: »In meiner Rolle als Oberster Schreiber und Wächter der Tradition müsste ich die Anwesenheit eines Fremden in der Schule eigentlich missbilligen. Aber Jor Vargaïs Argumente sind überzeugend. Mir steht es nicht zu, in dieser Angelegenheit eine endgültige Entscheidung zu treffen – und dem Hohen Rat auch nicht, wie ich mit Verlaub bemerken möchte. Im Zweifel sollten wir den Jungen lieber bei uns behalten, um einen bedauerlichen Irrtum zu vermeiden. Zumindest für einige Zeit. Wenn Denilius zurück ist, kann er sich der Sache annehmen.«

»Dann ist es also ein Patt!«, sagte Arold vorwurfsvoll. »Ihr sabotiert die Abstimmung mit Absicht!«

»So viel Gerede für nichts«, schimpfte Zakarias. »Ich hätte nicht herkommen sollen. Ihr verschwendet nur meine Zeit.«

»Das ist unerhört!«, rief Vrinilia. »Noch nie durfte ein Kind, das nicht das Bandelier eines Schülers trägt, in Zauberranke herumlaufen! Wer das gestattet, bringt Schande über die Schule und verrät das Erbe unserer Vorfahren!«

»Aber glaubt ja nicht, ich würde Euch erlauben, mehr Schüler aufzunehmen als die anderen Lehrer, Vargaï«, drohte Arold. »Wenn Ihr das wollt, müsst Ihr Zauberranke verlassen und Eure eigene Schule gründen! Aber zu viel Ehrgeiz schadet nur, das sei Euch gesagt!«

Vargaï unterdrückte ein Grinsen. In einem hatte der Oberste Wächter recht: Es ging wie immer um Macht und Einfluss.

»Ich werde Zauberranke in der Tat verlassen«, sagte er. »Aber nur, um noch einmal in die Berge zu ziehen, wo wir Jona gefunden haben, und dort Nachforschungen anzustellen. Natürlich mit der Erlaubnis des Hohen Rats«, setzte er hinzu.

Arolds Gesicht leuchtete auf. Die Aussicht, Vargaï in die Wildnis zu schicken, schien ihm zu gefallen. Zweifellos hoffte er, dieser käme nicht wieder zurück.

»Und was ist mit Euren Schülern?«, fragte Vrinilia spitz. »Wollt Ihr sie etwa wieder nach Hause schicken?«

»Um ehrlich zu sein, hatte ich etwas anderes im Sinn.«

Er erläuterte seinen Plan in knappen Worten, ohne die Nachteile zu verschweigen. In diesem Moment war Aufrichtigkeit das beste Rezept. Als sich die Ratsmitglieder am Ende seiner Ausführungen vielsagende Blicke zuwarfen, wusste er, dass er sein Ziel erreicht hatte.

»Schön«, erklärte Arold. »Der Hohe Rat erlaubt Euch, in diesem Jahr keine Schüler zu unterrichten. Aber Ihr müsst Euch im Klaren darüber sein, dass Ihr von nun an nicht mehr über diese Rekruten bestimmen könnt. Sollte Euer Plan nicht aufgehen, werden wir über ihr Schicksal befinden. Eins muss klar sein: Euer Wort zählt in dieser Sache nicht mehr.«

Vargaï nickte. Ihm war klar, dass Arold mit seinem Scheitern rechnete. Offenbar glaubte er, er hätte bereits gewonnen.

Vargaïs Plan musste einfach aufgehen. Und sei es nur, um den Obersten Hüter zu ärgern.

15

»Sie kommen zurück«, verkündete Nobiane. »Ich habe Schritte gehört.«

Jona nickte. Auch er hatte Geräusche auf der Treppe gehört. Er und Nobiane saßen mit dem Rücken zum Turm auf dem Boden und genossen die Aussicht, während sie auf die Rückkehr der Weltwanderer warteten. Sie wechselten einen raschen Blick, sprangen auf und stellten sich neben die Tür. Was hatten die Erwachsenen nur so lange besprochen? Und wie ging es jetzt mit ihnen weiter?

In den letzten Stunden hatten sich Nobiane und Jona angefreundet. Nie hätte sie gedacht, dass sie dem fremden Jungen, den Vargaï und Sohia blutverschmiert und bewusstlos in einer Höhle gefunden hatten, vertrauen könnte. Noch dazu, nachdem er um ein Haar Berris erwürgt hatte. Doch nach der Flucht vor dem Drachen waren die beiden allein im Wagen zurückgeblieben und hatten vor Anspannung hemmungslos geweint. Dass sich Jona nicht schämte, seinen Gefühlen freien Lauf zu lassen, hatte sie sehr berührt. Anschließend erklommen sie als Letzte den steilen Hang zum Turm und staunten gemeinsam über die Aussicht auf Zauberranke. Sie hatten sich am Fuß des Turms niedergelassen und die Gegenwart des anderen genossen, auch wenn sie nicht viel geredet hatten.

Die anderen Schüler waren sehr viel zappeliger. Obwohl Sohias es ihnen strikt verboten hatte, waren einige von ihnen hinunter auf die Halbinsel gelaufen, natürlich angestiftet von Vohn. Als sie wieder zurück waren, prahlten sie lauthals, dass niemand sie erwischt hatte. Dælfine hatte sich damit begnügt, um den Turm herumzuschlendern, auch wenn sie es offensichtlich kaum erwarten konnte, das Gelände zu erkunden. Gess und Berris wiederum feierten das Ende ihrer Reise mit lautem Geschrei und Gejohle, bis Vohn sie aufforderte, vernünftig zu sein. Das war solch eine Seltenheit, dass die beiden fröhlichen Gesellen auf der Stelle verstummten.

Nobiane war beklommen zumute. Jedes Mal, wenn eine wichtige Persönlichkeit den Turm betreten hatte, um sich zu der Versammlung zu begeben, war ihre Anspannung gewachsen. Und jetzt, wo die Würfel gefallen zu sein schienen, lagen ihre Nerven blank.

Das merkwürdige Gespräch, das Vargaï am Morgen mit ihr geführt hatte, ging ihr nicht aus dem Kopf. Sie hatte sich zwar keinem ihrer Kameraden anvertraut, doch sie ahnte, dass sie ein gemeinsames Schicksal teilten. Als die Silhouette des Weltwanderers auf der Treppe erschien, erschauderte sie.

Der Alte machte einen Schritt zur Seite, um Sohia den Vortritt zu lassen, die wegen der Verletzung an ihrer Wade immer noch leicht humpelte. Vargaï folgte ihr ins Freie und kam auf Nobiane zu.

»Ruf die anderen zusammen«, bat er. »Ich habe euch etwas zu sagen.«

Sie nickte gehorsam. Seine sorgenvolle Miene verhieß nichts Gutes. Rasch lief sie zu ihren Kameraden hinüber und hoffte inständig, dass diese auf sie hören würden. Zum Glück waren alle gespannt darauf, was Sohia und Vargaï ihnen sagen wollten, und scharten sich folgsam um die Weltwanderer.

»Nun also seid ihr am Ziel angelangt«, sagte Vargaï. »Ihr könnt es sicher kaum erwarten, die Gegend zu erkunden, und das verstehe ich sehr gut. Aber damit müsst ihr leider noch etwas warten. Durch die Ereignisse des Tages sind wir sehr spät dran. Wir haben keine Zeit mehr, euch herumzuführen und euch zu zeigen, welche Bereiche ihr betreten dürft und welche nicht.«

Er hielt kurz inne, um seinen Worten Nachdruck zu verleihen. Natürlich fragten sich jetzt alle Kinder, was das wohl für Bereiche waren, die sie nicht betreten durften. Doch erst einmal wollten sie erfahren, was heute Abend mit Ihnen geschehen würde.

»Ihr wisst auch, dass unsere Reise länger als geplant gedauert hat«, fuhr der Alte fort. »Alle anderen Lehrer sind mit ihren Schülern schon zurück, und der Unterricht hat vor über einer Woche begonnen. Das ist nicht weiter schlimm, aber es bedeutet, dass ihr weniger Zeit habt, um euch einzuleben. Außerdem haben die meisten von euch ihr Gepäck verloren. Wir müssen euch ein paar Kleider zum Wechseln und andere Dinge besorgen, die ihr brauchen werdet.«

Nobiane nickte traurig. Auch sie hatte den Drachen mit allen möglichen Dingen beworfen. Sie bereute nicht, ihr zweites Paar Schuhe und ihren Federkasten geopfert zu haben, aber die einzigen beiden Bücher, die sie besaß, vermisste sie sehr. Vor allem, da sie den Drachen damit nicht hatte in die Flucht schlagen können. Vielleicht würde Vargaï ihr neue Schuhe besorgen können, aber ihre Märchenbücher würde sie wohl nie wiedersehen.

»Heute könnt ihr noch nicht in den Häusern der Schüler übernachten«, fuhr der Weltwanderer fort. »Zumindest nicht alle. Ihr werdet eure Zimmer erst morgen früh beziehen. Deshalb werden wir für heute Nacht zum letzten Mal das Zelt aufbauen.«

Die Kinder stöhnten auf und redeten alle durcheinander. Lautstark beklagten sie, wie ungerecht das sei, dass sie die Nase voll davon hätten, in dem Zelt zu schlafen, dass der Drache jederzeit zurückkommen könne und dass sie nicht mehr genug Material für ein Nachtlager hätten …

Der Alte wartete, bis sie ihrer Enttäuschung Luft gemacht hatten, und sorgte dann mit einer Handbewegung für Stille.

»Mir ist das alles bewusst«, versicherte er ihnen. »Aber ich habe eine große Bitte an euch: Beweist mir, aus welchem Holz ihr geschnitzt seid, indem ihr die Schwierigkeiten hinnehmt und versucht, sie zu überwinden, anstatt zu jammern oder euch über euer Schicksal zu beklagen. Mit solch einer Geisteshaltung werdet ihr nie gute Weltwanderer.«

Nach dieser Tirade wagte natürlich niemand mehr, einen Ton zu sagen. Nobiane empfand fast so etwas wie Erleichterung. Die Nacht würde hart werden, aber wenigstens schickte Vargaï sie nicht nach Hause! Noch nicht ...

»Von dem Drakoniden haben wir nichts mehr zu befürchten«, versicherte der Alte. »Außerdem wird Sohia bei euch bleiben, bis ich aus dem Dorf zurück bin. Ihre Schüler können gleich ins Tal hinabsteigen und Quartier auf der Insel beziehen. Meine Schüler und Jona werden mit mir hier oben übernachten. Nur für diese eine Nacht.«

Nobiane drehte sich zu Jona um. Er war kein zukünftiger Schüler von Zauberranke. Er hätte sich zu Wort melden und sagen können, dass er es vorzog, sich Sohias Gruppe anzuschließen, oder fragen, was die Weltwanderer mit ihm vorhatten. Doch er blickte nur traurig ins Leere. In diesem Zustand befand er sich eigentlich schon, seit sie dem Drachen entwischt waren.

Natürlich hatte sie Verständnis für seinen Kummer. Nobiane konnte sich gut in den Unglücklichen hineinversetzen. Doch schon bald kreisten all ihre Gedanken um Vargaïs Anweisungen. Wenn der Weltwanderer dafür sorgen konnte, dass Sohias Schüler in der Schule untergebracht wurden, warum tat er das dann nicht auch für seine eigenen Schüler? Warum zwang man sie, vor den Toren von Zauberranke auszuharren?

Nur eine mögliche Antwort kam ihr in den Sinn. Schon den ganzen Tag hatte ihr diese Befürchtung keine Ruhe gelassen. Man ließ sie nicht auf das Schulgelände, um sie am nächsten Tag einfacher wieder nach Hause schicken zu können!

Mehr Erklärungen lieferten ihnen die beiden Lehrer nicht. Die Schüler zerstreuten sich, einige machten sich tapfer an die Arbeit, andere täuschten nur Geschäftigkeit vor. Nobiane blieb allein mit Jona zurück. Sie war so sehr in ihre Gedanken versunken, dass sie heftig zusammenzuckte, als Vohn plötzlich neben sie trat. Reflexartig hob sie die Arme vors Gesicht, entspannte sich aber gleich wieder, als sie sah, dass der Rüpel nicht vorhatte, sie anzugreifen. Auch bei ihm schienen die Nerven blank zu liegen.

»Du!«, fuhr er sie an. »Du willst doch die Anführerin spielen, nicht? Dann geh zu dem Alten, und sieh zu, dass er uns woanders schlafen lässt!«

»Ich ... Aber ... Das kann ich nicht ...«, stammelte sie.

Bei jeder anderen Gelegenheit hätte der große Junge die Weigerung mit einem Schlag gegen den Hinterkopf quittiert, diesmal jedoch sah er nur zum Turm hoch. Vor dem rötlichen Abendhimmel sah das gewaltige Bauwerk auf einmal viel kleiner aus. Im Vergleich zu den Furien, den Naturgewalten, die über Tag und Nacht herrschten, wirkte er geradezu winzig. Vohn war offenbar sehr beeindruckt von dem Anblick.

»Dann reiß dich zusammen, und tu, was ich dir sage!«, fuhr er sie an. »Und beeil dich! Bald ist es dunkel, und dann wird es hier oben alles andere als gemütlich!«

Mit diesen Worten stapfte er davon. Im Gehen sah er immer wieder zum Himmel hoch. Nobiane war vollkommen verwirrt. Sie würde sich gewiss nicht den Launen dieses Rüpels beugen – o nein, so viel hatte sie in ihrem alten Leben gelernt. Doch zum ersten Mal wirkte der Angeber nervös – wenn nicht gar ängstlich.

Sie drehte sich zu Jona um, der immer noch neben ihr stand. Auch der Junge starrte zur Turmspitze hoch, und zum ersten Mal seit Stunden lächelte er.

Seltsamerweise fand sie das alles andere als beruhigend.

16

Vargaï ging so schnell, wie seine müden Beine es ihm erlaubten. Trotzdem näherte sich die Sonne schon dem Horizont, als er sein Ziel erreichte. Der Weltwanderer hatte unterschätzt, wie lange es dauern würde, sich um seine Schützlinge zu kümmern. Zu Beginn eines neuen Schuljahrs ging es in Zauberranke wie immer drunter und drüber, und so hatte er eine Stunde länger gebraucht als geplant, um Nahrungsmittel, ein Kochgeschirr sowie Strohsäcke und Decken für die Nacht zusammenzusuchen und alles seinen Schülern zu bringen. Dann hatte er sich zum anderen Ende der Halbinsel aufgemacht. Irgendwie hatte er den Weg kürzer in Erinnerung gehabt. Aber er war ihn auch schon lange nicht mehr gegangen.

Zum Glück ließ die Flut auf sich warten. Noch stand der Steg nicht unter Wasser. Am Ende des Wegs sah er in den schmalen Fenstern Licht brennen. Er war also nicht umsonst gekommen. Eilig lief er den Steg entlang und stieg die Stufen hoch, die zu dem Haus zwischen Himmel und Meer führten.

Hier hatte er viele schöne Momente erlebt, doch das war lange her. Wie bei seinen letzten Besuchen empfand er auch an diesem Abend vor allem Beklemmung. Überall sah Vargaï Spuren von Verfall. Die Fensterläden hingen schief in den Angeln, auf dem Treppenabsatz klaffte ein Loch, das seit Jahren darauf wartete, repariert zu werden, und entlang der Mauer war eine ganze Sammlung leerer Flaschen aufgereiht. Hätte Vargaï nicht eine wichtige Angelegenheit hergeführt, wäre er in diesem Moment vielleicht umgekehrt. So aber holte er tief Luft, nahm all seinen Mut zusammen und klopfte an die Tür.

Keine Reaktion. Dann ertönte ein dumpfer Fluch. Vargaï verstand nur:»... in Frieden, verdammt!« Er hämmerte so lange gegen das Holz, bis sich schwere Schritte näherten. Die Tür wurde aufgerissen.

Der Mann wollte gerade zu einer weiteren Schimpftirade ansetzen, als er überrascht innehielt. Auch Vargaï hatte Mühe, seine Verblüffung zu verbergen. Er hatte den Einsiedler ganz anders in Erinnerung gehabt. Der Mann war dick geworden, seine Kleider waren dreckig und zerschlissen, und seine Haut war aufgedunsen, wohl vom Kummer und zu viel Schnaps. Mit dem schütteren Haar, dem feisten Gesicht und dem struppigen Bart ähnelte er eher einem fetten Brauereimönch als einem legendären Weltwanderer.

»Jor ... Jor Vargaï«, stammelte der Mann und verbeugte sich.

Diese Geste rührte Vargaï so sehr, dass er vortrat und den Unglücklichen in die Arme schloss.

»Radjaniel, sei nicht albern«, brummte er. »Wir sind doch noch Freunde, oder?«

Der Einsiedler nickte prompt, löste sich aber rasch aus der Umarmung. Er stolperte zwei Schritte zurück und versuchte, seine Kleidung ein wenig glatt zu streifen. Dann schnüffelte er mehr oder minder unauffällig an seinen Achseln.

Vargaï tat so, als bemerke er es nicht. Wenn dem Mann noch ein wenig Selbstachtung blieb, hatte er vielleicht eine Chance.

»Willst ... willst du reinkommen?«, fragte der Eremit.

Vargaï warf einen raschen Blick ins Innere des Hauses. Leider entsprach es seinen schlimmsten Befürchtungen. Es war völlig zugerümpelt, der Boden starrte vor Schmutz, und in der Luft hing der Gestank nach Schweiß und verschimmelten Essensresten. Nicht besonders verlockend.

»Lass uns draußen sprechen, ich muss die Flut im Auge behalten. Ich werde am Turm erwartet. Auf keinen Fall darf ich über Nacht hier festsitzen.«

»Ich habe immer noch den Kahn«, sagte Radjaniel.

Doch Vargaï hatte schon auf einer kleinen, ihm wohlbekannten Bank vor dem Haus Platz genommen. Hier waren sie vom Wind geschützt. Gleich darauf gesellte sich sein Gastgeber leicht schwankend zu ihm. Er brachte zwei Tonbecher und eine halb leere Flasche mit. Vargaï winkte ab. Sein Kollege schenkte sich ordentlich ein und trank in kleinen Schlucken, während er zur Sonne blickte, die über dem Meer unterging.

Eine Weile saßen sie in einvernehmlichem Schweigen da. Sie hatten einander viel zu sagen, doch es dauerte eine Weile, bis sie die richtigen Worte fanden. Bald löste der Alkohol Radjaniels Zunge.

»Ist lange her, was?«, murmelte er nachdenklich.

»Sehr lange«, sagte Vargaï mit einem Nicken. »Es tut mir leid. Ich sollte öfter vorbeikommen.«

»Ach was.«

Radjaniel trank einen kräftigen Schluck. Damit wollte er wohl sagen, dass man manches nicht ändern konnte und sich manchmal selbst die besten Freunde im Laufe der Zeit auseinanderlebten. Oder war es ihm tatsächlich egal, ob Vargaï zu Besuch kam oder nicht?

»Ich habe nur wenig freie Zeit«, erklärte Vargaï. »Wenn ich gerade einmal keine Schüler unterrichten muss, schickt mich der Rat in alle Ecken von Gonelore. Es gibt immer mehr Zeichen, die darauf hindeuten ...«

»Ach ja, die ›Zeichen‹. Das ist natürlich sehr wichtig«, sagte Radjaniel ironisch.

Vargaï hätte es wissen müssen: Seit den schlimmen Ereignissen, in die sein Freund verwickelt gewesen war, empfand er nichts als Verachtung für das Schicksal der Welt. Selbst die Gefahr, die seit einem Jahrzehnt über Gonelore schwebte, ließ ihn kalt. Mehr noch: Dass »Arold und seine Bande«, wie er den Hohen Rat nannte, mit Schwierigkeiten zu kämpfen hatten, schien ihn sogar zu freuen. Eine merkwürdige Art, sich zu revanchieren.

Vargaï beschloss, das Thema zu wechseln: »Sammelst du immer noch Chimärenzähne?«

Ohne eine Antwort abzuwarten, öffnete er eine seiner Taschen und holte den Wolfszahn hervor, den er ein paar Tage zuvor Jona gezeigt hatte.

Radjaniel warf nur einen flüchtigen Blick darauf, verschwand dann im Haus und kehrte mit einem Prisma zurück, das wie eine riesige Lupe aussah. Als er den Zahn durch den Kristall musterte, wirkte er mit einem Mal höchst interessiert.

»Der Reißzahn eines Wulx«, sagte er. »Er ist in einem ziemlich guten Zustand.«

»Das habe ich mir auch schon gedacht. Ich habe ihn in der Urlys gefunden. Ich trage ihn schon seit einiger Zeit mit mir herum, weil ich ihn dir zeigen wollte.«

»Daraus könnte man eine gute Pfeilspitze machen«, meinte Radjaniel.

»Gute Idee. Behalte ihn, wenn du willst.«

Plötzlich wich alles Leben aus dem Eremiten, und er wirkte wieder wie ein gebrochener Mann. Er gab Vargaï den Zahn zurück.

»Ich stelle keine Waffen mehr her, das weißt du doch. Manchmal schleife ich ein paar Küchenmesser oder erledige andere kleine Aufgaben, um meine Anwesenheit hier zu rechtfertigen. Ohne Denilius hätte mich der Hohe Rat sicher längst rausgeworfen. Manchmal frage ich mich, ob das nicht das Beste wäre, was mir passieren könnte.«

»Glaubst du das wirklich? Trägst du deshalb dein Bandelier nicht?«

Radjaniel legte sich unwillkürlich die Hand auf die Brust, eine alte Gewohnheit. Für die meisten Weltwanderer war ihr Bandelier wie ein Ehering, den sie nur zum Schlafen oder Baden ablegten – und in der Regel mit ins Grab nahmen.

»Was soll ich denn damit?«, knurrte der Eremit. »So ein dummer Gürtel ... macht sie auch nicht wieder ...«

Er brachte den Satz nicht zu Ende. Tränen schossen ihm in die Augen, und Radjaniel nahm einen kräftigen Schluck aus der Flasche.

Vargaï wartete, bis er sich wieder gefasst hatte, und beschloss dann, endlich auf den Grund seines Besuchs zu sprechen zu kommen. Er glaubte ohnehin nicht so recht, dass sein alter Freund von der Idee begeistert sein würde. Außerdem musste er bald wieder aufbrechen. In Kürze würde die Flut Radjaniels Behausung von der Halbinsel abschneiden. Also begann er zu erzählen, was in den letzten Tagen passiert war. Er schilderte, wie sie den Jungen in der Höhle gefunden hatten, und berichtete von der Versammlung des Hohen Rats. Als er geendet hatte, raubte ihm Radjaniels ungläubiger Gesichtsausdruck die letzte Hoffnung.

»Ich soll ... ich soll mich um deine Schüler kümmern?«, wiederholte der Eremit. »Ist das dein Ernst?«

Durch den Schnaps war seine Aussprache nicht mehr besonders deutlich.

Vargaï beschloss, es noch mit einem letzten Argument zu versuchen, aber eigentlich wusste er schon, dass er umsonst gekommen war. »Es ist ja nur für ein paar Wochen«, sagte er. »Ich muss versuchen, die Fährte des Drakoniden zurückzuverfolgen. Nach meiner Rückkehr übernehme ich die Schüler wieder.«

»Bist du wirklich so verzweifelt?«, nuschelte Radjaniel. »Nach allem, was geschehen ist, bittest du ausgerechnet mich, eine Gruppe neuer Schüler zu unterrichten? Glaubst du ernsthaft, ich bin dazu bereit? Siehst du denn nicht, dass das meine Kräfte übersteigt?«

Vargaï sah dem alten Freund in die Augen und suchte vergebens nach Worten, um ihn zu beruhigen. Er verachtete seinen einstigen Kampfgefährten nicht dafür, dass er zu einem selbstmitleidigen Säufer geworden war. Trotzdem war er enttäuscht. Das Schicksal der sechs Kinder, die am Turm auf ihn warteten, lag ihm in diesem Moment mehr am Herzen als der Gemütszustand des Einsiedlers, der sich in seinem Kummer eingemauert hatte.

»Es tut mir leid«, sagte Vargaï. »Ich hatte einfach gehofft, dass ...«

Nun war er derjenige, der seinen Satz nicht beendete. Als Radjaniel einen weiteren tiefen Schluck aus der Flasche nahm, schüttelte er den Kopf. Ernüchtert stand der Alte auf und machte drei Schritte auf die Treppe zu. Dann blieb er stehen, seufzte und kehrte zur Bank zurück. Er beschloss, alles auf eine Karte zu setzen. Er musste es einfach versuchen, sonst würde er seine Zurückhaltung später noch bereuen.

»Da gibt es noch etwas, das ich dir zeigen wollte«, sagte er.

Mit diesen Worten zog er einen Gegenstand, der in ein Tuch gewickelt war, aus der Innentasche seines Umhangs. Als er ihn auspackte, zuckte Radjaniel zusammen. Er blinzelte dreimal, nahm sein Prisma zu Hilfe und wirkte mit einem Mal wieder halbwegs nüchtern.

»Wie ... Wo hast du ...«, stammelte er mit großen Augen.

»Ich habe es in der Höhle gefunden, in der der Drakonid hauste«, erklärte Vargaï. »Gleich nachdem er hinter den Schleier geflohen war. Das kann kein Zufall sein.«

»Hast du Arold davon erzählt?«

Vargaï konnte sich ein kleines Grinsen nicht verkneifen.

»Natürlich nicht. Hältst du mich für einen Dummkopf? Damit warte ich lieber noch.«

»Und was ist mit deiner Schülerin? Fohia?«

»Sie heißt Sohia«, verbesserte ihn Vargaï. »Sie ist noch zu jung,

129

um zu verstehen, was dieser Fund bedeutet. Aber auf sie ist Verlass. Sie wird nichts sagen. Wir haben vereinbart, mit niemandem darüber zu sprechen, bis Denilius zurück ist.«

Radjaniels Miene veränderte sich. Argwöhnisch musterte er sein Gegenüber.

»Warum hast du es mir dann gezeigt?«, fragte er kalt. »Warum ausgerechnet mir? Und warum jetzt?«

»Weil du der Einzige bist, der begreift, was dieser Fund bedeutet«, antwortete Vargaï. »Außerdem bist du einer der wenigen in Zauberranke, denen ich noch vertraue.«

»Trotzdem hast du es erst im letzten Moment hervorgeholt«, sagte der Eremit. »Du wolltest schon gehen und hast es dir dann anders überlegt. Wenn ich bereit gewesen wäre, deine Schüler zu übernehmen, hättest du die Sache vor mir geheim gehalten!«

»Im Gegenteil«, versicherte der Alte. »Ich hätte nicht so lange gezögert, wenn du offener gewesen wärst.«

»Unsinn! Du versuchst einfach nur mit allen Mitteln, deinen Willen durchzusetzen! Trotz deiner schönen Worte bist du nicht besser als die anderen! Lasst mich in Ruhe mit euren Spielchen, eurem Ehrgeiz und euren Machtkämpfen! Damit will ich nichts mehr zu tun haben!«

Vargaï wartete eine Weile, bevor er etwas sagte. Er wollte Radjaniel nicht noch wütender machen.

»Du weißt genau, dass ich nicht so bin. Noch nie so war.«

Radjaniel schnaubte nur verächtlich.

Vargaï gab es auf. Er schlug den Gegenstand wieder in das Tuch ein und ließ ihn in die Innentasche seines Umhangs gleiten.

»Du irrst dich«, sagte er dann. »Mir geht es nicht um Macht, sondern um Frieden. Oben am Turm wartet Jona auf mich. Er könnte der Schlüssel zur Rettung Gonelores sein, aber nun werde ich ihn wohl von dem einzigen Ort fortschicken müssen, an dem er in Sicherheit ist.«

Doch der Einsiedler ließ sich nicht erweichen. Vargaï seufzte, nickte ihm zum Abschied zu und stieg die fünfzehn Stufen zum Steg hinab. Es war höchste Zeit zu gehen, die ersten Wellen klatschten schon auf die Holzbohlen und spritzten seine Stiefel nass.

Hinter ihm wurde eine Flasche ins Meer geworfen. Natürlich war sie leer. Es war, als trüge sie folgende Botschaft in sich: »Lasst mich bloß in Frieden. Ich will allein sein.«

Bald würde die Flut Radjaniel diesen Wunsch erfüllen, indem sie ihn vom Rest der Welt abschnitt.

17

Sohias Schüler tobten in der Nähe des Lagerfeuers herum und dachten sich ein Spiel nach dem anderen aus. Vargaïs Rekruten hatten weniger gute Laune. Trübsinnig hatten sie sich um das Feuer geschart und haderten mit ihrem Schicksal.

»Das können sie nicht mit uns machen«, sagte Vohn vielleicht zum zehnten Mal. »Das ist so mies.«

Jona ignorierte ihn, nicht anders als seine Kameraden. Was hatte Vohn schon zu jammern? Er würde eine weitere Nacht im Zelt schlafen. Na und? Er würde einer der Letzten sein, die in diesem Jahr offiziell in Zauberranke aufgenommen wurden. Na und? Immerhin hatte er nicht das Gedächtnis verloren. Er wusste, wer er war. Jona, der keine Ahnung hatte, was die Zukunft für ihn bereithielt, litt hingegen aus gutem Grund. Seit dem Vorfall mit dem Drachen ging es ihm im Übrigen noch schlechter als vorher, ohne dass er genau sagen konnte, warum.

»Sie werden uns in den miesesten Schlafsaal der Insel stecken«, maulte Vohn weiter. »Alle anderen werden sich schon ihre Matratzen ausgesucht haben und uns nur noch die unbequemsten übrig gelassen haben. Das ist so mies!«

»Kennst du eigentlich kein anderes Wort?«, stichelte Dælfine.

Wortlos klaubte der Rüpel eine Handvoll Erde auf und warf sie dem Mädchen ins Gesicht. Dælfine stieß einen Schrei aus und drohte ihm mit Rache, konnte sich aber nicht dazu aufraffen. Seit sie das Zelt aufgebaut hatten, saßen die Kinder tatenlos herum.

Sie konnten nichts tun, als auf Vargaïs Rückkehr zu warten. Erst am nächsten Tag würde das neue, abenteuerliche Leben beginnen, für das sie sich entschieden hatten.

Jona fühlte sich unter den Kindern, die mehrere Jahre lang gemeinsam zur Schule gehen würden, als Außenseiter. Die fünf Rekruten bildeten bereits eine eingeschworene Gemeinschaft, auch wenn manche von ihnen nie Freunde würden. Allerdings hätte er es schlimmer treffen können. Immerhin verstand er sich mit dreien von ihnen recht gut. Hätte man ihn in Sohias Gruppe gesteckt, hätte er sich noch einsamer gefühlt, auch wenn ihm das kaum möglich erschien.

»Sagt mal«, fragte Gess. »Was ist das für ein Geräusch?«

Die anderen spitzten die Ohren. Erst hörte Jona nur das Gelächter und die Rufe von Sohias Schülern, doch dann vernahm auch er ein merkwürdiges Geräusch. Es war eine Art langgezogenes Pfeifen, das bald zu einem dumpfen Brummen wurde.

Die Schüler warfen einander fragende Blicke zu. Nur Vohn schien zu wissen, was es mit dem Geräusch auf sich hatte.

»Es ist so weit ...«, murmelte er.

Er starrte mit bangem Gesicht zur Turmspitze hoch. Nach seinem endlosen Gejammer war allen klar, dass er auf keinen Fall eine weitere Nacht in dem Zelt verbringen wollte. Doch plötzlich ging Jona auf, dass Vohn schlicht und ergreifend Angst hatte. Das Gerede von dem miesen Schlafsaal und den schäbigen Matratzen war nur ein Vorwand gewesen.

»Was?«, fragte Dælfine. »Was ist so weit?«

»Der Turm«, erklärte er. »Gleich geht das Licht an ...«

»Ha ha, sehr lustig«, sagte sie.

Auch Jona dachte erst, Vohn wolle sie auf den Arm nehmen. Schon seit einer Weile ging von der Turmspitze ein kräftiger Lichtkegel aus, der in regelmäßigen Abständen über den Horizont wanderte. Doch plötzlich fuhr ein zweiter Strahl senkrecht in den Himmel. Darauf war er nicht gefasst gewesen.

Verblüfft beobachteten die Kinder das Schauspiel. Auch Sohias Schüler unterbrachen ihr Spiel und begannen aufgeregt zu tuscheln. Ein solches Licht hatten sie noch nie gesehen! Wie ein Springbrunnen strömte es aus der Turmspitze und ergoss sich über die gesamte Halbinsel. Als sich der rote Schimmer langsam auf die Schüler herabsenkte, verspürten alle ein gewisses Unbehagen. In diesem Moment kam Sohia zu ihnen, um sie zu beruhigen.

»Es ist alles in Ordnung«, versicherte sie. »Es gibt keinen Grund zur Sorge. Die Schule steht unter Schutz.«

Offenbar war sie der Meinung, diese Erklärung würde reichen. Sie machte auf dem Absatz kehrt und verschwand wieder im Zelt, wo sie sich seit Einbruch der Dunkelheit mit einer fremden Frau unterhielt. Gleich darauf berührte der Lichtschwall den Boden. Er tauchte die Schüler und ihre Umgebung in einen rötlichen Schein. Anders als Jona befürchtet hatte, brannte das Licht nicht auf der Haut und war auch nicht so grell, dass es ihn blendete. Sohias Schüler nahmen ihr Spiel wieder auf, als wäre nichts geschehen, blieben aber gleich darauf abermals wie angewurzelt stehen. Das seltsame Licht begann sich in dem Kristallgewächs, das den Turm umgab, zu spiegeln.

Jona stand beim Anblick dieses Schauspiels der Mund offen. Die Kristalle bündelten das Licht und schickten es vielfach verstärkt zurück. So tanzten bald unzählige neue Strahlen zu den Sternen empor. Zunächst wirkte das alles völlig chaotisch, doch nach einer Weile verdichteten sich die Strahlen zu einem gigantischen Netz.

Nun überspannte eine Kuppel aus sich überkreuzenden Strahlen die gesamte Halbinsel. Die Landschaft war in ein rötliches Licht getaucht, als hätte sich das Flackern ihres Lagerfeuers in ganz Zauberranke ausgebreitet. Der Schimmer war nicht so hell wie Sonnenlicht, aber doch hell genug, dass sich die Kinder wie in einem Wachtraum vorkamen.

»Wolltest du deshalb nicht hier oben übernachten?«, fragte Dælfine Vohn. »Warum? Das Licht ist doch überall.«

»Tu nicht so neunmalklug«, blaffte er. »Offenbar kennst du die Geschichte von Piaron nicht!«

Offenbar erwartete er, dass jemand ihn fragte, was das für eine Geschichte war, damit er wieder einmal mit seinem Wissen prahlen konnte.

Berris wurde als Erster schwach: »Piaron? Wer ist das?«

»Du meinst wohl, wer *war* das«, verbesserte ihn Vohn. »Er war Weltwandererschüler wie wir. Es heißt, dass er sich nachts gern aus seinem Zimmer schlich und auf der Insel herumstreunte. Eines Tages schloss er eine Wette ab. Als eine Art Mutprobe wollte er eine ganze Nacht am äußeren Rand von Zauberranke verbringen, in dem Tunnel, durch den wir gekommen sind. Niemand weiß, ob er es bis dorthin geschafft hat, denn am nächsten Morgen fand man ihn hier am Fuß des Turms. Er lag mit weit aufgerissenen Augen am Boden. Angeblich war er schneeweiß im Gesicht. Selbst seine Haare waren über Nacht weiß geworden. Aber er war noch nicht tot ...«

»Und da waren seine Kumpel so nett, ihn zu erlösen«, scherzte Gess. »Also ehrlich, weiße Haare in unserem Alter, wie sieht das denn ...«

»Halt die Klappe! Seinen Freunden war ganz bestimmt nicht zum Lachen zumute. Sie haben versucht, ihm auf die Beine zu helfen, und ihn gefragt, was passiert war. Aber Piaron krallte sich am Boden fest, als hinge sein Leben davon ab. Die ganze Zeit starrte er zum Himmel hoch und sagte immer wieder: ›Sie sind da ... Sie sind da ...‹«

Gess lachte, aber es klang nervös. Jona wusste nicht, was er von dieser Geschichte halten sollte. Sie hörte sich vollkommen unglaubwürdig an, aber andererseits hatte Vohn zwar viele Schwächen, doch Lügen gehörte eigentlich nicht dazu.

»Und dann ist er gestorben?«, fragte Berris.

»Ja. Irgendwann kamen ein paar Lehrer hinzu und stellten Piaron gegen seinen Willen auf die Füße. Da drehte er völlig durch. Er rannte auf die Klippe zu und stürzte sich in die Tiefe. Das Schlimmste ist, dass seine Leiche nie gefunden wurde ...«

Gess lachte abermals, diesmal lauter. Nur knapp wich er einem Fußtritt aus, den Vohn ihm im Sitzen verpassen wollte.

»So ein Quatsch«, sagte Dælfine. »Solche Geschichten kursieren in jeder Schule. Sie dienen nur dazu, die Neuen zu erschrecken. Ich wette, die Lehrer stecken hinter dem Gerücht. So wollen sie die Schüler davon abhalten, sich nachts aus ihren Zimmern zu stehlen.«

»Wenn du meinst«, erwiderte Vohn. »Mir doch egal, ob du mir glaubst oder nicht. Nur damit du es weißt: Was du denkst, interessiert mich einen feuchten Dreck. Aber du wirst schon sehen. Viele Leute hier glauben die Geschichte, und niemand würde gern mit uns tauschen. Die Bestie, die Piaron gesehen hat, könnte nämlich auch heute Nacht hier auftauchen!«

Nach kurzem Schweigen wagte Nobiane einzuwerfen: »Aber wenn es wirklich so gefährlich wäre, würde Vargaï uns doch nicht hier oben übernachten lassen ...«

»Ha!«, höhnte Vohn. »Glaubst du das wirklich? Die Weltwanderer sind der Meinung, dass man durch Schmerz am besten lernt. Ständig heißt es: ›Jede Erfahrung ist nützlich.‹ Ich kann mir gut vorstellen, wie sie uns den Chimären zum Fraß vorwerfen!«

»Das ist doch lächerlich!«, fuhr ihn Dælfine an. »Hier sind wir in Sicherheit. Vargaï unternimmt sogar einen kleinen Spaziergang im Mondschein, und Sohia plaudert gemütlich im Zelt. Würde uns Gefahr drohen, hätten die beiden uns keine Sekunde aus den Augen gelassen!«

Während seine Kameraden sich stritten, hatte Jona den Kopf in den Nacken gelegt und sah starr zu der seltsamen Kuppel hoch, die der Turm erzeugte. Das Phänomen faszinierte ihn. Irgendetwas regte sich in seinem Gedächtnis. Erinnerungen zuckten durch seinen Kopf wie Schatten, aber er konnte sie nicht greifen ...

»Wie genau entsteht das Licht?«, fragte er.

»Was juckt dich das, Schakal?«, knurrte Vohn. »Du wirst doch sowieso nicht lange hierbleiben!«

»Ich würde es aber auch gern wissen«, gestand Berris. »Und was bringt es, den Himmel zu beleuchten?«

Vohn schnaubte verächtlich. Er gab sich große Mühe, wie ein erwachsener Mann zu wirken, aber die Worte, die dann über seine Lippen kamen, blieben die eines Zwölfjährigen.

»Das ist eine Barriere. Gegen die Chimären. Damit sie nicht durchkommen«, erklärte er. »Aber leider zieht es die Bestien auch an ...«

Er warf Gess einen finsteren Blick zu, damit dieser ja nicht auf die Idee kam, einen blöden Witz zu reißen. Doch das war gar nicht nötig: Gess schaute genauso verzagt drein wie die anderen. Das hatte Sohia also gemeint, als sie gesagt hatte, dass die Schule unter gutem Schutz stand.

»Wie ... wie funktioniert diese Barriere?«, fragte Nobiane.

Sie hatte noch leiser gesprochen als sonst und zog den Kopf ein, als ginge von der Kuppel selbst eine unbestimmte Gefahr aus.

»Keine Ahnung«, gestand Vohn. »Daran erinnere ich mich nicht mehr. Ich glaube, im Turm gibt es ein riesiges Prisma, das dieses Licht erzeugt. Die Schule wurde übrigens nicht ohne Grund an dieser Stelle gegründet. Die Kristalle rings um die Insel schützen sie.«

Alle zuckten zusammen, als plötzlich eine Stimme aus der Dunkelheit drang.

»Die Zauberranke beschützt uns«, sagte Vargaï, »so ist es. Das wollten wir euch gerade mit dem Schattentheater erklären, als wir unterbrochen wurden.«

Alle drehten sich zu dem Weltwanderer um, der langsam auf

sie zukam. Jona kannte den Alten noch nicht lange, aber seine düstere, erschöpfte Miene verhieß nichts Gutes. Dann warf der Krieger auch noch einen niedergeschlagenen Blick in seine Richtung.

»Ich muss mit euch reden«, sagte er ernst. In seiner Stimme klang Bedauern mit. »Glaubt mir, für mich ist das ebenso schmerzhaft wie für euch. In diesem Jahr werde ich …«

»Jorensan!«, unterbrach ihn Sohia.

Vargaï wandte sich zu seiner Kollegin um, die aus dem Zelt trat und sich zu ihnen gesellte.

»Ist er einverstanden?«, fragte sie ohne Umschweife.

Der Weltwanderer schüttelte traurig Kopf. Er wirkte zutiefst enttäuscht.

»Es gibt vielleicht eine andere Lösung!«, verkündete Sohia. »Jora Maetilde ist gekommen, um mit mir darüber zu reden. Wir haben auf Eure Rückkehr gewartet.«

Sie zog den Alten ins Zelt und ließ die Rekruten ratlos und verwirrt zurück. Niemand sagte mehr etwas.

Weit oben am Himmel stieß, von den Kindern unbemerkt, eine drachenartige Gestalt auf den Turm herab. Obwohl sie sich an der Lichtkupppel verbrannte, versuchte sie verzweifelt, sich einen Weg durch das Netz zu bahnen. Nach einer Weile gab sie auf und verschwand hastig wieder hinter dem Schleier.

18

Sohia hielt die Zeltbahn auf, sodass Vargaï ins Innere treten konnte. Auf einmal kam ihr der Gedanke, dass die beiden Ältesten vielleicht allein sein wollten. Sie suchte nach einem Vorwand, um wieder nach draußen zu gehen, aber Vargaï ahnte, was sie vorhatte. Wie immer.

»Bleib«, sagte er. »Wenn man ein verzwicktes Problem zu lösen hat, sind drei Köpfe immer besser als zwei.«

Sie nickte mit einem Lächeln und freute sich sehr, dass Vargaï sie in so einem wichtigen Moment dabeihaben wollte. Natürlich war das lächerlich, aber nachdem sie so viele Jahre an der Seite der beiden Ältesten verbracht hatte, gab sie sich manchmal dem Gedanken hin, dass sie eine Art Familie bildeten. Selbstverständlich hatte sie noch nie jemandem davon erzählt. So etwas war unter Weltwanderern nicht üblich. Als Weltwanderer musste man sich für den Kampf stählen und sonst nichts. Da kam es nicht infrage, sich eine Ersatzfamilie zu suchen.

Doch immer, wenn sie wie jetzt mit Vargaï und Maetilde zusammen war, hatte Sohia den Eindruck, wieder ein kleines Mädchen zu sein.

Die unklare Beziehung zwischen den beiden hatte Sohias Fantasie beflügelt. Allein schon aus ihrem einträchtigen Schweigen wurde klar, dass sie mehr als freundschaftliche Gefühle füreinander empfanden. Waren sie heimliche Geliebte? Waren sie es früher einmal gewesen? Oder waren sie nie über ein paar vieldeutige Blicke hinausgekommen? Sohia war das einerlei. Außerdem ging es sie nichts an. Keiner der beiden hatte mit ihr je darüber gesprochen, und sie würde ihre ehemaligen Lehrer gewiss nicht mit neugierigen Fragen in Verlegenheit bringen – oder das Risiko eingehen, sich von ihren Träumen verabschieden zu müssen. Viel lieber genoss sie die Gesellschaft der beiden Alten und ihre Zuneigung zueinander, die selbst in schwierigen Momenten wie diesen nicht zu übersehen war.

»Er hat sich geweigert, oder?«, fragte Maetilde.

Vargaï nickte düster.

»Das war vorauszusehen«, sagte sie. »Er ist ein anderer Mensch seit ... seit den schrecklichen Ereignissen. Du bist der Einzige, der ihn vielleicht hätte überreden können.«

»Du siehst ja, was dabei herausgekommen ist«, brummte Vargaï.

Er hielt kurz inne und fuhr dann fort: »Sohia meinte, du hättest eine andere Idee? Ich bin gespannt ...«

»Gut. Eigentlich ist es ganz einfach. Du brauchst jemanden, der für dich einspringt. Ich könnte deine Schüler übernehmen.«

»Das geht leider nicht«, entgegnete Vargaï. »Als Lehrerin müsstest du dein Amt als Oberste Gelehrte aufgeben, ganz zu schweigen von deinem Sitz im Hohen Rat.«

»Ich weiß, mein Freund.«

Diese knappen Worte genügten, um den Weltwanderer aus der Fassung zu bringen.

»Das kann ich nicht zulassen!«, erklärte er. »Wenn jemand in dieser Sache Opfer bringen muss, bin ich es.«

»Du hast schon eine weitere Narbe davongetragen«, sagte Maetilde, »und du willst die Fährte des Drakoniden zurückverfolgen und wirst dich dabei in große Gefahr begeben. Da kann ich ja wohl auf ein Amt und ein paar Privilegien verzichten, die mir deswegen zustehen. Das ist kein allzu hoher Preis, wenn ich so dazu beitragen kann, den Frieden in Gonelore aufrechtzuerhalten.«

Vargaï schwieg gerührt. Sein Blick drückte die Wertschätzung, die er für Maetilde empfand, besser aus als alle Worte. Und Sohia wusste, dass Wertschätzung der beste Wegbereiter für die Liebe war.

»Das wäre unvernünftig«, protestierte er trotzdem. »Arold würde sofort einen seiner Getreuen zu deinem Nachfolger ernennen. Dann würden wir eine Stimme im Hohen Rat verlieren. Wenn wir Denilius mit den Dummköpfen allein lassen, wird er ihrem Druck nicht ewig standhalten können.«

»Er ist und bleibt der Magister«, erklärte Maetilde. »Seine Stimme hat im Rat mehr Gewicht als alle anderen. Außerdem könntest du dich, wenn du keine Schüler mehr hast, zur Wahl stellen. Darüber haben wir doch schon gesprochen.«

»Ich weiß, ich weiß«, antwortete Vargaï. »Irgendwann vielleicht ... Wenn all das hier nur noch eine böse Erinnerung ist.«

Maetilde warf Sohia einen vielsagenden Blick zu. Vargaï konnte den beiden Frauen nichts vormachen: Nie im Leben würde er die Wanderstiefel gegen einen Amtssessel eintauschen.

»Aber das ist nicht das einzige Problem«, fuhr Vargaï fort. »Wenn Arold einen neuen Obersten Gelehrten ernennt, wird er die Gelegenheit nutzen und auch gleich die Zeit reduzieren, die die Schüler mit dem Studium der Schriften verbringen müssen. Dabei kann die Hälfte der Kinder, die wir herbringen, nicht einmal ihren Namen schreiben.«

»Ich weiß«, seufzte Maetilde. »Für Arold zählt nur, dass sie so schnell wie möglich lernen, sich zu verteidigen. Schreibfeder und Rechenschieber sind ihm dabei nur im Weg, und das lässt er mich jeden Tag spüren ...«

»Wenn wir das zulassen«, sagte Vargaï, »wird Zauberranke nur noch Hohlköpfe hervorbringen, die sich blindlings in jeden Kampf stürzen.«

Betretenes Schweigen trat ein. Sohia konnte die Zweifel, die sich hinter ihren Worten verbargen, fast hören: Was, wenn Arold doch recht hatte? Immerhin drohte Gonelore eine ernsthafte Gefahr, und es gab immer noch viel zu wenige Weltwanderer.

»Ich weiß, dass mein Rücktritt einige Probleme verursachen wird«, gestand Maetilde ein. »Aber ich sehe keinen anderen Weg. Radjaniel wird keinen Finger rühren, um uns zu helfen. Und nun, da Arold dir die Entscheidungsmacht über deine Schüler genommen hat, kommt die einzige andere Lösung nicht mehr infrage.«

»Du meinst, eins der Kinder wegzuschicken und stattdessen Jona zu behalten«, sagte Vargaï. »Das hätte ich ohnehin nicht übers Herz gebracht, es sei denn, ich hätte Anlass dazu gehabt, an einem meiner Schüler zu zweifeln. Außerdem muss ich Zauberranke verlassen, um Nachforschungen anzustellen. Ich kann in diesem Jahr nicht unterrichten.«

»Also werde ich deine Schüler übernehmen«, sagte Maetilde triumphierend.

Abermals stieß Vargaï einen Seufzer aus.

»Bist du sicher, dass du die Kraft dafür hast?«, fragte er behutsam. »Ich weiß, dass es dir nicht an Entschlossenheit fehlt, aber manche Übungen sind sehr ... anstrengend. Selbst mit Erstkreislern. Das ist etwas anderes, als ihnen Lesen und Schreiben beizubringen ...«

»Schaut euch nur diesen eingebildeten Schnösel an«, rief Maetilde. »Du scheinst zu vergessen, dass ich drei Jahre jünger bin als du, mein Lieber!«

Ihr neckischer Tonfall brachte Sohia zum Lachen. Endlich konnte sie sich ein wenig entspannen: Sie mussten keines der Kinder nach Hause schicken. Sie hatten tatsächlich eine Lösung gefunden! Doch nach einigen weiteren Scherzen setzte Vargaï wieder eine bedrückte Miene auf.

»Erzähl mir von Denilius«, bat er. »Wo ist er? Und wann kommt er zurück?«

Nun wurde auch Maetilde schlagartig ernst.

»Niemand weiß, wo er ist. Zumindest nicht genau.«

Als ihr alter Freund zusammenzuckte, fügte sie leise hinzu: »Arold ist der Letzte, der den Magister in Zauberranke gesehen hat. Er sagt, dein Bruder habe sich an Bord eines Schiffs begeben, das nach Gondania fährt, und da es erst in einem Monat zurückkommt, können wir seine Worte nicht überprüfen.«

»Glaubst du, er lügt?«

Maetilde machte ein betretenes Gesicht und zuckte mit den Schultern.

»In deiner Abwesenheit haben die Unstimmigkeiten zwischen Denilius und Arold zugenommen. Sie haben sich immer öfter gestritten, zum Teil ziemlich heftig. Deshalb wundert es mich, dass Denilius ausgerechnet Arold beauftragt hat, den Hohen Rat über seine Reise zu informieren. Warum hat er niemandem sonst Bescheid gesagt oder uns eine Nachricht hinterlassen?«

»Arold ist der Oberste Hüter«, gab Vargaï zu bedenken, »der zweitwichtigste Mann der Schule. In gewisser Weise ist er die rechte Hand meines Bruders. Denilius musste ihn einweihen ...«

»Natürlich, du hast ja recht«, murmelte Maetilde. »Ich will dich nicht auf merkwürdige Gedanken bringen.«

Doch ihr Blick sagte etwas ganz anderes. Zum Beispiel: »Wir werden ja sehen, ob Denilius bei der Rückkehr des Schiffs an Bord ist.« Und: »Ich habe keine Beweise, deshalb werde ich mich hüten, die Anschuldigungen laut auszusprechen.« Aber auch: »Zur Sicherheit solltest du dich in den kommenden Tagen nicht zu nah an den Rand der Klippen wagen ...«

Sie wechselten das Thema, als könnten sie ihre Befürchtungen so im Keim ersticken. Doch für Sohia war es zu spät. Die Familienfeier war verdorben.

19

Gess machte in der Nacht kaum ein Auge zu. Bei jeder Bewegung im Zelt und jedem Geräusch draußen malte er sich aus, dass die Weltwanderer plötzlich vor ihm standen und ihn in Ketten legten, um ihn der Schule zu verweisen, ihn nach Hause zurückzubringen und jenen auszuliefern, die nur darauf warteten, ihn zu verurteilen.

Zweifellos hatte er nichts anderes verdient – doch dieser Gedanke war kein Trost. Seit Vargaïs Rückkehr am Abend zuvor versuchte der Junge vergeblich, sich mit seinem Schicksal abzufinden. Als der Alte verkündet hatte, er müsse ihnen etwas Wichtiges mitteilen, hatte Gess als Erstes gedacht, dass es um ihn ging. Vargaï musste die Wahrheit über seine Vergangenheit herausgefunden haben, und jetzt wollte man ihn nicht mehr in Zauberranke haben. Vargaï würde ihn vor den anderen Schülern bloßstellen und ihn als abschreckendes Beispiel vorführen. Also würde er doch noch für seine Verbrechen bezahlen, statt Buße tun zu können.

Doch nichts von alledem war passiert – zumindest bisher nicht. Nach dem Gespräch mit der geheimnisvollen Besucherin war Vargaï mit sorgenvoller Miene aus dem Zelt getreten, hatte aber keine weitere Erklärung abgegeben. Sohia, die ältere Frau und Sohias Schüler waren davongegangen, und der Alte war mit den sechs übrigen Kindern zurückgeblieben. Gess war überzeugt gewesen, dass es ihm nun an den Kragen ging, aber der Alte war nur in brütendes Schweigen verfallen. Bald hatte er sie schlafen geschickt, während er sich draußen niederließ, um im Schein des Turms Wache zu halten. In der Nacht hatte es keine Zwischenfälle gegeben, doch Gess konnte vor lauter Sorgen nicht schlafen. So zogen sich die Stunden in die Länge. Mit den ersten Sonnenstrahlen des neuen Tages war auch das Netz aus Lichtstrahlen verschwunden, das ihn an die Gitterstäbe eines Gefängnisses erinnert hatte.

In der kühlen Morgenluft kam sich Gess ein klein wenig lächerlich vor. Außerdem war er hundemüde. Trotzdem machte er sich immer noch Sorgen, denn die Erwachsenen hatten vielleicht nur den Sonnenaufgang abgewartet, um ihn zu ergreifen. Doch niemand näherte sich dem Planwagen. Die wenigen Schüler, die den Hang zum Turm hinaufkamen, verschwanden direkt in dem festungsartigen Bau. Offenbar fand dort auch Unterricht statt, oder sie hatten die eine oder andere Aufgabe für einen Lehrer zu erledigen. Während Gess ihrem Kommen und Gehen zusah, wurde ihm plötzlich klar, dass auch er noch vor dem Abend das Bandelier der Weltwandererschüler tragen würde.

Sofern ihm vorher niemand auf die Schliche kam ...

Seine Kameraden waren offenbar genauso aufgeregt wie er. Dælfine konnte nicht stillsitzen. Kaum hatte sie ihr Frühstück heruntergeschlungen, sprang sie auf, bezog neben dem Turm Posten und starrte sehnsüchtig auf die Schule hinab. Nobiane wiederum war so gesprächig wie nie. Sonst sagte die kleine Rothaarige nicht viel, aber an diesem Morgen gab sie ihre Meinung zu allem und jedem kund: Sie beschwerte sich über den bitteren Geschmack ihres Tees, überlegte laut, welche Frisur sie zu der feierlichen Vereidigung tragen würde, und spekulierte über das Wetter.

Auch Vohn und Berris legten ein untypisches Benehmen an den Tag. Keiner der beiden schnauzte Nobiane an, obwohl sogar Gess ihr Geplapper nervig fand. Stattdessen begannen die beiden, das Zelt abzubauen, ohne dass Vargaï sie dazu auffordern musste. Sie forderten nicht einmal die anderen auf, ihnen bei der Arbeit zu helfen. Gess fragte sich, ob sich die beiden an diesem besonderen Tag eine Belohnung verdienen wollten. Vohn war immerhin der Einzige von ihnen, der wusste, wie alles ablaufen würde. Er hatte ihnen nichts verraten, aber vielleicht hatte er ja seinen dicken Freund eingeweiht? Konnte es sein, dass sie sich bei den Lehrern beliebt machen wollten, jetzt, wo der Unterricht endlich losging? So oder so hatte Gess keine Lust, sich auf dieses Spiel einzulassen. Er wäre schon froh, wenn man ihn nicht in Ketten legte und von der Schule warf.

Blieb noch Jona. Auch er verhielt sich seltsam. Er hatte die ganze Nacht lang am Zelteingang gelegen und wie hypnotisiert auf das vom Turm ausgehende Lichtnetz gestarrt, als warte er auf irgendein Ereignis. Am nächsten Morgen war er ziemlich schlecht gelaunt. Er war nur kurz aufgestanden und hatte ein Stück trockenes Brot hinuntergewürgt. Dann hatte er sich wieder hingelegt und die Decke über den Kopf gezogen. Seitdem hatte er sich nicht mehr gerührt, nicht einmal dann, als Vohn sich lautstark beschwerte, der Schakal liege im Weg herum und hindere ihn daran, das Zelt abzubauen. Der Rüpel hoffte offenbar, dass Vargaï eingreifen würde, aber ihr Lehrer war immer noch genauso schweigsam und unnahbar wie am Abend zuvor. Außerdem, was hätte er Jona schon groß sagen sollen? Der Junge war keiner seiner Schüler, und niemand konnte ihm Befehle erteilen. Er war ganz auf sich allein gestellt und wusste nicht einmal, wer er war oder wo sein Zuhause war. An seiner Stelle hätte sich Gess auch wie ein Häufchen Elend unter einer Decke verkrochen und alles auf sich zukommen lassen. Er beschloss, dass es so nicht weitergehen konnte, und rüttelte den Freund an der Schulter.

»Jona-tran! Aufstehen!«, flüsterte er.

»Lass mich in Ruhe«, brummte es unter der Decke hervor.

Gess verstellte seine Stimme und sagte weinerlich: »Aber das geht nicht! Du liegst auf meinen Stiefeln, und ich brauche sie!« Nach kurzem Schweigen stieß Jona ein ersticktes Lachen aus. Gleich darauf setzte er sich in seinem Strohsack auf. »Ich weiß nicht, wo deine Stiefel sind«, murmelte er. »Es muss einen Dieb unter uns geben ...«

Gess erstarrte kurz und setzte dann hastig ein breites Grinsen auf. »Du hast meine Stiefel gar nicht? Dann kommt dieser Gestank nur von dir?«

Er rannte los und hielt sich dabei die Nase zu, um Jona etwas aufzuheitern. Und es funktionierte: Sein Freund stand endlich auf. Was den Geruch anging, hatte Gess allerdings gar nicht mal so unrecht. Es war eine Weile her, dass sich die Schüler in Ruhe hatten waschen können, und auch heute war für so einen Luxus keine Zeit. Plötzlich stand Vargaï vor ihnen und drängte zum Aufbruch.

»Nun, da alle aufgestanden sind, lasst uns losgehen«, sagte der Alte. »Nehmt nur eure eigenen Sachen mit. Ich kümmere mich später um den Wagen und alles andere.«

Die Kinder wechselten verwunderte Blicke. Das Zelt war nur zur Hälfte abgebaut, und sie hatten nicht einmal das Lagerfeuer gelöscht. Das sah Vargaï gar nicht ähnlich! Seit Tagen bläute er ihnen ein, wie wichtig es war, seine Aufgaben sorgfältig zu erledigen und unbedingt zu Ende zu bringen. Gess hatte den Eindruck, dass er urplötzlich eine Entscheidung getroffen hatte und nun nichts anderes mehr zählte. Es war, als hätte er es eilig, etwas Unangenehmes hinter sich zu bringen.

Sofort wurde Gess wieder unruhig. Würde Vargaï ihn doch öffentlich an den Pranger stellen? Und was würde dann geschehen? Nichts Gutes, so viel war sicher.

Vielleicht unternahm er besser einen Fluchtversuch, solange das noch möglich war. Aber wieder fliehen? Und wohin? Beim Gedanken an das Sumpfland jenseits der Barriere aus Kristallen wurde dem Jungen klar, dass er in der Falle saß. Mit einem Mal fiel die Maske der Unbekümmertheit, die er vor seinen Kameraden stets aufsetzte, von ihm ab. Schweigend sammelte er die wenigen Sachen ein, die er noch besaß. Nun holte ihn seine Vergangenheit doch noch ein. Zum ersten Mal beneidete er Jona um dessen ruhiges Gewissen.

»Alles in Ordnung?«, fragte dieser.

»Könnte nicht besser sein«, brummte Gess.

Er riss sich zusammen, grinste breit und zwinkerte seinem Freund zu. Er musste das Spiel unbedingt weiterspielen, denn vielleicht konnte er seinem Schicksal ja doch noch auf wundersame Weise entgehen. Ein missmutiger, schweigsamer Junge machte sich viel verdächtiger als einer, der sich wie ein Clown aufführte!

So hüpfte Gess lachend und scherzend hinter seinen Kameraden her, als sie den Hang hinuntergingen und auf die Halbinsel vordrangen, auf der Zauberranke lag. Doch jedes Mal, wenn sie an einem erwachsenen Weltwanderer vorbeikamen, fürchtete er, man würde mit dem Finger auf ihn zeigen und ihn einen Verbrecher nennen. Denn nichts anderes war er.

20

Es gab so viel zu entdecken, dass sich Dælfine bald wie im Rausch fühlte – und weil sie von Kindesbeinen an ihren Eltern in der Herberge geholfen hatte, wusste sie genau, was dieses Wort bedeutete. Sie wandte den Kopf in alle Richtungen, bis sich ihre Umgebung um sie drehte, und wenn sie zwischen dem gewaltigen Turm auf den steil aufragenden Klippen und dem fernen Strand am anderen Ende der Halbinsel hin und her sah, wurde ihr ganz schwindelig. Mehrmals stolperte sie, weil sie rückwärts oder seitwärts ging, um ja nichts von dem, was um sie herum geschah, zu verpassen.

Dem Mädchen schwirrte der Kopf. Der Tag hatte so merkwürdig begonnen, wie der Abend zuvor geendet hatte. Vargaï hatte offenkundig Geheimnisse vor ihnen, und selbst jetzt, wo sie ins Herz von Zauberranke vordrangen, schwieg der Alte beharrlich. Wenn sich Dælfine umsah, fühlte sie sich außerdem wie in einer anderen Zeit. Es war, als hätten sie eine Reise in die Vergangenheit unternommen. Die Gebäude, an denen sie vorbeikamen, waren mehrere Jahrhunderte alt, und einige schienen sogar aus dem Zeitalter der Riesen zu stammen. Auch wenn sie noch nicht viel gereist war, ahnte das Mädchen, dass so alte Gemäuer in Gonelore eine Seltenheit waren.

Das Meer, das Kristallgewächs und der gewaltige Felsen, auf dem der Turm stand, prägten auch die Bauweise. Die Mauern waren wuchtig und solide, und die Häuser leuchteten in allen möglichen Farben: Korallenrot, Perlmuttfarben, Himmelblau, Moosgrün, Bernsteinfarben. Ihre Fassaden waren kunstvoll verziert. Dælfine entdeckte Mosaike, Reliefs und sogar Wasserspeier.

Ein Großteil bildete das Kristallgewächs ab, das die Schule beschützte, aber es gab auch Darstellungen von niederen Chimären, Drakoniden und monströsen Wesen, die nur aus Zähnen und Krallen zu bestehen schienen. Dælfine konnte sich gar nicht sattsehen. Mit jedem Schritt stieß sie auf ein neues Detail, in dessen Betrachtung sie sich verlor.

Zugleich fragte sie sich, wie es im Inneren der Häuser aussehen mochte. War die Einrichtung ebenso prachtvoll? Hingen Bilder der Zauberranke an den Wänden, gab es Deckengemälde von urzeitlichen Wesen, dienten groteske Skulpturen als Fackelhalter? Ganz sicher. Die ganze Schule verströmte eine geheimnisvolle Atmosphäre, die sie in Begeisterung versetzte – und ihr ein klein wenig Angst einjagte, auch wenn sie das nie zugegeben hätte.

Leider führte Vargaï seine Schützlinge in diesem Moment aus dem ältesten Teil von Zauberranke heraus. Dælfine wurde klar, dass sie dem Alten keine einzige Frage gestellt hatte, und sie ärgerte sich über sich selbst. Sie hatte so viele Fragen: Was war das für ein kleines Gebäude unterhalb des Leuchtturms? Wer wohnte in dem Palast mit den sieben Löwenköpfen? Was waren das für Steinfiguren an dem Brunnen? Und der ovale Bau da hinten, war das eine Arena? Doch nun war es dafür zu spät. Schon fielen ihr neue Fragen ein, und sie rannte ein Stück, um Vargaï einzuholen.

»Wie viele Schüler sind wir eigentlich?«

Seltsamerweise blieb Vargaï wie angewurzelt stehen, starrte sie verwirrt an, sah zu den anderen fünf Kindern und schien dann erst zu verstehen, was sie mit der Frage meinte.

»Ach, du meinst in Zauberranke. Ungefähr vierhundert. Vielleicht auch vierhundertzwanzig, falls die älteren Schüler alle zurückgekehrt sind.«

»So viele!«

Dælfine fand die Zahl unglaublich. Dabei hatte der Alte bei ihrer Rekrutierung angedeutet, dass die Bruderschaft nur sehr wenige Mitglieder hatte. Sie hatte ihm das ohne Weiteres geglaubt, schließlich kam in der Herberge ihrer Eltern nur höchst selten ein Weltwanderer vorbei.

»Ja, wenn man alle Kreise zusammenzählt«, fügte Vargaï hinzu. »Das sind die verschiedenen Altersklassen. Im ersten Kreis dürftet ihr etwa hundertdreißig Schüler sein.«

»Das ist immer noch sehr viel!«

»Nein. Zauberranke könnte dreimal so viele Schüler aufnehmen. Zu meiner Zeit war das auch so. Aber der Hohe Rat hat lange die Zügel schleifen lassen. Wir haben nicht einmal mehr genug Lehrer.«

»Aber woher kommen die ganzen Schüler?«, wollte Dælfine wissen. »Sind es Kinder von Lehrern oder ihre Nichten und Neffen?«

»Manche ja, aber das ist eher die Ausnahme. Die meisten Schüler wurden in den vergangenen Wochen rekrutiert. So wie ihr, nur dass die meisten mit dem Boot hergebracht wurden. Die Lehrer hatten die größte Mühe, überhaupt hundertdreißig Schüler zusammenzubekommen. Manche meiner Kollegen sind durch die halbe Welt gereist, um Rekruten zu finden. Anschließend sind sie durch die andere Hälfte gereist, um *geeignete* Rekruten zu finden.«

Dælfine lächelte stolz, und Gess, Berris und Vohn stießen triumphierende Pfiffe aus. Na klar: Die anderen hatten kein Wort ihres Gesprächs verpasst, und Vargaïs unfreiwilliges Kompliment machte sie stolz. Doch die Begeisterung legte sich schnell, als der Alte fortfuhr: »Ein Viertel der Schüler steigt noch vor dem Ende des ersten Trimesters aus. Fast alle Lehrer verlieren mindestens einen ihrer Schüler. Das ist jedes Jahr so.«

Dælfine warf ihren Kameraden einen raschen Blick zu. Alle

dachten dasselbe: Wer von ihnen würde aufgeben und nach Hause zurückkehren?

Dælfine selbst hatte keine Wahl. Sie musste die Zähne zusammenbeißen und durchhalten, ganz gleich, welch schwere Prüfungen sie erwarteten. Aber Nobiane und die Jungs waren sicher auch aus guten Gründen hier. Nicht anders musste es allerdings all den Schülern gegangen sein, die im Laufe der Jahre gescheitert waren, obwohl sie sich geschworen hatten, mit dem Bandelier der Weltwanderer in ihre Heimat zurückzukehren.

Bei diesem Gedanken drehte sie sich zu Jona um. Der Junge lief schweigend und mit gerunzelter Stirn hinter ihnen her. Offenbar versuchte er wieder einmal, sich an seine Vergangenheit zu erinnern, und interessierte sich nicht groß dafür, was um ihn herum geschah. Immerhin brauchte er nicht das durchzumachen, was den Schülern bevorstand. Irgendwann würde er sein Gedächtnis wiederfinden, oder jemand würde einen Hinweis darauf finden, wo er herkam und wer seine Eltern waren, und dann würde er Zauberranke schnell vergessen wollen. Auch wenn man ihm nichts Besseres wünschen konnte, verspürte Dælfine bei dem Gedanken einen Stich ins Herz. Sie war dabei gewesen, als die Weltwanderer ihn gefunden hatten – da wollte sie auch dabei sein, wenn die Wahrheit über ihn ans Licht käme. Wer war Jona wohl gewesen, bevor er zu ihnen gestoßen war?

Doch diese Frage rückte erst einmal in den Hintergrund, denn es gab in Zauberranke genug, worüber sie sich den Kopf zerbrechen konnte. Auch wenn die ältesten Gebäude bereits hinter ihnen lagen, staunte sie immer noch über ihre Umgebung. Der Weg, den sie nun hinabgingen, wand sich mit sanftem Gefälle zwischen gepflegten Gärten und wildem Gebüsch hindurch. Ab und zu ging es ein paar Stufen hinunter, die so ausgetreten waren, dass sie uralt sein mussten. Ein Stück weiter weg führte ein breiterer Weg ebenfalls zur Inselmitte, aber der Trampelpfad war eine Abkürzung. Offenbar war dies ein Fußweg, den Lehrer und Schüler auch für Spaziergänge nutzten, denn in regelmäßigen Abständen luden Bänke zu einer Rast ein. Hin und wieder kamen sie an Statuen und Reiterstandbildern vorbei, mit denen legendären Weltwanderern ein Denkmal gesetzt wurde. Der Weg war sehr idyllisch, hatte aber gleichzeitig etwas Trauriges an sich. Nach einer Weile wurde ihr klar, woran das lag.

»Wieso begegnen wir niemandem?«, fragte sie Vargaï. »Weder Lehrern noch Schülern?«

»Um diese Uhrzeit hat der Unterricht begonnen«, erklärte der Alte. »Wer sich jetzt noch auf diesem Weg herumtreibt, bekommt großen Ärger.«

»Inwiefern?«, fragte sie.

»Wenn du dich erwischen lässt, wirst du bereuen, jemals gegen die Regeln verstoßen zu haben«, sagte Vohn überheblich.

Dælfine erwartete, dass der Alte ihm widersprach, aber Vargaï blickte nur starr vor sich hin. Je weiter sie auf die Halbinsel vordrangen, desto mürrischer schien er zu werden. Ihr fielen seine Worte vom vergangenen Abend wieder ein. Was hatte er ihnen sagen wollen? Würde er es ihnen heute verkünden? Offenbar war es keine gute Nachricht ...

Dieser Gedanke drängte alles andere in den Hintergrund. Plötzlich war Dælfine überzeugt, dass sie am Ziel ihres Fußmarschs eine bittere Enttäuschung erwartete. Etwa: »Ihr seid zu spät, geht wieder nach Hause und kommt nächstes Jahr wieder!« Oder: »Es gibt nicht genug Lehrer, wir können euch nicht in allen Fächern unterrichten.« Oder: »Eure Gruppe wird aufgelöst, jeder von euch kommt zu einem anderen Lehrer.« Letzteres wäre nicht allzu schlimm, aber sie würde gern mit Nobiane und Gess zusammenbleiben. Nach der wochenlangen Reise war zwischen ihnen so etwas wie Freundschaft entstanden.

Diese trüben Gedanken versetzten ihrer Begeisterung einen Dämpfer. Sie hatte keine Augen mehr für die sanft zum Meer hin abfallende Landschaft, die vereinzelten Hütten, an denen sie vorbeikamen, oder die Seitenwege, die immer mal wieder rechts und links abzweigten. Als sie das Schuldorf in der Mitte der Insel erreichten, flammte ihr Interesse wieder ein wenig auf, aber nur für kurze Zeit. Hier waren die Gebäude eher funktional als kunstvoll. Es musste sich um die Schlafsäle, Waschräume, Studierstuben und Speisesäle handeln. Die Häuser wirkten gemütlich, aber sie waren bei Weitem nicht so prachtvoll wie die alten Gemäuer in der Nähe des Turms. Die Wege, die zwischen den Gebäuden hindurchführten, waren wie ausgestorben, und nur vereinzelt hörte man eine Erwachsenenstimme aus einem Klassenzimmer dringen. War das ein typischer Vormittag in der Schule der Weltwanderer? Ziemlich langweilig auf den ersten Blick.

Ihre Laune besserte sich, als sie auf dem Hauptplatz angelangten. Dort war eine kleine Bühne aufgebaut, auf der etwa ein Dutzend Leute standen, unter anderem Sohia und ihre Schüler. Auch wenn die beiden Gruppen nur eine Nacht lang voneinander getrennt gewesen waren, freute sich Dælfine über das Wiedersehen. Endlich ein paar bekannte Gesichter! Da sah die Zukunft doch gleich nicht mehr ganz so düster aus.

Vargaï hingegen blickte noch finsterer drein als je zuvor. Als ein Mann mit einem Monokel ihn verächtlich musterte, bildete sich eine steile Falte auf seiner Stirn.

»Jor Vargaï! Ihr habt wohl beschlossen, zu allen Euren Verpflichtungen zu spät zu kommen! Nur gut, dass Ihr bald von diesen lästigen Pflichten befreit sein werdet!«

Dælfine blickte ihre Freunde unsicher an. Wovon redete der Kerl bloß?

Jona war den anderen gefolgt, ohne großartig auf den Weg zu achten. Seine Gedanken waren immer noch um den Leuchtturm gekreist und vor allem um die leuchtende Kuppel, die Schutz vor den Chimären bieten sollte. Die Lichtstrahlen, die von den Kristallen reflektiert wurden, gingen ihm nicht mehr aus dem Sinn. Er musste dieses Phänomen so bald wie möglich näher untersuchen. Doch nun kehrte er erst einmal in die Realität zurück. Was war das für eine Versammlung, und warum wirkten die Weltwanderer so angespannt?

»Jor Arold«, begrüßte Vargaï den Mann auf der Bühne. »Die Zeremonie beginnt doch erst zur zehnten Stunde, wenn ich mich nicht irre. Wie in jedem Jahr, wenn die Schüler ihr erstes Bandelier bekommen.«

»Wir können doch nicht jedes Mal eine Feier mit Fanfaren und Festkleidung abhalten, wenn ein Lehrer seine Rekruten zu spät bringt«, antwortete der andere süffisant. »Ihr hättet Euch denken können, dass wir jetzt, wo der Unterricht begonnen hat, Besseres zu tun haben. Meine Schüler erwarten mich, und dasselbe gilt für den Obersten Schreiber und die Prismenschmiedin!«

Vargaï verneigte sich flüchtig vor den genannten Personen, aber es war ihm deutlich anzusehen, dass die Ehrerbietung nicht von Herzen kam.

»Offenbar bin ich der Einzige, dem Ihr nicht Bescheid gegeben habt, Jorensan. Das ist schade, ich wäre den Weg vom Leuchtturm gern mit Euch zusammen gegangen.«

»Sohia hat keine Einladung abgewartet«, erwiderte Arold. »Vielleicht solltet Ihr Euch an Eurer ehemaligen Schülerin ein Beispiel nehmen und lieber Euren Kopf gebrauchen, statt einfach davon auszugehen, dass wir Euretwegen eine große Zeremonie abhalten?«

»*Jora* Sohia«, verbesserte ihn die junge Frau. »Und ich und meine Schüler sind nur deshalb schon hier, weil wir Euch vor unserem Schlafsaal über den Weg gelaufen sind.«

Der Monokelträger warf ihr einen bösen Blick zu, während Vargaï seiner Verbündeten dankbar zulächelte.

»Wie dem auch sei«, sagte Arold, »bringen wir die Sache hinter uns, damit wir zu wichtigeren Aufgaben zurückkehren können.«

»Aber der Hohe Rat ist noch nicht vollständig«, wandte Vargaï ein.

»Es sind genügend Mitglieder anwesend, um die Rekruten offiziell aufzunehmen. Ich wollte nicht auch noch Jorensan Gregerio und Jorensan Zakarias bei der Arbeit stören, nur um Euch einen Gefallen zu tun.«

Jona sah, wie Vargaïs Gesicht hart wurde. Bestimmt fiel ihm eine ganze Reihe gepfefferter Antworten ein, aber er hatte offenbar mindestens ebenso viele gute Gründe, sie nicht laut auszusprechen.

Arold fuhr fort: »Die Anwesenheit von Jora Maetilde dürfte Euch nicht verwundern. Sie hat mir erzählt, dass Ihr unserem Messerschleifer ein Angebot gemacht habt, er aber nicht darauf eingehen wollte. Das wundert mich nicht im Geringsten. Euer Scheitern war vorhersehbar. Doch nun strebt unsere Oberste Gelehrte offenbar einen Berufswechsel an. Auch wenn die Entscheidung überraschend kommt, kann ich ihr dieses Recht nicht verweigern. Allerdings zwingt mich das, einen Nachfolger für ihr Amt zu finden. Mit diesem Schritt hilft sie Euch aus der Klemme, Vargaï. Nun denn, bringen wir die Sache hinter uns.«

»Ich brauche noch einen Moment«, sagte Vargaï. »Ich habe noch nicht mit meinen Rekruten gesprochen.«

»Wie bitte?«, rief Arold empört. »Dafür hattet Ihr doch den ganzen Abend! Warum habt Ihr den letzten Moment abgewartet? Habt Ihr etwa auf ein Wunder gehofft?«

Der Alte verzog keine Miene, was Arold noch mehr in Rage brachte.

»Daran seid Ihr selbst schuld!«, schimpfte er. »Wir können uns nicht nach Euren Launen richten! Schickt die Kinder endlich auf die Bühne.«

Vargaï seufzte resigniert und wandte sich den Kindern zu, die um ihn herumstanden und ihn verwirrt ansahen. Jona verstand ihre Verzweiflung, auch wenn er selbst nicht betroffen war. Es wäre traurig, wenn die Zukunftspläne von Dælfine, Gess und Nobiane mit einem Schlag zunichtegemacht würden.

»Es tut mir leid«, erklärte der Alte. »Ich hätte es euch schon viel früher sagen sollen. Jetzt ist es zu spät, aber macht euch keine Sorgen. Alles wird gut. Ihr müsst nur auf die Bühne gehen, euch in einer Reihe aufstellen und immer mit Ja antworten, wenn man euch etwas fragt. Das ist sehr wichtig.«

Mit diesen Worten wollte er die Rekruten wohl trösten, aber sie sahen jetzt noch verunsicherter aus.

»Alles klar?«, fragte Vargaï.

»Ja«, murmelten Vohn und Dælfine.

Auch die drei anderen nickten. Hintereinander gingen sie die Stufen zur Bühne hoch. Jona sah ihnen nach. Da gab ihm der Alte auf einmal einen Schubs.

»Du auch«, flüsterte Vargaï. »Stell keine Fragen, tu es einfach. Los!«

»Aber ...«

Er sah Vargaï an und erinnerte sich an den Moment zwei Tage zuvor, als er ihm eine schallende Ohrfeige verpasst hatte. Doch Jona wusste auch, dass er ihm sein Leben verdankte. Das war eine seltsame Mischung, die ihm ein gewisses Unbehagen bereitete. Doch jetzt sah Vargaï ihn mit eindringlichem, um nicht zu sagen flehendem Blick an, und er wollte ihn nicht enttäuschen. Ohne länger nachzudenken, stieg er die Treppe hoch und stellte sich neben seine Reisegefährten.

Als Vargaïs und Sohias Schüler ihn entgeistert anstarrten, wurde ihm klar, dass niemand mit so etwas gerechnet hatte. Nachdem ihn der Alte geradezu hypnotisiert hatte, hatte er jetzt plötzlich das Gefühl, gegen ein ehernes Gesetz zu verstoßen. Aber es war zu spät für einen Rückzieher, oder zumindest fehlte ihm der Mut dafür. Einfach entschuldigend mit den Schultern zucken, von der Bühne hinabsteigen und so tun, als wäre nichts geschehen? Unmöglich! Nicht unter den Blicken von zehn Rekruten und sechs Weltwanderern.

Seine Verlegenheit wuchs noch weiter, als der Monokelträger vor sie hintrat. Einen Moment lang musterte er sie schweigend, als wollte er herausfinden, ob einer von ihnen schon jetzt seine Autorität infrage stellte, und schritt dann an ihrer Reihe entlang. Er blickte jedem der neuen Rekruten ins Gesicht, bis er bei Jona angelangte. Der Junge war überzeugt, dass er mit einem Tritt in den Hintern von der Bühne gejagt würde. Daher zuckte er zusammen, als Arold laut verkündete: »In Anbetracht der außergewöhnlichen Umstände verzichte ich auf die üblichen Begrüßungsworte und hochtrabenden Reden. Eure Lehrer werden euch erklären, welche Ehre es ist, Zauberranke besuchen zu dürfen, und sie werden euch auch über eure Pflichten aufklären. Von nun an gehe ich davon aus, dass ihr Bescheid wisst, und ihr könnt euch nicht herausreden, falls ihr gegen eine Regel verstoßt. Verstanden?«

Niemand sagte etwas. Jonas Hals war wie ausgedörrt. Während dieser Tirade hatte ihn der Monokelträger unverwandt angestarrt. Jona wagte es nicht, den Blick zu heben. Er hatte das Gefühl, Arolds Worte seien nur an ihn gerichtet. Es war, als wollte er eine Drohung gegen den Jungen aussprechen, der in der Höhle eines Drakoniden aufgefunden worden war.

Doch dann drehte sich der Mann und bellte: »Verstanden?«

»Ja«, sagten ein paar Schüler zaghaft.

»Lauter! Und ich will alle hören!«

»Ja«, riefen die Rekruten.

Um nicht noch mehr Aufmerksamkeit auf sich zu ziehen, hatte Jona in den Chor eingestimmt. Was blieb ihm schon anderes übrig? Die Ereignisse hatten sich überschlagen, und jetzt saß er in der Klemme. Gewiss, er könnte sich weigern, an der Zeremonie teilzunehmen, von der Bühne steigen und sogar diese Schule mitten im Nirgendwo verlassen ... Aber dann wäre er einsamer als je zuvor. Außerdem wollte er nicht weg von dem Leuchtturm und seinem Licht, das ihn in der Nacht so beeindruckt hatte.

»Ich hoffe, ihr nehmt dieses Gelöbnis nicht auf die leichte Schulter«, mahnte Arold. »Wer das tut, wird meinen Zorn zu spüren bekommen. Und dann wird es euch nicht helfen zu flennen und um Verzeihung zu betteln.«

Er musterte abermals die vor ihm stehenden Kinder, von denen sich keines zu rühren wagte. Jona sah aus den Augenwinkeln zu Vargaï. Der Alte war der Einzige, der nicht auf die Bühne gestiegen war. Obwohl er nicht an der Zeremonie teilnahm, war seine Anspannung nicht zu übersehen. Auch Sohia war nervös, vielleicht, weil sie zum ersten Mal als Lehrerin an dem Ritual teilnahm. Die beiden Weltwanderer, die Arold als den Obersten Schreiber und die Oberste Prismenschmiederin, eine würdevoll aussehende Dame mit stechendem Blick, vorgestellt hatte, wirkten hingegen fast gelangweilt. Die fünfte Weltwanderin, die Oberste Gelehrte, stand ein wenig abseits. Jona fragte sich, welche Rolle sie bei der Zeremonie spielen würde und vor allem, inwiefern ihre Anwesenheit Vargaï »aus der Klemme« helfen würde.

»Ihr werdet jetzt den Schwur ablegen«, verkündete Arold.

Er trat ein paar Schritte zurück, um alle elf Rekruten im Blick zu haben. Endlich konnte Jona aufatmen. Doch dann zuckte er heftig zusammen. Arold rief mit dröhnender Stimme: »Schwört ihr, der Bruderschaft der Weltwanderer treu zu dienen, euren Brüdern und Schwestern bei allen Kämpfen beizustehen, eure Lehrer zu ehren und euer Wissen an eure Schüler weiterzugeben?«

»Ja!«, riefen Vohn und ein paar andere.

»Ich will alle hören!«, wiederholte Arold. »Die Mitglieder des Hohen Rats sind nicht hergekommen, um euch beim Gähnen zuzusehen! Wir sind die Zeugen eures Gelöbnisses! Wir müssen uns vergewissern, dass alle von euch den Eid ablegen!«

Plötzlich geriet Jona in Panik. Er fühlte sich wie ein in die Enge getriebenes Tier, das von einer hungrigen Meute umringt war. Keiner der Weltwanderer ließ ihn auch nur eine Sekunde aus den Augen. Er konnte unmöglich schummeln und nur die Lippen bewegen oder auch nur einen Moment lang zögern.

»Also«, sagte der Monokelträger. »Schwört ihr, der Bruderschaft der Weltwanderer treu zu dienen?«

»Ja!«, riefen die Rekruten.

Das Wort brannte in Jonas Kehle. Indem er diesen Eid ablegte, hatte er das eigenartige Gefühl, einen anderen Eid zu brechen. Einen Schwur, den er in einem früheren Leben geleistet hatte. In seinem *echten* Leben. Aber jetzt gab es kein Zurück mehr. Er musste sich in sein Schicksal fügen und sich von Arolds herrischer Stimme und der Begeisterung seiner Kameraden mitreißen lassen.

»Schwört ihr, unser Erbe und unsere Traditionen zu wahren, sie gegen Lug und Trug zu verteidigen, standhaft überall auf der Welt für unsere Werte einzustehen und sie an die nächste Generation weiterzugeben?«

»Ja!«, antworteten die Rekruten.

»Schwört ihr, alle Einwohner von Gonelore zu beschützen, unabhängig von ihrer Herkunft, ihrem Glauben oder ihrer Zugehörigkeit zu einem Volk, nicht nach eigenem Ruhm zu streben und für eure Dienste keinen Lohn zu fordern?«

»Ja!«

»Schwört ihr, niemals vor den Kreaturen zurückzuweichen, die aus dem Schleier kommen, sie mit Mut und Tapferkeit zu jagen, bis sie besiegt oder vertrieben sind, und dafür notfalls euer Leben zu lassen?«

»Ja!«

Die letzte Antwort klang schon etwas weniger entschlossen. Arold schwieg abermals eine Weile und beobachtete die Kinder durch sein violettes Monokel. Jona rechnete fast damit, dass der Mann plötzlich die Hand hob und jemanden schlug. Oder dass er sie den Eid so lange wiederholen ließ, bis sie keinen Ton mehr hervorbrachten. Auf jeden Fall erwartete er nicht, auf einmal diesen Befehl zu hören: »Auf die Knie!«

Es herrschte kurz Verwirrung, dann folgten Vohn und einige andere der Anweisung. Als die stehenden Kinder auf einmal in der Minderheit waren, taten sie es ihren Kameraden hastig gleich. Jona verachtete sich für seine Hasenfüßigkeit, aber sich in diesem Moment zu widersetzen, wäre noch dümmer gewesen. So orientierte er sich an Vohn, der als Einziger wusste, was als Nächstes geschehen würde. Auch dafür verachtete Jona sich.

»Wir werden euch jetzt eure Bandeliere überreichen«, verkündete Arold. »Ihr wisst es sicher bereits, aber ich will es noch einmal betonen: Es handelt sich nicht um einen einfachen Gürtel. Das Bandelier erzählt von der Geschichte, dem Rang und den Verdiensten eines Weltwanderers. In seinen Taschen befinden sich die Prismen, damit der Weltwanderer sie immer in Griffweite hat, und an ihm hängt die Waffe, die es im Kampf gegen die Chimären zu ziehen gilt. Das Bandelier ist ein Abbild seines Trägers, und dieser muss den Abzeichen, die darauf prangen, Ehre machen. *Ihr* seid für euer Bandelier verantwortlich. Pflegt ihr es gut, genießt ihr als Schüler ein hohes Ansehen. Vernachlässigt ihr es, bekommt ihr eine schlechte Bewertung. Bei wiederholten Vergehen kann es euch sogar wieder abgenommen werden. Dann verliert ihr das Recht, es zu tragen.«

Er drehte sich zu dem Ratsältesten um, dem Obersten Schreiber, einem gebeugten und praktisch zahnlosen Mann, der trotz seines hohen Alters einen schweren Leinensack trug. Arold griff hinein, holte das erste Bandelier heraus und trat vor Sohias Schüler. Er wandte sich an ein großes Mädchen mit Locken: »Wie heißt du?«

»Tiarija«, sagte sie schüchtern.

»Tiarija, ich überreiche dir dieses Bandelier. Damit bist du als Schülerin in der Bruderschaft der Weltwanderer aufgenommen.«

Recht grob legte er der Rekrutin den Ledergürtel über die Schulter. Sohia begann zu klatschen, hielt aber inne, als niemand sonst einstimmte. Arold ging sofort zum nächsten Schüler über und dann zum dritten. Bald waren Vargaïs Rekruten an der Reihe. Jona beobachtete, wie seine Reisegefährten feierlich in die Bruderschaft aufgenommen wurden, und verfluchte die Tatsache, dass er als Letzter dran war. Würde überhaupt noch ein Bandelier für ihn übrig sein? Wollte er überhaupt eins tragen? Er hatte keine Sekunde Zeit gehabt, über die Sache nachzudenken, alles war viel zu schnell gegangen. Als Arold plötzlich vor ihm stand, hoffte Jona vor allem, keinen Skandal zu verursachen oder von dem Monokelträger öffentlich gedemütigt zu werden.

»Wie heißt du?«

Arolds hämisches Grinsen und seine unverhohlene Verachtung erleichterten ihm die Entscheidung. Dieser widerwärtige Kerl wusste genau, dass er sein Gedächtnis verloren hatte, und ergötzte sich daran. Das reichte Jona. Ja, er wollte dieses verdammte Bandelier! Gerade weil der Oberste Hüter ihm den Gürtel nicht verleihen wollte!

»Jona«, antwortete er laut und deutlich.

In den vergangenen Tagen hatte er sich den Namen zu eigen gemacht. Fast war es, als hätte er ihn schon immer getragen.

Arold schnaubte verächtlich, sagte aber nichts dazu. »Jona, ich überreiche dir dieses Bandelier. Damit bist du als Schüler in der Bruderschaft der Weltwanderer aufgenommen.«

Jona spürte das Gewicht des Gürtels auf seinen Schultern, und dann war es auch schon vorbei. Der Monokelträger trat wieder ein paar Schritte zurück, während Jona mit gemischten Gefühlen auf den Gürtel hinabsah. Das Bandelier verlief von seiner rechten Schulter zu seiner linken Hüfte. Es war aus grobem, dunkelbraunem Leder gefertigt, das recht robust wirkte. Am unteren Teil hingen drei kleine Taschen mit Metallverschlüssen, und weiter oben prangten zwei Nieten mit breiten Köpfen. Vargaï und Arold hatten an dieser Stelle mehrere Dutzend dieser Dinge.

»Euer erstes Abzeichen zeigt an, welche Schule ihr besucht«, erklärte Arold. »Es handelt sich um den Kristalldorn, der euch in ganz Gonelore als einen Schüler von Zauberranke ausweist. Das zweite zeigt euren Rang innerhalb der Schule an. Als neue Rekruten tragt ihr das niedrigste Abzeichen, das des ersten Kreises. Wenn ihr euch ein Jahr lang verdient macht, steigt ihr in den nächsten Kreis auf. Enttäuscht ihr uns hingegen, werdet ihr nach Hause geschickt. Nur wer alle fünf Kreise durchläuft, also alle fünf Lehrjahre, wird ein Weltwanderer. Die anderen müssen ihr Bandelier zurückgeben und verlieren auf Lebenszeit das Recht, es zu tragen!«

Er legte eine Kunstpause ein, um die Bedeutung dieser Worte zu unterstreichen. Jona war auch so zutiefst beeindruckt. Obwohl er das Bandelier seit kaum einer Minute trug, kam es ihm schon seltsam vertraut vor, dabei verband er keine Erinnerungen damit. Oder doch? Und wenn ja, waren es gute oder schlechte?

»Ihr bekommt jetzt eurer drittes Abzeichen«, fuhr Arold fort. »Es zeigt an, wer in diesem Jahr euer Lehrer ist, und weist euch als Mitglied einer Gruppe von Schülern aus. Traditionsgemäß überreicht der Lehrer sein Abzeichen selbst. Also, Jora Sohia, waltet Eures Amtes – aber ohne unnötiges Getue, bitte!«

Nach dieser unhöflichen Aufforderung trat die Weltwanderin auf ihre künftigen Schüler zu. Der Ratsälteste reichte ihr eine seltsam geformte Zange, und Sohia holte eine goldene Niete aus einer Tasche ihres Bandeliers. Zum ersten Mal zeichnete die junge Weltwanderin einen Schüler mit ihrem Abzeichen aus, und so brauchte sie drei Versuche, bis sie das Ding an Tiarijas Gürtel befestigt hatte. Bei ihren anderen vier Schülern stellte sie sich schon viel geschickter an. Als sie fertig war, überprüfte Arold das Ergebnis.

»Ihr habt ein Farnkraut auf goldenem Hintergrund als Euer Sinnbild gewählt«, sagte er. »Euer Leben lang wird das Euer Erkennungsmal innerhalb der Bruderschaft sein, und auch in der Chronik wird es als Euer Abzeichen vermerkt werden.« Sein Tonfall verriet, was er von dieser Entscheidung hielt.

»Jetzt Ihr, Vargaï«, sagte er. »Beeilt Euch!«

Endlich stieg auch der Alte auf die Bühne, und Sohia reichte ihm die Zange. Er zog eine Niete aus der Tasche, trat vor Vohn und brachte sein Abzeichen am Bandelier des Jungen an: einen Halbmond. Doch statt die Prozedur bei Berris zu wiederholen, gab der Alte die Zange dem Ratsältesten zurück. Seine anderen Rekruten machten bestürzte Gesichter.

Arold grinste genüsslich. Er weidete sich an ihrem Entsetzen, während Vargaï die Kinder, die er rekrutiert hatte, kaum anzusehen wagte.

»Ich stelle mit Freude fest, dass Ihr Wort haltet«, erklärte Arold. »Dann werdet Ihr also tatsächlich dieses Jahr nicht in Zauberranke unterrichten?«

»Nein«, bestätigte Vargaï. »Ich werde durch Gonelore reisen und der Bruderschaft dienen, indem ich Jagd auf Chimären mache. Auf meine Reise nehme ich, so wie es Tradition ist, nur einen einzigen Schüler mit. Den jungen Vohn.«

Boshaft musterte Arold die fünf verbliebenen Schüler. In diesem Augenblick erkannte Jona, wie sehr ihm Vargaï fehlen würde. In seiner Gegenwart hatte er sich stets sicher gefühlt. Doch von nun an würde er ohne seinen Schutz auskommen müssen.

Nobiane hatte das Gefühl, die Welt um sie herum drehe sich schneller und schneller. Ihre Knie wurden weich, und sie fürchtete, ihre Beine würden nachgeben, und sie würde auf der Bühne zusammensacken wie eine Stoffpuppe. Sie hielt sich an dem Bandelier fest, das sie soeben verliehen bekommen hatte, und schaffte es, sich einigermaßen zu beruhigen. Rasch klammerte sie sich an den Gedanken, dass man sie nicht aus Zauberranke wegschicken würde. Wozu hätte man sie sonst den Eid ablegen lassen? Vargaï hatte seine Pläne geändert, aber dafür gab es sicherlich gute Gründe. Außerdem hatte er seinen Rekruten versprochen, dass alles gut werden würde. Sie musste ihm vertrauen.

Doch beim letzten Mal, als Nobiane jemandem vertraut hatte, hatte sie alles verloren.

Ihre Reisegefährten waren offenbar genauso verzweifelt wie sie: Gess war leichenblass, Dælfine biss wütend die Zähne zusammen und war den Tränen nahe, und Berris wirkte plötzlich mehrere Jahre jünger. Er musste sich doppelt verlassen fühlen, von Vargaï, aber auch von Vohn, dem er in den letzten Tagen nicht von der Seite gewichen war. Vohn rang ebenfalls um Fassung. Er versuchte, überheblich zu grinsen, aber auf seinem Gesicht zeichneten sich Verwirrung und sogar Angst ab.

Blieb noch Jona. Seine Miene war wie immer schwierig zu deuten, doch eins war klar: Auch er war aus allen Wolken gefallen. Wie seine Kameraden starrte er gebannt auf Arold. Wann verriet er ihnen endlich, wie es mit ihnen weiterging?

Doch der Monokelträger, der es gerade noch sehr eilig gehabt hatte, ließ sie schmoren und schien ihre Angst regelrecht zu genießen. Irgendwann hielt es Vargaï nicht länger aus, trat vor seine Schüler und holte tief Luft. Doch bevor er den Mund öffnen konnte, unterbrach ihn eine Stimme aus der Ferne: »Ich komme ja schon!«

Alle Köpfe wandten sich dem Mann zu, der gerufen hatte, einem Weltwanderer in Vargaïs Alter. Auf seinem Bandelier prangten ebenfalls Dutzende von Abzeichen. Aber da hörte die Ähnlichkeit auch schon auf: Der Neuankömmling war untersetzt, während Vargaï kräftig und schlank war, und seine zerlumpten Kleider hatten nichts mit dem gepflegten Äußeren des Alten ge-

165

mein. Seine Ankunft sorgte unter den Erwachsenen für Unruhe: Die Mitglieder des Hohen Rats blickten finster drein, während Vargaï und Sohia ihre Erleichterung nicht verhehlen konnten.

»Der Messerschleifer«, knurrte Arold. »Der hat mir gerade noch gefehlt!«

Vargaï hieß den Neuen sehr viel herzlicher willkommen. Er stieg von der Bühne herab und klopfte ihm fröhlich auf den Rücken.

»Findet die Zeremonie, pff, denn nicht mehr zur zehnten Stunde statt?«, fragte der Neuankömmling außer Atem.

»Doch«, antwortete Vargaï. »*Eigentlich* schon.«

Der unterschwellige Vorwurf war nicht dazu angetan, Arolds Laune zu bessern.

»Radjaniel! Habt Ihr nichts zu tun? Müsst Ihr nicht Treibholz sammeln oder sonst irgendeine niedere Tätigkeit verrichten? Und zwar irgendwo anders?«

Der Mann antwortete mit einem ebenso verächtlichen Grinsen: »Gewiss, Jorensan, aber alles zu seiner Zeit. Ich bin hier, um meine neuen Schüler zu begrüßen!«

Bei diesen Worten setzte Nobianes Herz einen Schlag aus. Man musste nicht sonderlich schlau sein, um zu begreifen, von wem er sprach. Das Mädchen wusste nicht, was sie von der Sache halten sollte. Einerseits bedeutete die Ankündigung, dass niemand von ihnen nach Hause geschickt werden würde, andererseits konnte sie sich etwas Schöneres vorstellen, als Schülerin dieses dicken und ungewaschenen Weltwanderers zu werden, der offenkundig beim Hohen Rat noch unbeliebter war als Vargaï.

»Radjaniel!«, rief Arold. »Seid Ihr so früh am Morgen schon betrunken?«

»Leider nicht«, erwiderte dieser. »Ich bitte Euch daher, mich nicht mehr mit meinem einfachen Namen anzusprechen. Die Tradition behält diesen Brauch dem Gespräch unter Freunden vor, *Jorensan.*«

Arold rief purpurrot an, und seine Gesichtsfarbe ähnelte verblüffend der seines Monokels.

»Treibt es nicht zu weit!«, sagte er drohend. »Ich weiß nicht, was Ihr in Eurem benebelten Hirn ausgeheckt habt, aber ich werde nicht zulassen, dass Ihr den Ruf von Zauberranke ruiniert! Wenn Ihr glaubt, dass der Hohe Rat Euch Schüler anvertraut, habt Ihr den letzten Rest an Verstand verloren, der Euch noch geblieben ist!«

»Mäßigt Euch, Arold«, mahnte der Ratsälteste.

»Wir hatten eine Abmachung«, warf Vargaï ein. »Radjaniel ist bereit, mich in diesem Jahr als Lehrer zu ersetzen. Ihr müsst zu Eurem Versprechen stehen.«

»Das kann nicht Euer Ernst sein!«, rief Arold. »In drei Tagen wird sich dieser ... *Jorensan* nicht einmal mehr daran erinnern, dass er überhaupt Schüler hat, weil er damit beschäftigt ist, seinen Rausch auszuschlafen! Und dann müssen wir anderen die Sache ausbaden! Das wird nur für Unruhe in der Schule sorgen. Es war ein Fehler, an Eure Hirngespinste zu glauben, Vargaï. Diese Farce muss ein Ende haben, bevor sie groteske Ausmaße annimmt!«

»Dann eben nicht«, sagte Radjaniel.

Die Umstehenden schwiegen betroffen. Niemand hatte damit gerechnet, dass er so schnell aufgeben würde, vor allem nicht Arold, der ihn verblüfft anstarrte.

»Mir soll es recht sein«, brummte der Neuankömmling. »Ich war ohnehin zwischen zwei Möglichkeiten hin- und hergerissen. Auch wenn Euch das vielleicht wundert, aber ich habe die Nase voll davon, im Zeughaus zu leben, abseits vom Rest der Schule. Ich hätte gern ein paar Schüler bei mir aufgenommen, aber wenn das nicht möglich ist ... Dann werde ich eben Denilius' Rückkehr abwarten und ihn bitten, mich wieder in den Hohen Rat zu berufen.«

Auf diese Ankündigung folgte tiefes Schweigen. Die beiden Männer starrten sich unverwandt an.

»Oh, nur keine Angst!«, fuhr Radjaniel fort. »Ich habe nicht vor, in mein altes Amt zurückzukehren, und Denilius würde sich wohl auch weigern, mich wieder als Obersten Hüter einzusetzen. Ihr könnt Euren Sitz also behalten, Jor Arold. Aber ich glaube, dass es an der Zeit wäre, einen Obersten Klingenschleifer in den Rat zu berufen, und ich kann mir schwer vorstellen, dass mir jemand diesen Posten streitig machen wird.«

»Bleibt in Eurer Säuferhöhle, wo Ihr hingehört, Ihr ...«

»Arold!«

Zum ersten Mal meldete sich die Weltwanderin, die ihnen als die Oberste Prismenschmiedin vorgestellt worden war, zu Wort, und ihr scharfer Ton ließ Nobiane und ihre Kameraden zusammenzucken. Mit ihrer verkniffenen Miene hatte die alterslose Frau etwas Einschüchterndes. Nobiane bewunderte ihr prachtvolles, mit Edelsteinen besetztes Bandelier.

»Ich denke, wir sollten Jor Radjaniel eine zweite Chance als Lehrer geben«, verkündete sie.

Der vielsagende Blick, den sie dem Obersten Hüter zuwarf, entging niemanden, aber man konnte ihn auf hundert verschiedene Arten interpretieren. Arold schien jedoch nicht so schnell aufgeben zu wollen. Es widerstrebte ihm offensichtlich, sich dem Willen eines anderen zu fügen. Er lief ein paarmal auf der Bühne hin und her, fluchte leise vor sich hin und wandte sich dann den immer unruhiger werdenden Schülern zu.

»Es ist *eure* Entscheidung!«, sagte er. »Schaut euch den Mann genau an! Er weiß nichts über euch, er hat euch nicht rekrutiert, und er hatte in den letzten sieben Jahren keinen einzigen Schüler gehabt. Und jetzt will er euer Lehrer werden! Euer zukünftiger Lehrer bringt euch alles bei, was ein Weltwanderer wissen muss – oder er versäumt es. Und ich rede hier nicht von irgendwelchen moralischen Pflichten oder theoretischem Wissen. Ich meine schlicht und ergreifend die Fähigkeit, eure erste Begegnung mit einer Chimäre zu überleben! Wollt ihr eure Zukunft wirklich in die Hände dieses Mannes legen? Denn ihr seid nicht dazu verpflichtet.«

Mit weichen Knien sah Nobiane zu Radjaniel, und ihre Kameraden taten es ihr gleich. Das Mädchen hielt sich jedoch nicht lange mit seinem schlaffen, verwahrlosten, fast elendem Aussehen auf. Ihr Blick wanderte weiter zu Vargaï, und der Alte nickte ihr unauffällig, aber deutlich sichtbar zu.

»Ja«, hörte sie sich sagen.

»Wie bitte?«, brüllte Arold.

Er baute sich so nah vor ihr auf, dass sich ihre Nasenspitzen beinahe berührten. Durch das Monokel sah Nobiane sein aufgerissenes, blutunterlaufenes Auge.

»Ja«, wiederholte sie beklommen. »Ich will ... Ich will seine Schülerin werden.«

»Ich auch«, sagte Dælfine schnell.

Nun richtete sich der Zorn des Obersten Hüters zu Nobianes Erleichterung auf ihre Nachbarin. Doch die Tochter von Wirtsleuten war nicht so leicht einzuschüchtern.

»Er hat viele Abzeichen auf seinem Bandelier«, erklärte sie. »Sogar mehr als Ihr.«

Gess versuchte vergeblich, ein Prusten zu unterdrücken. Arold machte zwei Schritte zurück, fassungslos angesichts dieser Frechheit.

»Ich sehe, dass Ihr wieder ein hervorragendes Gespür bei der Auswahl Eurer Rekruten bewiesen habt«, sagte er zu Vargaï. »Das scheint ja Eure Spezialität zu sein!«

Er warf Sohia einen finsteren Blick zu und wandte sich dann an die anderen: »Ich nehme an, auch ihr wollt euch auf diesen Irrsinn einlassen. Also, wie sieht es aus?«

Gess und Jona wechselten einen Blick und nickten. Kurz darauf tat Berris es ihnen gleich, auch wenn er weniger entschlossen wirkte.

»Na schön!«, rief Arold und hob die Hände zum Himmel.

»Wie ihr wollt! Sagt nicht, ich hätte euch nicht gewarnt. Beschwert euch ja nicht, wenn ihr eines Tages die Folgen dieser Farce ausbaden müsst. Nun denn, Jor Radjaniel. Dann bringt mal Euer Abzeichen an den Bandelieren Eurer Schüler an! Oder habt Ihr vielleicht keine Nieten mit Eurem Zeichen mehr?«

Statt einer Antwort nahm der Weltwanderer die Zange, die der Ratsälteste ihm reichte, und nietete sein Abzeichen an den Gürtel der fünf letzten Rekruten. Als Nobiane die Schnapsfahne des Mannes roch, hoffte sie von ganzem Herzen, nicht den größten Fehler ihres Lebens begangen zu haben. Hastig konzentrierte sie sich auf den neuen Knopf in ihrem Bandelier. Als sie entdeckte, dass ein Drakonid darauf prangte, zuckte sie zusammen.

»Dann sind wir ja endlich fertig«, dröhnte Arold. »Von nun an bilden die beiden neuen Schülergruppen eine eigene Gilde innerhalb der Bruderschaft. Ihr seid verpflichtet, eure Lehrer mit ihrem Titel anzusprechen. Selbst die weniger verdienstvollen«, fügte er bösartig hinzu.

»Wir haben noch ein paar Abzeichen zu verleihen«, rief ihm die Ratsälteste in Erinnerung.

»Übernehmt Ihr das, Jor Selenimes. Für diese Formalität ist meine Anwesenheit ja wohl nicht mehr nötig. Ich gehe zurück zum Leuchtturm. Wahrscheinlich werde ich mich ohnehin schon bald wieder mit dieser unseligen Angelegenheit befassen müssen ...«

Er stieg von der Bühne, ohne sich noch einmal umzudrehen, und die Prismenschmiedin folgte ihm. Leise tuschelnd entfernten sich die beiden.

Der Ratsälteste trat vor Dælfine und nietete ihr ein weiteres Abzeichen an das Bandelier.

»Du hast deinen ersten Kampf überstanden«, sagte der vom Alter gebeugte Oberste Schreiber, »und hast dabei Mut und Tapferkeit bewiesen. Dafür verleihe ich dir den Arkandielle-Stern.«

Er trat einen Schritt zurück. Dælfine und ihre beiden Nachbarn betrachteten das tiefrote Abzeichen, das ihre Brust zierte. Würde das die erste in einer langen Reihe von Auszeichnungen sein?

»Wer sind noch gleich die Anführer eurer Gilden?«, fuhr der Ratsälteste fort.

Einer von Sohias Schülern, ein Junge mit stoppelkurzem Haar, hob die Hand. Während der Ratsälteste ein Abzeichen an sein Bandelier nietete, sah Nobiane panisch von Vargaï zu Radjaniel zu den vier Kindern, mit denen ihr Schicksal von nun an eng verknüpft war.

Keiner von ihnen meldete sich zu Wort. Alle wandten sich ihr zu, als wäre es das Selbstverständlichste der Welt. Zögernd hob auch sie die Hand.

»Ich bin die Anführerin dieser Gruppe«, erklärte sie zaghaft.

Als Jor Selenimes einen Knopf mit dem Bild eines Wolfs auf ihr Bandelier nietete, sagte sie sich, dass es auf einen Fehler mehr oder weniger nun auch nicht mehr ankam. Aber stimmte das wirklich?

21

Erst als er von der Bühne ging, wurde Jona klar, was soeben geschehen war. Radjaniel winkte seine Schüler zu sich, während Sohia ihre Rekruten rief und Vohn sich zu Vargaï stellte. Plötzlich wurde das ganze Gerede über die Schule, die Bruderschaft der Weltwanderer und ihre Gilden konkret. Nachdem Jona die verschiedenen Etappen der Zeremonie über sich hatte ergehen lassen, um keinen Skandal zu verursachen, kamen ihm nun Zweifel. In welchen Schlamassel war er da nur hineingeraten? Wie hatte er einen Weg einschlagen können, ohne zu wissen, wohin dieser ihn führte? Was würde geschehen, wenn er irgendwann seine Freiheit vermisste und sein Leben in die eigene Hand nehmen wollte? Denn dieser Tag würde sicher kommen, und zwar, sobald er irgendetwas über seine Vergangenheit herausfand.

Bis es so weit war, konnte er nur dem Strom der Ereignisse folgen und hoffen, dass das Schicksal es gut mit ihm meinte. Vielleicht war es kein Zufall, dass er Vargaïs und Sohias Weg gekreuzt hatte. Schließlich hatten sie ihn zu dem geheimnisvollen Leuchtturm gebracht, der ihn so faszinierte. Jona war überzeugt, dass die Lichtkuppel, die von dem Turm ausging, seinem Gedächtnis früher oder später auf die Sprünge helfen würde. Auch das Abzeichen seines neuen Lehrers, auf dem ein Drakonid prangte, kam ihm wie gutes Omen vor. Also musste er sich in Geduld üben und dem kleinen Trupp aus Schülern und Lehrern folgen, die dem Selenimes, dem Ratsältesten, folgten.

»Zum Abschluss der Aufnahmezeremonie«, erklärte Selenimes, »müssen die Jorensans die Namen ihrer Schüler in die Chronik von Zauberranke eintragen. Ich habe die entsprechenden Urkunden mitgebracht und in der dritten Studierstube ausgelegt, es dürfte also nicht lange dauern.«

Er führte sie vor eines der größten Schulgebäude, das zwar nicht besonders prachtvoll war, aber in gutem Zustand. Sohia und ihre Schüler verabschiedeten sich: Die Weltwanderin hatte die Namen schon am Morgen eingetragen, während sie auf Vargaï warteten. Vargaï und Radjaniel verschwanden in der Studierstube und ließen ihre Schüler draußen zurück. Nun war Jona mit seiner Gilde allein.

Und mit Vohn.

Als Vargaïs Schützling ihm einen finsteren, rachsüchtigen Blick zuwarf, ahnte Jona, dass er mit Worten nicht viel würde ausrichten können. Trotzdem musste er es versuchen. Nicht, weil er Angst vor dem Rüpel hatte, sondern weil er überzeugt war, dass die Wahrheit der beste Schutz vor Ärger war.

»Ich kann nichts dafür«, versicherte er. »Es war nicht meine Idee, und ich wusste auch gar nichts davon.«

Er war vollkommen aufrichtig, aber Vohn schien ihm nicht einmal zuzuhören. Unvermittelt stürzte er sich auf Jona und verpasste ihm einen Faustschlag ins Gesicht.

Jona ging zu Boden und spürte, wie in seinem Kiefer der Schmerz explodierte. Dann schmeckte er etwas Bitteres: Er hatte sich in die Zunge gebissen, und sein Mund war voller Blut.

»Du hast mir meinen Platz gestohlen!«, rief Vohn anklagend. »Du hast mir alles genommen, Zauberranke, meine Freunde, meine Ehre! Du dreckiger Schakal, du Vampir, du Schafsfresser! Ich wünschte, der Drache hätte dich getötet!«

Er holte aus, um Jona einen Tritt in den Magen zu verpassen, aber Jona hatte mit dem Angriff gerechnet. Er packte Vohns Fuß und drehte ihn herum, sodass der Rüpel umfiel. Vohn reagierte blitzschnell und trat mit dem anderen Fuß nach Jonas Händen, bis dieser loslassen musste. Ineinander verkeilt rollten die beiden Jungen über den Boden und droschen immer wieder aufeinander ein.

Dælfine versuchte dazwischenzugehen, bekam aber nur selbst Schläge ab. Nobiane rief laut nach Vargaï, doch die drei Lehrer waren hinter dicken Mauern verschwunden. Daraufhin schickte die Anführerin Gess los, damit er nach ihnen suchte.

Jona bekam von all diesen Bemühungen nichts mit. Er kämpfte voller Ingrimm und war fest entschlossen, Vohn jede Kopfnuss und jeden Fausthieb zurückzuzahlen, auch wenn der Größere viel stärker zuschlug als er.

Irgendwo tief in seinem Inneren wusste er, dass er Vohn gar nicht hasste. Er konnte sogar verstehen, dass dieser sich ungerecht behandelt fühlte. Trotzdem würde er sich nicht einfach so zusammenschlagen lassen. Außerdem bot ihm die Prügelei die Möglichkeit, sich etwas abzureagieren. Seit er in dem Planwagen der Weltwanderer aufgewacht war, setzten ihm abwechselnd Wut, Niedergeschlagenheit und Angst zu.

Bald schon liefen ihm allerdings Tränen über die Wangen. Auch Vohn weinte, wobei unklar war, ob vor Wut oder Traurigkeit. Selbst als absehbar war, dass er den Sieg davontragen würde, ließ er keine seiner üblichen Angebereien verlauten. Er weinte, während er Jonas Gesicht zu Boden drückte, und wandte sich fast flehentlich an Berris: »Hilf mir, anstatt dazustehen und zu gaffen! Noch bin ich nicht weg ... Noch bin ich da ...«

Sein Kumpan rührte sich nicht. Seit der Verleihung der Bandeliere und Vargaïs Ankündigung, er werde mit Vohn auf Reisen gehen, wirkte Berris noch stumpfsinniger als sonst. Ängstlich ging sein Blick zwischen Dælfine und Nobiane hin und her, als suchte er nach einem neuen Anführer.

»Ach, vergiss es!«, fauchte Vohn.

Er drehte Jona grob auf den Rücken und setzte sich auf seine

Brust. Mit den Knien drückte er die Arme seines Gegners auf den Boden, sodass dieser sich nicht mehr wehren konnte. Dælfine versuchte Jona zu Hilfe zu kommen, aber Vohn stieß sie weg. Seine Miene wirkte so verzweifelt, als wäre er der Unterlegene. Jona versuchte vergeblich, sich zu befreien, und klammerte sich an den Gedanken, dass die Erwachsenen bald zurückkommen und dem Kampf ein Ende setzen würden. Als Vohn jedoch ein Messer zückte, dachte er, seine letzte Stunde hätte geschlagen.

»Du hast mir meinen Platz gestohlen!«, warf ihm der Ältere abermals vor. »Dabei hast du hier nichts zu suchen! Du bist ein Verräter, und das soll dir jeder ansehen können!«

Er näherte die Klinge Jonas Gesicht. Jona schloss die Augen und biss die Zähne zusammen. Er war sicher, dass Vohn ihn entstellen würde.

Die folgenden Sekunden kamen ihm vor wie eine Ewigkeit – doch nichts geschah. Zunächst glaubte er, Vohn wollte nur seine Angst auskosten, doch dann spürte er einen Druck auf der Brust und öffnete vorsichtig die Augen. Voller Erleichterung stellte er fest, dass Vohn nur dabei war, sein Bandelier aufzuritzen.

»Da!«, rief der Angeber. »Jetzt hast du, was du verdienst!«

Vohn betrachtete sein Werk mit einer Mischung aus Missmut und Genugtuung. In diesem Moment kamen die Lehrer aus dem Gebäude gestürzt, packten ihn am Kragen und zogen ihn weg.

Gess und Dælfine halfen ihm auf die Füße, und Jona konnte endlich wieder richtig atmen. Ihm tat der Kopf weh, die Hände und alle anderen Stellen, die Vohn mit Schlägen traktiert hatte. Doch bevor er eine Bestandsaufnahme seiner Blessuren machte, untersuchte er sein Bandelier: Vohn hatte eine Art Hufeisen darauf geritzt, das zweimal quer durchgestrichen war.

»Das Panaryn-Mal«, murmelte Selenimes. »Das Zeichen der Niedertracht.«

Jona hob den Kopf und blickte den Ratsältesten an, der keinen Hehl aus seiner Enttäuschung machte.

»Noch keine Stunde lang Schüler und schon Schande über sich gebracht«, sagte er düster. »Schade um das neue Bandelier.« Jona fragte nicht, was es mit diesem Zeichen auf sich hatte. In seiner Lage verhielt er sich besser unauffällig. Eins hatte er in jedem Fall verstanden: Man würde ihm kein neues Bandelier anbieten. Solange er in Zauberranke war, musste er das Schandmal tragen.

22

Gleich nach der Prügelei beschloss Vargaï, dass es Zeit war, sich auf den Weg zu machen. Nach den Ereignissen der vergangenen Stunden erschien es ihm nicht ratsam, seine Abreise noch länger hinauszuzögern. Er nickte Radjaniel und seinen Schülern zu und versprach ihnen, im Laufe des Tages noch einmal vorbeizukommen, um sich zu verabschieden. Dann ging er mit Maetilde und Selenimes davon.

Vohn folgte ihm mit hängenden Schultern. Der Junge drehte sich kein einziges Mal zu seinen ehemaligen Reisegefährten um. Wollte er sie damit bestrafen? Erleichterte ihm das die Trennung? Oder bereute er seinen Wutausbruch? Schwer zu sagen.

Gess fragte sich, welche Strafe in Zauberranke für ein solches Vergehen üblich war. Die Lehrer hatten Vohn beiseitegenommen und lange auf ihn eingeredet. Dann hatten sie Jona ein paar Fragen gestellt, aber von einer Strafe war bisher keine Rede gewesen. Die Lehrer würden es doch sicher nicht dabei belassen. Dafür war der Regelverstoß viel zu schlimm gewesen. Es war Blut geflossen, und Vohn hatte ein Messer gezogen. Dort, wo Gess herkam, würde so etwas nicht ungestraft bleiben. Niemand wusste das besser als er.

Wenigstens hatte er diesmal nichts mit der Sache zu tun. Nachdem er am Abend zuvor Blut und Wasser geschwitzt hatte, verlief der heutige Tag sehr viel angenehmer. Kein Trupp von Weltwanderern war aufgetaucht, um ihm Handschellen anzulegen und ihn abzuführen. Und obwohl Vargaï seine Pläne geändert hatte, gab es bereits einen neuen Lehrer für sie. Jetzt mussten sie sich nur noch in Zauberranke eingewöhnen und hoffen, dass Arold mit seinen düsteren Vorhersagen unrecht hatte.

Radjaniel war offenbar in seinen eigenen Gedanken versunken. Seit Vargaïs Abschied hatte er kein Wort gesagt. Während sein Freund den Weg einschlug, der sich durch die Gärten schlängelte, blickte er ihm nur stumm nach. Währenddessen traten seine Schüler verlegen von einem Bein aufs andere. Sie wussten nicht, wie sie sich verhalten sollten. Gess hatte den Eindruck, dass ihr neuer Lehrer seine Entscheidung bereits bereute. Würde er Vargaï nachlaufen und ihm sagen, dass er es sich anders überlegt hatte? Er wirkte nicht gerade wie jemand, der sich gern mit Kindern umgab.

»Ähm ... Herr, ähm ... Jorensan?«, wagte sich Nobiane irgendwann vor.

Das letzte Wort riss Radjaniel aus der Erstarrung. Er wandte Nobiane das unrasierte Gesicht zu, schien sie aber gar nicht richtig wahrzunehmen. Er schaute durch sie hindurch, als habe er hinter ihr ein Gespenst gesehen. Doch Nobiane ließ nicht locker.

»Herr Lehrer«, sagte sie eindringlich. »Jona blutet immer noch. Vielleicht sollten wir ihn verarzten?«

»Es geht schon, ist nur ein Kratzer«, murmelte Jona.

Das blutige Taschentuch, das er sich vor die Nase hielt, strafte seine Worte Lügen. Radjaniel musterte den Verletzten mit einem schwer zu deutenden Blick, stieß einen lauten Seufzer aus und schien nun endgültig wieder in der Wirklichkeit angekommen zu sein.

»Kommt«, sagte er entschlossen. »Gehen wir zum Zeughaus. Hier entlang.«

Mit großen Schritten marschierte er los, und seine Schüler folgten ihm hastig. Nach etwa zehn Metern blieb er stehen und deutete mit einem Wurstfinger auf die Anführerin ihrer Gilde.

»Du da! Wie heißt du noch mal?«

Nobiane antwortete mit leicht zitternder Stimme. Nachdem Radjaniel auch die anderen Schüler nach ihren Namen gefragt hatte, stapfte er weiter. Gess hatte das untrügliche Gefühl, dass eine einzige Vorstellungsrunde nicht ausreichen würde. Er hätte wetten können, dass ihr Lehrer sie noch vor dem Abend abermals nach ihren Namen fragen würde, und das war alles andere als ein gutes Zeichen.

Nach der Erleichterung darüber, dass er nicht entlarvt worden war, sank seine Laune nun wieder auf den Nullpunkt. Das Bandelier um seine Brust kam ihm auf einmal eng wie eine Fessel vor. Dabei war er doch hier, um genau diesem Schicksal zu entgehen. Seine Gefährten wirkten ebenso niedergeschlagen wie er, aber das war ja auch kein Wunder. Ihre Aufnahme in Zauberranke hätte ein Festtag sein sollen, doch stattdessen hatten die Lehrer die Zeremonie dazu missbraucht, ihre alten Rivalitäten auszutragen.

Dazu gab sich Radjaniel keine besondere Mühe, nett zu seinen neuen Schülern zu sein. Der Lehrer stapfte vorneweg, ohne sich darum zu scheren, ob ihm auch alle folgten, und war wieder in brütendem Schweigen versunken. Waren ihm seine Schüler ein Klotz am Bein? Zumindest wirkte es so. Vermutlich würde er sie im Unterricht nur anbrüllen. Das konnte ja heiter werden!

Nach ein paar Minuten ertrug Gess die bedrückte Stimmung nicht mehr. Er schlich sich hinter den Lehrer und fing an, mit übertriebenen Bewegungen dessen Gang zu imitieren. Er lief gebeugt, zog den Kopf ein, machte ein griesgrämiges Gesicht und hob beim Gehen die Knie. Als Dælfine matt grinste, ermutigte ihn das zum Weitermachen. Er trieb das Spiel auf die Spitze, schnitt alberne Grimassen und machte lächerliche Verrenkungen. Bestimmt hätte er immer so weitergemacht, wenn Radjaniel nicht plötzlich mit drohender Stimme gesagt hätte: »Hör auf damit, oder ich binde dir die Beine zusammen. Dann kannst du

den Rest des Wegs hoppeln wie ein Kaninchen und hast wenigstens einen Grund, in meinem Rücken den Kasper zu spielen.«
Gess zuckte zusammen. Ein paar Schritte lang tat er so, als würde er die Warnung nicht ernst nehmen, um vor seinen Kameraden nicht als Angsthase dazustehen, dann ging er normal weiter. *Hatte Radjaniel etwa Augen im Hinterkopf?* Diese unheimliche Fähigkeit hatten ein paar seiner früheren Lehrer gehabt, und ihretwegen fand er sich jetzt auf dieser gottverlassenen Insel wieder und hatte ständig Angst, dass jemand etwas über seine Vergangenheit herausfand.

Um nicht wieder von seinen Ängsten übermannt zu werden, sah er sich um. Sie hatten das Schuldorf verlassen und liefen nun einen Weg zum Meer hinab. Er war wilder und wurde offensichtlich weniger begangen als der Pfad, der vom Leuchtturm zu den Schulgebäuden führte. Ihr kleiner Trupp bewegte sich auf den entferntesten Zipfel der Halbinsel zu. Es herrschte Ebbe, und das Meer hatte sich weit zurückgezogen. Nach einer Weile erreichten sie den Strand und stapften durch den feuchten Sand.

Gess fragte sich, wohin sie wohl unterwegs waren. Dieser Teil der Insel wirkte unbewohnt. Der Leuchtturm, die alten Gemäuer an seinem Fuß, das Schuldorf und die Gärten lagen weit hinter ihnen. Zu ihrer Rechten ragte eine große Landungsbrücke, an der bei Flut Schiffe andocken konnten, mehrere Meter in die Höhe. Nun näherten sie sich auch wieder den wuchernden Kristallen, die die Halbinsel zu allen Seiten umgaben und auf die sich nachts die schützende Lichtkuppel herabsenkte. In der Nähe der Landungsbrücke hatten die Weltwanderer eine Öffnung in die Kristalle geschlagen, sodass bei Flut Schiffe hindurchfahren konnten. Die Öffnung war mit einem mindestens fünfzehn Meter breiten und fünf Meter hohen Eisentor verschlossen. Offenbar lag das Tor nachts unter Wasser, denn es war rostig und über und über mit Muscheln besetzt.

Das einzige Gebäude weit und breit war eine Art Bastei, die direkt auf die Zauberranke gebaut war. Das Fundament des wuchtigen Gebäudes verschmolz mit den Kristallen. Bald ging Gess auf, dass Radjaniel sie dorthin führte. Die Schüler liefen über einen Steg, der deutlich schmaler war als die Landungsbrücke, aber ebenfalls mehrere Meter über dem Strand lag. Am Ende gelangten sie zu einer schmalen Treppe, die direkt in den Stein gehauen war, auf dem das Gebäude stand.

»Vorsicht, die Stufen sind glatt«, sagte der Lehrer.

Er geizte so sehr mit Worten, dass sie seine Warnung sehr ernst nahmen. Vorsichtig stiegen die Schüler die Stufen hoch. Das war wohl das Zeughaus, das Radjaniel erwähnt hatte. Gess konnte seine Enttäuschung nicht verhehlen. Hier sah es aus wie in einem Schweinestall! So konnte wirklich nur ein Säufer hausen.

An der Mauer entlang waren leere Flaschen aufgereiht, und auch der Rest des Gebäudes wirkte heruntergekommen. Gess fürchtete sich schon jetzt davor, einen Blick ins Innere zu werfen. Plötzlich war ihm gar nicht mehr zum Lachen zumute. Er wechselte verzagte Blicke mit seinen Kameraden, während ein kalter, nach Salzwasser riechender Wind ihnen scharf ins Gesicht peitschte.

»Hier entlang«, sagte Radjaniel.

Er führte sie zu einer von mehreren Türen am Fuße des Gebäudes. Er musste sich mit der Schulter gegen das Holz werfen, um die Tür zu öffnen – offenbar war sie schon lange nicht mehr benutzt worden. Er verschwand im Inneren, stieß zwei kleine Fensterläden auf und kam zurück nach draußen.

»Wartet hier auf mich. Ich hole etwas, womit wir deine Nase verarzten können.«

Kaum war er um die Ecke verschwunden, warfen sich Gess und Dælfine einen komplizenhaften Blick zu und betraten den Raum. Gess wurde fast übel, als er feststellte, dass es sich um eine Art Schlafsaal handelte. Der Raum war seit Jahren unbenutzt. Überall hingen Spinnennetze herum, und die Möbel verschwanden fast unter einer dicken Staubschicht. Jona, Nobiane und Berris, die nach ihnen hereingekommen waren, blickten düster drein.

»Er will uns doch etwa nicht hier unterbringen, oder?«, rief Dælfine empört.

Hinter ihr ertönte ein lautes Räuspern, und sie fuhr herum. Radjaniel war bereits wieder zurück. Seine massige Gestalt füllte die Tür aus und schien ihnen den Fluchtweg abzuschneiden. »Und ob«, sagte er. »Vor euch haben schon andere hier geschlafen, und sie haben sich nie beschwert.«

»Was ist mit den Schlafsälen im Dorf?«, murrte Berris. »Warum wohnen wir nicht bei den anderen?«

»Weil ihr meine Schüler seid, und ich euch rund um die Uhr im Auge haben will. Auf diese Weise lernt ihr besser und schneller. Und ihr seid in Sicherheit.«

Sein Tonfall duldete keinen Widerspruch. Für ihn schien die Diskussion beendet zu sein.

Radjaniel stellte einen umgefallenen Schemel auf und gab Jona mit einem Wink zu verstehen, dass er sich setzen solle. Dann tupfte er ihm eine durchsichtige Tinktur, die nach Sardellen roch, auf Lippen und Kinn, ohne auf das schmerzverzerrte Gesicht des Jungen zu achten. Als er fertig war, wandte er sich wieder der Tür zu.

»Ich bringe euch ein paar Sachen, damit ihr hier saubermachen könnt«, erklärte er. »Damit fangen wir an. Ja, ja, damit fangen wir an.«

Gess lief es kalt über den Rücken. Beim Hinausgehen wiederholte Radjaniel mehrmals seine eigenen Worte. Nobiane blickte ihrem Lehrer entsetzt hinterher, Berris schien den Tränen nahe zu sein, und Jona hatte sich wieder in sein Schneckenhaus zurückgezogen.

Dælfine ballte die Fäuste und starrte verbissen ins Leere. Dann rief sie plötzlich entschlossen: »Ich werde es schaffen. Ich stehe das durch! Ich habe einen Eid geschworen. Aufgeben kommt nicht infrage!«

Ohne zu erklären, was sie damit meinte, stieß sie die Fensterläden weiter auf, um mehr Licht in den Raum zu lassen. Dann begann sie, herumliegende Gegenstände einzusammeln und die morschen Möbel zu verschieben. Nach ein paar Augenblicken kam ihr Gess zu Hilfe. Auch er hatte sich geschworen, seine Schulzeit bis zum Ende durchzustehen. Er hatte gar keine Wahl. Entweder das, oder er würde für den Rest seines Lebens im Kerker schmoren – wenn nicht gar irgendwann an einem Seil baumeln.

Auch Nobiane packte mit an, und Berris folgte ihrem Beispiel. Wie immer tat er das, was die Mehrheit vorgab. Als Radjaniel nach einer Weile mit Bürsten und Putzlappen zurückkam, krempelte sogar Jona die Ärmel hoch und half mit, ihren Schlafsaal auf Vordermann zu bringen.

Schließlich würden die Schüler hier während der nächsten Jahre leben müssen.

23

Zur Mittagszeit, wenn die Sonne hoch am wolkenlosen Himmel stand, war das Licht, das die Kristalle zurückwarfen, gleißend hell. Nachdem er viele Wochen von Zauberranke fort gewesen war, hatte Vargaï dieses Phänomen fast vergessen. Als er den Weg durch das Kristallgewölbe entlangging, über den sie am Tag zuvor mit dem Planwagen gekommen waren, kniff er die Augen zusammen, um nicht von dem grellen Licht geblendet zu werden. Er sah kaum, wohin er die Füße setzte.

Er musste wirklich aufpassen, denn wenn er stolperte, konnte das dramatische Folgen haben. Ein Fehltritt, und er lief Gefahr, sich an den messerscharfen Kanten, die aus dem Boden wuchsen, zu verletzen oder von einem armlangen Kristalldorn aufgespießt zu werden. Vargaï bewegte sich mit größter Vorsicht und ohne unnötige Hast. Hin und wieder drehte er sich um und vergewisserte sich, dass Vohn ihm folgte.

Seit der Prügelei mit Jona hatte der Junge praktisch kein Wort gesagt. Er hatte nicht gewollt, dass Vargaï seine aufgeplatzte Lippe versorgte, und war seitdem in dumpfes Schweigen verfallen. Vargaï hatte beschlossen, den schmollenden Jungen in Ruhe zu lassen. Bei einem Unwetter wartete man am besten geduldig, bis es wieder abgezogen war. Solange Vohn nicht offen rebellierte, gab es keinen Grund, etwas zu unternehmen. Irgendwann würde er die Sprache schon wiederfinden.

Das ging schneller, als Vargaï gedacht hätte. Nachdem sie ungefähr eine halbe Stunde in klösterlicher Stille durch den glitzernden Tunnel marschiert waren, schloss Vohn zu ihm auf, um seinem Groll Luft zu machen.

»Warum ausgerechnet ich?«, fragte er ohne Umschweife. »Warum schleppt Ihr nicht den Schakal mit auf Eure Reise, wo er doch Euer Liebling ist?«

Der Alte ignorierte den aggressiven Tonfall seines Schülers. Früher oder später mussten diese Fragen ohnehin ausgesprochen und beantwortet werden.

»Ich kann Jona nicht mitnehmen. Er muss in Zauberranke bleiben, denn nur dort ist er sicher. Wenn seine Erinnerungen zurückkehren, kann er uns von dem Drakoniden erzählen, und seine Geschichte ist für die Bruderschaft von größter Bedeutung. Wir dürfen nicht das Risiko eingehen, dass ihm unterwegs etwas zustößt.«

»Und wenn mir etwas zustieße, wäre das wohl nicht weiter schlimm!«

Vargaï blieb kurz stehen und warf Vohn einen zornigen Blick zu.

»Natürlich wäre das schlimm«, sagte er. »Wenn irgendeinem der Schüler, die ich nach Zauberranke gebracht habe, etwas zustieße, wäre das schrecklich! Dieser Verantwortung bin ich mir jeden Tag bewusst, und sie lastet schwer auf meinen Schultern. Aber Jona schwebt in viel größerer Gefahr als ihr alle zusammen. Eines Tages wirst du das verstehen.«

Wieder trat Schweigen ein, und der Alte ließ den Blick über die Kristalle in seiner Umgebung schweifen. Es konnte nicht mehr weit sein ...

»Trotzdem«, beharrte Vohn. »Warum gerade ich? Ihr hättet Dælfine auswählen können, sie hat Euch schließlich schon einmal begleitet. Oder Nobiane als unsere Anführerin. Warum muss immer ich ...«

Er beendete den Satz nicht, sondern sog scharf die Luft ein.

Fast klang es wie ein unterdrücktes Schluchzen. Vargaï seufzte leise, wandte sich zu dem Jungen um und legte ihm einen Arm um die Schultern.

»Ich weiß, warum du nach Zauberranke gekommen bist, Vohn«, sagte er leise. »Ich habe dich schließlich rekrutiert, oder nicht? Wenn du findest, dass ich dich verraten habe, denk noch einmal gründlich nach. Das Gegenteil ist nämlich der Fall. Ich habe dich ausgewählt, weil du zäh bist, und das Leben auf der Straße ist hart für jemanden in deinem Alter. Ich habe dich ausgewählt, weil du bereits viel über uns Weltwanderer weißt und ich es eilig hatte. Ich habe dich ausgewählt, weil du heute Morgen die Zeremonie aus Pflichtgefühl nicht gestört hast, obwohl du mit meiner Entscheidung nicht einverstanden warst. Ich habe dich wegen deiner *Qualitäten* ausgewählt, mein Junge. Weder aus der Not heraus noch um dich zu bestrafen.«

Vohn gab keine Antwort, aber die Art, wie er die Schultern straffte, zeigte, wie gut ihm diese Worte taten. Vargaï seufzte leise. Sie waren noch nicht einmal unterwegs, und schon jetzt war ihm sein künftiger Reisegefährte ans Herz gewachsen. Offenbar war das unvermeidlich. Die meisten sahen in Vohn nur einen Schläger und Angeber, aber Vargaï wusste, dass sein rüpelhaftes Auftreten nur Fassade war. Im Grunde handelte es sich um verzweifelte Bemühungen eines einsamen Jungen. Indem er Weltwanderer wurde, versuchte sich Vohn die Anerkennung eines Vaters zu sichern, der ihn verlassen hatte.

»Du wirst sehen, unterwegs wirst du viel schneller lernen als in der Schule«, versicherte ihm der Alte. »Nicht umsonst heißen wir Welt*wanderer*.«

Er gab dem Jungen einen freundschaftlichen Klaps auf den Rücken. Jetzt brauchte Vohn erst einmal Zeit, um seine Worte zu verdauen. Vargaï konzentrierte sich wieder auf die Kristalle, die um ihn herum wucherten.

Gleich darauf waren sie am Ziel: An dieser Stelle war der

Drakonid stecken geblieben, als er den Planwagen verfolgt hatte. Natürlich war die Chimäre nicht mehr da. Entweder war sie entkommen und hatte sich schwer verletzt zum Ausgang zurückgeschleppt, oder sie war in der steigenden Flut ertrunken, was sehr viel wahrscheinlicher war. In diesem Fall hatten die Krustenkrebse, die zwischen den Kristallen hausten, ihren Kadaver wohl zerkleinert und verschlungen.

Obwohl Vargaï damit gerechnet hatte, empfand er leichte Enttäuschung. Die einzigen Spuren, die an den Drakoniden erinnerten, waren ein paar herausgebrochene Stücke aus der Zauberranke. In wenigen Wochen würde der Kristall nachgewachsen sein, dann wäre hier nichts Ungewöhnliches mehr zu sehen. Das Ungeheuer würde nur noch in der Erinnerung der Menschen fortleben, die es verfolgt hatte.

Mit einem weiteren Seufzer holte der Alte den Gegenstand, den er einige Tage zuvor in der Höhle des Drakoniden entdeckt hatte, aus der Innentasche seines Umhangs und studierte ihn eingehend. Es handelte sich um ein ungeschliffenes Prisma, dessen Flächen matt und uneben waren. Seit er das Bandelier trug, hatte er unzählige solcher rohen Prismen in der Hand gehalten. Doch dieses war anders. Vielleicht war es ihre größte Hoffnung – oder das genaue Gegenteil. Es konnte ein Vorbote der größten Katastrophe sein, die Gonelore seit Langem erschüttert hatte.

Einer spontanen Eingebung folgend, hielt er sich das Prisma vor ein Auge und suchte damit die Stelle ab, an der er den Drakoniden zum letzten Mal gesehen hatte. Wer weiß, vielleicht bekam er so eine Antwort auf eine der vielen Fragen, die er sich stellte.

Als er Vohns neugierigen Blick bemerkte, steckte er den Gegenstand hastig weg. Doch im Grunde war diese Vorsichtsmaßnahme unnötig: Der Junge war noch viel zu jung, um ermessen zu können, wie kostbar und bedeutsam dieser Gegenstand war.

»Gehen wir zurück«, sagte Vargaï abrupt. »Ich habe genug gesehen. Wir müssen unsere Abreise vorbereiten.«
Er wollte unbedingt so schnell wie möglich aufbrechen. Es wäre fahrlässig, noch länger in Zauberranke herumzutrödeln.

Die Reise würde ihnen wichtige Antworten liefern, und das geheimnisvolle Prisma, das Vargaï in der Innenseite seines Umhangs spürte, erinnerte ihn bei jedem Schritt daran.

24

Die Bürste flog durch die Luft und landete mit lautem Klatschen in dem Trog mit Meerwasser. Mindestens zum zehnten Mal brachte Jona auf diese Art seine schlechte Laune zum Ausdruck.

Seine Kameraden blickten kaum noch auf. Sie alle waren niedergeschlagen und am Ende ihrer Geduld, denn ihren ersten Tag als Weltwanderschüler hatten sie damit verbracht, ihre völlig verwahrloste Bleibe zu putzen.

Radjaniel hatten sie insgesamt etwa eine halbe Stunde gesehen. Von Zeit zu Zeit tauchte er auf, nur um gleich wieder zu verschwinden. Beim ersten Mal brachte er ihnen weitere Eimer und Besen, beim zweiten Mal einen Topf voller lauwarmer Bohnen und ein paar Schüsseln, die sie erst spülen mussten, bevor sie sie benutzen konnten. Ihr kauziger Lehrer hatte nicht einmal das Mahl mit ihnen geteilt. Die Schüler hatten einen Tisch, dem ein Bein fehlte, in die Mitte des größten Raums geschoben und auf wackeligen Schemeln und Stühlen mit durchlöcherter Sitzfläche Platz genommen. Das war immer noch besser, als auf dem Boden zu essen oder draußen am Strand, wo ein kalter Wind ging.

Am Nachmittag waren sie endlich mit dem Putzen fertig – dachten sie zumindest. Ihre Bleibe war nun halbwegs sauber und bewohnbar, wenn auch nicht besonders gemütlich. Sie bestand aus drei Räumen: zwei Schlafkammern, in denen jeweils vier Betten standen, eine für die Jungen und eine für die Mädchen, und einem Gemeinschaftsraum, durch den man nach draußen gelangte. Auf die Bitte ihrer Kameraden war Nobiane losgezogen, um nach ihrem Lehrer zu suchen. Sie kehrte mit Radjaniel zurück, der zu dieser fortgeschrittenen Stunde bereits bedenklich schwankte. Nachdem er wortlos alles inspiziert hatte, befahl er ihnen, auch die oberen Stockwerke zu putzen.

Seitdem hatten Jona und seine Freunde ihn nicht wieder gesehen. Widerwillig hatten sie sich an die Arbeit gemacht, um ihren guten Willen unter Beweis zu stellen und weil sie Radjaniels Zorn fürchteten, sollten sie nicht gehorchen. Allerdings legten sie nicht mehr viel Eifer an den Tag, und alle hofften, Vargaï würde wie versprochen bald vorbeikommen und sie von der Schufterei erlösen. Als sich die Sonne der Kristallbarriere näherte, mussten sie jedoch auch diese Hoffnung aufgeben. In der Dämmerung wurde den Kindern wieder mulmig zumute.

»Arold hatte recht«, klagte Dælfine. »Inzwischen hat Radjaniel wahrscheinlich längst vergessen, dass er Schüler im Haus hat.«

»Vielleicht will er uns auf die Probe stellen«, meinte Nobiane. »Um zu sehen, ob wir allein zurechtkommen. Und ob wir seinen Anweisungen folgen und auch harte Aufgaben erledigen.«

»Glaubst du den Unsinn, den du da erzählst, wirklich?«, sagte Gess.

Nobianes Schweigen sprach Bände. Sie hatten die Bürsten und Lappen beiseitegelegt, nachdem sie eine Stube im ersten Stock geputzt hatten, obwohl sie offensichtlich unbewohnt war. Jetzt saßen sie im Halbdunkel auf dem knarrenden Holzboden und verstaubten Matratzen herum und warteten – auch wenn niemand genau wusste, worauf eigentlich.

Jona stand an einem schmalen Fenster, von wo aus er den Leuchtturm im Blick hatte. Auf keinen Fall wollte er den Moment verpassen, in dem sich die schützende Lichtkuppel auf die Halbinsel senkte. Plötzlich nahm er ein paar Meter unter sich eine Bewegung wahr.

»Er kommt«, sagte er warnend.

Seine Kameraden fuhren zusammen, als hätte er die Ankunft eines Verbrechers oder gefährlichen Irren angekündigt. Aber konnte sich ihre Lage überhaupt noch verschlimmern? Keiner der Schüler rührte sich, während ihr Lehrer durchs Erdgeschoss stapfte. Selbst als er nach ihnen rief, reagierten sie nicht. Erst als er die Treppe hochgewankt kam, hielt Nobiane es nicht mehr aus: »Wir sind hier oben!«, rief sie.

»Allelle?«, lallte er.

»Ja«, antwortete sie.

Radjaniel machte auf der schmalen Stiege kehrt, stolperte die Treppen wieder herunter, durchquerte den Gemeinschaftsraum und schlug die Tür hinter sich zu. Seine Schüler blickten sich verwirrt an.

Dann hörten sie, wie ein Schlüssel im Schloss umgedreht wurde.

Alle wussten, was das bedeutete. Jona überlief es eiskalt. Gess und die anderen sahen aus, als hätten sie ein Gespenst gesehen. Die Kinder rannten die Treppe hinab. Vielleicht hatten sie sich ja verhört? Aber nein, die Tür war abgeschlossen. Radjaniel hatte sie eingesperrt!

»Er hat uns noch einen Topf mit Bohnen dagelassen«, bemerkte Berris.

»Und eine Lampe«, ergänzte Dælfine. »Das heißt, wir bleiben die ganze Nacht lang gefangen!«

»Oder noch länger«, sagte Gess. Er war leichenblass.

Jona schwieg. Vor Wut hatte es ihm die Sprache verschlagen. Er saß in der Falle. Zwischen ihm und dem Leuchtturm, der ihm den ganzen Tag nicht aus dem Kopf gegangen war, gab es eine verschlossene Tür. Zorn wallte in ihm auf, nicht anders als einige Tage zuvor, als er in dem Planwagen der Weltwanderer aufgewacht war. Von der Prügelei mit Vohn tat ihm der ganze Körper weh, und das machte ihn noch rasender. Er packte den Türknauf mit beiden Händen und rüttelte mit aller Kraft daran.

»Hör auf, sonst hört uns Radjaniel noch!«, flehte Nobiane.

»Nie im Leben«, sagte Dælfine und zog eine verächtliche Grimasse. »Der pennt sicher schon. Er hat uns bestimmt eingesperrt, damit er sich nicht mehr um uns kümmern muss!«

»So schlimm ist das gar nicht«, versuchte Nobiane die anderen zu beschwichtigen.

»Doch! Was ist, wenn ein Feuer ausbricht? Wenn jemand plötzlich krank wird? Er hat nicht das Recht, uns so zu behandeln«, widersprach Dælfine.

Nobiane musste ihr wohl oder übel recht geben. Allen war klar, dass sie größere Angst vor dem Lehrer hatte als vor der Gefahr, die ihre Lage mit sich brachte.

»Wir müssen hier raus«, sagte Jona entschlossen.

Er konnte an nichts anderes mehr denken, auch wenn er selbst nicht so recht wusste, warum. Aus irgendeinem Grund war er fest davon überzeugt, dass er die Gefangenschaft nicht einfach hinnehmen durfte. Wenn er hinter der verschlossenen Tür blieb, würde er sein Gedächtnis vielleicht nie wiederfinden. Jona hatte das merkwürdige Gefühl, dass das eine mit dem anderen zusammenhing. Ihm war, als könnte der Leuchtturm ihm helfen, sich zu erinnern.

»Na, los. Denkt nach!«, forderte er seine Kameraden auf. »Wir müssen irgendeinen Weg finden, hier rauszukommen!«

Als er sich umwandte, fiel ihm auf, dass sie von der Idee wenig begeistert waren. Er sah die Zweifel auf ihren Gesichtern. Aber sie hatten ja auch mehr zu verlieren als er. Wenn sie gegen die Regeln verstießen, konnten sie ihr Bandelier verlieren, und seinen Kameraden war dieser Gürtel sehr viel wichtiger als Jona.

Da trat Dælfine einen Schritt vor. »Du hast recht. Vielleicht sollten wir versuchen, Vargaï Bescheid zu sagen. Er ist sicher nicht mit dem Verlauf der Dinge einverstanden.«

»Aber wir sind eingesperrt!«, rief ihr Nobiane in Erinnerung. »Außerdem wird Radjaniel bestimmt fuchsteufelswild, wenn wir ausreißen!«

»Dazu müsste er es erst einmal bemerken«, konterte Dælfine.

Nun rüttelte auch Berris an dem Türknauf. Nach mehreren vergeblichen Versuchen drehte er sich zu seinen Kameraden um.

»Ich will nicht hierbleiben«, sagte er mutlos. »Ich will bei den anderen im Schuldorf schlafen. Oder in unserem Planwagen. Wie vorher.«

Nobiane, der Tränen in die Augen gestiegen waren, rieb sich unauffällig mit dem Ärmel über das Gesicht.

»Nun gut«, sagte sie und räusperte sich. »Wenn wir jemandem begegnen, können wir ja sagen, dass unser Lehrer krank geworden ist und wir Hilfe holen wollen. Aber die Tür ist abgeschlossen. Wie wollt ihr hier rauskommen? Habt ihr gesehen, wie massiv das Holz ist? Selbst wenn wir die ganze Nacht dagegenschlagen, bekommen wir die Tür nicht auf!«

»Bleiben immer noch die Fenster«, sagte Jona.

Die Fenster im Erdgeschoss waren zu klein, aber vielleicht hatten sie ja im ersten Stock mehr Glück. Jona eilte die Treppe hoch, um nachzusehen, dicht gefolgt von Berris und den beiden Mädchen. Doch auch dort erlebten sie eine Enttäuschung: Das Zeughaus von Zauberranke erinnerte an eine Festung, und die Fenster waren gerade einmal so groß wie Schießscharten. Durch die schmalen Öffnungen passten selbst elfjährige Kinder nicht.

Bedrückt gingen sie wieder in den Gemeinschaftsraum hinunter. Überrascht entdeckten sie, dass Gess vor der Tür kniete und mit einem Metallhaken im Schloss herumstocherte.

»Ich dachte, ich könnte es ja mal versuchen«, murmelte er.

Kurz darauf drehte er leicht das Handgelenk, und das Schloss sprang mit einem lauten Klacken auf. Gess schien von seinem

Erfolg nicht im Mindesten überrascht, doch als er die verblüfften Gesichter seiner Freunde sah, setzte er rasch eine verwunderte Miene auf und verkündete, er habe wohl großes Glück gehabt. Als Jona sah, wie Gess den Dietrich in einer Naht seines Ärmels verschwinden ließ, dämmerte ihm, warum Gess so wenig über seine Vergangenheit redete. Doch das war ihm in diesem Moment egal: Der Weg war endlich frei.

»Los geht's«, befahl Dælfine.

Sie zog die Tür vorsichtig auf. Als die Angeln quietschten, verharrten die Kinder kurz in angespannter Stille, aber kein sturzbetrunkener Radjaniel stürzte wütend auf sie zu, um ihnen mit dem Gürtel Gehorsam einzupeitschen. Jona nahm die Laterne und schlich sich als Erster aus ihrem Gefängnis.

Kalte Meeresluft schlug ihm entgegen. Wie schon den ganzen Tag ging ein frischer Wind, und jetzt, wo die Sonne hinter dem Horizont verschwunden war, wurde es empfindlich kühl. Jona trat ins Freie, und obwohl ihm etwas mulmig zumute war, empfand er ein berauschendes Gefühl der Freiheit.

»Die Luft ist rein«, flüsterte er.

Seine Kameraden zögerten. Jona wäre ihnen nicht böse gewesen, wenn sie es sich anders überlegt hätten. Er würde die anderen bestimmt nicht zwingen, mit ihm zu türmen. Wenn es sein musste, würde er eben allein bis zum Leuchtturm laufen.

In diesem Moment fiel ihm die unheimliche Geschichte von Piaron ein, die Vohn erzählt hatte, doch bevor ihn sein Mut verlassen konnte, scharten sich seine Kameraden schon um ihn. Offenbar zogen sie es vor, in der Nähe der Lampe zu bleiben, anstatt im Dunkeln auf seine Rückkehr zu warten.

In angespanntem Schweigen machten sich die fünf Schüler auf den Weg. So nah an Radjaniels Bleibe durften sie sich nicht durch Geplapper verraten. Mit klopfenden Herzen schlichen sie an der Grundmauer des Zeughauses entlang und bemühten sich angestrengt, im Dunkeln nicht über die leeren Flaschen zu stolpern. Sie stiegen die Stufen zum Steg hinab und stellten überrascht fest, dass die Planken fast vollständig überflutet waren.

»Die Flut!«, flüsterte Nobiane mit einem Anflug von Panik. »Wir müssen uns beeilen!«

Jona nickte und wagte sich ein paar Schritte auf den Steg vor. Er versuchte, so gut es ging, den Wellen auszuweichen, die gegen seine Stiefel klatschten. Bald würde den Ausreißern der Rückweg abgeschnitten sein. Sollte Vargaï sie zu ihrem Lehrer zurückschicken, würden sie das Zeughaus erst wieder am nächsten Morgen erreichen können.

Nachdem sie fünfzig Meter auf dem schmalen Steg zurückgelegt hatten, hätte Jona um ein Haar die Lampe fallen gelassen. Es war so weit: Auf dem Leuchtturm flammte ein Licht auf. Der Junge hatte sich den ganzen Tag so sehr nach diesem Anblick gesehnt, dass er wie angewurzelt stehen blieb. Das Spektakel war zutiefst beeindruckend, selbst aus dieser Entfernung. Die geheimnisvollen Kristalle, die die Halbinsel umringten, reflektierten die Lichtstrahlen, die von dem Leuchtturm ausgingen, und so legte sich nach und nach ein gigantisches Netz über Zauberranke. Wenige Dutzend Meter hinter den Schülern schossen rötliche Lichtstrahlen in den Himmel. Die Kristallbarriere, die die Halbinsel zum Meer hin abschloss, verlief direkt hinter dem Zeughaus. Jona fragte sich, ob der direkte Kontakt mit den Strahlen für Menschen gefährlich war. Hätte das Licht ihn und seine Freunde wie ein Blitzschlag niederstrecken können?

Gess riss Jona aus seinen Gedanken, als er mit ängstlicher Stimme sagte: »Seht nur! Das Tor steht offen!«

Jona brauchte einen Moment, bis er begriff, wovon Gess redete. Als sein Blick zum Ende der Landungsbrücke wanderte, zog sich sein Magen zusammen. Das große Tor in der Kristallbarriere stand mindestens drei Meter weit offen, und die Wellen, die stetig dagegenklatschten, schoben es immer weiter auf. Mittlerweile befanden sich die beiden Eisengitter halb im Wasser, und obwohl ihnen niemand etwas über das Tor gesagt hatte, ahnten die Schüler, dass etwas nicht stimmte. Zumal die schützende Lichtkuppel nicht ganz bis zur Wasseroberfläche hinunterreichte.

»Lasst uns weitergehen«, drängte Nobiane. »Schnell!«

Das ließ sich Jona nicht zweimal sagen. Rasch setzte er sich wieder in Bewegung, und die anderen folgten ihm auf dem Fuß. Am liebsten wäre Jona gerannt, aber er hatte Angst, in der Dunkelheit auf dem schlüpfrigen Holz auszurutschen. Der Steg war furchtbar schmal, und Jona hatte keine Lust, sich in den finsteren Fluten wiederzufinden. Er wusste ja nicht einmal, ob er schwimmen konnte!

Er war so sehr auf seine Füße konzentriert, dass er das Hindernis, das ihm in einiger Entfernung den Weg versperrte, zunächst gar nicht bemerkte. Dælfine, die direkt hinter ihm ging, blieb wie erstarrt stehen und breitete die Arme aus, um die anderen am Weitergehen zu hindern. Jona machte noch drei Schritte, bevor er sah, was seine Kameraden in Alarmbereitschaft versetzt hatte.

Vor ihm zeichnete sich ein dunkler Umriss ab. Er nahm die gesamte Breite des Stegs ein.

»Was ist das?«, flüsterte Berris entsetzt.

Im rötlichen Licht der Kuppel konnten sie nicht viel erkennen. War es ein Haufen Seetang? Eine Ansammlung von Möven? Ein Stück Treibholz, das die Wellen angeschwemmt hatten? Obwohl seine Knie vor Angst schlotterten, wagte sich Jona einen weiteren Schritt vor. Dann noch einen. Und noch einen. Ihm blieb nicht viel anderes übrig. Sie mussten so schnell wie möglich den Strand erreichen.

Die dunkle Masse bewegte sich nicht. Ermutigt schlich Jona noch etwas näher. Jetzt konnte er erkennen, dass das Ding eine mehr oder minder glatte Oberfläche hatte. Es sah aus wie ein umgedrehter Kessel, allerdings mit einer Reihe von Zacken, die an die Kruste eines zu lang gebackenen Brotes erinnerten. Gebannt starrte Jona auf das Ding und ging mit ausgestreckter Lampe vorsichtig darauf zu. Er wagte kaum zu atmen.

Plötzlich schnellte das Wesen hoch und entfaltete seine Zangen. Jona schrie auf.

Vor ihm lauerte ein monströser Krebs in Angriffsposition, der ihn um einiges überragte. Seine gewaltigen Scheren, mit denen er ihn mühelos entzweischneiden könnte, öffneten und schlossen sich.

Jona verzichtete auf eine eingehende Betrachtung des Ungeheuers, machte auf dem Absatz kehrt und rannte hinter seinen Kameraden her, die bereits auf dem Rückweg zum Zeughaus waren.

Bevor er lossprintete, ließ Jona die Lampe auf den Steg fallen. Sie hätte ihn nur verlangsamt, und jetzt kam es auf jede Sekunde an. Vielleicht würde das Licht den Riesenkrebs ja sogar verwirren. Doch als er hinter sich ein lautes Klacken hörte, sank sein Mut. Die Kreatur verfolgte ihn.

Jona warf einen raschen Blick über die Schulter und rannte noch schneller. Würde er es rechtzeitig zu den rettenden Mauern schaffen? Jetzt war es ein Vorteil, dass der Steg so schmal war: Der Riesenkrebs musste sich seitwärts fortbewegen, und seine Extremitäten griffen immer wieder ins Leere. Doch da er gleich drei Paare stacheliger Beine hatte, fand er immer wieder genug Halt, um seinen Leib vorwärtszuschieben. Und nach kurzer Zeit machte die heranrollende Flut den Ausreißern das Leben schwer.

Zum Zeughaus war es eigentlich nicht mehr weit, aber den Kindern kam es unerreichbar vor. Sie kamen jetzt nur noch langsam voran, denn mittlerweile wateten sie durch knietiefes Wasser. Jeder Schritt war mühseliger als der vorige, und sie konnten kaum noch erkennen, wo der Steg verlief. Bald würden sie ihn gar nicht mehr unter den Füßen spüren. Das Klacken in Jonas Rücken wurde lauter.

In diesem Moment holte Jona seine Freunde ein, allerdings

nicht, weil er plötzlich so schnell war, sondern weil die anderen stehen geblieben waren. Das Wasser reichte ihnen mittlerweile zwar bis über die Knie, und die heranrollenden Wellen waren sogar hüfthoch, aber das war noch kein Grund, nicht weiterzugehen. Warum hielten sie also an? Verzweifelt versuchte er, an den anderen vorbeizublicken, während sie kehrtmachten und ihn zurück in die andere Richtung drängten. Da entdeckte er, was seine Freunde in Panik versetzt hatte: Zwei weitere Riesenkrabben schnitten ihnen den Weg zum Zeughaus ab. Sie saßen in der Falle!

Die Umzingelten begannen um Hilfe zu rufen. Doch ganz gleich, wie sehr sie sich auch die Lungen aus dem Leib schrien, niemand würde kommen und sie retten. Und jeden Moment konnten sich diese Meeresungeheuer auf sie stürzen und sie in Stücke reißen. Wenn sie ins Wasser sprangen, würden sie ertrinken.

»Wir müssen zum Strand schwimmen!«, rief Dælfine. »Schnell!«

»Das schaffe ich nicht ...«, stammelte Berris.

»Komm schon!«, drängte Gess. »Vielleicht lassen sie im Wasser von uns ab.«

»Ich kann nicht ... schwimmen«, gestand Berris.

Dælfine war bereits ins Wasser gesprungen, und Gess folgte ihrem Beispiel.

»Komm, Berris! Wir helfen dir! Du kannst dich an uns festhalten!«, riefen sie ihm zu.

Auf dem Steg klammerte sich Berris an Jona wie an einen Rettungsring. Oder an einen großen Bruder, einen Beschützer, jemanden, der ihn aus dieser verzweifelten Lage befreien konnte. Doch das konnte Jona natürlich nicht. Von beiden Seiten krochen die Krebse näher heran, dann hielten sie inne und belauerten sich gegenseitig aus der Ferne, als wollten sie einander die Beute streitig machen. Früher oder später würden sie zum Angriff übergehen, und Jona konnte nicht ins Wasser springen, weil sich Berris an ihn klammerte. Doch er brachte es nicht übers Herz, den Jungen wegzustoßen.

»Hör mir zu«, sagte Nobiane eindringlich. »Du musst dich nur auf dem Wasser treiben lassen, und wir ziehen ...«

Plötzlich schallte wildes Kriegsgebrüll durch die Dunkelheit. Bei dem zornigen Schrei lief Jona ein Schauer über den Rücken. Vom Zeughaus her pflügte sich eine Gestalt durch das schäumende Wasser. Sie bewegte sich so schnell, dass Jona zunächst seinen Augen nicht traute. Doch dann gab es keinen Zweifel mehr: Radjaniel!

Der Lehrer, der vorhin noch sturzbetrunken aus ihrer Unterkunft gewankt war, wirkte nun wie verwandelt. Er sah aus, als wäre er von einem Dämon besessen. Er brach durch die Wellen, als würde sich das Wasser vor ihm teilen, und schwenkte eine Lanze, deren Ende in einem seltsamen Licht leuchtete. Als er die beiden Krebse auf dem Steg erreichte, stieß er seine Waffe über den einen hinweg in den Bauch des zweiten, hob das Ungeheuer hoch und warf es auf den Rücken.

Während die Kreatur so wild mit den Beinen fuchtelte, dass der ganze Steg bebte, sprang Radjaniel nach hinten, um dem Angriff des zweiten Ungeheuers auszuweichen. Er stieß mit der Lanze nach den gewaltigen Zangen, die nach ihm schnappten, erst nach der linken, dann nach der rechten. Abwechselnd zielte er immer wieder auf dieselben Stellen. Der Riesenkrebs folgte der leuchtenden Spitze mit den Augen wie eine Katze, die hinter einem Insekt herjagt. Radjaniel ließ das Licht immer höher tanzen, und der Krebs richtete sich langsam auf. Dann stach der Weltwanderer urplötzlich zu und erwischte das Ungeheuer an der Unterseite des Panzers. Der Krebs war auf der Stelle tot, nur seine Beine zuckten noch ein paar Augenblicke lang.

Radjaniel wartete nicht ab, bis die Bewegungen erstarrten. Er kippte seine Waffe zur Seite, warf die Bestie ins Meer und befreite die Lanze. Dann nahm er mit ein paar Schritten Anlauf und sprang auf den zweiten Krebs, der immer noch zappelnd auf dem Rücken lag. Noch bevor der Krebs seine stachelbewehrten Beine um ihn schließen konnte, bohrte Radjaniel die Waffe in die weiche Stelle an seiner Unterseite. Blitzschnell zog er die Lanze heraus und deutete damit auf einen verdutzten Jona.

»Ins Wasser!«, befahl er.

Ohne groß nachzudenken, ließ der sich in die eiskalten Fluten fallen. Berris klammerte sich immer noch an ihn, und er zog ihn einfach mit sich. Kurz wurde er von Panik erfasst, weil er immer noch nicht wusste, ob er überhaupt schwimmen konnte, doch gleich darauf machten seine Arme instinktiv die richtigen Bewegungen. Er stellte sich sogar so geschickt an, dass er auch Berris über Wasser halten konnte. Im nächsten Moment kamen ihm Gess, Dælfine und Nobiane zu Hilfe. Alle fünf hielten sich vor Kälte und Angst zitternd an dem überfluteten Steg fest und traten Wasser.

In der Zwischenzeit hatte Radjaniel auch dem letzten Krebs den Garaus gemacht: Die Spitze seiner Lanze ragte aus dem Bauch des toten Ungeheuers heraus. Der Kadaver lag auf dem Steg wie eine Trophäe, und Radjaniel stand immer noch etwa zehn Meter entfernt auf dem Bauch des anderen Riesenkrebses. Er hatte das dritte Ungeheuer mit einem gezielten Stich erledigt. Jetzt warf er seinen Schülern einen so finsteren Blick zu, dass niemand sich traute, den Mund aufzumachen.

Nach einem Moment stieg Radjaniel von dem toten Riesenkrebs hinab, stieß ihn ins Meer und besprengte sich das Gesicht mit reichlich Wasser. Dann näherte er sich den Schülern, die das Schicksal zu ihm geführt hatte. Jetzt waren seine Schritte wieder unsicher. Sein Geschick im Kampf schien nur eine Illusion gewesen zu sein. Es war, als hätte er all seine Kraft verbraucht.

»Mir ist egal, ob aus euch einmal gute Weltwanderer werden«, sagte er schroff. »Wenn ihr nach Ruhm und Ehre strebt, seid ihr an den falschen Jorensan geraten! Aber bei den Gefahren, die uns bedrohen, müsst ihr wenigstens lernen, so lange wie möglich am Leben zu bleiben. Und das geht nur, wenn ihr meinen Befehlen folgt! Ist das klar?«

Jona und seine Freunde nickten, aber das reichte Radjaniel nicht.

»Ist das klar?«, wiederholte er.

»Ja«, antworteten die fünf zähneklappernd.

Radjaniel streckte ihnen die Hand hin und half einem nach dem anderen auf den Steg. Die Schüler begannen, durch das hüfthohe Wasser zurück zum Zeughaus zu waten, während ihr Lehrer seine Lanze holen ging.

Jona, der ganz hinten ging, hörte Radjaniel in seinem Rücken vor sich hinmurmeln. Er schien mit den Sternen oder mit sich selbst zu reden, und Jona schnappte ein paar Satzfetzen auf: »Diesmal schaffe ich es! Diesmal rette ich ihnen das Leben!«

Leider klangen seine Worte eher wie ein Flehen als wie ein Eid.

25

Arold führte die Tasse an die Lippen, blies auf die heiße Flüssigkeit und nahm einen ersten Schluck. Er verzog das Gesicht. Zu lange gezogen, wie immer. Mussten sie ihm auf diese Weise den Tag verderben? Offenbar konnte keiner der Schüler, die in diesem Jahr für ihn arbeiteten, einen anständigen Tee zubereiten. Man fragte sich ernsthaft, was sie in den zwei Jahren, die sie Zauberranke besuchten, gelernt hatten. Arold nahm sich vor, ihren Lehrer zurechtzuweisen, und wandte sich dann den Dokumenten auf seinem Schreibtisch zu.

Nach einigen Minuten wurde er von lauten Stimmen im Vorzimmer gestört. Arold rückte sein Monokel zurecht und legte die Stirn in zornige Falten. Hastig drehte er die brisantesten Schriftstücke um.

Die Vorsichtsmaßnahme erwies sich als sinnvoll: Die zweiflügelige Tür wurde aufgestoßen, und der alte Säufer Radjaniel kam hereingestürzt, gefolgt von dem Jungen, der im Vorzimmer Dienst tat.

»Das dürft Ihr nicht! Ihr könnt da nicht einfach rein!«, rief der Junge in dem vergeblichen Versuch, den Wahnsinnigen aufzuhalten.

Radjaniel beachtete ihn nicht. Er war so nachlässig gekleidet wie immer, doch in diesem Moment war er vor allem wütend. Er schleppte die riesige Zange eines Krustenkrebses mit sich, die einen widerlichen Gestank verbreitete. Als Radjaniel mit entschlossenen Schritten auf den Schreibtisch zusteuerte, ahnte Arold, was er vorhatte. Ihm blieb gerade noch Zeit, mit seinem Stuhl einen Satz nach hinten zu machen, bevor das stinkende Ding auf seine Arbeitsplatte krachte. Heißer Tee, Tinte und Krebsschleim ergossen sich über die kostbaren Dokumente. Arold kochte vor Wut, aber er riss sich zusammen.

»Raus«, sagte er zu dem Jungen. »Und mach die Tür hinter dir zu.«

Während sich der Junge zurückzog, wurde kein weiteres Wort gewechselt. Die beiden Männer starrten sich an. Der eine saß immer noch auf seinem Stuhl, der andere stand in der Mitte des Raums, die Arme in die Hüften gestemmt.

»Was soll das?«, fragte Arold scharf.

»Das wisst Ihr ganz genau«, erwiderte Radjaniel. »Tut nicht so, als wärt Ihr überrascht.«

»Ich warte auf eine Erklärung«, sagte Arold.

»Muss ich wirklich noch mehr sagen? Jemand hat gestern Abend das Tor unten am Strand geöffnet. Ein halbes Dutzend Krustenkrebse sind nach Zauberranke eingedrungen. Ich habe den ganzen Morgen damit verbracht, die letzten ins Meer zurückzutreiben, und es wäre ein Wunder, wenn sich nicht irgendwo einer oder zwei im Sand eingegraben hätten!«

»Das ist ja schrecklich«, sagte Arold süffisant. »Ich hoffe doch sehr, Eure neuen Schüler wurden nicht verletzt?«

Er bereute die Provokation sofort, doch die Verwüstung seines Schreibtisches rechtfertigte dieses kleine Rachemanöver.

»Es geht ihnen bestens, keine Sorge«, antwortete Radjaniel. »Aber hätte sie jemand töten wollen, hätte er es nicht geschickter anstellen können!«

Bei dieser kaum verhohlenen Anschuldigung riss Arold der Geduldsfaden.

»Na und?«, rief er empört. »Das ist bedauerlich, aber es gibt Euch nicht das Recht, einfach so in mein Arbeitszimmer zu stürmen. Wollt Ihr, dass der Hohe Rat Euch endgültig entlässt, Radjaniel? Wenn Ihr darauf besteht, kann ich meine Kollegen herbeirufen, und dann könnt Ihr uns erklären, warum Ihr im Suff vergessen habt, das Tor zu schließen! Denn es unterliegt Eurer Verantwortung!«

»Ich habe meine Pflichten noch nie vernachlässigt, Arold! Das wisst Ihr genau! Die schrecklichen Ereignisse, derentwegen ich mich ins Zeughaus zurückgezogen habe, konnte ich nicht verhindern. Der Hohe Rat kann mich nicht zu Unrecht beschuldigen! Aber was ist mit Euch? Immerhin seid Ihr jetzt der Oberste Hüter. Ihr seid für die Sicherheit der Bewohner Zauberrankes verantwortlich. Es ist Eure Pflicht, die Chimären fernzuhalten! Wo wart Ihr in der Nacht und heute Morgen, als ich mich mit den Krustenkrebsen herumschlug? Wo war die Miliz, die Euch untersteht? Wollt Ihr wirklich, dass wir all diese Fragen öffentlich diskutieren, Jorensan?«

Arold ballte die Fäuste, seine Kiefermuskeln mahlten. Unter anderen Umständen hätte er Radjaniel die Worte mit einem Schwert zurück in die Kehle gestopft. Ja, unter anderen Umständen, dachte er bitter.

»Was wollt Ihr von mir?«, fragte er.

»Sorgt dafür, dass man uns in Ruhe lässt«, antwortete Radjaniel. »Wer auch immer das Tor geöffnet hat, wollte vielleicht niemanden töten, aber er hatte auf jeden Fall vor, mir Probleme zu bereiten. Doch das war ein Fehler. Denn wenn man mich daran hindert, mit meinen Schülern zu arbeiten, schwöre ich, dass ich meinen Platz im Hohen Rat wieder einnehmen und die Termiten, die die Bruderschaft von innen aushöhlen, mit allen Mitteln bekämpfen werde.«

Arold überlegte, ob Radjaniel die Drohung ernst meinte. Dann sagte er: »Ich werde eine Untersuchung anordnen«, erklärte er. »Wenn tatsächlich jemand das Tor in böser Absicht geöffnet hat, müssen wir den Schuldigen finden. Und das werden wir auch.«

»Tut das«, knurrte Radjaniel. »Ich werde meinerseits Ermittlungen durchführen. Ich hoffe, die Botschaft war eindeutig.« Er warf einen vielsagenden Blick auf die Riesenkrebszange, machte auf dem Absatz kehrt und verließ grußlos das Arbeitszimmer.

Sobald er verschwunden war, begann Arold mit den Fingerspitzen auf die Armlehne seines Stuhls zu trommeln. Dann sprang er wie von einer Tarantel gestochen auf und wischte mit einer zornigen Handbewegung die Sauerei von seinem Schreibtisch.

»Gutrig!«, schrie er im gleichen Atemzug.

In heller Aufregung eilte der Junge herbei, blieb aber ängstlich in der halb offenen Tür stehen.

»Teile Jora Vrinilia mit, dass ich sie sprechen muss! Sofort!«, befahl er.

Der Schüler rannte davon, und Arnold blickte auf seine durchnässten, nach Salzwasser stinkenden Dokumente hinab.

Wenig später hatte er sich so weit beruhigt, dass er darangehen konnte, etwas Ordnung in das Chaos zu bringen, das er selbst noch verschlimmert hatte. Einige der Dokumente waren viel zu kostbar, als dass er es sich leisten konnte, sie aus dem Blick zu verlieren.

26

Radjaniel hastete zwischen den ältesten Gebäuden am Fuß des Leuchtturms hindurch. Nach etwa fünfzig Metern bog er in eine Seitengasse ab und lehnte sich mit zitternden Knien an eine Mauer. Der Streit mit Arold hatte ihn furchtbar aufgewühlt. Es war eine Ewigkeit her, dass er die Stimme erhoben und mit der Faust auf den Tisch gehauen hatte. Außerdem wusste er nicht einmal, ob er richtig gehandelt hatte. Vielleicht erreichte er, indem er Arold offen herausforderte, genau das Gegenteil von dem, was er sich erhoffte. Hatte er die Lage noch verschlimmert? Das alles war schrecklich kompliziert. Radjaniel war es nicht mehr gewohnt zu kämpfen, und er wusste nicht, ob er überhaupt noch die Kraft dazu hatte.

Eine feige Stimme in seinem Kopf sagte, er solle das alles einfach ignorieren. Was gingen ihn die Schwierigkeiten anderer Leute an? Er könnte sich einfach in seinem Haus fernab der Welt einschließen, bis er irgendwann in einen ewigen Schlaf fallen würde. Dann hätte er endlich Frieden.

Doch ein anderer Teil seiner Persönlichkeit, ein älterer, würdevollerer Teil, flehte ihn an, nicht auf diese Stimme zu hören. Wenn er die Vergangenheit schon nicht vergessen konnte, so bekam Radjaniel nun immerhin die Chance, einen Neuanfang zu wagen. Auch wenn es ihm schwerfiel, musste er sich wie ein Weltwanderer benehmen und nicht wie ein Säufer, der von eingebildeten Chimären verfolgt wurde.

Vor diesem Dilemma hatte er in den letzten Stunden schon mehrmals gestanden. Auch diesmal riss er sich zusammen und entschied sich für den mutigeren Weg. Entschlossen setzte er sich wieder in Bewegung und hoffte inständig, dass er beim nächsten Mal, wenn ihn die Zweifel packten, nicht alles hinwerfen würde.

Gleich darauf stand er vor Maetildes Haus. Er hoffte, dort Vargaï anzutreffen, und tatsächlich: In diesem Moment trat sein alter Freund aus dem Pferdestall. Die beiden Männer begrüßten einander herzlich, auch wenn sich Vargaï offensichtlich fragte, wo seine Rektruten waren. Radjaniel konnte ihn beruhigen: Er hatte die Kinder in Sohias Obhut gegeben, sie waren mit den anderen beim Frühstück. Dann erzählte er Vargaï von den Ereignissen der Nacht.

Er verschwieg dem Freund nichts. Er berichtete, wie er sich betrunken hatte, wie er auf die dumme Idee gekommen war, die Kinder einzusperren, wie er ihre Hilfeschreie gehört hatte und sie schließlich in letzter Sekunde gerettet hatte.

Vargaï verzog das Gesicht, behielt seine Gedanken aber für sich. Radjaniel machte sich selbst schon genug Vorwürfe, da musste er nicht auch noch in der Wunde herumbohren. Außerdem hatte er die Katastrophe ja abgewendet. Als Radjaniel ihm dann noch von seinem Treffen mit Arold berichtete, trat ohnehin alles andere in den Hintergrund.

»Du hättest vorher mit mir reden sollen«, sagte Vargaï. »Ich hätte dich begleiten können ...«

»Wozu? Das ist eine Sache zwischen Arold und mir. Wie hätte das denn ausgesehen, wenn ich mit einem Leibwächter gekommen wäre? Wenn ich mir in dieser Schule einen Platz erkämpfen will, muss ich das allein tun. Selbst wenn ich mir damit vielleicht nicht nur Freunde mache!«

Vargaï schenkte ihm ein zustimmendes Grinsen. Dann verfinsterte sich seine Miene wieder.

»Glaubst du wirklich, dass Arold dahintersteckt?«, fragte er. »Sicher, er ist machtgierig wie niemand sonst und möchte am liebsten über alles bestimmen, was in Zauberranke geschieht, aber deshalb würde er doch nicht gleich Chimären in die Schule lassen.«

»Keine Ahnung«, gestand Radjaniel. »Ich finde, dass er sich sehr viel herausnimmt, seit dein Bruder verschwunden ist.«

»Verschwunden?«

»Seit er verreist ist«, verbesserte sich Radjaniel. »Es ist nur so, dass niemand weiß, wo Denilius im Moment ist. Ich nehme an, dass Maetilde dir davon erzählt hat?«

Vargaïs bedrückter Gesichtsausdruck war Antwort genug. Radjaniel bereute sofort, dem einzigen Freund, der ihm noch geblieben war, Kummer bereitet zu haben. Rasch wechselte er das Thema: »Auch wenn Arold nicht hinter der Geschichte mit dem Tor steckt, bin ich überzeugt, dass er den Schuldigen kennt und ihn gewähren ließ, um mir Schwierigkeiten zu machen. Denn so kann er beweisen, dass ich nicht dazu geeignet bin, Schüler aufzunehmen. Ich sage dir, Arold bekommt alles mit, was in Zauberranke vor sich geht. Der Kerl scheint Augen am Hinterkopf zu haben. Oder sein verdammtes Monokel ist in Wahrheit eine Kristallkugel!«

Diese Vorstellung veranlasste Vargaï immerhin zu einem schwachen Grinsen.

»In der nächsten Zeit kommt einiges auf dich zu«, meinte er. »Es tut mir leid, dass ich dir das auflade.«

»Ach was«, sagte Radjaniel. »Und bitte vergiss unser Gespräch von neulich. Mir konnte nichts Besseres passieren als diese Schüler. Zwar muss ich mir das immer wieder selbst sagen, aber mit der Zeit wird es leichter werden.«

»Ich weiß. Ich habe nie an dir gezweifelt.«

Zwischen den Männern trat verlegenes Schweigen ein, und beide blickten zu Boden. Ihre Freundschaft beruhte auf einer tiefen

Zuneigung, äußerte sich aber nur selten in großen Worten oder Umarmungen.

»Wo willst du eigentlich hin?«, fragte Radjaniel. »In die Berge, wo du Jona gefunden hast?«

»Vielleicht«, antwortete Vargaï. »Das habe ich jedenfalls dem Hohen Rat erzählt. Aber ich glaube nicht, dass ich dort viel finden werde. In dieser Gegend wird niemand vermisst. Jona muss irgendwo anders in Gonelore zu Hause sein.«

»Der Drakonid kann ihn überall entführt haben«, sagte Radjaniel nachdenklich. »Wie willst du die Fährte des Ungeheuers zurückverfolgen? Das ist unmöglich, es sei denn, irgendwo wird ein Schwarm gesichtet.«

»Der Drakonid gehört zu keinem Schwarm«, sagte Vargaï. »Da bin ich mir fast sicher. Das habe ich nur gesagt, um Arold dazu zu bringen, den Jungen in Zauberranke aufzunehmen. Und nicht einmal dieses Argument hat gezogen.«

»Deine Behauptung, jemand könnte den Drakoniden gezähmt haben, ist ja auch schwierig zu glauben«, sagte er geradeheraus.

»Ich weiß. Aber anders kann ich mir sein Verhalten nicht erklären, und nur Jona kann uns weiterhelfen, falls er irgendwann sein Gedächtnis wiederfindet. Bis dahin muss ich dem einzigen Hinweis nachgehen, den ich habe.«

Er zog das Prisma aus seiner Manteltasche und wickelte es aus dem Tuch, in das er es geschlagen hatte. Auf dem goldenen Stoff wirkte der Schatz, den er seinem Freund hinhielt, noch kostbarer. Funkelnd spiegelte sich das Sonnenlicht darin. Bevor man dieses Prisma benutzen könnte, würde man es mehrere Hundert Stunden lang polieren und schleifen müssen, aber sehr erfahrene Weltwanderer konnten trotz seines Rohzustands erkennen, dass es einzigartig war und tausendmal wertvoller als ähnliche Stücke. Nur ein sehr geübtes Auge sah die winzigen Partikel und die fast unsichtbaren Schlieren, die in dem Kristall eingeschlossen waren. Die Spuren der Elementarkräfte.

Radjaniel schluckte. Viele Angehörige der Bruderschaft würden alles dafür geben, ein solches Stück ihr Eigen zu nennen, denn es brachte seinem Besitzer Ruhm und Ehre, ganz zu schweigen von besseren Chancen im Kampf.

»Wenn Arold das sähe«, meinte er, »würde er es sofort beschlagnahmen und in Vrinilias Werkstatt bringen lassen.«

»Deshalb will ich ja auch die Rückkehr meines Bruders abwarten, bevor ich es ihm zeige«, sagte Vargaï. »Er wüsste Besseres mit diesem Prisma anzustellen, als es zu einem Schmuckstein oder einer Lupe zu schleifen! So eine Gelegenheit hat sich uns schon lange nicht mehr geboten.«

Er sah Radjaniel mit eindringlichem Blick an, dem es kalt den Rücken hinunterlief. Bisher hatte Radjaniel nicht gewusst, was Vargaï vorhatte, aber nun gab es keinen Zweifel mehr. Radjaniel wurde schwindelig, so viel stand bei der Sache auf dem Spiel.

»Dreißig Weltwanderer haben bei diesem Experiment bereits ihr Leben gelassen«, sagte er. »Wir haben geschworen, es nicht noch einmal zu versuchen.«

»Vielleicht ist es an der Zeit, den Schwur zu überdenken«, entgegnete Vargaï. »Zahlreiche Zeichen künden von der bevorstehenden Invasion der Chimären. Selbst die Entdeckung dieses Prismas ist ein böses Omen! Der Schleier wird immer löchriger, und wir begnügen uns damit, immer mehr Schüler auszubilden. Dabei können wir nur hoffen, dass sie nicht schon bei ihrem ersten Kampf ihr Leben lassen. Wir müssen über andere Wege zur Rettung von Gonelore nachdenken, sonst werden wir in ein paar Jahren überall solche Kristalle finden. Nur wird es dann niemanden mehr geben, der sie einsammelt.«

Radjaniels Schwindel verstärkte sich. Er holte tief Luft, schloss die Augen und rieb sich die Schläfen. Die Aufregung der letzten Stunden hatte ihn erschöpft. Außerdem hatte er gehofft, sich nie wieder mit solchen Problemen herumschlagen zu müssen.

»Das ist zu viel für mich«, sagte er leise. »Ich werde die Schüler

ausbilden, die du mir anvertraut hast, und ich werde auf Jona Acht geben. Was den Rest angeht ...«
Vargaï nickte verständnisvoll, und Radjaniel bekam leichte Gewissensbisse.
»Du hast mir immer noch nicht gesagt, was du vorhast«, fragte er. »Wirst du versuchen, Denilius zu finden?«
»Wenn ich wüsste, wo ich suchen muss, würde ich es tun, aber ich habe keine Ahnung, wo er steckt. Vielleicht hatte er nie vor, nach Gondania zu fahren. In vier Wochen kann mein Bruder einen verdammt weiten Weg zurückgelegt haben. Er könnte überall sein. Ich kann nur hoffen, dass er bei meiner Rückkehr wieder in Zauberranke ist.«
»Und bis dahin?«
»Ich muss überprüfen, ob dieses Prisma wirklich das ist, wofür ich es halte«, sagte der Alte. »Vrinilia traue ich nicht über den Weg, deshalb werde ich Tannakis einen kleinen Besuch abstatten.«
Als er den Namen sagte, senkte er unwillkürlich die Stimme, als spräche er von einem Toten oder einem Mörder. Nun begriff Radjaniel, warum der Freund gezögert hatte, ihm von seinen Plänen zu erzählen.
»Hältst du das wirklich für eine gute Idee?«, fragte er. »Wir haben lange nichts von ihm gehört. Wer weiß, wie er reagiert. Das könnte schlimm enden.«
»Deshalb weihe ich dich ja auch ein«, erklärte Vargaï. »Maetilde weiß ebenfalls Bescheid. Wenn ich von meiner Reise nicht zurückkehre, müsst ihr meinem Bruder berichten, was passiert ist. Er wird entscheiden, was zu unternehmen ist.«
»Sieh lieber zu, dass du heil zurückkommst!«, ermahnte ihn Radjaniel.
Diesmal schloss er den Freund in die Arme. Er ahnte, dass sie einander länger nicht sehen würden.
»Halte dich von Arold fern«, riet ihm Vargaï. »Er wird alles dar-

ansetzen, Jona von der Schule zu werfen, und sei es nur, um das letzte Wort zu behalten. Ihm wird jeder Vorwand recht sein.«

»Ich hoffe, dass ich das vorhin mit ihm geklärt habe«, meinte Radjaniel. »Er dürfte uns für eine Weile in Ruhe lassen.«

»Und pass gut auf dich auf«, sagte Vargaï. »Wenn mein Bruder nicht verreist ist, wie Arold behauptet, dann ist die Situation viel schlimmer, als wir annehmen. Vielleicht hatte es derjenige, der euch die Krustenkrebse auf den Hals geschickt hat, ja auf dich abgesehen. Womöglich will jemand um jeden Preis verhindern, dass du wieder in den Hohen Rat gewählt wirst.«

Dieser Gedanke war Radjaniel auch schon gekommen, aber als Vargaï ihn laut aussprach, hatte er plötzlich etwas sehr viel Bedrohlicheres. Er nickte, und Vargaï fügte hinzu: »Ich hatte eigentlich vor, noch einmal bei meinen Rekruten vorbeizuschauen, bevor ich mich auf den Weg mache. Aber in Anbetracht der Umstände ist es wohl besser, wenn wir kein großes Aufhebens um meine Abreise machen. Grüß deine Schüler von mir und richte ihnen aus, dass sie in guten Händen sind. Und sag Ihnen, ich will bei meiner Rückkehr Fortschritte sehen.«

»Ich werde auf sie Acht geben«, versprach Radjaniel.

Gemeinsam betraten sie Maetildes Haus, um vor dem Abschied eine letzte Tasse Tee miteinander zu trinken.

Wenige Meter entfernt stand Vohn in dem dunklen Stall. Er war dabei gewesen, die Pferde zu satteln, hatte die Arbeit aber schon lange unterbrochen. Von dem Gespräch hatte er kein Wort verpasst, und er ballte die Fäuste so fest zusammen, dass sich seine Fingernägel in die Haut bohrten.

27

Dælfines Lächeln erstarb, als Radjaniel den Speisesaal betrat. Eine knappe Stunde lang war das Leben in Zauberranke so gewesen, wie sie es sich immer vorgestellt hatte: Sohia kümmerte sich fürsorglich um die Schüler, Dælfine und ihre Kameraden verbrachten Zeit mit anderen Rekruten, und alles lief wie am Schnürchen. Die Rückkehr des Messerschleifers, wie Radjaniel genannt wurde, läutete das Ende dieser Verschnaufpause ein. Er zeigte kurz mit dem Daumen über die Schulter und gab seinen Schülern so zu verstehen, dass sie ihm folgen sollten.

Sie gehorchten widerstrebend, aber ohne zu murren. Nach den grauenhaften Erlebnissen der Nacht würde so schnell keiner Radjaniel mehr den Gehorsam verweigern. Außerdem wussten sie immer noch nicht, welche Strafe ihr Lehrer für sie vorgesehen hatte. Darüber hatte er sich ausgeschwiegen – wie über so viele andere Dinge auch.

Nachdem er sie vor den Krustenkrebsen gerettet hatte, hatte er sie in den Gemeinschaftsraum geführt und im Kamin ein großes Feuer entfacht. Sie hatten sich an den Flammen gewärmt, so gut es ging, und die wenigen trockenen Kleidungsstücke, die sie noch besaßen, übergestreift. Dann schickte Radjaniel sie schlafen. Er selbst hielt im Gemeinschaftsraum Wache. Erst im Morgengrauen ging er nach draußen und kam eine Stunde später mit schweißnassem Haar und einer riesigen Krebszange als Trophäe zurück.

Nach seiner Rückkehr war er nicht gesprächiger als in der Nacht. Stumm führte er seine Schüler über den nun wieder passierbaren Steg und über den Strand zu dem Speisesaal, wo er sie in Sohias Obhut gab. Bis vor wenigen Minuten war Dælfine nicht einmal sicher gewesen, ob Radjaniel wieder zurückkommen und sie abholen würde, doch jetzt warteten die fünf, während ihr Lehrer einige Worte mit der jungen Weltwanderin wechselte.

Dælfine war froh, dass beim Essen keiner ihrer Kameraden die Ereignisse der Nacht erwähnt hatte, denn sie schämte sich für ihr Benehmen. Außerdem würde Radjaniel gewiss große Probleme bekommen, wenn sich die Sache herumsprach, und sie konnten unmöglich dem Mann in den Rücken fallen, der ihnen das Leben gerettet hatte!

Radjaniels Schützlinge schienen in dem Saal, in dem etwa ein Dutzend Schülergruppen unter der Aufsicht ebenso vieler Jorensans ihr morgendliches Mahl einnahmen, nicht willkommen zu sein. Dælfine hatte die abschätzigen Blicke und das Getuschel der anderen Kinder, als sie und ihre Kameraden sich an einen Tisch gesetzt hatten, bemerkt und beschlossen, sie geflissentlich zu ignorieren, aber es wurde deutlich, wie schlecht Radjaniels Ruf war. Da mussten sie den anderen nicht auch noch verraten, dass ihr Lehrer sie eingesperrt hatte!

Nach dem Gespräch mit Sohia gesellte sich Radjaniel endlich zu seinen Schülern. Dann marschierte er mit zügigen Schritten in Richtung Zeughaus los, und die fünf folgten ihm.

»Vargaï lässt euch grüßen«, sagte er knapp. »Er schafft es vor seiner Abreise leider nicht mehr, euch zu besuchen, aber er sagt, ihr sollt fleißig sein und hart arbeiten.«

Die Schüler wechselten enttäuschte Blicke. Dann hatte er Vargaï also am Morgen getroffen? Was hatten die beiden einander wohl zu sagen gehabt? Dælfine überlegte kurz, ob Radjaniel sie anlog, schob den Gedanken aber rasch beiseite. Ebenso wie den Gedanken, dass Vargaï sie im Stich ließ.

»Wir haben viel zu tun«, fuhr Radjaniel fort. »Am besten fangen wir gleich an.«

Er führte die Schüler zum Strand hinunter, aber zu Dælfines großer Überraschung brachte er sie nicht zum Steg. Stattdessen stapfte Radjaniel schnurstracks zu einem der toten Riesenkrebse.

»Ihr werdet mir helfen, den Krustenkrebs zur Ranke zu bringen«, erklärte er. »Diesen hier und die anderen auch.«

Für einen Augenblick dachte Dælfine, er wolle sie auf den Arm nehmen. Sie schüttelte sich vor Ekel. Der Panzer sah bei Tageslicht noch furchterregender aus als in der Dunkelheit. Ganz zu schweigen davon, dass die Augen der Kreatur zu funkeln schienen. Sie wirkte lebendig, obwohl sie halb im Sand vergraben war – und obwohl an der Unterseite ihres Leibs ein großes Loch klaffte.

»Aber, äh ... wozu soll das gut sein?«, wagte Berris zu fragen.

»Wir müssen die Kadaver über die Kristallbarriere werfen«, erklärte Radjaniel, »sonst lockt der Verwesungsgeruch seine Artgenossen an. Wir wollen schließlich nicht, dass heute Nacht Hunderte dieser Viecher versuchen, die Ranke zu überwinden.«

Auch wenn das zweifellos ein gutes Argument war, konnten sich die Schüler noch nicht dazu durchringen, mit der Arbeit zu beginnen.

»Aber ...«, wandte Gess ein. »Gibt es nicht jemanden, der solche Sachen normalerweise erledigt?«

»Doch, den gibt es. Mich«, verkündete Radjaniel. »Aber wenn ihr nicht mit anpackt, bleibt mir keine Zeit, euch zu unterrichten. Es ist eure Entscheidung.«

Ohne eine Antwort abzuwarten, packte er zwei der riesigen Gliedmaßen und zerrte daran, um den Krebs aus seinem sandigen Grab zu befreien. Der Geruch nach Meer und Verwesung wurde stärker. Nobiane erblasste, Jona wich instinktiv ein paar Schritte zurück, und Dælfine war kurz davor, sich zu übergeben.

»Ihr solltet euch schleunigst an den Anblick gewöhnen«, sagte

Radjaniel. »Wenn ihr nur davon träumt, mit Prisma und Bandelier durch die Gegend zu spazieren, könnt ihr gleich nach Hause gehen. Die Chimären suchen nicht einfach das Weite, wenn sie euch kommen sehen. Ihr müsst gegen sie kämpfen, sie verletzen, ihnen Gliedmaßen, Krallen und Mandibeln abhacken. Ihr müsst eure Waffen in ihre Bäuche stoßen, während sie nach euren Hälsen schnappen! Ihr müsst euch mit Blut und Innereien besudeln, denn wenn ihr das nicht tut, werden die Bestien euch zerfetzen. Wenn euch das alles nicht bewusst ist, wenn ihr Angst vor einem lächerlichen Krustenkrebs habt, der bereits seit Stunden tot ist, habt ihr hier nichts verloren!«

Er hielt kurz inne und fuhr dann fort: »Die Umstände wollen es, dass ich bei eurer Rekrutierung nicht dabei war. Denn sonst wäre das das Erste gewesen, was ich euch erklärt hätte. Also?«

Dælfine schluckte schwer. Natürlich hatte sie über all diese Dinge nachgedacht. Vargaï hatte ihr nicht verschwiegen, welche Gefahren einen Weltwanderer erwarteten, auch wenn er weniger drastische Worte gewählt hatte. Sie hatte nur gehofft, sich langsam an das Töten gewöhnen zu können. Mit einem Mal wurde ihr klar, wie absurd diese Vorstellung gewesen war.

»Also?«, beharrte Radjaniel.

Dælfine holte tief Luft und wagte sich als Erste vor. Sie schob eine Hand unter den Panzer. Als sie die kalte, glitschige Oberfläche berührte, lief es ihr eiskalt über den Rücken, doch sie hielt durch.

Derart ermutigt, überwanden auch ihre Freunde ihren Widerwillen. Radjaniel sagte kein Wort. Er hatte weder ein Lob noch ein Lächeln für sie übrig, sondern zählte nur bis drei, und zusammen stemmten sie die Kreatur in die Höhe.

Bis zur Kristallbarriere war es recht weit, doch zum Glück war der Krustenkrebs leichter als erwartet. Trotzdem mussten sie zweimal innehalten; einmal, um sich auszuruhen, und das zweite Mal, um mehrere Möwen zu vertreiben, die wild kreischend nach dem Krustenkrebs pickten. Nach einer Weile erreichten sie das Eisentor, das die Lücke in der Zauberranke versperrte. Irgendjemand hatte es wieder geschlossen – vermutlich Radjaniel, als er am Morgen nach draußen gegangen war. Sie setzten den Kadaver ab, und der Weltwanderer schob einen riesigen Riegel auf, der beide Torflügel miteinander verband. Dælfine beobachtete ihn fassungslos. Der Riegel verhinderte, dass sich das Tor zufällig öffnete. Aber was war dann in der vergangenen Nacht passiert?

Doch sie kam nicht dazu, weiter über diese Frage nachzugrübeln. Die Schüler und ihr Lehrer hatten noch einige Arbeit vor sich. Erst trugen sie den toten Krustenkrebs durch das Tor und legten ihn einige Meter hinter der Kristallbarriere ab, dann gingen sie zurück zum Strand und holten einen weiteren Kadaver. Sie mussten fünf tote Meeresungeheuer fortschaffen, was bedeutete, dass sich Radjaniel am Morgen nicht gelangweilt hatte.

Die letzte Kreatur war die größte und schwerste, obwohl ihr eine Zange fehlte. Die Träger mussten mehrmals anhalten und eine Pause einlegen. In einem Punkt hatte Radjaniel jedenfalls recht: Nachdem sie die Krustenkrebse eine Stunde lang durch die Gegend geschleppt hatten, hatte Dælfine ihren Ekel vor den Kadavern verloren. Auch stellte sie erleichtert fest, dass ihr Lehrer ein ruhiges Gemüt hatte: Anders als seine Schüler es befürchtet hatten, regte sich Radjaniel nicht bei jeder Gelegenheit auf. Im Gegenteil, als die Kinder am Ende ihrer Kräfte angelangt waren, fand er ein paar aufmunternde Worte und sagte ihnen, dass sie es bald geschafft hätten. Die schwere Arbeit tat ihr Übriges, sie als Gruppe zusammenzuschweißen. Als sie beim letzten Krustenkrebs angekommen waren, rannten sie die letzten Meter und schleuderten den Kadaver mit einem lauten Kriegsschrei, der über den ganzen Strand schallte, in den Sand.

Vor lauter Übermut kletterte Gess sogar auf den Leib des Krustenkrebses. Er legte einen albernen Siegestanz hin, und seine Freunde neckten ihn mit spöttischen Kommentaren.

Ihr Grinsen verblasste jedoch, als Radjaniel seine Waffe zog. Es handelte sich um eine große Machete mit einer Klinge aus einem weißen Material, die schon seit dem Morgen im Einsatz war. Sobald Gess den Weltwanderer auf sich zustapfen sah, sprang er hastig von dem Kadaver herunter. Selbst als die Schüler erkannten, dass sich ihr Lehrer über die Gliedmaßen der Kreatur hermachte und sie mit harten, entschlossenen Hieben abschlug, war ihnen noch mulmig zumute.

Doch Dælfines Neugierde gewann die Überhand: »Warum macht Ihr das?«, fragte sie. »Wollt Ihr Vögel anlocken? Damit die Kadaver schneller verschwinden?«

Ein weiterer Machetenhieb spritzte ein wenig schleimigen Saft auf ihren Arm. Sie wischte ihn achtlos weg; so etwas machte ihr schon gar nichts mehr aus.

»Nein, daraus werden wir euch Waffen fertigen«, erklärte Radjaniel.

Dælfine und ihre Freunde starrten sich verblüfft an.

»Waffen?«, wiederholte sie. »Aus Krebsbeinen?«

»Natürlich! Nur so können wir ...«

Er verstummte abrupt, ließ die Machete sinken und betrachtete die verwirrten Gesichter seiner Schüler. Dann rieb er sich resigniert die Schläfen.

»Es stimmt, ihr müsst erst noch alles lernen ... So vieles müsst ihr noch lernen ...«

Auf einmal wirkte er sehr niedergeschlagen. Dælfine ahnte, dass dies ein entscheidender Moment war. Wenn Radjaniel ihnen jetzt den Rücken kehrte und sich volllaufen ließe, wäre das Schicksal der Schüler besiegelt. Doch nach einigen Augenblicken der Anspannung vollführte der Weltwanderer einen letzten Hieb. Es sah aus, als wollte er so auch alle düsteren Gedanken verjagen.

»Ihr werdet euren Rückstand bald aufholen«, verkündete er.
»Folgt mir. Um die Beine kümmern wir uns später.«

Mit diesen Worten hob er ein melonengroßes glitschiges Stück Fleisch auf und schob es sich in die Jackentasche. Dælfine hoffte sehr, dass es sich dabei nicht um ihre nächste Mahlzeit handelte.

28

Jona war davon ausgegangen, dass sie zum Zeughaus oder auf die Halbinsel zurückkehren würden, aber überraschenderweise marschierte Radjaniel in Richtung Ozean. Zaghaft folgten Jona und seine Freunde ihm. Zwar hatten sie ihr ganzes bisheriges Leben außerhalb Zauberrankes verbracht, aber nach dem Angriff des Drakoniden und der Attacke der Riesenkrebse kam es ihnen plötzlich sehr gefährlich vor, sich von der Kristallbarriere zu entfernen.

Als ihr Lehrer auf eine Erhebung am ansonsten flachen Strand zeigte, etwa hundert Meter von ihnen entfernt, wuchs ihre Beklemmung. Es handelte sich um einen weiteren Krustenkrebs, aber dieser war quicklebendig! Er hatte sich halb in den Sand eingegraben und rührte sich nicht, und Radjaniel führte den kleinen Trupp weiter, als hätte er ihnen eine gewöhnliche Muschel gezeigt. Die Schüler reckten die Hälse und sahen sich unentwegt um. Sie waren bereit, beim ersten Anzeichen eines Angriffs zu fliehen.

»Sie bewegen sich nur im Dunkeln«, versicherte ihnen der Weltwanderer. »Wenn wir nicht direkt auf eine der Bestien treten, besteht im Moment keine Gefahr.«

Auch wenn Radjaniel zu wissen schien, wovon er sprach, blieb Jona auf der Hut, denn die schrecklichen Stunden der vergangenen Nacht waren ihm noch frisch im Gedächtnis. Nach einer halben Ewigkeit erreichten sie endlich den Ozean. Etwa zehn

Meter vom Ufer entfernt schaukelten mehrere Kanus auf den Wellen. Sie waren an langen Seilen festgebunden. Als Radjaniel eines der Boote zu sich heranzog, gab es keinen Zweifel mehr an seinen Absichten.

»Rein mit euch«, sagte er.

Wieder zögerten die Schüler, und wieder war es Dælfine, die als Erste in das Kanu stieg und sich am Bug niederließ. Sie war eindeutig die Mutigste von ihnen – und die Wissbegierigste.

Die anderen folgten ihrem Beispiel. Dann schob Radjaniel das Kanu ins tiefe Wasser, bevor er sich mit erstaunlicher Gewandtheit an Bord hievte.

»Gess und Jona, nehmt euch ein Ruder«, befahl er.

Die beiden Jungen setzten sich ungeschickt zurecht. Offenbar hatte Gess noch nie ein Paddel in der Hand gehabt, und Jona konnte sich nicht erinnern, wie es mit ihm selbst aussah. Immerhin schafften sie es nach ein, zwei Minuten, ihren Rhythmus aufeinander abzustimmen, und das Kanu entfernte sich vom Strand.

An Bord herrschte tiefes Schweigen. Selbst das Meer schien die Luft anzuhalten, um zu unterstreichen, wie bedeutungsvoll dieser Augenblick war. Außer dem Klatschen der Wellen waren nur die Schreie der Meeresvögel zu hören, die aber so hoch am Himmel kreisten, dass sie kaum zu sehen waren. Die Schüler fragten sich, wohin der Ausflug ging und zu welchem Zweck sie über das Meer paddelten. Brachte Radjaniel sie vielleicht zu einer der vielen kleinen Inseln in der Nähe? Oder ging es noch weiter aufs Meer hinaus? Jona hätte sich wesentlich sicherer gefühlt, wenn der Weltwanderer seine seltsame Lanze mitgenommen hätte. Im Augenblick schien ihnen keine Gefahr zu drohen, aber er hatte kein gutes Gefühl bei der Sache. Dass Radjaniel ihnen nicht sagte, wohin es ging, verstärkte seine böse Ahnung noch. Es war, als würden sie auf das Nichts zufahren.

»Hier«, sagte Radjaniel auf einmal. »Das passt. Legt die Ruder ins Boot.«

Sie gehorchten und suchten den Horizont in alle Richtungen ab, entdeckten aber nichts Besonderes. Der Strand war ein paar Hundert Meter entfernt. Das war nicht besonders weit, aber falls sie die Strecke schwimmen mussten, doch ein ganz schönes Stück. Bei dem Gedanken erschauderte Jona: Was, wenn der Weltwanderer sie hier rausgebracht hatte, um ihr Durchhaltevermögen auf die Probe zu stellen? Mitten auf dem Meer konnte er mit den Schülern anstellen, was er wollte, er könnte sie sogar einfach über Bord werfen, wenn ihm danach war.

In diesem Moment wandte sich Radjaniel an seine Schüler: »Ich nehme an, dass man euch vom Schleier, den verschiedenen Horizonten und den Chimären erzählt hat. Oder ihr habt genügend Gespräche belauscht und euch euer eigenes Bild gemacht. Sonst wärt ihr nicht hier, es sei denn, ihr seid völlig dumm im Kopf. Wer von euch glaubt denn, tatsächlich verstanden zu haben, wie das alles funktioniert?«

Jona hütete sich davor, die Hand zu heben: Er war ganz bestimmt derjenige in der Gruppe, der am wenigsten davon verstand. Doch auch seine Freunde schwiegen und rührten sich nicht.

»Das habe ich mir gedacht«, sagte Radjaniel seufzend. »Fangen war also ganz von vorn an ...«

Er deutete mit dem Daumen auf den Ozean: »Schaut in die Tiefe, und sagt mir, was ihr dort seht.«

Nach einigen Momenten des Schweigens antwortete Nobiane für die Gruppe: »Das Wasser ist trüb ... Man kann nichts erkennen.«

»Das ist richtig«, sagte der Weltwanderer. »Direkt unter uns könnte ein meterlanger Hai schwimmen, und wir würden ihn nicht sehen. Selbst wenn sich fünf oder zehn Viecher dort unten tummeln würden, könnten wir sie nicht ausmachen, solange sie von der Oberfläche wegbleiben.«

Er holte das Krebsfleisch aus seiner Tasche und schnitt es in kleine Stücke, die er auf dem Rand des Kanus auslegte. Als er ein gutes Dutzend davon hatte, schnippte er sie unter den besorgten Blicken seiner Schüler nacheinander ins Wasser. Alle erwarteten, dass plötzlich ein Ungeheuer aus der Tiefe emporschießen würde, doch das Meer blieb ruhig, und Radjaniel war bereits mit etwas anderem beschäftigt: Er spießte den Rest des glitschigen Fleisches auf einen Bootshaken.

Dann hielt er den abstoßenden Köder knapp über die Wellen. Die folgenden Sekunden vergingen in gespanntem Schweigen. Plötzlich fuhr ein gieriges Maul aus dem Wasser und schnappte nach der Beute. Berris stieß einen schrillen Schrei aus, doch die Bestie war bereits wieder in den finsteren Fluten verschwunden. Jona hatte nicht mehr als eine doppelte Reihe Zähne und ein ausdrucksloses Auge gesehen. Er war nicht einmal sicher, ob es sich tatsächlich um einen Hai gehandelt hatte.

»Wir sehen nichts von dem, was unter uns ist«, wiederholte der Weltwanderer. »Aber andersherum gilt das nicht. Dank der Sonne über unseren Köpfen kann jedes Wesen, das wenige Meter unter uns vorbeischwimmt, unser Kanu ausmachen. Wie viele schwimmen jetzt, in diesem Augenblick, unter uns herum? Vielleicht nähert sich gleich einer der Raubfische der Oberfläche und zeigt uns seine Rückenflosse. Vielleicht versucht er, uns zum Kentern zu bringen. Und wir können nichts tun, um ihn davon abzuhalten. Wir nehmen ihn erst wahr, wenn er angreift. Wir können nichts tun, als zu warten, bis es zu spät ist. Tja, und das Gleiche gilt für die Chimären.«

Jona nickte nachdenklich. Der Vergleich leuchtete ihm ein. Vorsichtshalber rückte er ein wenig vom Rand fort.

»Jetzt schaut euch den Ozean an, der uns umgibt. Stellt euch vor, dass diese riesige Wasseroberfläche Gonelore ist. Gonelore ist unser Horizont, der Horizont der Menschen, der Ort, an dem wir reisen, leben, sterben. Doch wie beim Ozean ist unser Horizont in Wahrheit Teil eines größeren Universums, und dieses

Universum beheimatet zahllose Dinge und Wesen, die es gibt, auch wenn wir sie nicht sehen können. Versteht ihr?«

Angesichts der ratlosen Mienen seiner Schüler suchte er nach anderen Worten: »Der Ozean besteht nicht nur aus den Wellen, auf denen unser Boot schaukelt. Selbst wenn man von einem Ende zum anderen segeln würde, selbst wenn man alle Ufer abschreiten würde, würde man stets nur die Oberfläche kennen. Doch der Ozean ist viel mehr. Die Wassermassen in der Tiefe, der Meeresgrund, die Gräben und Schluchten und alle Wesen, die dort unten leben, gehören ebenfalls zum Ozean. Auch wenn wir sie nicht sehen. Auch wenn wir nichts über sie wissen. Sie brauchen uns nicht, um zu existieren.«

Er hielt eine Weile inne und schien über seine eigenen Worte nachzudenken. Dann schloss er: »Ihr dürft das, was uns umgibt, nicht länger für die gesamte Welt halten. Unsere Realität, also das, was wir sehen und berühren können, ist nur ein Bruchteil der Welt. Dieser Teil ist unser Horizont. Die oberste Schicht eines Universums, dessen wahres Ausmaß wir nicht kennen.«

»Ich kapier das nicht«, gestand Berris. »Wir befinden uns also auf der Oberfläche. Heißt das, alle Chimären kommen aus dem Wasser? Selbst die Drakoniden?«

»Aber nein«, sagte Radjaniel mit einem Seufzer. »Ich habe das Meer nur als Beispiel genommen, damit ihr euch das Ganze besser vorstellen könnt. Die Anordnung der verschiedenen Horizonte ist nicht geografisch. Was sich hinter unserer Wirklichkeit, hinter unserem Horizont, verbirgt, kann nicht mit einer Richtung angezeigt werden. Die Chimären lauern weder unter der Erde noch auf dem Meeresgrund noch in unbewohnten Höhlen noch an sonst einem verlassenen Ort ... Genauso wenig wie in den Wolken oder den Sternen.«

»Und woher kommen sie dann? Aus einer anderen Welt?«

»Eben nicht«, entgegnete ihr Lehrer. »Das versuche ich euch ja gerade verständlich zu machen. Soweit wir wissen, gibt es keine andere Welt. Die Chimären teilen sich mit den Menschen die einzige Welt, die wir kennen. Sie sind ständig um uns herum, aber auf eine Weise, die wir nicht begreifen, weil sie von einem Schleier verborgen sind. Den Schleier kann ich euch leider nicht zeigen. Niemand kann ihn sehen. Das wäre, als würde man versuchen, auf die Luft zu zeigen, die man einatmet.«

Er rieb sich ungeduldig die Stirn, dann sagte er: »Vergesst das vorerst. Nachher, wenn wir wieder beim Zeughaus sind, werdet ihr es besser verstehen. Kommen wir lieber wieder auf meinen Vergleich mit dem Ozean zurück. Der Hai, dem ich soeben etwas zu fressen gegeben habe, schwimmt unter unserem Boot herum. Irgendwo in der Tiefe, wir wissen nicht, wo. Nehmen wir an, das Wasser stellt ihren Horizont dar. Wenn die Bestie ihn verlässt und sich uns zeigt, sagt man, dass sie den Schleier durchquert. Dann wird sie zu etwas, das wir eine Chimäre nennen. Eine Chimäre ist eine Kreatur, die eigentlich nicht zu unserem Horizont gehört. Aber wenn sie den Schleier durchquert und in unserer Realität auftaucht, können wir sie sehen und unter bestimmten Bedingungen sogar verletzen oder töten. Wenn sie in unserem Horizont jagen will, muss sie sich uns zeigen, so wie der Hai die Wasseroberfläche durchstoßen hat. Gelingt es ihr, ihre Beute zu packen, verschwindet sie damit in den Tiefen ihres Horizonts, und das unglückliche Opfer kann nie wieder in unseren Teil der Welt zurückkehren.«

Jona starrte erneut ins Wasser. Ihm war ziemlich mulmig zumute. Wenn Radjaniel weiter von den Chimären redete, würde er sie noch anlocken.

Doch ihr Lehrer sprach bereits weiter: »Mit dem Eid der Weltwanderer, den auch ihr abgelegt habt, schwört man, alle Chimären zu vertreiben, die in unseren Horizont eindringen. Dieser Kampf dauert seit über einem Jahrtausend an. Wenn wir aufgeben, wenn wir auch nur einen Schritt zurückweichen, werden sich die Kreaturen in Gonelore vermehren – und irgendwann kommt dann der Augenblick, in dem niemand sie mehr verjagen kann. Deshalb müsst ihr lernen zu kämpfen. Und ihr müsst überleben, um zu kämpfen«, sagte er mit besonderem Nachdruck. Er musterte jeden seiner Schüler, als erwarte er, dass sie ihm versprachen, am Leben zu bleiben.

Verwirrt nickten Jona und seine Freunde.

»Gut! Die Mitglieder der Bruderschaft fertigen seit über sechs Jahrhunderten Aufzeichnungen an. Aus ihnen besteht unsere Chronik. Das darin gesammelte Wissen ist uns eine wertvolle Hilfe, und alle Weltwanderer in ganz Gonelore sind bemüht, Neues dazu beizutragen. Wir haben die Chimären in Arten unterteilt, wir haben ihre Schwachstellen herausgefunden, ihre Gewohnheiten, ihre bevorzugten Jagdgebiete. Aber vor allem haben wir gelernt, das hier herzustellen.«

Er zog seine Machete mit der Klinge aus dem seltsamen weißen Material, an der jetzt getrocknetes Krebsfleisch klebte.

»Diese Klinge wurde aus dem Schulterblatt eines Ursiden gefertigt«, erklärte er. »Vargaïs Säbel besteht aus dem Stoßzahn eines Walrausses. Die Spitze von Sohias Speer ist aus dem Dorn eines Stachelkrebses gemacht. Alle diese Waffen wurden aus den Überresten besiegter Chimären hergestellt. Ohne sie hätten wir keine Chance, die Ungeheuer zu verletzen, geschweige denn, sie zu töten. Denn der Stahl, den wir in unserem Horizont schmieden, kann den Kreaturen, die von jenseits des Schleiers zu uns kommen, nichts anhaben. Sie sind zäh und verfügen über große Widerstandskräfte. Um gegen sie zu bestehen, braucht man etwas, das aus ihrem Horizont stammt.«

Er reichte Jona seine Waffe. Dieser musterte sie ein paar Augenblicke lang und gab sie dann an seine Freunde weiter. Mit einem Mal verstand er, warum die Waffen der Weltwanderer, denen er bisher begegnet war, so seltsam aussahen. Selbst Arolds Schwert sah aus wie eine riesige, versteinerte Zunge.

»Leider sind gute Fundstücke selten«, erläuterte Radjaniel. »Ich werde euch fürs Erste Waffen aus den Gliedmaßen der Krustenkrebse bauen. Das ist zwar nur eine Notlösung, aber so habt ihr wenigstens was zum Üben.«

»Was ist mit dem Drakoniden, der in der Ranke hängen geblieben ist?«, fragte Nobiane auf einmal. »Er ist bestimmt ertrunken. Vielleicht könnten wir ...«

»Vielleicht könnten wir das eine oder andere von seinem Kadaver noch gebrauchen«, ergänzte Radjaniel.

Nobiane nickte verlegen. Nachdem sie den halben Vormittag lang tote Riesenkrebse über den Strand geschleppt hatten, mussten sie sich jetzt auch noch an den Gedanken gewöhnen, ihre zukünftigen Opfer zu zerlegen. Diese Vorstellung war verstörend – und seltsam traurig, fand Jona, auch wenn er sich dieses Gefühl nicht erklären konnte.

»Ein solcher Fund wäre sehr kostbar«, bestätigte Radjaniel. »Man kann die Haut, die Schuppen, die Krallen, die Zähne, Knochen und Flügelrippen, die Schwanzstacheln, manche Drüsen und noch vieles mehr verwenden. All das hätten unsere Handwerker zu Rüstungen, Klingen, Speer- und Pfeilspitzen oder gar Salben und Medikamenten machen können. Aber von dem Drakoniden ist sicher schon lange nichts mehr übrig. Die Krustenkrebse haben den Kadaver zweifellos in einer Nacht verschlungen, und das Wenige, was sie übrig gelassen haben, wurde von der Flut fortgespült. Sollten noch Knochen übrig sein, dürften sie jetzt irgendwo auf dem Grund des Ozeans liegen.«

Jona starrte erneut in das trübe Wasser, als könnte er ebenjene Überreste darin entdecken. Aber er konnte nicht einmal einen Meter tief sehen. Bei der Betrachtung kam ihm plötzlich ein unerwarteter Gedanke, und er rief: »Wenn die Chimären Fischen gleichen, die die Wasseroberfläche durchstoßen ... Und wenn die Untiefen des Meeres einen anderen Horizont darstellen als den unseren ... Warum können die Weltwanderer dann nicht hinabtauchen, um ihn zu erkunden? Warum unternehmen sie die Reise nicht in die umgekehrte Richtung? Warum erforschen sie nicht den Teil der Welt, aus dem die Kreaturen stammen?«

Als er Radjaniels durchdringenden Blick sah, bereute er die Frage sofort. Es war, als habe er ein altes Tabu gebrochen oder eine unglaubliche Dummheit ausgesprochen.

»Hat Vargaï mit dir darüber gesprochen?«, fragte der Lehrer scharf.

Angesichts des Tonfalls und Radjaniels schwer zu deutendem Gesichtsausdrucks war Jona versucht zu lügen, schüttelte dann aber doch den Kopf. Nachdem der Weltwanderer ihn ein paar Sekunden lang stumm gemustert hatte, holte er tief Luft und schien sich zu besinnen.

»Manche halten das für möglich«, erklärte er. »Aber es ist viel zu gefährlich, einen solchen Versuch zu wagen. Selbst wenn es jemandem gelänge, den Schleier zu durchqueren, wäre er auf der anderen Seite so hilflos wie ein Mensch auf dem Grund des Ozeans. Vielleicht bekäme er keine Luft. Seine Bewegungen wären schwerfällig und plump. Er wäre seiner Sinne beraubt, taub und fast blind. Und er wäre von Kreaturen umgeben, die auf leichte Beute lauern.«

Er schüttelte den Kopf und fuhr fort: »Die Götter haben den Schleier über die Welt gelegt, um uns vor den Chimären zu schützen. Sie haben eine Grenze erschaffen, die vielleicht nicht ganz undurchlässig ist, aber immerhin ist sie da. Begnügen wir uns damit, unsere Seite zu bewachen.«

Abermals hielt er inne. Dann sagte er: »Lasst uns zum Zeughaus zurückkehren. Ich werde euch zeigen, was es mit den Horizonten auf sich hat.«

Er forderte Dælfine und Berris auf, die Ruder zu übernehmen, und das Boot glitt auf den Strand zu. So konnte Jona in Ruhe die Halbinsel betrachten und nicht zuletzt den Leuchtturm, der ihm immer noch nicht aus dem Kopf ging. Selbst mitten am Tag und auf diese Entfernung kam es ihm vor, als gingen dort seltsame Dinge vor sich. Blinkte an der Spitze nicht immer wieder ein Licht auf? Es war, als wollte jemand dort oben ihnen ein Zeichen geben.

29

Es kostete Nobiane große Überwindung, die Gliedmaßen der Krustenkrebse zum Zeughaus zu tragen. Nach ihrer Rückkehr zum Strand hatte Radjaniel sie ganz allein mit dieser Aufgabe betraut. Vielleicht wollte er so zeigen, dass er die Anführerin ihrer Gilde nicht bevorzugt behandelte. Oder es ging ihm darum, die Arbeit gerecht zu verteilen, schließlich hatte sie als Einzige nicht rudern müssen. Oder aber der Lehrer wusste von ihrer adligen Abstammung und versuchte herauszufinden, ob seine Schülerin bereit war, sich die Hände schmutzig zu machen.

Also biss sie die Zähne zusammen und drückte die widerwärtige Last klaglos gegen ihre Brust, während ihr der schleimige Saft auf Kleider und Stiefel tropfte. Auf halbem Weg boten ihr Dælfine und Jona netterweise an, ihr ein paar von den Gliedmaßen abzunehmen, aber Nobiane lehnte ab. Sie war zu stolz, um sich helfen zu lassen, und wollte außerdem ihren Lehrer beeindrucken. Radjaniels leises Lächeln spornte sie weiter an. Endlich erreichten sie die Treppe, die zu ihrer Unterkunft führte. Oben angekommen, ließ Nobiane ihre Ladung erleichtert auf die Pflastersteine fallen.

Radjaniel gönnte ihnen allerdings keine Pause. Er stieß die Tür zu seiner eigenen Wohnung auf und gab ihnen mit einem Wink zu verstehen, dass sie eintreten sollten.

»Kocht euch etwas zu essen. Ganz hinten in der Vorratskammer hängt ein Schinken, und irgendwo findet ihr sicher auch

Bohnen und ein paar eingelegte Zwiebeln. Ruft mich, wenn das Essen fertig ist!« Mit diesen Worten verschwand er die Treppe hinauf, die an der Außenwand des Gebäudes emporführte.

Die Schüler blickten einander fassungslos an. Ihnen war klar gewesen, dass Radjaniel nicht wie andere Lehrer war. Während die meisten neuen Rekruten ein gemeinsames Mahl in den Speisesälen des Schuldorfs einnahmen, mussten Nobiane und ihre Freunde sich selbst ein paar alte Vorräte in einer Pfanne von zweifelhafter Sauberkeit zusammenmischen. Doch keiner von ihnen hatte vergessen, dass der Weltwanderer ihnen in der Nacht das Leben gerettet hatte. Und auch nicht, mit welcher Nachsicht er auf ihre Flucht reagiert hatte. Außerdem hatte dieser erste Morgen, so anstrengend er auch gewesen war, den Willen des Jorensan bewiesen, ihnen sein Wissen weiterzugeben. Daher machte sich die Gruppe ohne großes Murren an die Arbeit. Gess entfachte ein Feuer im Herd, Dælfine kümmerte sich um das Essen, und Jona und Berris gingen wagemutig daran, ein paar Schüsseln und Gabeln zu spülen. Nobiane zögerte kurz und widmete sich dann dem großen Tisch in der Mitte des Raums. Wie der Rest der Küche war die Tischplatte völlig zugestellt. Die Hälfte von dem, was hier herumlag, konnte man getrost wegschmeißen. Vorsichtshalber begnügte sich Nobiane damit, zwei Haufen zu bilden: Müll und Gerümpel legte sie auf eine Seite, Sachen, von denen sie annahm, dass sie aufzuheben waren, auf die andere. Bald war der Tisch so weit freigeräumt, dass man ihn decken konnte.

In den folgenden Minuten hatte sie Zeit, den Raum, in dem ihr Lehrer hauste, genauer unter die Lupe zu nehmen. Die Einrichtung passte zu ihrem Besitzer: Sie war eigenwillig und leicht schmuddelig. Offenbar war hier lange nicht aufgeräumt, geputzt oder auch nur gelüftet worden. Doch zwischen all den leeren Flaschen, herabgebrannten Kerzen und schmutzigen Töpfen gab es auch Dinge, die zeigten, wie sehr Radjaniel in seiner Tätigkeit als

Weltwanderer aufging. Zahlreiche Bücher über die Chronik der Bruderschaft lagen aufgeschlagen herum, und in jedem steckten lose Blätter mit handschriftlichen Notizen. Außerdem besaß ihr Lehrer eine beeindruckende Sammlung an kleinen, aus Chimärenpanzern, -zähnen oder -hörnern gefertigten Werkzeugen. Damit schliff oder reparierte er offenbar Waffen. In einer Ecke entdeckte Nobiane eine Lanze mit breiter Klinge und spitzem Haken sowie einen Dolch mit gebrochenem Griff. Einem geübten Auge wären bestimmt noch weitere interessante Gegenstände aufgefallen, aber das Mädchen konnte sich nur fragen, woher all die Krallen, Knochen, Kristalle und anderen Gegenstände auf den Regalen wohl stammten und wozu sie dienten. Während sie durch den Raum spazierte und sich alles genau ansah, hatte sie gar nicht mehr den Eindruck, sich in der Bruchbude eines Säufers zu befinden, sondern vielmehr, eine Art Museum zu erkunden.

»Das Essen ist warm«, sagte Dælfine.

Gess lachte.

»Mir fällt auf, dass du nicht sagst: ›Das Essen ist gar‹ oder ›Das Essen wird schmecken‹«, spottete er.

»Ha, ha. Beim nächsten Mal bist du dran«, konterte Dælfine.

»Dann kannst du uns mit deinen Kochkünsten beeindrucken.«

Nobiane ließ die beiden weitersticheln und ging hinaus, um Radjaniel zu rufen. Der Weltwanderer kam ihr schon entgegen, zweifellos angelockt vom Geruch gekochter Bohnen mit Speck.

»Nach dem Essen gehen wir sofort nach oben«, verkündete er. »Ich habe alles vorbereitet, und wir haben noch eine Menge …«

Wie angewurzelt blieb er auf der Schwelle zu seiner Wohnung stehen. Er sah aus, als hätte er ein Gespenst gesehen, und starrte auf den gedeckten Tisch, das saubere Geschirr und das Mahl, das auf dem Feuer vor sich hinköchelte. Dann vergrub er das Gesicht in den Händen. Seine Schüler befürchteten schon, er würde auf dem Absatz kehrtmachen, aber als Radjaniel die Hände vom Gesicht nahm, lächelte er gerührt.

»Zu Tisch!«, rief er. »Greift ordentlich zu, ihr werdet eure Kräfte noch brauchen.«

Sie nahmen am Tisch Platz. Während des Essens wurde kaum gesprochen. Die Plackerei am Strand und der Ausflug aufs Meer hatten sie hungrig gemacht. Radjaniel nahm sich als Einziger nicht noch eine zweite oder dritte Portion, doch er drängte seine Schüler nicht zur Eile, sondern beobachtete fürsorglich, wie sie sich die Bäuche vollschlugen.

Irgendwann begann der Weltwanderer jedoch, auf die Schnapsflaschen zu schielen, die nicht weit entfernt standen. Nobiane rechnete fast damit, dass er schwach werden würde, aber als Berris den letzten Löffel Bohnen vertilgt hatte, klatschte Radjaniel in die Hände und schob seinen Stuhl zurück: »Folgt mir! Wir gehen nach oben. Das dürfte euch gefallen, denke ich ...«

Der Lehrer ließ ihnen nicht einmal Zeit, den Tisch abzuräumen. Gleich darauf stiegen die Schüler hinter ihm her die windumtoste Treppe empor. Sie gelangten zu einem ersten Absatz, dann zu einem zweiten, und standen schließlich vor einer Tür direkt unter dem Dach des Zeughauses. Auf Radjaniels Aufforderung hin drehte Nobiane am Knauf und stellte überrascht fest, dass sich dahinter ein vollkommen in Finsternis getauchter Raum befand.

»Wartet hier«, sagte der Weltwanderer.

Er drängte sich zwischen seinen Schülern hindurch und verschwand in der Dunkelheit. Nach wenigen Augenblicken glomm ein schwaches Licht auf. Radjaniel hielt eine heruntergedrehte Laterne in der Hand, deren Schein von unzähligen Spiegeln zurückgeworfen wurde.

Nobiane erkannte auf Anhieb, dass es sich um ein Spiegelkabinett handelte. Im Palast einer entfernten Cousine war sie schon einmal an einem ähnlichen Ort gewesen. Doch dieses Spektakel übertraf alles, was sie bisher gesehen hatte.

Überall schimmerten silbrige Flächen, an manchen Stellen sogar auf dem Boden. Dutzende, wenn nicht gar Hunderte von Spiegeln verschiedenster Form und Größe bildeten ein seltsames Labyrinth, in dem sich sogar ihr Blick zu verirren schien. Wie hatte Radjaniel es nur geschafft, im Dunkeln quer durch den Raum zu gehen, ohne irgendwo anzustoßen oder zu stolpern?

Die Antwort folgte sogleich. Nach drei kleinen Schritten stand der Weltwanderer wieder vor seinen Schülern. Er war gar nicht so weit weg gewesen, wie es durch die Spiegel den Anschein gehabt hatte.

»Kommt herein, und schließt die Tür«, forderte er sie auf. »Und dann bleibt stehen, und rührt euch nicht!«

Er drückte Nobiane die Laterne in die Hand und verschwand erneut hinter einem Spiegel. In der folgenden Minute sahen die Rekruten nur Teile seiner Silhouette in den Spiegeln. Einmal schien ihr Lehrer sie von allen Seiten zu umringen, nur um sich gleich darauf wieder in Luft aufzulösen. Nobiane sah, dass er dabei war, die letzten Decken zu entfernen, mit denen die Spiegel bedeckt waren. Als er fertig war, wirkte der Raum noch geheimnisvoller.

»Könnt ihr mich sehen?«, fragte Radjaniel.

Die Schüler verneinten. Nobianes Stimme klang seltsam in ihren Ohren. Es war, als würde auch der Klang von den Spiegeln reflektiert und verzerrt.

»Aber ich kann euch sehen«, sagte Radjaniel.

Dann schwieg er. So lange, dass den Schülern unbehaglich zumute wurde.

Sie konnten noch so sehr die Augen aufreißen und jeden der Spiegel um sie herum mustern, außer ihren eigenen Spiegelbildern sahen sie nichts. Irgendwann konnte Gess der Versuchung nicht länger widerstehen, und er begann, Grimassen zu ziehen, um die Stimmung aufzulockern. Er erstarrte jedoch, als der Weltwanderer drohte: »Vorsicht, ich komme gleich durch den Schleier ...«

Nobiane wusste nicht, ob sie den Scherz lustig finden sollte. Wenn es überhaupt ein Scherz war. Machte sich Radjaniel etwa einen Spaß daraus, ihnen Angst einzujagen? Sollte das eine Mutprobe werden? Sie drehte die Laterne hoch, fest entschlossen, sich nicht erschrecken zu lassen. Umso heftiger zuckte sie zusammen, als der Weltwanderer plötzlich direkt hinter ihr auftauchte.

Sie war nicht die Einzige, der es so erging. Sobald sich die Schüler von dem Schreck erholt hatten und die amüsierte Miene des Jorensan sahen, mussten sie zugeben, dass sie einer optischen Täuschung aufgesessen waren.

»Dieses Spiegelkabinett ist eine der ältesten Attraktionen von Zauberranke«, erklärte Radjaniel. »Wir nennen es das Psychedium. Es wurde von den Gründervätern der Schule erfunden und gebaut. Es simuliert die Art, wie der Schleier funktioniert. Gess, du hast doch sicher noch ein paar Grimassen auf Lager, oder? Bleib mal hier, und übernimm die Laterne. Ihr anderen kommt mit.«

Er führte die vier Schüler durch das Labyrinth zu einer großen silbernen Fläche, aus der ihnen Gess entgegenblickte. Über ein kompliziertes System von Spiegelungen konnten sie ihren Kameraden beobachten. Dem Jungen war es sichtlich unwohl in der Haut. Er drehte sich um die eigene Achse und warf nervöse Blicke in alle Richtungen – sei es, um sich nicht noch einmal erschrecken zu lassen, sei es, weil er nach einem Ausweg aus dem unheimlichen Labyrinth suchte. Radjaniel quälte ihn nicht allzu lange. Bald führte er Dælfine zu der Stelle, an der Gess wartete, und ließ das Mädchen allein zurück. Nun durfte Gess das Wunder betrachten.

»Genauso sehen uns die Chimären«, erklärte Radjaniel. »Für sie sind wir eine hilflose Beute, die nicht einmal ahnt, dass der Feind ganz in der Nähe lauert. Wenn man das weiß, kann man sich gut vorstellen, dass sie der Versuchung, den Schleier zu durchbrechen, nur schwer widerstehen können.«

Nobiane nickte. Ihre Kehle war wie ausgedörrt. Diese Vorführung war noch anschaulicher als Radjaniels Erklärungen auf dem Meer. Vor allem, weil die Schüler selbst die Rolle der möglichen Opfer einnahmen.

»Das ist noch nicht alles«, verkündete Radjaniel. »Berris, bleib hier.«

Unter den sorgenvollen Blicken des dicken Jungen führte der Weltwanderer Nobiane, Gess und Jona in einen anderen Teil des Kabinetts. Nun standen sie vor einem Spiegel, in dem ihre beiden Freunde gleichzeitig zu sehen waren.

»Stellt euch vor, dass wir uns jetzt in einem übergeordneten Horizont befinden«, sagte ihr Lehrer. »Wir können alle unter uns liegenden Wirklichkeitsebenen sehen. Berris kann immer noch Dælfine beobachten, und sie scheint immer noch ganz allein zu sein. So sind die Horizonte angeordnet. Unser Horizont, der Horizont der Menschen, ist der niedrigste. Deshalb sind wir für alle Kreaturen, die hinter dem Schleier lauern, sichtbar. Und je weiter der Horizont, aus dem sie kommen, von uns entfernt ist, desto gefährlicher sind sie.«

Er räusperte sich und fuhr fort: »Im Prinzip hindert der Schleier die Chimären daran, bei uns einzufallen. Aber wir wissen, dass er an einigen Stellen durchlässiger ist als an anderen. Immer wieder gelingt es Chimären, nach Gonelore vorzudringen. Es ist, als würden sie sich einen Weg durch dieses Spiegellabyrinth bahnen. Wenn sie das geschafft haben, können sie nach Belieben vor unseren Augen auftauchen und verschwinden. Die Aufgabe der Weltwanderer besteht darin, sie wieder hinter den Schleier zurückzutreiben. Oder sie nötigenfalls zu töten.«

Nobiane dachte über seine Worte nach und sagte dann: »Die Drakoniden stammen aus einem sehr weit entfernten Horizont, nicht? Sie haben große Kräfte, und wenn sie mehrere Schichten des Schleiers durchqueren müssen, um zu uns zu gelangen, erklärt das, warum sie so selten sind …«

»Richtig«, lobte Radjaniel sie. »Ihr werdet sehen, dass die meisten Chimären, mit denen wir es zu tun haben, aus den Horizonten stammen, die unserem am nächsten sind. Diese Horizonte nennen wir die Reviere. Krustenkrebse beispielsweise durchbrechen den Schleier so oft, dass man gar nicht mehr recht weiß, welchem Horizont sie eigentlich angehören. Und für ein paar Arten von Lupini gilt dasselbe. Zum Glück kommen die gefährlichsten Chimären auch am seltensten vor. Zumindest war das bis vor zehn Jahren so.«

Er stieß einen tiefen Seufzer aus und nahm die beiden Jungen mit, um sie mit Dælfine und Berris die Plätze tauschen zu lassen. Als Nobiane allein mitten im Labyrinth stand, versuchte sie sich die riesigen Ungeheuer vorzustellen, die von fernen Horizonten aus die niederen Ebenen belauerten. Gab es denn Chimären, die noch gefährlicher waren als die Drakoniden?

Die Rückkehr ihres Lehrers riss sie aus ihren Gedanken. Der Weltwanderer wiederholte seine Erläuterungen für Dælfine und Berris und fügte hinzu: »Niemand weiß genau, woraus der Schleier besteht. Doch vermutlich sind die Gründer von Zauberranke der Wahrheit sehr nah gekommen, als sie das Psychedium bauten. Wir stellen uns den Schleier als ein Labyrinth aus Spiegeln von der Größe des Universums vor. Er ist so unsichtbar wie die Luft, die wir atmen, wie der Blitz, der sich hinter Wolken verbirgt, und wie die Zeit, die unaufhaltsam verrinnt ...«

Die drei dachten eine Weile über seine Worte nach, während sie Gess und Jona beobachteten, die jetzt dem Experiment unterworfen waren. Dann fragte Dælfine: »Kommen Sohias Schüler auch hierher? Und alle anderen?«

Radjaniel schüttelte missmutig den Kopf. »Früher musste jeder Schüler des ersten Kreises herkommen. Es war Teil der Grundausbildung. Aber Jor Arold hat diese Lektion vor einigen Jahren aus dem Programm genommen. Es hat da ... ein paar Vorfälle gegeben.«

Er senkte den Blick und schien seine Offenheit zu bereuen, aber nun blieb ihm nichts übrig, als fortzufahren: »Ihr werdet noch lernen, dass man mit den Prismen den Schleier in gewisser Weise aufheben kann. Das ist ein Trumpf, den wir als Weltwanderer haben. Manchmal reicht aber auch eine spiegelnde Fläche, um einen Blick in einen anderen Horizont zu werfen. So kommt es vor, dass man das Abbild einer Chimäre auf der Wasseroberfläche eines Sees sieht. Offenbar hat sich etwas Ähnliches auch hier im Spiegelkabinett ereignet. Ein paar Kinder haben sich eingebildet, in den Spiegeln Chimären zu sehen. Sie gerieten in Panik und verletzten sich schlimm, als sie aus dem Raum zu fliehen versuchten. Seitdem kommen keine Schüler mehr hierher.«

»Aber sie haben doch nicht wirklich Chimären gesehen, oder?«, fragte Berris besorgt.

Radjaniel zuckte mit den Achseln und machte ein verlegenes Gesicht, was seine Schüler ganz und gar nicht beruhigte.

»Eigentlich verhindert die Zauberranke, dass Chimären in die Schule gelangen. Aber es gibt zwei Zugänge zur Halbinsel, den Kristalltunnel und das Tor, und heute Nacht habt ihr am eigenen Leib erlebt, dass ein Unglück immer möglich ist. Jedenfalls hat man damals trotz intensiver Suche keine Chimäre gefunden. Ihr habt also nichts zu befürchten.«

Nach kurzem Zögern fügte er hinzu: »Ich werde den anderen Bescheid sagen. Wenn ihr wollt, könnt ihr noch ein paar Minuten durch das Spiegelkabinett streifen. Danach gehen wir wieder an die Arbeit. Wir haben noch viel zu tun.«

Kaum wandte er sich zum Gehen, da setzte Berris ihm nach und wich ihm nicht mehr von der Seite. Die beiden Mädchen blieben allein zurück und sahen sich fragend an.

Wieder einmal nahm Dælfine als Erste all ihren Mut zusammen und wagte sich tiefer ins Labyrinth vor. Nobiane folgte ihr. Kurz darauf hatten sich die beiden hoffnungslos verlaufen. Mit offenen Mündern wandelten sie zwischen den Spiegeln hindurch und staunten über die zahllosen Bilder, die diese zurückwarfen. Hin und wieder erhaschten sie einen flüchtigen Blick auf einen ihrer Freunde. Natürlich nutzte Gess die Gelegenheit zu allerlei Grimassen und Verrenkungen, die von den Spiegeln vervielfacht wurden. Dazu stieß er schrille Schreie aus, um die anderen zu erschrecken.

Bei den auf sie einstürzenden Bildern war es schwierig, sich auf irgendetwas zu konzentrieren. Manchmal wusste Nobiane nicht mehr, was echt und was nur ein Abbild der Wirklichkeit war. Sie war von mindestens dreißig Versionen ihrer selbst umgeben und sah sich unzählige Male neben Dælfine stehen, doch plötzlich verspürte sie den seltsamen Drang, sich einem bestimmten Spiegel zuzuwenden. Er war rechteckig und schimmerte silbern wie so viele andere – aber was sie darin für einen Sekundenbruchteil sah, ließ ihr Herz einen Schlag aussetzen.

Das Bild war verschwommen und blitzte nur kurz auf, aber Nobiane hatte eindeutig ein Auge gesehen. Ein rotes Auge mit einer reptilienhaften Iris. Es hatte sich an der Seite eines Kopfes befunden, der so riesig war, dass der Spiegel nur einen Teil davon abbildete. Und dieses Auge schien seinen unmenschlichen Blick direkt auf die beiden Mädchen gerichtet zu haben.

Nun war der Spiegel wieder leer. Starr vor Schreck drehte sich Nobiane zu ihrer Freundin um. Auch Dælfine starrte mit offenem Mund auf den Spiegel und war blass wie ein Gespenst. Das tröstete sie ein wenig: Immerhin war sie nicht die Einzige, die das Auge gesehen hatte. Man würde sie nicht für verrückt erklären. Vielleicht war die Chimäre, die ein Schüler vor einigen Jahren in dem Spiegelkabinett entdeckt hatte, immer noch hier. Womöglich hatte sie sich all die Jahre auf dem Dachboden des Zeughauses versteckt.

Die beiden Mädchen hatten keine Zeit, sich über die Vision auszutauschen. Irgendwo in dem Labyrinth schrie Jona auf. Sein Gebrüll ließ Nobiane das Blut in den Adern gefrieren.

30

Jona konnte fast nichts mehr sehen. Seine Augen brannten, und er konnte keinen klaren Gedanken mehr fassen. Er spürte Hände, die ihn packen, festhalten und fortreißen wollten. Plötzlich wusste er, dass er so etwas schon einmal erlebt hatte – damals hatte er nicht nachgegeben, und das würde er auch diesmal nicht tun! Er wehrte sich und trat wild nach den Schatten, die ihn umringten. Er versuchte, ihren Klauen zu entkommen und wieder festen Boden unter die Füße zu bekommen, um fliehen zu können, auch wenn das bedeutete, dass er in die Finsternis hineinrennen musste. Das gesamte Universum schien auf ihn einzustürzen, und er erstickte fast in einem purpurfarbenen und schwarzen Nebel.

Dann wurde er unter Wasser gezogen. Es fühlte sich an wie eine eiskalte, brutale Dusche oder wie ein Eimer, der über seinem Gesicht ausgeschüttet wurde. Jona ballte die Fäuste, schüttelte sich, und plötzlich konnte er wieder etwas sehen. Auch der Schwindel war weg.

»Alles in Ordnung?«, fragte Radjaniel.

Der Weltwanderer drückte Jona an der Hüfte zu Boden, während Gess und Berris die Handgelenke ihres Freundes festhielten. Vor ihm stand Nobiane, sie hatte die Hände vor den Mund geschlagen. Daneben hielt Dælfine immer noch den Eimer in der Hand, den sie über ihm ausgekippt hatte.

»Ja. Es geht schon wieder«, versicherte Jona.

Sie ließen ihn los, blieben aber wachsam. Jona richtete sich langsam auf und wischte sich über die schweißnasse Stirn. Sie befanden sich außerhalb des Psychediums, direkt vor der Tür, die immer noch offen stand.

»Du hattest eine Panikattacke«, erklärte Radjaniel. »Das ist meine Schuld. Du warst zum ersten Mal ganz allein, seit Vargaï dich in der Höhle gefunden hat. Ich hätte vorsichtiger sein müssen.«

»Es geht schon wieder«, wiederholte Jona mit belegter Stimme. Ganz sicher war er sich da allerdings nicht. Er erinnerte sich weder an die Panikattacke noch daran, was sie ausgelöst hatte. Er wusste nur noch, dass er durch das Spiegelkabinett geschlendert war. Dann war er vor einem Spiegel stehen geblieben, weil er etwas darin gesehen hatte ... Aber was?

»Hast du die Chimäre gesehen?«, fragte Dælfine.

Überrascht riss Jona die Augen auf und warf Radjaniel einen verwirrten Blick zu. Dann schüttelte er langsam den Kopf. Wenn er da in dem Spiegel ein Ungeheuer gesehen hätte, würde er sich ja wohl daran erinnern.

»Bleibt bei ihm«, befahl Radjaniel.

Er zog eine große, in Gold eingefasste Linse aus seinem Bandelier, zog seine Machete und verschwand abermals im Psychedium. Seine Schüler schwiegen angespannt und spitzten die Ohren. In der Zwischenzeit ordnete Jona seine Gedanken. Er erinnerte sich immer noch nicht an den Vorfall oder an das, was ihn in diesen Zustand versetzt hatte, aber schon bald konnte er aufstehen und sich zu seinen Freunden gesellen. So warteten sie auf die Rückkehr ihres Lehrers. Nach einer halben Ewigkeit trat Radjaniel wieder aus dem Labyrinth.

»Nichts«, sagte er. »Ihr müsst euch das eingebildet haben, Mädels. Vielleicht hat Jonas Schrei euch erschreckt ...«

Dælfine und Nobiane widersprachen ihm heftig. Erst jetzt erfuhr Jona, was ihnen passiert war.

Radjaniel hörte ihnen aufmerksam zu, winkte dann aber resigniert ab. »Wir sollten das besser für uns behalten«, murmelte er. »Ihr habt bestimmt schon gemerkt, dass der Oberste Hüter mir nicht gerade wohlgesinnt ist. Wenn er von dem Vorfall erfährt, wird er die Gelegenheit beim Schopf ergreifen und mir das Unterrichten verbieten. Und euch wird er nach Hause schicken.«

Jona nickte als Erster. Er hatte, nachdem er zu sich gekommen war, kurz befürchtet, wegen seines Schwächeanfalls aus der Bruderschaft verstoßen zu werden. Auch wenn er sich nicht frei dafür entschieden hatte, Weltwanderer zu werden, wollte er nicht das Einzige verlieren, was er momentan auf der Welt hatte: vier Kameraden, einen mehr oder minder guten Lehrer und einen Ort, an dem sie alle zusammenlebten. Außerdem befand sich dieser Ort in der Nähe des Leuchtturms, der ihm früher oder später helfen würde, seine Erinnerung wiederzufinden – davon war er überzeugt.

»Gut«, sagte Radjaniel. »Eigentlich hatte ich vorgehabt, bis zum Abend mit euch an euer Kraft und Ausdauer zu arbeiten, aber ...«

Er warf Jona einen raschen Seitenblick zu. Der Junge begriff die Anspielung sofort.

»Mir geht es gut, es ist alles in Ordnung«, versicherte er. »Es tut mir leid, dass ... Wie auch immer, ich bin zu allem bereit!«

Der Weltwanderer zögerte kurz und lächelte ihm dann aufmunternd zu.

»Na dann los. Macht euch darauf gefasst, dass das kein Zuckerschlecken wird!«

Er schloss die Tür zum Psychedium und stieg die Treppe an der Außenwand des Zeughauses hinab. Gess und Berris folgten ihm dicht auf den Fersen.

Jona spürte die Blicke von Dælfine und Nobiane in seinem Rücken. Als er sich umdrehte, stellte er fest, dass sie ihn mit merkwürdigem Gesichtsausdruck musterten. Es war, als würden sie durch ihn hindurch jemand anderen beobachten. Jemanden oder etwas, vor dem man sich hüten musste.

Ihr Misstrauen tat ihm weh, aber ihm blieb nichts anderes übrig, als sich an den Abstieg zu machen. Die beiden Mädchen folgten dicht hinter ihm. Es war, als würden sie Jona von nun an nicht mehr den Rücken zukehren wollen.

31

Radjaniel hatte nicht übertrieben, was die Härte des Trainings anging. Am Abend schmerzten Gess Muskeln, von deren Existenz er bisher nicht einmal gewusst hatte. Die Krustenkrebse über den Strand zu schleppen, war bereits sehr anstrengend gewesen, und dasselbe galt für den Kanuausflug aufs Meer. Aber das war nichts im Vergleich zu dem, was der Weltwanderer seinen Schülern am Nachmittag zugemutet hatte.

Das Training hatte mit einem Ausdauerlauf am Strand begonnen. Bei dieser Übung hatte so mancher Schüler seine dritte Portion Bohnen mit Speck bereut. Dann mussten sie gut einhundert Holzpfosten vom Strand zum Schiffsanleger tragen, wo diese für Ausbesserungsarbeiten gebraucht wurden. Anschließend kletterten sie über eine Leiter auf den Steg und legten sich nacheinander ein Seil um den Körper, das über eine Winde verlief und an deren anderen Ende ein Holzpfosten befestigt war. Indem sie sich vom Steg zum Strand abseilten, hievten sie die Pfosten in die Höhe. Die oben auf dem Schiffsanleger stehenden Schüler nahmen die Pfosten in Empfang, bevor sie sich selbst abseilten.

Nach der schweren Arbeit dehnten sie sich ausgiebig, was aber die Schmerzen kaum linderte. Als es zu dämmern begann, erlöste Radjaniel seine Schüler und schickte sie zum Baden. Die ansteigende Flut füllte bereits die kleine Bucht neben dem Schiffsanleger. Vergnügt stürzten sie sich ins Wasser und wuschen sich den Geruch nach Schweiß und Krustenkrebsen vom Körper. Ihr

Lehrer kehrte derweilen zum Zeughaus zurück, setzte sich aber vor die Tür und ließ seine Schüler nicht aus den Augen. Wollte er sie beschützen oder überwachen? In diesem Moment war das Gess egal. Er ließ sich von den Wellen nass spritzen und bohrte mit den nackten Füßen im nassen Sand.

»Ich bin völlig fertig«, stöhnte Berris. »Wozu soll das alles eigentlich gut sein? Ich dachte, wir lernen hier, wie man kämpft!«

»Mit Muskeln kämpft es sich besser«, sagte Dælfine trocken.

»Das ist doch sonnenklar ...«

»Ich hab eher den Eindruck, dass wir dem Alten seine Arbeit abnehmen«, entgegnete Berris. »Was denkt er sich wohl morgen für uns aus? Ich hab keine Lust mehr, Pfosten durch die Gegend zu schleppen!«

»Morgen tragen wir den ganzen Sand hier am Strand weg«, scherzte Gess.

Ein paar seiner Kameraden grinsten, und der Witzbold war zufrieden. Ihm war es ganz gleich, welche Übungen Radjaniel ihnen auftrug, ihn störte nur, wie anstrengend sie waren. Doch daran würden sie sich bestimmt bald gewöhnen. Mit harter Arbeit kannte sich Gess aus. Seine früheren Lehrer, die er hoffentlich nie wiedersehen würde, waren zehnmal strenger gewesen als Radjaniel.

»Wie auch immer«, murrte Berris. »Was haben wir heute schon groß gelernt? Wir haben eine Runde mit dem Boot gedreht, wir haben ein paar Spiegel angeschaut, und die übrige Zeit haben wir gearbeitet. Für ihn sind wir keine Schüler, sondern Sklaven!«

»Du übertreibst«, sagte Nobiane. »Nach dem heutigen Tag wissen wir zehnmal mehr über die Horizonte, den Schleier und die Chimären als die meisten Einwohner von Gonelore. Ich kann es kaum erwarten, morgen weiterzumachen!«

»Mich stört es auch nicht, Radjaniel zu helfen«, fügte Dælfine hinzu. »Wenn wir ohnehin hart arbeiten müssen, um kräftiger zu werden, bin ich froh, wenn das, was wir tun, nützlich ist. Außerdem will sich Radjaniel sicher nicht vorwerfen lassen, er würde seine Arbeit vernachlässigen. Hinterher verbietet ihm der Hohe Rat noch, uns zu unterrichten, und ich habe keine Lust, nach Hause geschickt zu werden. Dafür schleppe ich jeden Tag Pfosten, wenn es sein muss.«

Auf ihre Worte folgte nachdenkliches Schweigen. Gess ging es wie Dælfine. Er war aus gutem Grund in Zauberranke und wollte auf keinen Fall dorthin zurück, wo er vorher gelebt hatte. Er warf Jona, der ein paar Meter entfernt im Wasser stand, einen Seitenblick zu. Der Arme hatte den ganzen Nachmittag über keine zwanzig Worte gesprochen. Die Panikattacke hatte ihn wieder darauf gestoßen, dass er das Gedächtnis verloren hatte.

»Vermisst ihr eure Eltern eigentlich nicht?«, fragte Berris plötzlich.

Beklemmende Stille trat ein. Seit Vargaï und Sohia die Schüler rekrutiert hatten, vermieden sie dieses Thema tunlichst. Am Anfang, als sie sich noch nicht so gut kannten, wäre es ihnen wie ein Eingeständnis von Schwäche vorgekommen, über ihr Heimweh zu sprechen, und nun, da sie eine mehr oder weniger eingeschworene Gemeinschaft bildeten, hatte niemand schmerzhafte Erinnerungen wecken wollen.

Doch nun machte Dælfine den Anfang: »Ich vermisse meine Eltern schon. Aber ich bin ihretwegen hier. Wenn ich durchhalte und mit einem Bandelier nach Hause zurückkomme, können sie die Herberge behalten und dort meine Geschwister großziehen. Niemand kann einem Weltwanderer das Haus wegnehmen. Dieses Gesetz gilt überall in Gonelore.«

Gess nickte. Das war in der Tat eines der Privilegien der Weltwanderer. Es gab noch andere, und eins war in seinen Augen von größter Bedeutung: Die Mitglieder der Bruderschaft konnten nicht für frühere Vergehen bestraft werden, ihnen wurden alle Fehler der Vergangenheit verziehen. Allerdings stand ihm nicht der Sinn danach, den anderen davon zu erzählen.

»Ich vermisse meinen Vater auch«, sagte Nobiane leise. »Ich ... ich möchte, dass er stolz auf mich ist, wenn wir uns wiedersehen.«

»Mir fehlt meine Mutter«, murmelte Berris. »Fünf Jahre sind eine ganz schön lange Zeit ...«

Nun wanderte ihr Blick zu Jona, doch allen war klar, dass er nicht einmal wusste, wen er überhaupt vermissen sollte, und so richtete sich die Aufmerksamkeit derjenigen, die bereits ihr Herz geöffnet hatten, auf Gess. Die bohrenden Blicke gefielen ihm gar nicht.

»Mir ist kalt«, sagte er hastig. »Ich gehe zurück zum Zeughaus.« Er stapfte aus dem Wasser und zog sich das Hemd über, ohne sich abzutrocknen. Dann sammelte er seine restlichen Sachen zusammen, darunter seine Stiefel und sein Bandelier, und balancierte über den Steg in Richtung Zeughaus.

Als er am Fuß der Treppe angelangt war, die zum Haus hochführte, zögerte er. Der Gedanke, mit Radjaniel allein zu sein, war nicht gerade verlockend. Nachdem er eine Weile unschlüssig dagestanden hatte, beschloss er, sich einfach unten an die Felsen zu setzen, auf denen das Haus stand, ganz in der Nähe der Kristallranke, und dort auf die anderen zu warten. Lange konnten sie nicht mehr brauchen, denn allmählich wurde es empfindlich kühl.

Ein paar Minuten später erklangen auf dem Steg wenige Meter über ihm Schritte. Doch es waren nicht seine Freunde. Es waren die festen, sicheren Schritte eines Erwachsenen. Kurz gab sich Gess der Hoffnung hin, dass es sich um Vargaï handelte, doch der Alte hatte Zauberranke sicher schon am Morgen verlassen. Gleich darauf schallte die Stimme eines Unbekannten an sein Ohr.

»Jor Radjaniel«, grüßte er. »Ich hatte ganz vergessen, wie weit Eure Bleibe vom alten Kern Zauberrankes entfernt ist.«

»Jor Gregerio«, antwortete der Lehrer. »Man muss sagen, dass

247

Ihr nicht gerade ein häufiger Besucher seid. Und noch seltener kommt Ihr, ohne Euch vorher anzukündigen.«

Dem Wortwechsel folgte ein kurzes Schweigen. In seinem Versteck zwischen den Felsen stellte sich Gess vor, wie die beiden Männer einander anstarrten. Die Lehrer von Zauberranke schienen sich samt und sonders erbitterte Machtkämpfe zu liefern.

»Seid beruhigt, ich komme nicht, um Eure Gastfreundschaft in Anspruch zu nehmen. Eurer Sammlung leerer Flaschen nach zu urteilen, braucht Ihr aber wohl auch niemanden, der Euch beim Trinken Gesellschaft leistet.«

»Was wollt Ihr?«, fragte Radjaniel. »Ist es wegen Eures Dolchs? Der ist noch nicht fertig. Ich hatte dreißig Tage gesagt. Ihr hättet auch einen Boten schicken können, um das zu erfragen.«

»Nein, darum geht es nicht«, erwiderte der Besucher. »Ich wollte mich nur persönlich davon überzeugen, dass Ihr unter die Lehrer zurückgekehrt seid. Ihr tragt also tatsächlich wieder das Bandelier? Ich nehme an, dann kann man Euch nur beglückwünschen ...«

»Und was ist der wahre Grund Eures Besuchs?«, fragte der Messerschleifer.

»Der wahre Grund ist, dass Eure Schüler heute nicht an meinem Unterricht teilgenommen haben. Selbst nach mehreren Jahren dürftet Ihr nicht vergessen haben, wie die Lektionen für die Schüler des ersten Kreises organisiert sind, oder? Bis zum Mittagessen macht Ihr mit Euren Schülern, was Ihr wollt, aber am Nachmittag besuchen sie die Einführungskurse der Ratsmitglieder. Für Eure Gilde und den heutigen Tag hätte das bedeutet: *meinen* Kurs.«

»Ich nutze nur die ersten vier Tage nach der Übergabe der Bandeliere«, erklärte Radjaniel. »Bei neuen Rekruten haben wir diese Übergangszeit bisher immer eingehalten.«

»Schon, aber wir durchleben außergewöhnliche Zeiten. Muss

ich Euch daran erinnern? Außerdem haben Eure Schüler einen Rückstand aufzuholen.«

»Daran arbeite ich. Sie werden nicht hinter den anderen herhinken.«

»Das bezweifle ich nicht. Dennoch sind sie mit Verspätung eingetroffen, und wir müssen sie so schnell wie möglich in den Unterrichtsablauf einbinden.«

»Ich nehme Eure Meinung zur Kenntnis«, erwiderte der Messerschleifer, »aber ich behalte meine Schüler in den kommenden zwei Tagen noch hier, so wie es die Tradition gebietet.«

»Wie Ihr wünscht. Es ist nur ein freundschaftlicher Rat, Jorensan. Ich habe die Abwesenheit Eurer Schüler dem Hohen Rat nicht gemeldet, aber die anderen Meister sind womöglich nicht gewillt, Euch zu decken. Morgen erwartet Zakarias sie oben auf dem Leuchtturm, wenn ich mich nicht irre. Und am Tag darauf Jora Vrinilia in ihrer Werkstatt. Beide sind nicht gerade für ihre Geduld bekannt, und Ihr wisst, dass so mancher in Zauberranke nur auf den kleinsten Vorwand wartet, um für Eure Entlassung zu sorgen.«

Wieder Stille. Gess, der noch immer wenige Meter von den beiden Männern entfernt in seinem Versteck hockte, konnte ihr Schweigen nur schwer deuten. Diese Ränkespiele waren so neu für ihn. Er konnte nicht fassen, dass seine Freunde dieses Gespräch verpassten, weil sie lieber im Wasser planschten.

»Verstehe«, sagte Radjaniel schließlich.

Nach einer Weile fügte er hinzu: »Warum setzt Ihr Euch für mich ein, Jor Gregerio? Warum warnt Ihr mich? Was erhofft sich der Oberste Fährtenleser von Zauberranke davon, einem Säufer zu helfen, dem alle Welt den Rücken gekehrt hat?«

Der Besucher stieß ein gezwungenes Lachen aus.

»Vargaï hat Euch gewiss seine Theorie über den Drakoniden, der angeblich gezähmt worden ist, dargelegt. Für mich ist es von großer Bedeutung, dass die Wahrheit ans Licht kommt. Doch das ist unmöglich, wenn Eure Schüler von der Schule gewiesen werden. Ihr wisst sicher, dass meine Stimme im Rat dafür gesorgt hat, dass dieser Junge in Zauberranke bleiben darf?«

Wieder wurde ein paar Sekunden lang nichts gesagt. Gess nahm an, dass Radjaniel nickte.

»Zerbrecht Euch nicht weiter den Kopf über die Gründe meines Besuchs«, sagte der Fremde. »Wir beide sind Meister auf unseren Gebieten, und unsere Neugier ist stärker als alles andere. Ich will wissen, was es mit diesem Drakoniden auf sich hat, auch wenn ich bereits eine eigene Theorie habe. Jedenfalls ist es wichtig, dass Ihr jeglichen Ärger vermeidet.«

Radjaniel marschierte oben auf dem Treppenabsatz hin und her. »Gut«, sagte er nach einer Weile. »Ich bringe die Kinder morgen zu Zakarias und in den nächsten Tagen zu den anderen Meistern. Ob ich sie nun zwei Tage mehr oder weniger hierbehalte, ist wohl kein großer Unterschied.«

»Sehr vernünftig«, antwortete Gregerio. »Ich selbst werde sie dann nächste Woche in meinem Unterricht empfangen.«

Die beiden Männer wechselten noch ein paar Worte und verabschiedeten sich dann höflich voneinander. Die Schritte des Besuchers erklangen auf dem Steg. Gleich drauf verstummten sie abrupt, und die Stille dauerte an. Neugierig steckte Gess den Kopf aus seinem Versteck – und hätte fast aufgeschrien, als er plötzlich dem Obersten Fährtenleser ins Gesicht blickte.

Der Mann war hochgewachsen, knapp vierzig Jahre alt, hatte lange Haare und einen dünnen Schnurrbart. Seine Kleider bestanden aus weichem Leder in den verschiedenen Grün- und Brauntönen der Pflanzenwelt, und in seinen hohen Stiefeln bewegte er sich vollkommen lautlos. Als er vom Steg gesprungen war und sich zu dem Jungen geschlichen hatte, war kein Knirschen zu hören gewesen. Links und rechts von seinem Gürtel hingen zwei Messer mit breiten Klingen, und eines davon hatte er halb aus der Scheide gezogen.

Drei Monate zuvor hatte sich Gess in einer ähnlich ausweglosen Lage befunden. Damals war er von seinen ehemaligen Lehrern in die Enge getrieben worden. Wegen der Felsen in seinem Rücken konnte er nicht fliehen ... Sollte er nach Radjaniel rufen? Oder würde er dadurch nur alles verschlimmern?

»Bist du Jona?«, flüsterte der Fährtenleser.

Gess schüttelte entschieden den Kopf. Er konnte den Blick nicht von dem Messer abwenden, das merkwürdig orangefarben schimmerte.

Gregerio steckte es wieder weg. Offenbar hatte er bemerkt, dass er den armen Junge zu Tode erschreckte – oder er hatte erkannt, dass er dem Falschen gegenüberstand und nicht zuzustechen brauchte.

»Du machst ja mehr Lärm als ein Krustenkrebs beim Angriff«, sagte der Fährtenleser. »Wenn ihr eines Tages Chimären aufspüren wollt, werdet ihr lernen müssen, euch unauffälliger zu bewegen. Du bist in der Stadt aufgewachsen, stimmt's?«

Gess nickte. Er war zu beeindruckt, um lügen zu können.

»Wo? In Angiapolis?«

Der Junge zögerte, und das verriet ihn. Warum konnte dieser Mann so gut in ihm lesen? Würde er ihm auf die Schliche kommen, ihn enttarnen, ihn ans Messer liefern? Dabei hatte er geglaubt, für eine Weile in Sicherheit zu sein.

»O je, wir haben einige Arbeit vor uns«, seufzte Gregerio.

Ohne ein Wort des Abschieds ging er davon. Nun war seine ganze Aufmerksamkeit auf die anderen vier Schüler gerichtet, die gerade aus dem Wasser kamen. Erst als sie den Strand erreichten, wandte er den Blick von ihnen ab und machte sich in Richtung Leuchtturm auf.

Gess zitterte noch, als der Mann schon längst verschwunden war, und das nicht nur, weil ihm kalt war.

Ihm blieb eine Woche, bevor er diesem beunruhigenden Mann erneut ausgeliefert sein würde.

32

Im morgendlichen Halbschlaf dachte Dælfine einige Augenblicke lang, sie sei wieder in ihrem Kinderzimmer. Oder besser gesagt in der Dachkammer im hintersten Winkel der Herberge, die sie sich mit ihren drei Schwestern teilte. Mit der Kammer verband das Mädchen viele schöne Erinnerungen, auch wenn sie nur spärlich eingerichtet war und es dort oft sehr laut gewesen war. Genau das war es, was sie verwirrte. Als kleines Kind hatte sie beim Aufwachen oft den Blasebalg der Schmiede nebenan gehört, und dieses Geräusch hörte sie auch jetzt.

Als der Lärm nicht aufhörte, erwachte sie endgültig und erinnerte sich sofort daran, wo sie sich tatsächlich befand: im Zeughaus von Zauberranke! Die ersten Sonnenstrahlen fielen durch die Ritzen der Fensterläden.

Im Bett neben ihr setzte sich Nobiane auf. Die Mädchen wechselten einen Blick, und im ersten Moment hatten beide denselben Gedanken: Stammte das seltsame Geräusch etwa von der Chimäre, die sie am Vortag im Spiegel gesehen hatten? Doch nach kurzem Lauschen war die Sache klar: Der Lärm, der ihre Kammer erfüllte, kam von einer Maschine und folgte einem regelmäßigen Rhythmus. Es klang fast, als drehten sich irgendwo im Zeughaus die Flügel einer Windmühle.

»Ich gehe mal nachschauen«, meinte Dælfine.

Sie schob ihre Bettdecke beiseite und schlüpfte in ihr Hemd, ihre Hose und die Stiefel. Als Letztes legte sie sich das Bandelier um: Es war jetzt ihr größter Schatz, und sie hatte sich bereits daran gewöhnt, es immer und überall zu tragen.

Auch Nobiane war aufgestanden, und Dælfine wartete, bis sich ihre Freundin angezogen hatte. Zusammen öffneten sie die Tür ihrer Schlafkammer und traten in den Gemeinschaftsraum.

Die drei Jungen waren schon da. Halb angezogen saßen sie auf den Bänken und gähnten um die Wette. Bestimmt hatten sie in ihren Betten die halbe Nacht über Gess' Begegnung mit dem Fährtenleser diskutiert. Dabei hatte Gess ihnen schon vor dem Schlafengehen immer wieder erzählt, wie sehr ihn dieser Kerl erschreckt hatte. Was gab es da noch hinzuzufügen? Doch auch wenn er verschlafen war, hatte der Witzbold nichts von seiner Schlagfertigkeit eingebüßt: »Ach, der Lärm kam also nicht von euch ...«

»Geht das schon lange so?«, fragte Dælfine.

»Nein, es hat erst vor Kurzem angefangen«, antwortete Berris. »Aber es nervt!«

Dælfine ging zur Eingangstür, öffnete sie einen Spalt und lugte vorsichtig nach draußen. Erleichtert stellte sie fest, dass draußen kein Krustenkrebs lauerte, der sie in Stücke schneiden wollte, und dass Radjaniel sie diesmal nicht über Nacht eingesperrt hatte.

Am Abend zuvor waren die Kinder nicht lange aufgeblieben. Als ihr Lehrer gesehen hatte, wie erschöpft sie waren, hatte er sie früh schlafen geschickt. Sie hatten noch eine Weile am Kaminfeuer geplaudert und waren dann in ihren Schlafkammern verschwunden. Womit Radjaniel den Abend verbracht hatte, wussten sie allerdings nicht.

»Wir müssen nachsehen«, sagte Dælfine. »Vielleicht braucht er Hilfe.«

»Oder er brüllt los, weil wir ihn stören«, entgegnete Gess. »Morgens ist er nie besonders gut gelaunt.«

Dælfine drehte sich zu Nobiane um und bekam von ihr die Unterstützung, die sie sich erhofft hatte.

»Seltsam ist dieses Geräusch schon«, sagte die Anführerin. »Ich bin dafür, dass wir einen Blick nach draußen werfen.«

Dælfine dankte ihr mit einem Kopfnicken. Sie wäre so oder so gegangen, aber lieber war es ihr, wenn sie zusammen loszogen. Die drei Jungen wechselten unschlüssige Blicke, schlossen sich ihnen dann aber an. Gleich darauf standen die fünf in der morgendlichen Kälte auf dem Steinweg, der um das Zeughaus herumführte. Das Meer hatte sich noch nicht hinter die Kristallbarriere zurückgezogen, und der Leuchtturm, der am höchsten Punkt der Halbinsel thronte, verströmte noch immer sein Licht. Aufgeregt dachte Dælfine daran, dass sie dieses Gebäude in wenigen Stunden betreten würde. Doch im Augenblick beschäftigte sie vor allem der rätselhafte Lärm.

Hier draußen war das Geräusch leiser, aber sie konnte es dennoch verorten: Es kam aus dem ersten Stock. Dort oben gab es eine Tür, die sie noch nie geöffnet hatten. Nachdem Dælfine einen raschen Blick mit ihren Freunden gewechselt hatte, stiegen sie die Außentreppe hoch, und das Mädchen klopfte ein paarmal hart gegen das Holz. Als ihr aufging, dass man ihr Klopfen im Inneren vermutlich nicht hören konnte, drehte sie den Knauf und öffnete die Tür.

Das Knirschen, das bislang nur dumpf zu ihnen gedrungen war, wurde schlagartig lauter, und die Schüler starrten gebannt auf eine riesige Maschine aus Zahnrädern und Achsen.

»Was ist denn das?«, murmelte Dælfine.

Sie machte ein paar Schritte vor und wagte sich in die Mitte dieser Höllenmaschine vor, die über die Hälfte des Stockwerks einnahm. Als Radjaniel auf einmal hinter einem Zahnrad hervortrat, blieb sie wie angewurzelt stehen. Auch der Weltwanderer war überrascht, seine Schüler zu sehen, bedeutete ihnen dann aber mit einem Wink, näher zu kommen.

»Schon auf?«, fragte er spöttisch. »Umso besser! Dann könnt ihr mir helfen!«

Er schien den tiefen Seufzer, den Berris ausstieß, nicht zu hören, oder aber er überhörte ihn geflissentlich.

»Ihr befindet euch hier im Herzen des Zeughauses«, erklärte der Lehrer. »Von diesem Raum stammt übrigens auch der Name. Ich war schon eine ganze Weile nicht mehr hier, aber ... Man könnte sagen, es ist Zeit für ein paar Veränderungen.«
Er hielt einen langen, gelblichen Gegenstand in beiden Händen. Als der Weltwanderer an ihr vorbeiging, erkannte Dælfine, dass es sich um einen Knochen irgendeines Lebewesens handelte. Radjaniel trat zu dem riesigen Schleifstein, der sich im Zentrum des Räderwerks drehte, legte den Knochen in eine Halterung, befestigte ihn mit Klammern und Schraubzwingen und schob ihn gegen den Stein. Neben dem Knirschen der Zahnräder ertönte nun auch noch ein Schleifgeräusch. Radjaniel überzeugte sich, dass die Gewichte und Gegengewichte den Knochen an Ort und Stelle hielten und wandte sich dann wieder seinen neugierigen Schülern zu.

»Die Kraft des Ozeans treibt die Maschine an«, erklärte er. »Das Zeughaus verfügt über vier Mühlräder. Morgens und abends treibt die Flut die Räder in die eine oder andere Richtung an, und man muss nur die Hauptachse herabsenken, um die Energie des Wassers einzufangen.«

Er zeigte auf ein gigantisches Steinrad hinter sich: »Dieser Schleifstein ist schon der dritte seit der Gründung von Zauberranke. In hundert oder spätestens hundertfünfzig Jahren wird man ihn wieder ersetzen müssen. Was das für eine Arbeit ist, könnt ihr euch kaum vorstellen, aber nur so lassen sich aus den Überresten von Chimären Waffen fertigen. Ohne die gewaltige Kraft des Ozeans würde es ein ganzes Leben dauern, auch nur ein winziges Messer aus der Spitze eines Horns herzustellen.«

Dælfine nickte fasziniert. Das erklärte, warum ihr Lehrer den Spitznamen »Messerschleifer« trug. Doch inmitten dieser fantastischen Maschine wirkte Radjaniel nicht wie ein einfacher Messerschleifer, sondern eher wie ein legendärer Waffenschmied. Das Mädchen ließ den Blick durch den Raum schweifen. Unzählige Gegenstände lagen auf Regalen, Kommoden und Werkbänken oder waren einfach nur gegen die Wand gelehnt. Dælfine bewunderte die umfangreiche Werkzeugsammlung und Waffen, die zur Reparatur bereitstanden. Andere Waffen befanden sich offenbar noch im Bau. Dazu kam ein beeindruckender Vorrat an Rohstoffen: Knochen, Hörner, Geweihe, Fässer voller Zähne und Krallen, diverse Stacheln, Panzer und Hornplatten warteten darauf, in kostbare Ausrüstungsgegenstände für Weltwanderer umgewandelt zu werden. Wie viele Meisterwerke der Handwerkskunst waren in dieser Werkstatt schon entstanden? Wie viele würden die geschickten Hände des Meisters noch hervorbringen?

Zum ersten Mal seit Dælfine Radjaniel begegnet war, fühlte sie sich geehrt, seine Schülerin zu sein. Die anderen Rekruten hatten vielleicht behaglichere Unterkünfte im Schuldorf, aber ihre Gilde schlief direkt neben einem wahren Schatz!

»Wie können wir Euch helfen?«, fragte sie ungestüm.

Radjaniel musste grinsen. Dælfine hätte sich so oder so nicht zurückhalten können, das war nicht ihre Art. Im Übrigen war sie es seit ihrer frühen Kindheit gewohnt, mit anzupacken. Sie scheute nicht vor harter Arbeit zurück, vor allem dann nicht, wenn diese auch noch interessant war.

»Ihr werdet nicht mir helfen«, entgegnete der Weltwanderer, »sondern euch selbst.«

Ohne eine weitere Erklärung trat er zu einem großen Fass, packte die lange Eisenzange, die darauflag, und tauchte sie in die trübe Flüssigkeit. Nachdem er kurz darin herumgefischt hatte, zog er eines der Krustenkrebsbeine heraus, die sie am Tag zuvor am Strand erbeutet hatten.

»Ihr werdet eure eigenen Waffen herstellen!«, verkündete er.

Im ersten Moment dachte Dælfine, er wolle sie auf den Arm

nehmen. Der Gedanke versetzte sie in helle Begeisterung, aber er war zu schön, um wahr zu sein. Radjaniel übertrieb sicher maßlos. Der Beitrag seiner Schüler beschränkte sich vermutlich darauf, die fertigen Klingen mit einem Lappen blank zu polieren.

Der Messerschleifer fuhr mit den Vorbereitungen fort und fischte nacheinander die noch unbearbeiteten Chimären-Reste aus dem Fass.

»Ich habe sie über Nacht in Reptiliensekret eingeweicht«, erklärte er. »So entfernt man sämtliche Gewebereste. Übrig bleibt nur der hohle, mehr oder minder spitze Panzer des Beins. Aber bevor man das eine Waffe nennen kann, gibt es noch sehr viel zu tun.«

Er nahm ein Tuch und packte damit eines der Beine. Dann tunkte er es in ein weiteres, mit klarem Wasser gefülltes Fass, und zeigte es schließlich seinen Schülern.

»Seht ihr die Haken hier oben? Sie verlaufen entgegengesetzt zur Stoßrichtung der Waffe. Deshalb müssen wir sie entfernen. Der untere Teil hingegen ist glatt, recht schmal und gebogen wie eine Sense. Diesen können wir schleifen und polieren, bis er einigermaßen scharf ist. Dasselbe gilt für die Spitze. Ihr müsst sie schärfen, ohne das Chitin zu beschädigen. Wenn das alles erledigt ist, müsst ihr das untere Ende bearbeiten, damit man einen ordentlichen Griff daran befestigen kann. Wir sprechen hier von mindestens zwanzig Stunden Arbeit. Pro Waffe.«

Er blickte seine Schüler erwartungsvoll an. Zweifellos war er gespannt auf ihre Reaktion.

Dælfine brauchte sich nicht zu überwinden. Vor Ungeduld sprudelnd fischte sie sich selbst ein Bein aus dem Fass mit der Reinigungsflüssigkeit. »Wo arbeiten wir?«, fragte sie.

Radjaniel räumte ihr ebenso begeistert einen Platz auf einer Werkbank frei und brachte ihr mehrere Werkzeuge für die verschiedenen Arbeitsschritte. Nachdem sie seinen Erklärungen gelauscht und gesehen hatten, wie geübt Radjaniel mit den Panzerteilen umging, ließen sich auch die anderen Schüler auf das Experiment ein. Gess, Nobiane und Berris holten sich jeweils ein Bein aus dem Fass. Schließlich folgte auch Jona ihrem Beispiel, vermutlich, um nicht als Spielverderber dazustehen.

Für Dælfine verging der Vormittag wie im Flug, dabei waren sie schon in aller Herrgottsfrühe aufgestanden. Doch sie war so sehr in ihre Arbeit versunken, dass sie gar nicht bemerkte, wie die Stunden dahingingen. Während sie ihre eigene Waffe herstellte, hatte sie den Eindruck, ihr Schicksal in die Hand zu nehmen. Es war, als würde sie laut herausschreien, dass sie nicht klein beigeben würde. *Nein, die Wucherer würden sich die Herberge, in der sie aufgewachsen war, nicht unter den Nagel reißen! Nein, ihre Eltern würden nicht auf der Straße landen!* Sie hatte ihre Familie verlassen, obwohl der Abschied allen schwergefallen war, und dafür gesorgt, dass ihre Eltern einen Mund weniger zu ernähren hatten. So konnten sie noch ein wenig länger durchhalten. Ein Jahr vielleicht oder zwei. Wenn sie es nur fünf Jahre lang schaffen würden, wären sie gerettet! Dann würde Dælfine das Bandelier einer Schülerin von Zauberranke gegen das eines Weltwanderers eintauschen, und kein Mensch könnte ihr mehr das Haus wegnehmen. Dafür war sie bereit, jedes Opfer zu bringen.

Doch an diesem schönen Morgen wollte sie sich keinen trüben Gedanken hingeben. Radjaniel erwies sich als hervorragender Lehrer, der ihnen alles geduldig erklärte und zeigte. Die Schüler sahen, wie sehr der Messerschleifer sein Handwerk liebte. Es war ihm offenbar eine große Freude, sein Wissen mit anderen zu teilen, und er benahm sich fast väterlich. Er war immer ansprechbar und ging von einer Werkbank zur nächsten, obgleich das Knirschen des Schleifsteins ihn daran erinnern musste, dass er mit seiner eigenen Arbeit viele Monate im Rückstand war. Radjaniel brachte seinen Schülern sogar ein Frühstück und später ein Mittagessen, damit sie sich ganz auf ihre Aufgabe konzentrieren konnten.

Fast alle waren mit den Herzen dabei, nur Jona schien sich zu langweilen. Er sah öfter zum Fenster hinaus als auf sein Krebsbein. Seine Freunde wussten genau, was ihn von der Arbeit ablenkte. Nach mehreren gemeinsamen Tagen auf der Halbinsel hatten sie längst bemerkt, wie sehr er von dem Leuchtturm fasziniert war.

Als Radjaniel verkündete, es sei an der Zeit, die Arbeit in der Werkstatt zu beenden und zur Halbinsel hinüberzugehen, war Jona als Erster unten an der Treppe des Zeughauses.

33

Der Fußmarsch zum alten Kern der Schule war sehr viel anstrengender, als Jona gedacht hatte, denn seine Muskeln schmerzten immer noch von den Anstrengungen des Vortags. Vermutlich hatte Radjaniel seine Schüler deshalb am Morgen an die Werkbänke gesetzt, statt ihnen ein weiteres hartes Übungsprogramm aufzuerlegen. Trotz dieser Ruhepause war der Anstieg beschwerlich. Für seine Kameraden, die es weit weniger zum Leuchtturm zog als ihn, musste der Marsch noch mühsamer sein.

Irgendwann war es dennoch geschafft, und sie standen auf dem Vorplatz des festungsartigen Turms, auf dem sie drei Tage zuvor übernachtet hatten. Wie Jona es sich gedacht hatte, war nichts mehr von ihrem Lager zu sehen. Vielleicht hatten Vargaï und Vohn vor ihrem Aufbruch aufgeräumt. Jona fragte sich kurz, was die beiden auf ihrer Reise quer durch Gonelore wohl erleben mochten, aber eigentlich kreisten seine Gedanken um etwas ganz anderes als um das Schicksal des Weltwanderers und seines Schülers. Er starrte zum Turm hoch und überlegte zum wiederholten Male, warum er fest davon überzeugt war, dass er hier sein Gedächtnis wiederfinden würde. Hatte er irgendetwas Besonderes an dem Turm gesehen? Obwohl er vorerst keine Antwort auf diese Frage hatte, war er furchtbar aufgeregt.

Wenige Meter vor dem Eingang zum Turm ließ Radjaniel den kleinen Trupp auf einmal haltmachen. Mit besorgter Miene wandte er sich an seine Schüler: »Jor Zakarias ist der Oberste

Laternenwärter Zauberrankes und damit der Hüter des Leuchtturms. Er ist auch einer der wenigen Weltwanderer, die mehr Zeit auf dem Ozean verbracht haben als auf dem Festland, und er hat viele Kämpfe gegen Meereschimären überlebt. Das hat ihm seinen Sitz im Hohen Rat eingebracht und den Posten als Lehrer von Zauberranke. Eigentlich soll er euch Unterricht über die Geografie Gonelores geben. Sollte er vom Thema abschweifen und euch endlose Geschichten über seine Fahrten zur See erzählen, verärgert ihn bloß nicht. Lasst ihn einfach reden. Sollte er aber behaupten, ihr hättet nichts in Zauberranke zu suchen, zögert nicht, ihm zu widersprechen und damit zu drohen, dass ihr euch beim Magister beschwert. Wir wissen zwar nicht, wann Denilius zurückkehren wird, aber Zakarias hat einen Heidenrespekt vor wichtigen Persönlichkeiten.«

Nach einigen Momenten des Schweigens fragte Nobiane zaghaft: »Aber ... seid Ihr mit ihm zerstritten?«

Radjaniel überlegte kurz, bevor er antwortete: »So kann man das nicht sagen. Ich kenne ihn nicht besonders gut. Er verbringt die Nächte oben im Leuchtturm und verschläft dann die Hälfte des Tages. Ich hatte nur mit ihm zu tun, als ich selbst noch Mitglied des Hohen Rats war. Aber er sagte nie viel, außer wenn er auf seine Expeditionen zu sprechen kam. Wenn auch nur die Hälfte dessen stimmt, was er erzählt, hat er in seinem Leben schon ziemlich viel durchgemacht. Ich glaube, er verachtet alles, was er mit Schwäche in Verbindung bringt.«

Der flüchtige Blick, den er Jona zuwarf, entging dem Jungen nicht. *Schwäche, wie bei jemandem, der sein Gedächtnis verloren hat*, schoss es Jona durch den Kopf.

Der Weltwanderer schien die Anspielung sofort zu bereuen. Hastig fügte er hinzu: »Lasst euch von diesem Piraten im Ruhestand nicht beeindrucken. Er ist nur ein kauziger Alter, der von früh bis spät in seinem Turm hockt. So jemand kann nur verrückt werden.«

Die Schüler grinsten gezwungen. Gess konnte sich eine Bemerkung nicht verkneifen: »Ja, da kenne ich noch so jemanden ...«

Radjaniel verpasste ihm einen Klaps auf den Kopf, musste aber selbst lachen. Dann zeigte er auf einen älteren Jungen, der auf sie zukam, und verabschiedete sich von seinen Schülern.

»Ich hole euch nach dem Unterricht wieder hier ab. Macht meinem Abzeichen keine Schande!«

Instinktiv griff Jona nach seinem Bandelier. Er konnte den in die Niete eingeritzten Drakoniden fast mit den Fingern spüren. Während ihr Lehrer davonging, drehten sich die Schüler zu dem Jungen um, der sich ihnen näherte. Er hatte bereits die Statur eines Mannes und war seinem Abzeichen zufolge im fünften Kreis, also im letzten Jahr seiner Ausbildung. Obwohl auch er ein Schüler Zauberrankes war, verhieß sein arroganter Gesichtsausdruck nichts Gutes.

»Na los, Feuchtlinge«, sagte er. »Ihr seid die letzten!«

»Feuchtlinge?«, wiederholte Dælfine.

Sie ballte die Fäuste und wollte dem Unbekannten, der sie wohl so etwas wie Grünschnäbel genannt hatte, Kontra geben, obwohl er zwei Köpfe größer war als sie, doch der beachtete sie gar nicht: »Trödelt nicht rum. Zakarias hat es sich zur Gewohnheit gemacht, Nachzügler als abschreckendes Beispiel vom Leuchtturm zu stoßen.«

»Blödsinn!«, brummte Dælfine.

Trotzdem beeilten sich die fünf, dem älteren Jungen in den Leuchtturm zu folgen. Fast hätten sie ihn aus den Augen verloren. Er sah sich kein einziges Mal nach ihnen um, sondern hastete im Laufschritt die Gänge entlang und Treppen hinauf. Radjaniels Schüler mussten rennen, um nicht den Anschluss zu verlieren, und hatten keine Zeit, sich umzusehen. Jona fand das sehr schade, aber er tröstete sich mit dem Gedanken, dass die Arbeitsräume der Weltwanderer ihm ohnehin nicht dabei helfen würden, sein Gedächtnis wiederzufinden. Ihn zog es zur Spitze des Leuchtturms, und mit jedem Schritt kamen sie diesem Ort näher.

Die Kinder waren schon so viele Stufen emporgestiegen, dass sie längst am Ziel hätten sein müssen. Und doch schleppte ihr Führer sie immer neue Treppen hinauf, und nichts deutete darauf hin, dass der Aufstieg bald ein Ende haben würde. Von Zeit zu Zeit konnten die Schüler einen Blick durch die schmalen Fenster auf die Halbinsel werfen, die tief unter ihnen lag, doch es ging immer noch weiter nach oben.

Nachdem sie mehr als zehn Stockwerke hochgestiegen waren, oder zumindest das Gefühl hatten, machten sie auf einem Treppenabsatz Halt. Ihr Führer erklomm noch zwei weitere Stufen und klopfte an eine schwere Tür. Eine herrische Stimme befahl den Schülern einzutreten.

»Viel Glück!«, flüsterte der Ältere mit einem hämischen Grinsen. »Er scheint nicht gerade gute Laune zu haben.«

Bevor die Schüler etwas sagen konnten, öffnete er die Tür und schob sie in den Raum. Jona wollte sich schon widersetzen, doch dann verschlug es ihm den Atem, und er kam gar nicht mehr auf die Idee, sich zu wehren.

Vor ihm lag ein großer, kreisförmiger Raum, der zusammen mit dem Treppenhaus das ganze Stockwerk des Leuchtturms einnahm. Jona hätte nie gedacht, dass der Turm hier oben so breit war. In dem Raum standen ein knappes Dutzend Bänke vor ebenso vielen langen Tischen, an denen jeweils vier Schüler Platz hatten. Davor thronte ein massiver Schreibtisch. An den Seiten war noch genügend Platz für mehrere Schaukästen mit allerlei Krimskrams, Bücherregale und Sammlungen von Pergamentrollen. An den freien Stellen an den Wänden hingen Landkarten voller rätselhafter Linien, und durch die Fenster hatte man einen atemberaubenden Blick auf den Ozean.

Jona hatte auch nicht damit gerechnet, andere Schüler des ersten Kreises in dem Raum anzutreffen, doch es saßen bereits zehn Kinder an den Tischen, darunter Sohias Rekruten. Die Schüler, die miteinander in den Planwagen gereist waren, winkten sich zu, während die fünf Unbekannten die Neuankömmlinge recht feindselig musterten. Jona blieb keine Zeit, sich zu fragen, wieso, denn in diesem Moment ergriff ihr Lehrer das Wort. »Setzen!«, rief er barsch.

Hastig gesellten sich Radjaniels Schüler zu den anderen und nahmen auf den Bänken Platz. In dem Schweigen, das nun folgte, konnte Jona in aller Ruhe den Wächter des Leuchtturms betrachten. Zakarias erinnerte tatsächlich an einen Piraten, auch wenn er kein Holzbein hatte und keinen Papagei auf der Schulter. Auch sonst sah er nicht aus wie ein Seeräuber aus einem Buch. Es war vielmehr eine Frage der Haltung. Er stand breitbeinig da, als befände er sich auf einem Schiff, das von den Wellen hin und her geworfen wurde. Auch trug er ein weites Hemd und eine Kniehose und schien jederzeit bereit zu einem Duell. Sein graues Haar war struppig, als hätten Sturm und Gischt es zerzaust. Vor allem aber sein Blick zog einen in den Bann. Es war ein zugleich verletzter und unerschrockener Blick, der wohl die schrecklichsten Meeresungeheuer gesehen hatte, die es in Gonelore gab.

Unweigerlich richtete sich dieser Blick nun auf Jona. Während der Junge die vielen Abzeichen am Bandelier des Lehrers betrachtete, verzog dieser das Gesicht.

»Das Schandmal«, bemerkte er und zeigte auf Jonas Gürtel. »Das ging ja schnell.«

Jona beherrschte sich ein paar Sekunden lang, doch dann verspürte er den unwiderstehlichen Drang, sich zu rechtfertigen: »Ein anderer Schüler ...«

»Es ist mir völlig egal, wer das war«, unterbrach ihn Zakarias. »Wenn du jemanden dazu gebracht hast, dir das anzutun, hast du es auch verdient. Du bist also Jona?«

Der Junge errötete bis in die Haarspitzen, sowohl vor Scham als auch vor Wut, nickte aber.

»Falls du es wagst, meinen Unterricht zu stören«, sagte der Seemann drohend, »schicke ich dich mit dem nächsten Schiff fort, das hier anlegt. Verstanden?«

Nach kurzem Zögern nickte Jona erneut. Er war knallrot im Gesicht. Dabei hatte er sich den ganzen Morgen über auf den Besuch des Leuchtturms gefreut. Jetzt hätte er sich am liebsten im Zeughaus verkrochen. Plötzlich verstand er besser, weshalb Radjaniel so ein zurückgezogenes Leben führte ...

Die folgenden zwei Stunden kamen Jona endlos vor. Der Unterricht war sterbenslangweilig, obgleich der Lehrer durchaus Ahnung von seinem Fach, der Geografie Gonelores, zu haben schien. In dieser ersten Unterrichtsstunde brachte der ehemalige Seefahrer seinen Schülern alles über die Gegend rund um Zauberranke bei. Allerdings merkte sich Jona nicht viel von dem, was Zakarias erzählte. Erstens hatte er beschlossen zu schmollen, und zweitens war es ihm völlig egal, wie das Zauberranke umgebende Moor, der Fluss, der ganz in der Nähe ins Meer mündete, und die drei winzigen Ortschaften der Umgebung hießen. All das erinnerte ihn nur daran, dass er selbst keine Heimat hatte.

Die meisten der anderen vierzehn Schüler schienen sich ebenso zu langweilen wie er. Nur Nobiane und Tiarija aus Sohias Gilde nahmen interessiert am Unterricht teil. Ihre Kameraden blickten zerstreut auf die Karten an den Wänden oder durch die Fenster aufs Meer hinaus und hingen ihren Gedanken nach. Obwohl Zakarias das sicher bemerkte, schien es ihn nicht zu kümmern. Unbeirrt ratterte er weiterhin die unzähligen Nebenflüsse des Stroms herunter, der durch diesen Teil des Landes floss, als könnten sich die Schüler die Namen auf diese Weise merken oder als hätte er es selbst eilig, die lästige Aufgabe hinter sich zu bringen.

Der Unterschied zu den anderen Weltwanderern, die Jona bisher kennengelernt hatte, war auffällig. Der Wächter des Leuchtturms schien kein echtes Interesse am Unterrichten zu haben, ganz anders als Vargaï, Radjaniel oder Sohia. Ihm Grunde war es ihm wohl vollkommen egal, ob er den Kindern etwas beibrachte. Für ihn zählten nur die Disziplin, die in der Klasse herrschte, und der Respekt, den ihm seine Schüler entgegenbrachten.

Doch irgendwann schlug Zakarias sein Buch mit einem lauten Knall zu, und die Schüler zuckten zusammen. Plötzlich wirkte der Lehrer wie ausgewechselt.

»Einen letzten wichtigen Bestandteil der uns umgebenden Landschaft habe ich noch nicht erwähnt«, verkündete er mit neuem Elan. »Die Zauberranke selbst. Steht auf, wir gehen aufs Dach.«

Wenn er jedem Schüler eine Goldmünze versprochen hätte, hätte ihre Begeisterung nicht größer ausfallen können. Vor allem in Jona flammte das Interesse für den Leuchtturm augenblicklich wieder auf. Am liebsten wäre er als Erster zur Tür gerannt, aber er wollte auf keinen Fall noch mehr Aufmerksamkeit auf sich ziehen. So ließ er seinen Klassenkameraden den Vortritt, und erst als sie die Treppe hochliefen, folgte er ihnen eilig.

Sie erklommen zwei weitere Stockwerke und kamen an mehreren verschlossenen Türen vorbei. Waren das Zakarias' private Gemächer? Jona hätte zu gern einen Blick hinter die Türen geworfen, aber noch mehr sehnte er sich danach, die Spitze des Leuchtturms zu erreichen. Nach dem langweiligen Unterricht hatten offenbar alle Schüler das Bedürfnis, sich ein wenig auszutoben. Johlend stürzten sie auf das Dach hinaus, wo ihnen eine frische Brise entgegenpfiff.

Trotz des starken Winds behielt Jona die Augen weit offen. Zu sehr sehnte er sich nach einer Antwort, einer Entdeckung, einem kleinen Zeichen, auf das er seine Hoffnungen setzen konnte. Doch er wurde enttäuscht. Der Ausblick auf die Halbinsel und das Meer war herrlich, aber er weckte keine Erinnerung. Diese

Plattform zwischen Himmel und Erde, die nur von einem niedrigen Mäuerchen umgeben war, hatte nichts von dem magischen Ort, den er sich in seiner Fantasie ausgemalt hatte. Sein Blick wanderte in die Höhe. Direkt über ihnen gab es noch ein weiteres Stockwerk, eine verglaste Kammer, in der sich die Lampen und Linsen befanden. Zur ihr gelangte man nur über diese Plattform. Wie von einem Magneten angezogen ging Jona auf die Tür zu, die dorthin führte. Plötzlich ließ ihn ein Räuspern in seinem Rücken erstarren. Zakarias' Schatten fiel drohend über ihn.

»Die Musik spielt auf der anderen Seite«, ermahnte ihn der Lehrer. »Und ich hasse Leute, die ihre Nase in Dinge stecken, die sie nichts angehen.«

Schweren Herzens gesellte sich der Junge zu den anderen Schülern. In der Zwischenzeit hatte sich ihr Lehrer einen Mantel übergezogen und einen Hut mit einer breiten Krempe aufgesetzt, was sein piratenhaftes Aussehen noch verstärkte. Und trug er mit einem Mal nicht auch ein Schwert am Bandelier? Wofür brauchte der Lehrer hier oben eine Waffe?

Da erinnerte sich Jona an die Geschichte von Piaron, dem Schüler, der gestorben war, nachdem er in der Nähe des Leuchtturms mehrere Chimären gesehen hatte. Vielleicht hatte er sich kaum zehn Meter von der Stelle entfernt befunden, an der sie jetzt waren. Trug Zakarias die Waffe zu ihrem Schutz?

Der kauzige Lehrer wirkte jedoch alles andere als beunruhigt. Er achtete schon gar nicht mehr auf Jona, sondern zeigte auf den gezackten Kristallring, der die Schule umgab. »Die Zauberranke war bereits da, als sich die ersten Weltwanderer in dieser Gegend ansiedelten«, erklärte er. »Sie ist eine der wenigen Gewächse, denen es gelungen ist, den Schleier zu durchbrechen und in Gonelore Wurzeln zu schlagen. Womöglich sieht sie in dem Horizont, aus dem sie stammt, ganz anders aus. Hier bei uns jedenfalls hat sie diese besondere Kristallform.«

Er führte seine Klasse ein Stück am Mäuerchen entlang. Nun blickten sie hinaus auf das Moor.

»Die Gründer dieser Schule haben Jahrzehnte gebraucht, um das Gelände urbar zu machen und die Zauberranke so zurechtzuschneiden, wie sie heute ist. Die Ranke wächst stetig weiter. Etwa alle vierzig Jahre sind umfangreiche Arbeiten nötig, um sie zu stutzen. Wenn wir zuließen, dass sie sich ausbreitet, wäre der Zugang zur Schule in kürzester Zeit zugewuchert. Und nach einer Weile wäre die ganze Halbinsel von ihr bedeckt.«

Nobiane hob artig die Hand, um eine Frage zu stellen, die allen im Kopf herumgeisterte: »Man kann die Zauberranke also beschneiden? Werden aus ihr die Prismen hergestellt?«

»Nein. Erstens: Es ist sehr schwer, die Ranke zu stutzen. Um ein Stück herauszuschlagen, muss man eine Schwachstelle finden, und man braucht dazu sehr viel Kraft. Zudem ist das Ergebnis immer ungewiss. Und zweitens: Die herausgebrochenen Teile verwelken und verfaulen innerhalb weniger Tage wie bei jedem anderen Gewächs. Man kann sie nicht nutzen.«

»Woraus bestehen die Prismen dann?«, wollte Nobiane wissen.

»Das gehört nicht zu meinem Fach«, sagte der Lehrer barsch. »Du würdest ja wohl auch nicht Jora Vrinilia bitten, euch an meiner Stelle in Geografie zu unterrichten!«

Damit war das Thema für ihn beendet, und niemand wagte mehr, ihn zu unterbrechen. Seine Erklärungen zur Zauberranke waren leider sehr dürftig. Nachdem er ihnen unten im Klassenzimmer zwei Stunden lang aus einem öden Lehrbuch vorgelesen hatte, stellte Zakarias jetzt abermals unter Beweis, dass er nicht besonders gesprächig war. Höchstens fünf Minuten lang ratterte er ein paar Zahlen zur Größe der Zauberranke herunter, erwähnte kurz, dass es noch zwei ähnliche Gewächse in Gonelore gab, und machte einen verächtlichen Kommentar zu der Theorie ihrer Vorfahren, die besagte, die Pflanze wurzelte auf der anderen Seite des Schleiers. Erst als er auf die Schutzfunktion der Kristallbarriere zu sprechen kam, offenbarte er mehr Interesse.

»Die Gründerväter bemerkten rasch, dass die Ranke in der Lage ist, Chimären abzuhalten«, erläuterte er. »Zweifellos handelt es sich um eine Abwehrkraft, die die Pflanze in ihrem ursprünglichen Horizont ausgebildet hat. Sie spiegelt das Sonnenlicht, und durch ihre gezackte Form, die an eine Krone erinnert, kreuzen sich die Lichtstrahlen und formen eine Kuppel, die von den Chimären nicht überwunden werden kann. Sie ist zwar mit bloßem Auge nicht zu erkennen, aber sie ist immer da. Wir befinden uns gerade direkt unter ihrem höchsten Punkt.«

Er öffnete seinen Mantel, holte ein achteckiges Prisma hervor, das bläulich schimmerte und etwa handtellergroß war, und hob es über die Köpfe der Schüler.

Einige bewundernde Ausrufe erklangen, während alle das Lichtnetz betrachteten, das durch den Kristall sichtbar geworden war. Deshalb also fühlten sich die Weltwanderer in der Schule so sicher. Eine Chimäre konnte nur durch den Kristalltunnel auf die Halbinsel gelangen, so wie es der Drakonid fast geschafft hätte, oder indem sie durch das Tor am Strand eindrang wie die Krustenkrebse. Da beide Eingänge bewacht wurden, war die Gefahr jedoch sehr gering.

»Die Gründerväter waren also tagsüber vor den Chimären geschützt«, fuhr Zakarias fort. »Doch die Kraft der Ranke schwand nach Sonnenuntergang. Deshalb kamen sie auf die Idee, diesen Leuchtturm zu bauen. Er dient dazu, die Lichtkuppel nachts künstlich zu erzeugen. Die Erfinder nutzten die geografischen Begebenheiten der Landschaft also voll und ganz aus.«

Er schwenkte das Prisma durch die Luft und machte große Teile des schützenden Netzes sichtbar. Jona entdeckte, dass sich die Kuppel kaum vier oder fünf Meter über ihren Köpfen wölbte.

Sie war gerade so hoch, dass sie die Spitze des Leuchtturms abschirmte! Die Berechnungen der früheren Weltwanderer mussten erstaunlich genau gewesen sein. Nur ein einziger Punkt des Gebäudes war nicht von dem Lichtnetz geschützt. Es handelte sich um eine Plattform, die über dem verglasten obersten Stockwerk lag. Von dort strahlte nachts das seltsame Licht aus, das auf die Krone der Zauberranke herabfiel. Der Leuchtturm war also tatsächlich der Schlüssel zur Verteidigung der Schule, ganz so, wie Jona es vermutet hatte.

Obwohl er jetzt fast alle Geheimnisse des Turms kannte, hatte Jona immer noch nicht die erhoffte Erleuchtung gehabt. Würde ein Ausflug ins oberste Stockwerk daran etwas ändern? Wohl eher nicht …

Zakarias schien ohnehin nicht gewillt, seine Schüler in die verglaste Kammer zu lassen, also schlug sich Jona den Gedanken gleich wieder aus dem Kopf. Nachdem er sich von seiner Begeisterung hatte mitreißen lassen, empfand er nun tiefe Enttäuschung. Er fühlte sich antriebslos wie eine leere Muschel, die der reißenden Strömung des Ozeans ausgeliefert war. Oder dem heftigen Wind, der hier oben blies.

Der Leuchtturmwärter forderte die Schüler auf, wieder in den Klassenraum zurückzukehren. Jona ließ ein letztes Mal den Blick über die Landschaft schweifen. Vielleicht entdeckte er ja doch noch etwas, das ihm ein Tor zu seiner Vergangenheit öffnete. Aber es ereignete sich kein Wunder. Alles, was er sah, hing mit seiner Gegenwart zusammen: das Schuldorf, in dem er das Bandelier verliehen bekommen hatte, das Zeughaus, in dem er wohl noch eine Weile wohnen würde, der Ozean, auf den sie mit Radjaniel hinausgerudert waren.

Auf einmal hatte er den Eindruck, sein eigenes Leben auszuspionieren. Einen besseren Beobachtungsposten gab es nicht. Da fiel ihm wieder ein, wie er am Tag zuvor vom Ruderboot aus auf dem Leuchtturm ein Licht hatte blinken sehen. Hatte sie vielleicht jemand durch ein Fernglas beobachtet? Das war sicher nur ein Zufall, aber ...

In diesem Moment wurde er jäh aus seinen Gedanken gerissen. Mehrere Hände packten ihn an den Waden, hoben ihn hoch und schoben ihn über die Mauer. Jona blickte ins Nichts, und seine ganze Welt schien nur noch aus der Leere zu bestehen, die ihn zu verschlingen drohte. Er wehrte sich mit aller Kraft. Es gelang ihm, seinen linken Knöchel zu befreien, und er drehte sich herum, um einen Blick auf seine Angreifer zu erhaschen. Weitere Hände griffen nach ihm. Er hing jetzt halb über der Brüstung und wurde nur noch von zwei seiner Klassenkameraden an den Beinen gehalten. Sie grinsten hämisch.

Jona spürte schon fast, wie er in die Tiefe stürzte. Entweder würde er unten auf das Dach der Festung krachen, oder der Wind würde ihn ein Stück davontragen, sodass er von der Ranke aufgespießt würde. Leichenblass und zitternd wagte er sich weder zu rühren noch um Hilfe zu rufen. Ohnehin schien auf der Plattform niemand mehr zu sein – außer ihm und seinen beiden Angreifern. Die beiden Jungen hatte er heute zum ersten Mal in seinem Leben gesehen. Was wollten sie nur von ihm?

»Du bist also der Schakal?«, zischte der eine.

»Du wurdest von einem Drachen aufgezogen!«, rief der andere.

»Ja, von einer verfluchten Chimäre!«

»Und du hast einen anderen Schüler getötet, um seinen Platz einzunehmen! Einen von uns!«

»Du hast hier nichts zu suchen! Du bist ein Ungeheuer!«

»Ja! Und wir haben einen Eid geschworen, dass wir alle Ungeheuer töten!«

Vor Entsetzen war Jona wie versteinert. Was er da hörte, machte ihn fassungslos. Das erzählte man sich also über ihn in den Schlafkammern und Speisesälen? Dass er auf der Seite des Feindes stand? Dass er Vohn ermordet hatte, um in die Schule zu kommen? Dass er deshalb das Schandmal trug? Die Behauptungen waren aberwitzig, aber wenn er versuchte, sich zu verteidigen, würden seine Angreifer ihm gewiss nicht einmal zuhören. Außerdem klapperten seine Zähne so sehr, dass er sicher kein Wort herausbringen würde.

Plötzlich erhob sich hinter den beiden Jungen ein Schatten, und Jona meinte, darin einen Todesengel zu erkennen. Jetzt war es also so weit. Die beiden Rohlinge würden loslassen, und er würde in die Tiefe stürzen ... Da packte ihn eine kräftige Hand am Arm und zog ihn zurück auf die andere Seite der Brüstung. Zitternd ließ sich Jona zu Boden sinken und stellte verblüfft fest, dass Zakarias sein Retter war. Die anderen Schüler standen an der Treppe und beobachteten erschrocken das Geschehen. Jonas Angreifer zogen unter dem wütenden Blick des Seemanns die Köpfe ein.

»Wir wollten ihn nicht loslassen! Ehrlich!«

»Wir wollten ihm nur ein bisschen Angst machen!«

Der Weltwanderer sagte keinen Ton. Er packte die Übeltäter bei ihrem Bandelier, einen mit jeder Hand, und hob sie auf die Brüstung. Die beiden Jungen schrien auf, winselten um Gnade und schluchzten. Den Zeugen der Szene hatte es vor Schreck die Sprache verschlagen. Ein paar Sekunden verstrichen, die den Schülern wie Stunden vorkamen. Dann richtete Zakarias seinen stahlharten Blick auf Jona. Er schien ihn aufzufordern, über die Strafe zu entscheiden.

»Mir ... Mir ist nichts passiert«, stammelte der Junge.

Etwas anderes fiel ihm nicht ein. Er würde die beiden Idioten sicher nicht zum Tode verurteilen. Die plötzliche Wendung der Ereignisse war Rache genug.

Nach ein paar weiteren angespannten Momenten hob der Lehrer in der Piratenkluft seine Opfer wieder auf die Plattform. Dann musterte er die versammelten Schüler und sagte: »Ich hoffe, die Botschaft ist angekommen. Ihr wisst nicht, mit wem ihr es zu tun habt!«

Er musterte Jona eindringlich, und der Junge nickte knapp. Niemand wagte es, gegen Zakarias aufzumucken. Und vermutlich galt das auch für die nächsten fünf Jahre ...

Als er gleich darauf die Treppe hinabstieg, kam Jona ein schrecklicher Verdacht. Der Gedanke ließ ihm für den Rest des Tages keine Ruhe und quälte ihn auch noch in der Nacht als schrecklicher Albtraum.

Hätte Zakarias ihn auch gerettet, wenn es keine Zeugen gegeben hätte?

34

Beim ersten Knacken gelang es Vohn noch, sich zusammenzureißen. Er widerstand dem Drang herumzufahren und ängstlich in die Dunkelheit zu starren. Er musste stark sein und durfte nicht beim kleinsten Laut, der in der Finsternis um ihr Nachtlager herum erklang, zusammenzucken. Doch als sich das Geräusch wiederholte und näher zu kommen schien, drehte er sich um und legte eine Hand an sein Messer. Da er nichts erkennen konnte, nahm er das kleine Prisma zur Hand, das sein Lehrer ihm gegeben hatte, und suchte die Umgebung damit ab.

»Du verschwendest deine Zeit«, versicherte ihm Vargaï. »Wenn sich hier eine gefährliche Chimäre herumtreiben würde, hätten wir nie im Leben eine Scrofade angetroffen. Die sind sehr scheu.«

Vohn nickte, blieb aber dennoch wachsam. Ihn hatte das gehörnte Wildschwein, dem sie am späten Nachmittag begegnet waren, sehr beeindruckt, und obwohl die Chimäre rasch wieder hinter dem Schleier verschwunden war, fürchtete der Junge, dass sie sich plötzlich aus dem Nichts auf sie stürzen könnte. Vargaï schien sich hingegen gar keine Sorgen zu machen. Seelenruhig bereitete er ein Mahl über einem kleinen Feuer zu.

»Ich habe mich einfach noch nicht daran gewöhnt«, sagte Vohn zu seiner Rechtfertigung. »In meinem Dorf hörte man alle zehn Jahre mal von einer Chimäre. Es sei denn, man lauschte dem Gerede der Alten. Hier hingegen scheint hinter jedem Busch eine zu lauern.«

»Zu einer anderen Zeit war das tatsächlich einmal so«, antwortete der Alte. »Und es könnte auch wieder dazu kommen.«

»Aber trotzdem! Ich habe den Eindruck, dass es in der Gegend, aus der ich komme, weniger Ungeheuer gibt als überall sonst.«

»Du sagst es selbst, es ist nur ein Eindruck. Alle Einwohner von Gonelore haben dieses Gefühl. Die Welt ist groß, mein Junge, vielleicht ein wenig zu groß. Nach all den Jahren, in denen Krieg herrschte, gibt es keinen großen Austausch zwischen verschiedenen Ländern. Wer reist schon noch außer Händlern und Weltwanderern? Die gewöhnlichen Leute bleiben zu Hause, und die Dörfer, Städte und sogar die Hauptstädte haben sich seit zweihundert oder fünfhundert Jahren nicht groß verändert. Die Chimären haben sich diesen Bedingungen angepasst. In allen Gegenden, in denen sie unterwegs sind, halten sie sich weitgehend von Menschenansammlungen fern. Deshalb glauben viele Leute, es gäbe die Bestien gar nicht, sie wären nur Märchengestalten. Bis es dann zu einer Tragödie kommt. Man muss viel reisen, um eine Chimäre zu Gesicht zu bekommen. Wir Weltwanderer stellen ihnen nach, stöbern sie in ihren Verstecken auf und treiben sie wieder zurück in die Horizonte, aus denen sie kommen. Deshalb sind wir ständig unterwegs.«

Vohn dachte über seine Worte nach. Er konnte sich noch immer nicht ganz von dem Gedanken verabschieden, dass es in seiner Heimat kaum Chimären gab. Doch der Alte hatte bestimmt recht. Es war sehr viel wahrscheinlicher, einem Ungeheuer zu begegnen, wenn man durch eine einsame Landschaft streifte, als wenn man ein Leben lang in einer Stadt oder einem Dorf blieb.

»Wo gehen wir eigentlich hin?«, fragte er. »Reisen wir quer durchs Land?«

Zwar kannte er die Antwort eigentlich schon, aber das Thema brannte ihm seit ihrer Abreise unter den Nägeln.

»Ja«, antwortete Vargaï. »Aber als Erstes statten wir einem Kollegen einen Besuch ab. Ich muss ihm ein paar Fragen stellen.«

275

»Einem Weltwanderer?«, fragte Vohn. »Einem Freund von Euch?« Das verkniffene Gesicht seines Lehrers sagte mehr als alle Worte.

»Das kann man so nicht sagen. In jungen Jahren kämpften wir eine Weile Seite an Seite. Anschließend unterrichtete er eine Weile in Zauberranke. Doch irgendwann verließ er den Hohen Rat, um seine eigene Schule zu gründen ...«

Vohn blieb vor Überraschung der Mund offen stehen. Er hatte geglaubt, seinen Lehrer mittlerweile ganz gut zu kennen, aber diese Geschichte hatte er noch nie gehört.

»Und dorthin gehen wir?«, fragte er begeistert. »In der Nähe von Zauberranke gibt es also noch eine andere Schule? Das wusste ich gar nicht!«

»Nur keine Aufregung«, mahnte Vargaï. »Diese Schule hat nicht viel mit dem zu tun, was du dir vorstellst. Als ich das letzte Mal dort vorbeikam, bestand sie nur aus einer Ansammlung von baufälligen Hütten mitten im Wald und hatte etwa zwanzig, vielleicht dreißig Schüler. In Zauberranke lebt es sich wahrlich besser.«

»Aber ihr seid Verbündete?«, wollte Vohn wissen. »Ihr arbeitet doch sicher zusammen, oder?«

Der Alte blickte finster drein.

»Die Sache ist kompliziert«, erklärte er. »Auch wenn alle Weltwanderer einer Bruderschaft angehören und wir im Großen und Ganzen denselben Traditionen folgen, sind wir uns nicht immer in allen wichtigen Punkten einig. Zum Beispiel herrscht Uneinigkeit darüber, wie hart man die Schüler herannehmen sollte. Oder darüber, wie man die Chimären am besten bekämpft. Es gibt viele verschiede Meinungen, und jeder hat einen anderen Blickwinkel. Die Hohen Räte der Schulen sind nicht gezwungen, sich abzustimmen.«

Er überlegte kurz und fuhr dann fort: »Du weißt, dass wir Weltwanderer keinen Präsidenten, König, General oder sonst etwas in der Art haben. Niemand kann im Namen aller Weltwanderer Gonelores sprechen. Die Bruderschaft wird einzig und allein durch die Tradition zusammengehalten. Unser Erbe ist das, was uns vereint. Seit Jahrhunderten folgen die Einwohner von Gonelore diesem ungeschriebenen Gesetz. Wenn sich ein paar Männer und Frauen aus einer Gegend zusammenschließen, um gegen Chimären zu kämpfen, legen sie sich als Erstes das Bandelier um. Dann wählen sie einen Magister, der wiederum einen Hohen Rat ernennt. Mehr Regeln gibt es nicht. Jeder Gruppe von Weltwanderern steht es frei, ihren eigenen Weg zu gehen. Sie können Schüler rekrutieren, sich wieder auflösen, mit einer anderen Gruppe verschmelzen oder ihre Nachbarn ignorieren. Das ist hier der Fall. Die beiden Weltwandererschulen, die es in diesem Teil Gonelores gibt, haben nichts miteinander zu tun, weil sie nicht dieselbe Mission verfolgen. So einfach ist das.«

Vohn wartete auf weitere Erklärungen, aber als Vargaï schwieg, fragte er: »Warum gehen wir dann dorthin?«

Der Alte lächelte geheimnisvoll. Im Schein des Lagerfeuers wirkte seine Miene verschwörerisch, fast unheimlich.

»Ich muss einen anderen Blickwinkel erforschen. Einen Blickwinkel, den die Prismenschmiedin von Zauberranke nicht in Erwägung ziehen würde.«

Vohn lief es allein bei der Erwähnung dieser Person kalt den Rücken hinunter. Bei seinem ersten Besuch der Schule hatte er ein paar Unterrichtsstunden bei Jora Vrinilia gehabt, und die Erinnerung daran war nicht gerade angenehm.

Ein weiteres Knacken in der Dunkelheit verscheuchte diese Gedanken. Vohn suchte abermals die Umgebung durch sein Prisma ab, und Vargaï sah ihm belustigt zu. Wieder entdeckte er nichts.

Den Rest des Abends saß er da, spitzte die Ohren und fragte sich gleichzeitig, was wohl der dicke Berris in diesem Augenblick tat. Oder die anderen ehemaligen Schüler Vargaïs. Als ihm aufging, dass er sie vermisste, ballte er die Fäuste und konzentrierte sich auf den Schakal, der ihm seinen Platz gestohlen hatte.

35

»Ihr seid viel zu unruhig«, sagte die Weltwanderin scharf. »So geht das nicht. Aber ich habe Zeit. Ich werde einfach warten, bis ihr still seid.«

Nobiane straffte die Schultern und stand stocksteif da. Die Schüler hatten drei Reihen gebildet, und Nobiane fiel nicht ein, was sie sonst noch hätte tun können. Seit fast zehn Minuten ließ Jora Vrinilia sie hier auf dem Gang versauern. Sie schien es nicht müde zu werden, auf diese Weise ihre Macht zu demonstrieren.

»Wenn ihr so aufgedreht seid, kommt ihr mir nicht in die Werkstatt«, wiederholte die Lehrerin. »Ich bewahre dort zerbrechliche Gegenstände auf, die kostbarer sind als jeder Einzelne von euch.«

Vielleicht wollte sie die Schüler mit diesen Worten provozieren oder herausfinden, wie folgsam sie waren. Zum Glück protestierte keiner der fünfzehn wartenden Schüler oder verzog auch nur das Gesicht. Nicht einmal die beiden Hitzköpfe, die Jona am Tag zuvor vom Turm hatten baumeln lassen. Zakarias' Eingreifen hatte ihnen wohl einen Dämpfer verpasst. Jedenfalls verhielten sie sich im Moment ruhig, auch wenn die hasserfüllten Blicke, die sie Jona und seinen Kameraden zuwarfen, ihre Rachegelüste verrieten.

Als sie vor Vrinilias Wekstatt auf dieselben Schüler getroffen war wie oben im Leuchtturm, hatte Nobiane einen tiefen Seufzer ausgestoßen. Offenbar war sie dazu verurteilt, jeden Nachmittag mit denselben Kindern zu verbringen. Mit Sohias Rekruten gab es kein Problem, aber die andere Gilde begegnete ihnen mit offener Feindseligkeit. Mittlerweile bereute Nobiane, dass sie Radjaniel nichts von dem Vorfall auf dem Leuchtturm erzählt hatte. Alle hatten darauf gewartet, dass Jona die Sache ansprechen würde, aber er war stumm geblieben. So hatte sie der ahnungslose Messerschleifer den ganzen Morgen um die Wette laufen, über Hürden springen, an einem Seil hochklettern und an Holzpfosten herabgleiten lassen. Nun war es zu spät. Sie würden erst wieder am Abend ins Zeughaus zurückkehren.

»Nun, da Ruhe eingekehrt ist, muss ich feststellen, dass ihr nicht ordentlich in der Reihe steht«, bemäkelte die Weltwanderin. »Wie soll ich euch in den Feinheiten meiner Kunst unterrichten, bei der es auf äußerste Präzision ankommt, wenn ihr nicht einmal in der Lage seid, euch anständig aufzustellen?«

Die Schüler senkten die Köpfe, bemühten sich aber, noch etwas geradere Reihen zu bilden. Jora Vrinilias Unterricht erinnerte stark an Kasernendrill. Nobiane musterte die Prismenschmiedin aus dem Augenwinkel. Sie war solchen Menschen schon mehrmals begegnet. Hinter der Fassade einer wohlerzogenen Dame mit sorgfältig geschminktem Gesicht und perfekt frisiertem Haar, das sie zu einem Knoten hochgesteckt hatte, verbarg sich ein machtbesessener, arglistiger, hochmütiger Mensch – ein offensichtlich sadistisch veranlagter Mensch. Ihre reich bestickten, eng anliegenden Kleider waren zwar weiblich, ihre Körperhaltung war aber militärisch. Und obwohl ihr Bandelier prächtig gearbeitet und mit funkelnden Edelsteinen besetzt war, sah sie damit aus wie ein General.

»Gut«, befand sie nach einer weiteren Minute tiefen Schweigens. »Das muss reichen. Ihr könnt jetzt reingehen, aber ohne ein Wort und einer nach dem anderen.«

Einige erleichterte Seufzer erklangen, aber ansonsten verhielten sich die Schüler ruhig, damit die Lehrerin sie nicht wieder vor der doppelten Flügeltür anhalten ließ. Endlich erblickte Nobiane die berühmte Schmiede, von der sie schon so viel gehört hatte.

Ihre Erwartung wurde nicht enttäuscht. Im Großen und Ganzen sah die Werkstatt so aus, wie Nobiane sie sich vorgestellt hatte. Schon die Eingangshalle des Gebäudes, das mitten im alten Kern von Zauberranke lag, hatte erahnen lassen, was sie im Inneren erwartete. Nach dem kargen Leuchtturm zeigte sich hier die ganze architektonische Pracht aus der Gründerzeit der Schule. Überall waren Symbole der Bruderschaft und Darstellungen von Chimären zu sehen. Sie waren in die Steinplatten am Boden eingraviert und prangten auf Fresken an der Decke. Selbst die aus edlem Holz geschnitzten Türgriffe und Kerzenständer waren kleine Kunstwerke.

Vrinilias Werkstatt erinnerte an einen verwunschenen Palast. Zwischen den Säulen und Bogen des weitläufigen Saals hätte ein ganzer Bauernmarkt Platz gehabt. Man hatte fast das Gefühl, in einer Schatzhöhle zu stehen. Die schweren Vorhänge vor den großen Fenstern waren zugezogen, und mindestens zwei Dutzend verschiedene Kronleuchter und Kerzenständer tauchten den Saal in helles Licht. An den Wänden standen unzählige Regale und Bücherschränke voller Manuskripte, und überall funkelten Kristalle im Kerzenschein. Es gab sie in jeder Form und Farbe. Manche waren roh wie Quarz, andere glatt poliert, wieder andere scheibenförmig, und ein paar wenige lagen auf Sockeln oder unter einer Glasglocke, um ihre Besonderheit zu betonen.

Nobiane war zutiefst beeindruckt von diesem Anblick. Das Handwerk, das Jora Vrinilia ausführte, war so geheimnisvoll, dass es etwas Magisches hatte. Im hinteren Teil des Saals arbeiteten einige ältere Schüler. Nobiane stellte erstaunt fest, dass sie sie beneidete, obwohl sie gar nicht genau wusste, was sie machten. Lag es an der gedämpften Stimmung, die sie an den Palast ihrer Kindheit erinnerte? An der konzentrierten, arbeitsamen Atmosphäre? Oder ganz einfach der Aura von Macht? Jedenfalls fühlte sie sich in der Werkstatt bereits wie zu Hause – obwohl sie gerade erst über die Schwelle getreten war.

»Rührt nichts an«, ermahnte sie die Schmiedin. »Setzt euch einfach da drüben in der Ecke auf den Boden!«

Nobianes Begeisterung war wie weggeblasen. Da hatte sie sich doch tatsächlich eingebildet, Prismen bearbeiten zu dürfen. Wie dumm und naiv sie gewesen war.

Jora Vrinilia machte weiterhin keinen Hehl aus ihrer Geringschätzung für die Schüler des ersten Kreises. Sie ließ sie nicht einmal auf einer Bank Platz nehmen. Würden die Schüler die kommenden zwei oder drei Stunden auf dem Steinboden verbringen?

Sobald die Klasse saß, wartete die Schmiedin, bis es so still war wie in einem Kloster. Dann umrundete sie die Gruppe und zupfte einen Vorhang zurecht. Als sie zu den Schülern zurückkehrte, hielt sie eine merkwürdige Lampe in der Form eines Blasebalgs in der Hand.

»Zwei Drittel von euch waren in der ersten Unterrichtsstunde nicht anwesend«, sagte sie. »Ich werde also noch einmal ganz von vorn beginnen, auch wenn das den Rekruten gegenüber ungerecht ist, die rechtzeitig in Zauberranke eingetroffen sind.«

Die Gilde der Unruhestifter äußerte ihren Unmut durch laute Seufzer. In absehbarer Zeit würden sie und Radjaniels und Sohias Schüler wohl keine Freunde werden …

»Trotz eurer Verspätung«, verkündete die Weltwanderin, »müsstet ihr mittlerweile wissen, was der Schleier und die Horizonte sind. Ich will euch etwas zeigen, was für noch mehr Klarheit sorgen wird.«

Sie schob einen kleinen Schemel vor ihre schweigende Zuhörerschaft, stellte die Lampe darauf und schaltete sie ein. Ein waagerechter, etwa fingerbreiter Lichtstrahl durchschnitt den Saal.

»Das ist es, was jeder sehen kann«, sagte die Lehrerin.

Dann nahm sie ein dreieckiges Prisma von einem Regal und

hielt es in den Strahl. Das Licht wurde gebrochen und in mehrere Strahlen zerlegt, die in den verschiedenen Farben des Regenbogens leuchteten.

»Das, was ihr jetzt seht, befindet sich hinter dem Schleier. Jeder dieser bunten Strahlen könnte einem anderen Horizont entsprechen. Leider ist es unmöglich, sie zu zählen. Jedenfalls hat das Ganze nichts mit Magie zu tun. Das Prisma erschafft diese Lichtstrahlen nicht, es offenbart sie nur.«

Mit einer Handbewegung wies sie auf die Kristalle in den Regalen.

»Seit der Gründung von Zauberranke beschäftigen wir uns in dieser Werkstatt mit Prismen. Seit einem Jahrtausend erschaffen die Obersten Prismenschmiede durch ihre Kunst Hilfsmittel, die den Schleier auflösen. Diese Arbeit verlangt mehr Können, als ihr euch vorstellen könnt!«

Nobiane betrachtete erneut die Sammlung um sie herum. Sie war längst von der Erhabenheit dieses Handwerks überzeugt, und Jora Vrinilias Ausführungen verstärkten diesen Eindruck noch.

»Diese Objekte erlauben den Weltwanderern einen mehr oder minder tiefen Einblick in die verschiedenen Horizonte. Beispielsweise kann ein Prisma nur die nächstgelegenen Horizonte sichtbar machen, die sogenannten Reviere. Andere Prismen richten sich auf weiter entfernt liegende Wirklichkeiten. Wir sind auch in der Lage, Prismen zu schmieden, mit denen man eine ganz bestimmte Art von Chimären aufspüren kann. Wir können sie besonderen Bedingungen anpassen, sodass sie sich für den Einsatz bei Nacht oder für die Untersuchung von Wasser eignen. Wie andere Linsen können auch sie vergrößernd wirken. Manche sind wie Lupen, Brillen oder Operngläser gebaut, und sie können auch eine Sehschwäche ihres Besitzers ausgleichen. Manchmal bittet man uns auch, sie in ein spezielles Gerät oder einen Ausrüstungsgegenstand einzubauen. Ganz selten werden beson-

ders kostbare Prismen auch im Krieg eingesetzt, als Speerspitzen oder Schwertklingen ...«
Die Lehrerin ließ diese Worte kurz wirken.
»Wir müssen«, fuhr sie dann fort, »alle Wünsche und Notwendigkeiten berücksichtigen, um ein möglichst wirkungsvolles und präzises Objekt herzustellen. Deshalb ist jedes dieser Prismen auch mehr wert als alles, was ihr jemals besessen habt.«
Nobiane nickte gedankenverloren und starrte noch immer verträumt auf die Gegenstände um sie herum. Bald wurde ihr klar, dass die Sammlung zu Ausbildungszwecken zusammengestellt worden war. Die meisten Stücke waren absichtlich nicht vollendet worden. So konnte man die verschiedenen Etappen der Herstellung eines Artefakts betrachten, angefangen von den unregelmäßigen Rohkristallen bis hin zu den fertigen Prismen, die in eine Halterung eingefasst waren. Jeder Arbeitsschritt wurde durch mehrere Modelle dargestellt. Als die Schmiedin ein paar Stücke unter den Schülern herumreichte, konnte Nobiane ihr Glück kaum fassen.
»Eigentlich sind Prismen nicht zerbrechlich«, erklärte die Weltwanderin, »aber ich rate euch dringend ab, auch nur eines davon fallen zu lassen. Wer nicht in der Lage ist, einen einfachen Gegenstand in der Hand zu halten, wird keinen Fuß mehr in meine Werkstatt setzen! Und das ist keine leere Drohung!«
Nach dieser Ankündigung behandelten die Schüler die unfertigen Prismen wie rohe Eier. Nobiane bekam sechs verschiedene Kristalle gereicht, und sie betrachtete jeden von allen Seiten. Schon die Rohkristalle kamen ihr unendlich wertvoll vor. Sie schillerten in allen Farben, und ihnen schien eine geheimnisvolle Energie innezuwohnen.
Als sie ein Stück an Dælfine weiterreichte, die neben ihr saß, fiel ihr auf, dass sich die beiden Schüler hinter ihr seltsam aufführten. Diese Idioten richteten alle Prismen, die sie in die Hand bekamen, auf Jona und schnitten dabei entsetzte Grimassen. An-

dere ahmten dieses grausame Spiel nach, sogar manche aus Sohias Gruppe.

Jona tat so, als würde er es nicht bemerken. Er war noch nie besonders gesprächig gewesen, aber seit dem Vorfall auf dem Leuchtturm war er völlig niedergeschlagen. Vermutlich hätte er nicht einmal protestiert, wenn die anderen ihm ein Prisma an den Kopf geworfen hätten. Nobiane tat der Junge leid. Zwar hatte auch sie ihm nach dem Zwischenfall im Spiegelkabinett eine Weile misstraut, aber sie fand es unerträglich, dass ständig mit dem Finger auf ihn gezeigt wurde. Das erinnerte sie zu sehr an eigene schlimme Erfahrungen aus ihrer Kindheit.

Als Jora Vrinilia jedoch auf ein Thema zu sprechen kam, das sie brennend interessierte, schob sie diese Überlegungen vorerst beiseite.

»Die weniger Beschränkten unter euch fragen sich sicher, woher das Rohmaterial für die Prismen kommt. Schaffen wir gleich einmal ein paar falsche Vorstellungen aus der Welt: Nein, es handelt sich nicht um Teile der Zauberranke. Nein, wir haben keine Arbeiter, die sie in unterirdischen Minen abbauen. Wobei es durchaus vorkommt, dass schöne Stücke in einer Höhle gefunden werden. Und, nein, die Kristalle entstammen nicht den Eingeweiden besiegter Chimären – außer in Ausnahmefällen. Wer hat eine eigene Theorie dazu?«

Die fünf Schüler aus der Gilde der Idioten rissen die Hände in die Höhe, um sich bei der Lehrerin beliebt zu machen, aber Vrinilia musterte sie voller Verachtung.

»Da ich euch das schon letzte Woche erklärt habe, hoffe ich doch sehr, dass ihr es euch gemerkt habt«, zischte sie. »Ich meinte die anderen. Oder wollt ihr wirklich, dass ich euch dazu befrage?«

Die Hände fuhren sofort herunter. Nobiane hielt einen der unbearbeiteten Kristalle in der Hand und beugte sich darüber, um ihn genauer zu betrachten. In Grunde handelte es sich um eine

Ansammlung mehrerer Kristalle. An der Oberfläche war kein Fremdkörper zu sehen. Das Ding war offenbar nicht aus einem Gesteinsblock oder einem Mineral herausgeschlagen worden. Seine Struktur schien nicht einmal den Naturgesetzen zu gehorchen: In seinem Inneren zeigten durchsichtige Spitzen in alle Richtungen. Irgendwie erinnerte sie das Ganze an eine Schneeflocke.

»Ist es vielleicht Luft?«, fragte sie, einer plötzlichen Eingebung folgend. »Aus einem anderen Horizont?«

Der durchdringende Blick der Schmiedin machte ihr Angst. Da fiel ihr ein, dass sie sich nicht gemeldet hatte. Vrinilia starrte sie an, als hätte sie eben erst die Anwesenheit des Mädchens in ihrer Klasse bemerkt.

»Das wusstest du bereits«, sagte die Weltwanderin.

Nobiane schüttelte den Kopf. Fast bereute sie, richtig geantwortet zu haben.

»Du bist die Tochter des Grafen von Vallaurière, nicht wahr? Ich habe deinen Namen im Anmelderegister gesehen. Ich kenne deine Geschichte.«

Nobiane saß da wie vom Blitz getroffen. Es war ein Schock, ihren Nachnamen an diesem Ort zu hören. Die Worte der Schmiedin klangen in ihren Ohren wie eine Drohung.

Doch dann fügte Vrinilia hinzu: »Es handelt sich in der Tat um Luft, die sich verfestigt hat. Das Phänomen ist sehr selten. Es geschieht manchmal, wenn eine Chimäre den Schleier durchquert und in unseren Horizont vordringt. Wir gehen davon aus, dass die Prismen eine Kristallisierung der Energie sind, die dafür nötig ist. Jedes Prisma enthält etwas fremde Atmosphäre, die in den Lungen der Kreaturen herübergetragen wird, bevor sie zum ersten Mal in Gonelore einatmen. Manchmal entstehen Prismen auch, wenn eine Chimäre ihren letzten Atemzug tut. Dann enthalten sie ein Stück von der Seele der jeweiligen Kreatur. Aber all das lernt ihr später noch genauer.«

Sie verstummte kurz und ließ Nobiane nicht aus den Augen. »Die Prismen, die wir verarbeiten«, fuhr sie dann fort, »wurden also einfach im Laufe der Jahrhunderte irgendwo gefunden. In der Regel von Mitgliedern der Bruderschaft, da die Weltwanderer die Einzigen sind, die Chimären jagen. Anhand der Prismen können wir Rückschlüsse darauf ziehen, was sich jenseits des Schleiers befindet. Doch bis man ein brauchbares Gerät in den Händen hält, sind sehr viele Arbeitsschritte nötig!«

Sie begann, die einzelnen Arbeitsschritte zu beschreiben, zeigte ihnen aber kein weiteres Anschauungsmaterial. Mit einem Mal fand Nobiane den Unterricht sehr viel weniger spannend. Sie hörte ohnehin nur noch mit halbem Ohr zu, denn sie stand noch immer unter Schock. Wie viele Lehrer wussten von ihrer adligen Herkunft? Welche anderen Details über ihre Vergangenheit machten in Zauberranke die Runde? Wenn das so weiterging, würde sie bald zusammen mit Jona zu den Ausgestoßenen gehören!

Die beiden folgenden Stunden schienen nicht enden zu wollen. Obwohl Nobiane von dem Unterrichtsfach fasziniert war, konnte sie es kaum abwarten, dem Schlangenblick zu entkommen, mit dem Vrinilia sie immer wieder musterte. Als die Schmiedin den Schülern endlich befahl, sich wieder im Gang aufzustellen, verspürte Nobiane tiefe Erleichterung.

Diese dauerte allerdings nur wenige Sekunden an. Kaum hatten sich die Schüler in Bewegung gesetzt, befahl die Weltwanderin der Gruppe mit schneidender Stimme stehen zu bleiben. Dann trat sie vor Nobiane, die am ganzen Leib zu zittern begann.

»Es fehlt ein Prisma, das ich zu Anschauungszwecken herumgereicht habe«, sagte Jora Vrinilia. »Und wie ich bereits sagte, ich kenne deine Geschichte!«

Sie beugte sich vor und wühlte erst in den Taschen am Bandelier des Mädchens und dann in ihren Hosentaschen, ohne dass Nobiane sie daran hindern konnte. Sie hatte den Eindruck, ein zweites Mal den schlimmsten Moment ihres Lebens zu durchleben. Abermals wurde sie vor Menschen erniedrigt, deren Achtung sie eigentlich gewinnen wollte. Zum Glück war das Schicksal diesmal gnädig. Vrinilia richtete sich auf, noch immer wütend, aber mit leeren Händen.

»Ihr Gesindel! Ihr leert jetzt auf der Stelle eure Taschen! Alle!«, befahl sie.

Niemand wagte zu protestieren oder zu zögern, da dies wie ein Schuldeingeständnis gewirkt hätte. Die peinliche Szene zog sich über zwanzig Minuten hin. Nachdem ihre Suche vergeblich verlaufen war, rief die Schmiedin mehrere Schüler des dritten Kreises zu Hilfe und trug ihnen auf, den Teil des Saals zu durchsuchen, in dem sie ihren Unterricht abhielt. Die jüngeren Schüler ließ sie weiterhin im Gang warten. Nach einer Weile fand sich das Prisma auf einem Regal für Manuskripte, in das es jemand versehentlich gelegt hatte.

Vrinilia entschuldigte sich mit keinem Wort für die falschen Anschuldigungen. Es hätte ohnehin nicht mehr viel genutzt. Die anderen Schüler warfen Nobiane bereits misstrauische Blicke zu.

Ein wenig Unterstützung bekam sie allerdings: Gess zwinkerte ihr verschwörerisch zu. Nobiane verstand zwar nicht, warum, aber die freundschaftliche Geste tröstete sie.

36

An diesem Abend war die Stimmung im Zeughaus gedrückt. Dabei hätten die Schüler allen Grund zur Freude gehabt: Radjaniel hatte die beiden vergangenen Nachmittage dazu genutzt, die Lebensbedingungen seiner Schüler zu verbessern. Er hatte ihnen Kleider zum Wechseln besorgt, passende Schuhe und andere Dinge des alltäglichen Lebens, die sie beim Angriff des Drakoniden verloren hatten. Er hatte auch diverse Lebensmittel beschafft, damit sie endlich etwas anderes essen konnten als Bohnen mit Speck. Außerdem hatte er die leeren Flaschen, die an der Außenwand des Zeughauses gestanden hatten, weggeräumt – und wohl auch gleich die vollen Schnapsflaschen entsorgt, denn im Inneren des Hauses war nichts mehr davon zu sehen. Kurz und gut, er hatte sich große Mühe gegeben, ihr Zusammenleben angenehmer zu gestalten. Trotzdem schauten die Kinder finster drein. Gess fand die Niedergeschlagenheit seiner Kameraden unerträglich. Schon sonst ertrug er bedrücktes Schweigen nicht gut, und erst recht nicht an diesem Abend.

Gleich nach dem Essen ging Dælfine nach oben, um weiter an ihrem Schwert aus dem Krebsbein zu arbeiten. Radjaniel hatte ihnen erlaubt, ihre freie Zeit darauf zu verwenden, und Dælfine hatte ihn beim Wort genommen. Seither nutzte sie jede Gelegenheit, sich an die Werkbank zu setzen. Diesmal begleitete Jona sie, vielleicht brauchte er etwas Zeit für sich. Berris wiederum hatte sich ihnen angeschlossen, um nicht das Geschirr spülen zu müssen.

So blieb Gess mit Nobiane und dem Weltwanderer zurück. Sobald sie den Abwasch erledigt und das Geschirr fortgeräumt hatten, sagte Nobiane, sie wolle etwas an die frische Luft gehen. Aus Höflichkeit plauderte Gess noch eine Weile mit Radjaniel über den Geschmack der Kartoffeln, die sie gegessen hatten, doch irgendwann hielt er es nicht mehr aus und verließ ebenfalls das Haus. Nobiane stand oben an der Treppe, wie er erwartet hatte, und blickte aufs Meer hinaus.

Obwohl es sie zu stören schien, dass er zu ihr kam, machte er nicht kehrt. Er konnte nicht sagen, was er da tat und was er sich von diesem Gespräch unter vier Augen versprach. Suchte er nach einer Verbündeten? Wollte er sich ihr anvertrauen? Oder konnte dies der Beginn einer wahren Freundschaft sein? Wenn er ehrlich war, mochte er das rothaarige Mädchen sehr. Das hatte er erst so richtig bemerkt, als Nobiane Jora Vrinilia erhobenen Hauptes gegenübergestanden hatte, während diese schreckliche Frau ihre Taschen durchsucht hatte.

Außerdem war er ihr etwas schuldig.

»Mir ist nicht nach Lachen zumute«, sagte sie jetzt. »Spar dir also bitte deine Witze.«

Er blieb abrupt stehen und begann, wie ein Automat rückwärtszugehen, bis er ihr ein Lächeln entlockte. Er beschloss, das als Einladung zu verstehen, und trat neben sie. Beide schwiegen eine Weile und betrachteten die Wellen, die gegen die Kristallranke schlugen, das Meer, das sie vom Rest der Schule abschnitt, und die schützende Lichtkuppel, die die ganze Halbinsel bedeckte. In dieser Umgebung würden sie noch einige Jahre lang leben – wenn sie niemand daraus verbannte.

»Möchtest du darüber reden?«, fragte Gess.

Nobianes Gesicht verschloss sich. Er konnte sie sehr gut verstehen.

»Warum interessiert dich das?«, wollte sie wissen. »Die anderen haben mir keine Fragen gestellt. Sie haben den Vorfall nicht einmal erwähnt. Suchst du was, worüber du dich lustig machen kannst?«

»Nein, ganz bestimmt nicht!«, versicherte er.

»Dann lass mich in Ruhe.«

Das war das Gegenteil von dem, was Gess hatte hören wollen. Er betrachtete die traurige Miene seiner Freundin, ihre Augen, in denen Tränen schimmerten, und ihr bebendes Kinn. Bei diesem Anblick konnte er sich nicht mehr zurückhalten. Als würden ihm die Worte auf der Zunge brennen, sprudelte er hervor: »Es ist alles meine Schuld. Ich habe das Prisma in das erstbeste Regal gelegt. Bevor wir den Saal verließen, war es in meiner Tasche. Aber ich hatte eine böse Ahnung und wollte es wieder loswerden.«

Als er Nobianes bestürzten Gesichtsausdruck sah, bereute er seine Offenheit sofort. Bestimmt würde sie die Wahrheit in alle Welt hinausposaunen. Panisch versuchte Gess, sich zu rechtfertigen, auch wenn er sich dadurch noch mehr Blöße gab: »Ich konnte einfach nicht anders! Seit ich klein bin, hat man mich dazu erzogen! Und diese verrückte Alte sagte immer wieder, wie kostbar diese Dinger sind ... Meine früheren Lehrer hätten mich zu Tode geprügelt, wenn ich mir eine solche Gelegenheit hätte entgehen lassen! Das war nur ein Reflex!«

Während seines Geständnisses ging ihm auf, dass er in ernsthafte Schwierigkeiten hätte geraten können. Wäre er nicht so ein geschickter Gauner gewesen, dem das Lügen und falsche Lächeln zur zweiten Natur geworden war, hätte die Oberste Prismenschmiedin ihn sicher auf frischer Tat ertappt. Hätte er das Prisma in der Tasche behalten, würde er schon seit Stunden im Kerker schmoren. Und er war schließlich nach Zauberranke gekommen, um nicht den Rest seines Lebens im Gefängnis zu verbringen.

»Du bist ... ein Dieb?«, stieß Nobiane hervor.

Die Verachtung, die sie in dieses Wort legte, verhieß nichts Gutes, aber Gess nickte trotzdem. Er war zwar erleichtert, weil er sich von einer schweren Last befreit fühlte, hatte aber auch Angst, weil er sein Schicksal in die Hände des Mädchens legte.

»Und du?«, fragte er zurück.

Nobiane schüttelte den Kopf. Das war nicht weiter überraschend, wenn er an ihre letzten Gespräche zurückdachte. Also hatte er sich ihr umsonst anvertraut. Dafür würde er sicher teuer bezahlen.

»Man hat mich hereingelegt«, sagte Nobiane leise, als wäre es bereits ein Verbrechen, diese Anschuldigung auszusprechen.

»Mich auch«, bekannte Gess. »Ich wollte kein Dieb mehr sein und nicht mehr auf der Straße leben. Meine ehemaligen Lehrer haben das nicht akzeptiert. Sie haben mich bei den Wachen verpfiffen. Ich musste fliehen. Im Grunde verstecke ich mich hier.«

Nobiane runzelte die Stirn.

»Würdest du zulassen, dass jemand an deiner Stelle verurteilt wird? Könntest du zusehen, wie ein Unschuldiger gedemütigt wird und man ihm alles nimmt, was er hat, wenn du dadurch deine Haut retten würdest?«

Gess überlegte eine ganze Weile, bevor er antwortete. Er entschied sich, so ehrlich wie möglich zu sein: »Natürlich wäre es schön, nicht mehr ständig auf der Hut sein zu müssen. Aber es würde mich nicht erleichtern. Ich will niemandem etwas schuldig sein. Deswegen bin ich ja hier. Um mich zu ändern, um meine Fehler wiedergutzumachen. Aber das ist wohl noch ein langer Weg«, gestand er und lachte gezwungen.

Nobiane ging nicht auf seine falsche Heiterkeit ein, aber immerhin wirkte sie beruhigt. Gess hoffte, dass sie es dabei belassen würde. Doch als sie sich ihm mit einem Mal schüchtern näherte, änderte er seine Meinung. Nun betete er, dass sie es nicht dabei belassen würde.

Vielleicht wäre es tatsächlich dazu gekommen. Vielleicht hätten sie sich geküsst – wenn nicht plötzlich ein Donnerschlag die Stille zerrissen hätte. Sie zuckten heftig zusammen.

Zuerst dachte Gess, es hätte ganz in der Nähe eine Explosion gegeben, vielleicht irgendwo hinter dem Zeughaus. Doch die Nacht war still, und nirgendwo waren Flammen zu sehen. Außerdem, was konnte auf der Oberfläche des Ozeans schon brennen?

In diesem Moment trat Radjaniel zu seinen Schülern. Er hielt seine Lanze in der Hand. Gleich darauf kamen auch Jona, Dælfine und Berris herbeigeeilt. Gemeinsam ließen sie den Blick schweifen, weil sie ahnten, dass sich das Phänomen wiederholen würde. Und so kam es. Eine zweite Explosion dröhnte durch die Nacht, dicht gefolgt von einer dritten. Die rötliche Kuppel über ihren Köpfen erbebte. Die Lichtbarriere wurde angegriffen! Bei jedem Einschlag lief eine Welle durch das Netz, die nach etwa zwanzig Metern verebbte. Die Angriffe waren direkt auf das Zeughaus gerichtet.

»Sind das … Chimären?«, fragte Nobiane ängstlich.

Radjaniel nickte, ohne die Kuppel über ihnen aus den Augen zu lassen.

»Manchmal sind sie ziemlich angriffslustig. Dann werfen sie sich die halbe Nacht lang wie Furien gegen die Barriere, auch wenn es nichts nützt. Das ist der einzige Nachteil der Zauberranke: Ihr Licht zieht die Chimären an. Sie umkreisen die Kuppel wie Mücken eine Laterne.«

»Aber wir können sie nicht sehen«, bemerkte Dælfine. »Was sind es für Kreaturen? Drakoniden?«

»Das hoffe ich doch nicht«, sagte der Weltwanderer mit einem Grinsen.

Dann antwortete er mit angemessenem Ernst: »Noch befinden sie sich hinter dem Schleier. Doch selbst durch ein Prisma würde man wegen der Lichtkuppel nicht viel erkennen. Es dürfte sich um Chiroptide handeln. Immer wieder fallen Scharen davon über unsere Halbinsel her.«

Als er die verständnislosen Gesichter seiner Schüler sah, fügte er hinzu: »Chiroptide sind Chimären, die wie Riesenfledermäuse aussehen. Es könnten aber auch ein paar kleinere Kokatri dabei sein. So etwas kommt öfter vor.«

Weitere Einschläge brachten das Lichtnetz zum Beben. Als er sah, mit welcher Wucht die Chimären von außen gegen das Gitter prallten, wurde Gess bewusst, wie klein und verwundbar die Menschen waren.

»Im Schuldorf herrscht bestimmt Panik«, murmelte er.

»Das glaube ich kaum«, antwortete Radjaniel. »Wir hören die Einschläge, weil wir uns am Rand der Kuppel befinden. Die Gebäude auf der Insel sind viel zu weit entfernt. Außerdem kommt so etwas ständig vor. Wir Weltwanderer achten gar nicht mehr darauf.«

Eine weitere Bestie krachte gegen die Lichtstrahlen, die von der Ranke ausgingen. Die Energiewelle breitete sich ringförmig über die Kuppel aus, und für einen Moment sah es aus, als stünde eine riesige Zielscheibe am Himmel. Etwas weiter oben dröhnten zwei weitere Einschläge.

»Seht ihr«, erklärte der Weltwanderer. »Es ist immer dasselbe. Irgendwann werden sie es müde, das Zeughaus anzugreifen. Dann lassen sie ihre Wut an der Spitze des Leuchtturms aus.«

Mit diesem letzten Satz verließ er den Treppenabsatz. Für ihn war die Sache erledigt. Gess und seine Freunde blieben noch eine Weile vor dem Haus stehen und beobachteten, wie sich die Angriffe, die immer zahlreicher wurden, auf den Turm zubewegten.

Als ein ohrenbetäubendes Krachen ertönte, fuhren die Schüler erschrocken zusammen. Dieser Angriff war sehr viel schlimmer gewesen als alles, was sie bisher erlebt hatten, und keiner von ihnen hätte jetzt an Zakarias' Stelle sein mögen.

37

Dælfine hatte schon damit gerechnet, in Jor Arolds Unterricht einige der schlimmsten Momente der Woche zu durchleben. Natürlich hatte sich Radjaniel auch keine große Mühe gegeben, den Obersten Hüter in einem guten Licht erscheinen zu lassen. Während die Kinder am Morgen bei ihren Trainingsübungen schwitzten, verkündete der Messerschleifer immer wieder, dass sie bei Arold noch viel mehr leiden würden, und Dælfine hatte keine Zweifel an seinen Worten. Schon der Unterricht in Geografie und Schmiedekunst hatte sie tödlich gelangweilt, da konnten die Stunden mit einem so unangenehmen Mann ja nur eine Qual werden.

Der neue Tagesablauf gefiel ihr ganz und gar nicht. Viel lieber wäre sie rund um die Uhr im Zeughaus geblieben, um am Schleifstein zu arbeiten und Radjaniels Kraftübungen zu absolvieren. Vor allem, weil sein Drill allmählich Früchte trug. Nach den langen Wochen im Planwagen hatte sie sich ziemlich schlapp gefühlt, aber nun sprühte sie vor Energie und bekam jeden Tag mehr Muskeln. Bei den meisten Übungen übertrumpfte sie ihre Kameraden, was ein tolles Gefühl war. Nur Gess konnte im Laufen und Klettern mit ihr mithalten. Die anderen waren keine ernsthaften Gegner. Dælfine konnte es kaum erwarten, mit dem richtigen Kampftraining zu beginnen.

Der eigentliche Schulunterricht hingegen ging ihr auf die Nerven. Sie verlor viel schneller die Geduld als ihre Freunde, wenn sie stundenlang dasitzen und einem Lehrer zuhören mussten. So schleppte sich Dælfine mit Bleifüßen in den ersten Stock des Leuchtturms. Gleich darauf bestätigte sich ihre Befürchtung: Arolds Unterricht stellte keine Ausnahme von der Regel dar. Als sich der Nachmittag endlich dem Ende zuneigte, unterdrückte sie ein weiteres Gähnen. Sie hatte den Eindruck, Arolds öden Ausführungen eine ganze Woche lang gelauscht zu haben.

Die Schüler mussten warten, bis der Monokelträger ihnen die Erlaubnis gab, aufzustehen und sich an der Tür aufzustellen. Dælfine hatte nur noch einen Gedanken: ab zum Zeughaus und der schrecklichen Langeweile entfliehen!

Doch Arold verlängerte die Tortur, indem er ein letztes Mal die Reihen seiner Schüler abschritt, um sich zu vergewissern, dass sich niemand rührte. Er legte noch mehr Wert auf Ruhe und Disziplin als diese Schreckschraube Jora Vrinilia. In seinem Unterricht war es um nichts anderes gegangen als um die Regeln, die in Zauberranke für Ordnung sorgten. Dælfine hatte sich nur den wichtigsten Punkt gemerkt: Als Oberster Hüter bestimmte der Monokelträger, was auf der Insel Gesetz war. Sie konnte kaum fassen, dass er drei Stunden damit verbracht hatte, über sich selbst zu schwadronieren.

Endlich öffnete ihr Lehrer die Tür seines Gefängnisses. Draußen im Gang warteten Radjaniel und Sohia. Neben ihnen stand ein weiterer Weltwanderer. Das musste der Jorensan sein, der die fünf Unruhestifter rekrutiert hatte. Arold bat sie herein und entließ die Schüler, die er einen halben Tag lang mit seinem Geschwafel eingeschläfert hatte. Als Dælfine gerade dachte, der Hölle entronnen zu sein, legte Arold ihr eine Hand auf die Schulter und hielt sie zurück.

Er gab keine Erklärung ab, sondern schloss einfach nur hinter dem letzten Schüler die Tür. Das Herz des Mädchens schlug wie wild. Was wollte er von ihr? Hatte sie etwas falsch gemacht? Arold schenkte ihr keine weitere Beachtung und wandte sich den drei Lehrern zu. Das konnte sowohl ein gutes als auch ein schlechtes Zeichen sein.

»Ich habe Euch rufen lassen, um ein paar Dinge klarzustellen«, verkündete Arold. »Als Erstes würde ich gern Eure Meinung zu dem Vorfall hören, der Eure Schüler betrifft. Ihr wisst, dass so etwas sehr schlimm ist und wir auf keinen Fall die Augen davor verschließen dürfen!«

Radjaniel warf Dælfine einen fragenden Blick zu, und sie zuckte hilflos mit den Achseln. Was hätte sie sonst tun sollen? Sie war sich nicht einmal sicher, um was es ging. Wahrscheinlich um den Angriff auf Jona oben auf dem Leuchtturm. Sie und ihre Kameraden hatten Radjaniel nichts davon erzählt, was jetzt natürlich ziemlich peinlich war.

»Nun?«, fragte Arold barsch. »Jor Kartigann, wollt Ihr beginnen?«

Der angesprochene Weltwanderer war Dælfine unsympathisch. Er war die Sorte Mann, die sie schon in der Herberge ihrer Eltern nicht gern gesehen hatte. Seine mürrische Miene ließ erahnen, dass er mit nichts zufrieden sein würde, sosehr sich die Wirtsleute auch bemühten, es ihm recht zu machen. Außerdem wirkte er wie jemand, der nicht zögerte, seine Fäuste sprechen zu lassen – und nach ein paar Weinkrügen auch sein Schwert. Jetzt blickte er herablassend auf Radjaniel und Sohia herab.

»Meine Jungs sind keine Diebe. Anders als manche meiner Kollegen sammle ich sie nicht wie Pilze am Straßenrand ein. Meine Rekruten wollen kämpfen. Sie werden ihr erstes Prisma unter dem Kadaver einer Chimäre finden, die sie erlegt haben!«

Das Prisma! Darum ging es also. Jora Vrinilia musste dem Obersten Hüter von dem Vorfall in ihrer Werkstatt berichtet haben. Aber warum wurde die Sache jetzt noch einmal aufgewärmt? Das Prisma war doch gefunden worden. Und vor allem: Was hatte Dælfine damit zu tun?

Nun ergriff Sohia das Wort: »Ich war mehrere Wochen mit den

Kindern unterwegs, die Vargaï und ich hergebracht haben. In der ganzen Zeit gab es keinen einzigen Diebstahl. Es verschwand nicht einmal ein Apfel oder ein Stück Brot. Ich verbürge mich für jeden dieser Schüler.«

»Ich auch«, sagte Radjaniel. »Ich kenne sie zwar erst seit Kurzem, aber sie haben mein vollstes Vertrauen. Wenn das nicht der Fall wäre, könnte ich sie nicht im Zeughaus beherbergen.« Bei diesen Worten warf er Dælfine einen Blick zu. Sie errötete leicht vor Dankbarkeit.

»Sehr schön«, sagte Arold. »Dann können wir also davon ausgehen, dass es sich tatsächlich um ein Versehen handelte und wir keine weitere Untersuchung durchführen müssen. Ich werde Jora Vrinilia von Euren Worten berichten. Das sollte den Verdacht aus der Welt räumen.«

»Nicht so schnell«, sagte Kartigann. »Mein kleiner Finger sagt mir, dass manche der neuen Schüler noch von sich reden machen werden. Und zwar nicht im guten Sinne. Wenn Ihr versteht, was ich meine.«

»Nein, das tun wir nicht«, erwiderte Radjaniel. »Euer kleiner Finger spricht zu leise. Könntet Ihr das vielleicht näher ausführen?«

»Belassen wir es dabei!«, entschied Arold. »Jor Kartigann, seid versichert, dass ich ein besonderes Augenmerk auf diese Klasse haben werde. Im Übrigen habe ich vorsichtshalber ein paar zusätzliche Ermittlungen über manche Rekruten in Auftrag gegeben. Ich will mehr über ihre Vergangenheit herausfinden. Meine Boten brechen mit dem nächsten Schiff auf.«

»Ermittlungen?«, fragte der Messerschleifer. »Gegen welche Schüler denn?«

»Das kann ich Euch nicht sagen. Diese Dinge fallen unter das Dienstgeheimnis des Obersten Hüters. Das müsstet Ihr eigentlich wissen.«

Radjaniel machte keinen Hehl aus seinem Unmut. Dælfine

stellte bestürzt fest, wie viel Zwietracht zwischen den Lehrern herrschte. Die Weltwanderer schienen ganz vergessen zu haben, dass sie auch im Raum war.

»Kommen wir zum nächsten Punkt«, sagte Arold. »Jor Radjaniel, mir ist zu Ohren gekommen, dass Ihr Eure Schüler ins Psychedium gebracht habt. Dabei hat der Hohe Rat das Spiegelkabinett aus dem Lehrplan gestrichen. Könnt Ihr mir das erklären?«

»Ich würde vor allem gern wissen, welcher Schnüffler nichts Besseres zu tun hat, als mich auszuspionieren«, knurrte der Messerschleifer.

Dann seufzte er, schüttelte resigniert den Kopf und sagte: »Ich wollte meinen Schülern nur dabei helfen, ihren Rückstand aufzuholen. Sie haben die erste Woche Unterricht verpasst und sind deshalb den anderen gegenüber im Nachteil.«

»Das soll nicht Eure Sorge sein«, erwiderte Arold. »Ich möchte Euch in Erinnerung rufen, dass Ihr nur für die körperliche Ertüchtigung Eurer Schüler zuständig seid. Es ist nicht Eure Aufgabe, sie in die Geheimnisse des Schleiers, der Anordnung der Horizonte oder andere Dinge einzuweihen. In ihrem Alter und bei ihrem geringen Wissensstand überfordert Ihr die Schüler damit nur.«

»Keine Sorge, die Mitglieder des Hohen Rats können ruhig schlafen. Es wird noch ein paar Jahre dauern, bis meine Schüler sie an Weisheit übertreffen, wenn es das ist, was Euch beunruhigt!«

»Stellt meine Geduld nicht zu sehr auf die Probe!«, sagte Arold drohend. »Ihr habt Euch erbeten, dass man Euch in Ruhe arbeiten lässt. Das wird leider nicht möglich sein, wenn Ihr nicht dieselben Regeln befolgt wie alle anderen. Mischt Euch nicht in Dinge ein, die Eure Befugnis überschreiten! Für den theoretischen Unterricht sind andere Lehrer zuständig.«

Radjaniel verdrehte die Augen, nickte aber dann.

»Na schön, na schön. In erster Linie müssen sie sowieso lernen, am Leben zu bleiben. Nur das interessiert mich.«

»Gut. Kommen wir zum letzten Punkt. Jor Selenimes hat sich von Jor Vargaï und Jora Sohia berichten lassen, wie ihr Kampf gegen den Drakoniden ablief, und die Erzählung in die Chronik aufgenommen. Nun kann ich Euch das Abzeichen für diese ... Heldentat überreichen, so wie es die Tradition verlangt. Aber zuvor muss mir die einzige Zeugin des Vorfalls bestätigen, dass die Schilderung der Wahrheit entspricht.«

Er richtete sein violettes Monokel auf Dælfine, der es kalt über den Rücken lief.

»Kannst du lesen?«, fragte er.

Dælfine hatte keine Schwierigkeiten mit dem Lesen, aber sie schüttelte trotzdem lieber den Kopf. Sie wusste selbst nicht genau, warum. Vielleicht wollte sie nicht vor den Erwachsenen zu stottern beginnen. Oder sie wollte Jor Arold ärgern. Wenn das ihre Absicht gewesen war, hatte sie ihr Ziel jedenfalls erreicht. Arold stieß einen langen Seufzer aus, musterte sie voller Verachtung und nahm dann ein paar Blätter zur Hand, die auf seinem Schreibtisch lagen. Er begann, laut vorzulesen. Nach jedem Satz sah er zu ihr hinüber, als hoffte er, sie würde etwas sagen. Daher dauerte es eine ganze Weile, bis er geendet hatte.

»Hat sich alles genauso abgespielt?«, fragte er.

Dælfine nickte, ohne zu zögern. Ihre Erinnerung an den Kampf war noch frisch. So schnell würde sie die Ereignisse in der Höhle nicht vergessen.

»Bist du ganz sicher?«, hakte er nach. »Steht in dem Bericht nichts, was von den Geschehnissen abweicht oder sie ungenau wiedergibt?«

Sie tat so, als würde sie nachdenken, und schüttelte dann entschieden den Kopf. Die Schilderung enthielt ohnehin kaum Einzelheiten. Die Chronik beschrieb ausführlich, wie die Hirten sie um Hilfe gebeten hatten, wie sie auf Jona gestoßen waren und wie sie die Höhle erkundet hatten. Über den Kampf selbst wurde allerdings recht wenig gesagt. In der Chronik stand nur, dass

Sohia und Vargaï mutig und tapfer gekämpft hatten. Diese Formulierung war wörtlich dem Eid der Bruderschaft entnommen. Die Schreiber gebrauchten sie wohl, um sich nicht zu Übertreibungen und Ausschmückungen hinreißen zu lassen.

»Hast du dem wirklich nichts hinzuzufügen?«, fragte Arold. »Vielleicht hast du ja etwas bemerkt, das deine Lehrer übersehen haben? Oder vielleicht haben sie vergessen, etwas zu erwähnen? Habt ihr noch irgendetwas in der Höhle gefunden?«

»Sie hat ja wohl klar und deutlich geantwortet«, warf Radjaniel ein.

»Könnten wir dann bitte zum Ende kommen«, sagte Kartigann ungeduldig. »Das alles geht mich nichts an, und meine Schüler warten auf mich!«

Arold musterte das Mädchen noch einen Moment lang durch sein Monokel, als wollte er ihre Gedanken lesen. Dann richtete er seinen misstrauischen Blick auf Sohia, die ungerührt zurückstarrte.

»Unter diesen Umständen«, murmelte Arold schließlich, »habe ich keinen Grund, die Abzeichen nicht zu verleihen.«

Man merkte, wie sehr ihm das widerstrebte. Ohne ein Lächeln oder ein weiteres Wort nietete er einen goldenen Knopf an das Bandelier der jungen Weltwanderin. Darauf prangte der Fußabdruck eines Drakoniden, ein Symbol, das Radjaniel schon trug.

Dælfine strahlte übers ganze Gesicht.

»Dieses Abzeichen gebt Ihr bitte Vargaï«, sagte Arold. »Für mich ist die Angelegenheit erledigt.«

Unsanft drückte er dem Messerschleifer das kostbare Abzeichen in die Hand. Dieser betrachtete es mit betrübter Miene. »Das tue ich, sobald er wieder da ist«, versicherte er.

Arold nickte. Dann öffnete er die Tür zum Zeichen, dass die Unterredung beendet war.

Dælfine musste sich zurückhalten, um nicht sofort hinaus in

die Freiheit zu stürmen. Jor Kartigann und Sohia gingen zu ihren Schülern, die im Gang warteten.

Radjaniel wandte sich noch einmal zu Arold um. »Dabei fällt mir ein«, sagte er. »Habt Ihr immer noch keine Neuigkeiten von Denilius?«

Der Oberste Wächter warf ihm einen finsteren Blick zu.

»Nein«, antwortete er ungeduldig. »Sonst wüsste ja wohl bereits die ganze Schule Bescheid.«

Der Messerschleifer nickte langsam und trat hinaus auf den Gang. Als Dælfine ihm folgte, krachte hinter ihr die Tür geradezu ins Schloss.

Gleich darauf wurde zweimal ein Schlüssel herumgedreht. Arold hatte sich in seinem Klassenraum eingesperrt, zusammen mit seiner Machtgier und seinen Geheimnissen.

38

Vohn fuhr zusammen, als Vargaï plötzlich das Warnsignal gab. Der Lehrer schloss zweimal die Faust und spreizte dann die Finger. Das bedeutete: kein Wort und absolute Stille.

Der Junge zügelte sein Pferd, bis es stehen blieb, und wartete ab. Er fragte sich, welche Kreatur ihnen wohl jetzt wieder über den Weg laufen würde ...

Sie hatten Zauberranke vor einer Woche verlassen, und seit ein paar Tagen drangen sie immer tiefer in die Wildnis vor. Die letzte Siedlung hatten sie schon lange hinter sich gelassen. Selbst die Götter schienen sich aus dieser Gegend zurückgezogen zu haben. Hier begegneten die beiden Reisenden mehr Chimären als anderen Menschen. Seit ihrem Aufbruch hatten sie etwa ein halbes Dutzend gesichtet. Zum Glück waren die meisten nur scheue Scrofadae gewesen, die bei ihrem Anblick sofort geflohen waren. Doch drei Tage zuvor hatte Vargaï auch mehrere Lupini vertreiben müssen, die hinter ihnen hergejagt waren. Vohn hatte den Rat seines Meisters befolgt und sich aus dem Kampf herausgehalten. Doch würde er auch diesmal so viel Glück haben?

Der Alte schloss die Faust wieder und deutete mit dem Zeigefinger zu Boden, was bedeutete, dass sich Vohn nicht vom Fleck rühren sollte. Dann glitt der Weltwanderer langsam aus dem Sattel und zog seinen Säbel. Nun wurde es ernst. Mit zitternder Hand holte der Junge sein Prisma aus der Tasche und suchte die Umgebung ab. Er entdeckte jedoch nichts Ungewöhnliches. Allerdings war der Wald auch sehr dicht, weshalb er keine gute Sicht hatte. Vargaï gab ihm mit einem weiteren Handzeichen zu verstehen, dass er die rechte Seite des Wegs überwachen sollte, und näherte sich selbst dem Gebüsch zu ihrer Linken.

Vohn gehorchte sofort. Er hatte längst begriffen, dass ein kleiner Fehler von ihm für sie beide tödlich enden konnte. Nach der einwöchigen Reise empfand er eine tiefe Verbundenheit mit dem Alten. Mittlerweile konnten sie sich sogar stumm durch Gesten verständigen, was in solchen Augenblicken von großer Bedeutung war. Vohns Achtung vor seinem Lehrer war von Tag zu Tag gestiegen, und mittlerweile kam er gar nicht mehr auf die Idee, sich ihm zu widersetzen oder ihn in Gedanken »Opa« zu nennen, wie er es anfangs getan hatte.

Der Weltwanderer durchkämmte das Gebüsch mit bedächtigen Schritten. Er wirkte hoch konzentriert, auch wenn er immer noch nicht sein Prisma hervorgeholt hatte. Vohn wunderte sich über sein seltsames Verhalten. Wenn auf einmal ein Lupinus aus dem Schleier hervorsprang und dem Weltwanderer an die Gurgel ging, konnte dieser nur auf seine Reflexe vertrauen. Wieso begab er sich derart in Gefahr?

Vargaïs Benehmen verwirrte ihn immer mehr. Jetzt verließ der Alte das Gebüsch und kam zu seinem Pferd zurück. Er stemmte sich eine Hand in die Hüfte und blickte sich um, während er mit dem Säbel gegen seinen Stiefel schlug. Mit einem Mal rief er laut: »Kommt ihr jetzt endlich raus, oder wollt ihr wirklich, dass ich euch einzeln aufstöbere?«

Das Rauschen des Winds in den Blättern war die einzige Antwort. Was konnte man in dieser Wildnis auch anderes erwarten? Doch dann drangen andere Geräusche an ihr Ohr. Trockene Äste knackten, trockenes Laub raschelte. Mehrere Körper bewegten sich durch den Wald. Vohn hielt sein Prisma in alle Richtungen, konnte aber nichts entdecken. Es war, als wären die beiden Reisenden von Gespenstern umgeben.

Gleich darauf offenbarten sich die Phantome. Fast gleichzeitig traten sie hinter den Bäumen hervor. Es waren vier junge Männer, keiner von ihnen älter als zwanzig Jahre. Als er die Bandeliere sah, wollte Vohn schon erleichtert aufseufzen. Doch dann bemerkte er, dass sie Armbrüste auf ihn und Vargaï richteten, und ihm gefror das Blut in den Adern.

»Eine seltsame Art, zwei Brüder zu begrüßen«, rief Vargaï. »Warum liegt ihr auf der Lauer? Rechnet ihr damit, angegriffen zu werden? Haltet ihr uns für verkleidete Banditen?«

Die Männer aus dem Wald rührten sich nicht. Vielleicht handelte es sich ja um Räuber, die Vargaï und Vohn töten würden, um ihre Waffen und Prismen zu erbeuten.

»Also wirklich«, sagte der Alte. »Erkennt mich denn kein Einziger von euch? Du, Rijtic? Oder du, Yonnel?«

Diesmal wechselten die jungen Männer überraschte Blicke. Dann senkte einer von ihnen die Armbrust, zu Vohns großer Erleichterung.

»Jor Vargaï«, grüßte der Mann. »Verzeiht, aber das ist lange her...«

»Ein paar Jahre«, sagte der Alte mit einem Nicken. »Bei meinem letzten Besuch wart Ihr nicht größer als mein Reisegefährte. Wie ich sehe, habt Ihr eure Ausbildung mittlerweile beendet.«

Die beiden Männer drückten stolz die Brust heraus und zeigten ihre Bandeliere, auf denen eine Handvoll Abzeichen zu sehen waren.

Nun senkten auch die anderen ihre Armbrüste und verstauten die Bolzen in ihren Köchern. Erst als keine Waffe mehr auf sie gerichtet war, steckte Vargaï seinen Säbel weg.

»Ich will zu Jor Tannakis«, erklärte er. »Befindet sich euer Lager noch am selben Ort?«

Die jungen Weltwanderer wechselten vielsagende Blicke, aber die Antwort ließ auf sich warten.

»Ja«, sagte schließlich der junge Mann, den Vargaï mit Yonnel angesprochen hatte. »Wir können Euch hinbringen.«

»Macht euch nicht die Mühe. Ich glaube, ich finde den Weg noch.«

»Aber es wäre uns eine Freude, Jor Vargaï. Außerdem bliebe Euch so erspart, von den anderen Wachposten angehalten zu werden. Wie Ihr richtig gesehen habt, liegen wir auf der Lauer. Hier kommen immer wieder Banditen vorbei, die es auf unsere Reichtümer abgesehen haben. Es wäre doch schlimm, wenn man Euch aus Versehen für einen Räuber hielte.«

Der Alte nickte und schien über das Angebot nachzudenken, aber selbst Vohn begriff, dass sie eigentlich keine Wahl hatten.

»Gut«, sagte Vargaï. »Wir folgen euch!«

Er drehte sich zu seinem Schüler um und machte ihm ein unauffälliges Zeichen. Es bedeutete: »Bleib wachsam. Es könnte gefährlich werden.«

39

Seit über zwanzig Minuten warteten Jona und seine Freunde am Brunnen im alten Kern von Zauberranke, doch bisher war niemand gekommen, um sie zu abzuholen. Der Oberste Fährtenleser hatte sie ausdrücklich hierherbestellt. Am Morgen hatte er extra einen Boten zu den drei Gilden geschickt, die an diesem Tag bei ihm Unterricht hatten. Obwohl Jona nicht sonderlich erpicht darauf war, den mysteriösen Jor Gregerio kennenzulernen, wünschte er, der Lehrer würde endlich auftauchen, denn die hasserfüllten Blicke, die ihm die anderen Schüler zuwarfen, gefielen ihm ganz und gar nicht. Im Augenblick stand jede Gilde für sich, aber in Abwesenheit eines Lehrers war es nur eine Frage der Zeit, bis seine Erzfeinde wieder einen bösen Streich aushecken.

»Was treibt er bloß?«, murmelte Berris.

»Er wird schon kommen«, meinte Nobiane. »Die Lehrer sind im Allgemeinen sehr zuverlässig.«

Da konnte Jona nur zustimmen. Nach einer Woche in Zauberranke hatte er den Eindruck, sein ganzes Leben hier verbracht zu haben. In gewisser Weise war das ja auch der Fall, schließlich hatte er keine Erinnerung an seine Vergangenheit. Außer den wenigen Tagen im Planwagen kannte er bislang nur das Krafttraining am Morgen und schier endlose Lektionen über eine Welt, die sich als immer komplizierter erwies, am Nachmittag.

Immerhin hatten sie am Tag nach Arold bei Jora Maetilde Unterricht gehabt. Die Oberste Gelehrte war eine Freundin von Radjaniel und Vargaï. Jona hatte rasch begriffen, warum die beiden Weltwanderer sie schätzten: Jora Maetilde war eine geduldige, aufmerksame und freundliche Lehrerin – etwas, das die Kinder gar nicht gewöhnt waren. Ihr Unterricht im Lesen und Schreiben war alles andere als langweilig gewesen, obwohl Jona feststellte, dass er beide Disziplinen bereits beherrschte.

»Wenn die uns weiterhin so blöd angaffen, kriegen sie es mit mir zu tun«, sagte Dælfine und ballte die Fäuste.

Sie schien die Drohung ernst zu meinen. Seit dem Angriff auf Jona oben auf dem Leuchtturm und Nobianes Demütigung durch die Prismenschmiedin wurden Radjaniels Schüler ständig gehänselt, und zwei Tage zuvor hatte der Unterricht bei Jor Selenimes, dem Ratsältesten, noch Öl ins Feuer gegossen. Der Oberste Schreiber und Hüter der Archive unterwies sie in der Geschichte Gonelores und den Traditionen der Bruderschaft. Den ganzen Nachmittag über betonte er, wie gut es für die Weltwanderer war, miteinander zu wetteifern, weil die Rivalität sie zu Höchstleistungen im Kampf gegen die Chimären anstachelte. Seine Worte hatten die Feindseligkeit zwischen den Gilden noch verstärkt. Selbst Sohias Schüler hielten sich mittlerweile von ihnen fern.

»Ach, die sind nur neidisch«, meinte Gess. »Sie starren die ganze Zeit auf unsere Schwerter.«

Jona nickte und blickte auf die primitive Waffe hinab, die an seinem Bandelier hing. Er musste sich erst noch daran gewöhnen, ein Schwert zu tragen. Die Schüler hatten die Waffen am Tag zuvor fertiggestellt. Sie hatten den Nachmittag freigehabt, weil Denilius, der Magister von Zauberranke, dem sie noch nie begegnet waren, bisher nicht von seiner Reise zurückgekehrt war. Sein Unterricht war ausgefallen, und sie hatten den regnerischen Nachmittag dazu genutzt, im Zeughaus ihre ersten Waffen zu vollenden. Dælfine hatte ihren Kameraden voller Begeisterung geholfen, da sie bei Weitem die Begabteste im Klingenschleifen war – wie in vielen anderen Disziplinen auch.

Radjaniel zu überreden, dass er sie die Waffen tragen ließ, war nicht leicht gewesen. Er hatte ins Feld geführt, dass sie noch keinen Unterricht im Schwertkampf gehabt hatten und sich oder andere verletzen könnten.

Doch sie hatten nicht lockergelassen, und schließlich hatte er ihrem Bitten und Betteln nachgegeben. Ihre wahren Beweggründe verschwiegen sie allerdings tunlichst. Dælfine war stolz auf ihre Arbeit und wollte ein bisschen damit angeben. Gess wiederum fürchtete sich vor Gregorio und wollte sich im Ernstfall verteidigen können, und Jona setzte auf die abschreckende Wirkung seines Schwerts. Er wollte kein zweites Mal so etwas wie oben auf dem Leuchtturm erleben, als ihn zwei Raufbolde über die Brüstung gehalten hatten.

Als der Oberste Fährtenleser endlich am vereinbarten Ort erschien, musterte er ihre Schwerter aus Krebsbeinen mit gerunzelter Stirn. In diesem Moment fragte sich Jona, ob das Ganze wirklich eine so gute Idee gewesen war.

»Sieh mal einer an!«, rief der Weltwanderer. »Fünf kleine Krieger, und das in meiner Klasse! Das wird lustig!«

Die anderen Schüler kicherten hämisch. Als der Lehrer ihn unverhohlen anstarrte, senkte Jona den Kopf. Doch dann beschloss er, sich nicht ins Bockshorn jagen zu lassen, und sah ihm geradewegs in die Augen.

Gregorio schien nur darauf gewartet zu haben, dass er die Herausforderung annahm.

»Los geht's«, sagte der Fährtenleser munter. »Ich kann es kaum erwarten!«

Er setzte sich in Bewegung und bog in eine Seitengasse, die zwischen den alten Gebäuden hindurchführte. Seine langen Beine bewegten sich wie die einer Spinne: präzise und lautlos. Jor Kartiganns Schüler folgten ihm wie eine Meute hungriger Wolfswelpen. Jona und seine Freunde gingen absichtlich am Ende des Trupps, und je öfter sie abbogen, desto mehr zog sich die Kolonne in die Länge. Nach einer Weile verloren sie die Spitze aus den Augen.

»Ich habe euch doch gesagt, dass er unheimlich ist«, wisperte Gess.

»Pff«, erwiderte Dælfine. »Mir macht er keine Angst. Er sieht aus wie ein Fallensteller und Wilderer ...«

Als der Lehrer plötzlich neben ihnen aus einer Seitengasse auftauchte, zuckte sie heftig zusammen.

»Legt einen Schritt zu, ihr Trantüten!«, höhnte er. »Die Arena erwartet uns.«

Er reihte sich hinter den Schülern ein, die beim Gehen immer wieder nervöse Blicke über die Schulter warfen. Doch kein Messer bohrte sich in ihren Rücken oder Hals. Nach einigen Minuten stellte sich heraus, dass sie tatsächlich in Richtung Arena unterwegs waren.

Jona und seine Freunde waren in den vergangenen Tagen mehrmals an dem Bau vorbeigekommen. Da er verlassen wirkte, hatten sie angenommen, die Arena wäre nur ein Relikt aus alten Zeiten und würde nicht mehr benutzt. Doch da hatten sie sich anscheinend geirrt. Der Oberste Fährtenleser sperrte das Tor mit einem handtellergroßen Schlüssel auf und führte sie durch Gänge, die er offenbar wie seine Westentasche kannte.

Das Gebäude war leer. Keine monströsen Kreaturen tobten brüllend in dunklen Verliesen, und es roch auch nicht nach Raubtieren und Mist. Stattdessen hing der Geruch von Feuchtigkeit und Schimmel in der Luft und nicht zuletzt auch ein Hauch von Angst. Doch der stammte wohl von den Schülern selbst.

Sie traten durch zwei weitere Tore, die Gregerio gleich wieder abschloss, sobald sie hindurchgegangen waren. Die Tatsache, dass ihnen der Rückweg versperrt war, sorgte nicht unbedingt dafür, dass sich die Schüler entspannten. Nachdem sie eine kleine Treppe hinaufgestiegen waren, die vor einem weiteren Gittertor endete, betraten die Schüler endlich die eigentliche Arena.

Der Kampfplatz sah genauso aus, wie Jona ihn sich vorgestellt hatte, was der feierlichen Atmosphäre jedoch keinen Abbruch tat. Sieben Sitzreihen ragten auf allen Seiten in die Höhe. Hier hatten zweifellos schon unzählige Zuschauer die Spektakel beobachtet, die unten im Sand gegeben wurden. Auf den Spitzen der Tribünen thronten Steinbüsten und überblickten das runde Feld, das etwa dreißig Meter Durchmesser hatte. Darauf hätten notfalls alle Einwohner Zauberrankes Platz gehabt. Wie im alten Kern der Schule konnten die Kinder auch hier die prächtige Architektur der Gründungszeit bewundern – auch wenn die Skulpturen ihren einstigen Glanz eingebüßt hatten und die wie Chimärenköpfe geformten Wasserspeier verwittert waren.

Jona sah sich mit offenem Mund um. Der Sand unter seinen Füßen hatte eine merkwürdige Farbe. Er stammte wohl vom Strand, schimmerte aber fast überall in verschiedenen schmutzigen Rottönen. Offensichtlich war er von Blut durchtränkt. Die dunklen Flecken reichten auch ein Stück die Mauern hinauf, als hätten einige Unglückliche vergeblich versucht, hier dem Tod zu entrinnen.

An der vier Meter hohen Mauer fanden sich zahlreiche Spuren der Dramen, die sich hier abgespielt haben mussten. An einigen Stellen waren tiefe Kratzer zu sehen. Welche furchtbaren Ungeheuer hatten diese Spuren hinterlassen? Waren es womöglich Drakoniden?

Manche Steine waren stark beschädigt, andere waren in die Mauer hineingetrieben worden, nachdem etwas oder jemand mit kaum vorstellbarer Wucht dagegengeprallt war. In regelmäßigen Abständen waren riesige Ringe in das Mauerwerk eingelassen, an denen früher vermutlich schwere Ketten befestigt gewesen waren. Welch merkwürdige Spiele hatten die Weltwanderer hier in vergangenen Jahrhunderten veranstaltet? Und hatten sie diese Tradition inzwischen wirklich aufgegeben?

Als sich Jona zu dem Obersten Fährtenleser umdrehte und dessen überhebliches Grinsen sah, fand er es durchaus denkbar, dass der Lehrer vorhatte, die alten Bräuche wieder zum Leben zu erwecken.

Doch Gregorio forderte seine Schüler nicht auf, im Gladiatorenkampf gegeneinander anzutreten. Er ließ sie noch eine ganze Weile im Ungewissen, während er durch ihre Reihen schritt und jeden von Kopf bis Fuß musterte. Dann befahl er ihnen, sich auf den Boden zu setzen – in den blutdurchtränken Sand.

»Als Oberster Fährtenleser von Zauberranke«, erklärte er, »ist es meine Aufgabe, euch möglichst viel über die verschiedenen Arten von Chimären beizubringen. Wie sie aussehen, wo man sie findet, was sie am liebsten fressen. Wie man sie jagt, wie man sie in die Enge treibt und wie man ihre Schwächen ausnutzt. Doch das kommt später. Euch muss ich zunächst einmal beibringen, nicht von der ersten Chimäre gefressen zu werden, der ihr begegnet!«

Er hielt kurz inne, musterte seine Zuhörerschaft herablassend und fuhr dann fort: »Beginnen wir mit einer kleinen Einführung.«

Er hielt ihnen einen kurzen Vortrag über die verschiedenen wissenschaftlichen Kategorien von Chimären: Carapaxe, Urside, Hipporne, Reptildien, Kokatri und andere. Trotz seiner anfänglichen Skepsis musste Jona zugeben, dass er das alles hochinteressant fand. Noch dazu schien Gregorio auf seinem Gebiet sehr bewandert zu sein. Er untermalte seine Ausführungen durch ein lebhaftes Mienenspiel und zog eine schreckliche Fratze nach der anderen. Obwohl es sich nur um eine Einführung handelte, stellte ihnen der Lehrer an die zwanzig verschiedene Kreaturen vor, beschrieb Aussehen und Herkunft und regte damit die Fantasie seiner Schüler an.

Die drei Stunden vergingen wie im Flug. Als der Oberste Fährtenleser seine Schüler mit einer Geste aufforderte, sich zu erheben, dachten alle, der Unterricht sei beendet. Doch Gregorio führte sie nicht zum Ausgang. Im Gegenteil: Er schritt durch die Arena, als hätten sie sie gerade erst betreten. Wieder grinste er verschlagen. Er sah aus, als hätte er den ganzen Tag auf diesen Moment gewartet.

»Es wäre ein Verbrechen, euch zu entlassen, ohne euch von dem denkwürdigen Ort zu erzählen, an dem wir uns befinden«, verkündete er. »Ihr müsst wissen, dass in dieser Arena früher die Auswahl der Schüler stattfand. Zumindest steht es so in der Chronik. Augenzeugen gibt es keine, denn selbst Jor Selenimes war damals noch nicht geboren. Jeder Lehrer durfte bis zu zehn Schüler herbringen, die er irgendwo in Gonelore rekrutiert hatte. Die Kandidaten traten dann in einer Reihe von Prüfungen gegeneinander an, und nur die Erfolgreichsten verdienten sich ein Bandelier und das Abzeichen des Ersten Kreises. Die anderen reisten unverrichteter Dinge wieder ab.«

Er strich sich über den Schnurrbart und genoss es sichtlich, im Mittelpunkt der Aufmerksamkeit zu stehen. Es war, als würde er ein Theaterstück für sie spielen. Jonas Magen zog sich zusammen. Er ahnte, worauf das alles hinauslaufen würde, und hoffte sehr, dass er sich irrte.

»Natürlich haben sich die Dinge inzwischen geändert«, fuhr der Fährtenleser fort. »Die letzte große Invasion von Chimären liegt mehr als dreißig Jahre zurück, und die meisten Bewohner Gonelores halten die Weltwanderer für ein Relikt der Vergangenheit. Manchen Herrschern war die Bruderschaft schon immer ein Dorn im Auge. Sie empfinden die Weltwanderer als Bedrohung ihrer Macht. Sobald wir alle Chimären hinter den Schleier zurückgedrängt hatten, strichen sie uns eilig aus ihrem Gedächtnis und stachelten die Bewohner ihrer Länder dazu an, es ihnen gleichzutun. Wer hat schon gern einen Bandelier-Träger in seinem Dorf. Manche Leute glauben gar, dass unsere Anwesenheit Chimären anzieht! Wer wäre da so verrückt, die eigenen Kinder zu dieser Laufbahn zu ermutigen? Lasst uns dafür sorgen, dass die Bruderschaft ausstirbt! Sind erst einmal alle Weltwanderer tot, werden die Chimären auch nicht mehr den Schleier durchbrechen!«

Er sprach die letzten Sätze mit so viel Überzeugung aus, dass man fast glauben konnte, er teile diese Meinung. Doch dann rief er: »Unfug! Gäbe es keine Weltwanderer mehr, wäre Gonelore den Ungeheuern hilflos ausgeliefert. Dann hätten die Leute wenigstens einen richtigen Grund, sich zu beklagen!«

Er öffnete eine Tasche an seinem Bandelier und holte ein rundes Prisma von der Größe einer Rübe hervor. Es musste ungeheuer kostbar sein. Er drehte es ein paarmal in der Hand, als handle es sich tatsächlich um ein gewöhnliches Gemüse.

Mit einem Mal entdeckte Jona, dass in dem Kristall noch etwas anderes eingeschlossen war. Das Ding hatte die Gestalt eines Tiers. Als Jona die Augen zusammenkniff, um besser sehen zu können, holte Gregerio auf einmal schwungvoll aus und schleuderte das Prisma gegen die Mauer.

»Unfug!«, rief er erneut.

Das Artefakt prallte mit ungeheurer Wucht auf den Stein und zerbarst in Tausende Splitter. Einen Moment lang wurden die Schüler geblendet, und als sie wieder etwas erkennen konnten, kreischten einige von ihnen entsetzt auf.

Eine abscheuliche Kreatur kauerte genau an der Stelle, wo das Prisma zersprungen war.

Die Hälfte der Schüler suchte hinter dem Obersten Fährtenleser Zuflucht. Ängstlich duckten sie sich hinter seinen Rücken. Andere, darunter Berris, rannten davon. Gess wich ebenfalls zurück. Er ließ die Bestie nicht aus den Augen und bewegte sich langsam auf einen Teil der Mauer zu, an dem Klettersprossen angebracht waren. Nur Dælfine und Nobiane zogen mit zitternden Händen ihre neuen Waffen. Jona wiederum war wie versteinert. Er war nicht imstande, auch nur die kleinste Bewegung zu machen.

Die Kreatur sah genauso aus wie die Chimäre, die sich während der Reise im Planwagen auf Jona gestürzt hatte und die Sohia mit ihrer Lanze aufgespießt hatte: Sie bewegte sich geschmeidig wie eine Katze, hatte einen gedrungenen, kräftigen Körper und eine Mähne, die vom Kopf zum Schwanz verlief, wodurch sie doppelt so groß erschien, wie sie eigentlich war. Mit gelben Augen starrte die Chimäre Jona hasserfüllt an.

»Ein echter Hyändron«, sagte Gregerio. »Ist das nicht ein prächtiges Exemplar?«

Der Fährtenleser legte nicht einmal eine Hand an seine Waffe, während sich das Ungeheuer knurrend und zähnefletschend zusammenkauerte.

»Was kann ein gewöhnlicher Mensch tun, wenn er einer solchen Kreatur gegenübersteht? Nichts! Keine der üblichen Waffen kann sie verwunden. Kein Hindernis kann sie aufhalten. Kein Leckerbissen kann sie besänftigen. Es ist unsere Aufgabe als Weltwanderer, sie zu vertreiben. Weil wir als Einzige dazu imstande sind!«

Plötzlich machte die Bestie drei schnelle Schritte nach vorn, und die Schüler schrien wieder auf. Die Chimäre duckte sich in den Sand, als setze sie zum Sprung an. Nobiane und Dælfine wichen ein Stück zurück. Jona war immer noch wie versteinert. Er versuchte krampfhaft, den Mut aufzubringen, sich ebenfalls zu rühren. Mittlerweile war er der einzige Schüler, der dem Ungeheuer gegenüberstand.

»Heutzutage sind die Anforderungen an die Rekruten nicht mehr so hoch wie früher. Es gibt einfach zu wenige Kandidaten. Glauben diejenigen von euch, die sich hinter mir verstecken, wirklich, sie hätten ihren Platz in Zauberranke verdient, nur weil sie bei ihrer Rekrutierung ein paar simple Prüfungen bestanden haben? Euer einziger Verdienst ist eure Jugend. Ihr habt fünf lange Jahre vor euch, in denen ihr alles über die Prismen, den Schleier und die Traditionen der Bruderschaft lernen werdet. Ihr habt fünf Jahre Zeit, eure Fähigkeiten zu entwickeln. Wir Lehrer werden euch ausbilden, formen und auf das Opfer vorbereiten, das ihr als Weltwanderer bringen müsst. Denn ihr müsst gewillt sein, im Notfall für das Wohl Gonelores zu sterben.«

Er trat einen Schritt auf das Ungeheuer zu, und die Kreatur fauchte ihn an. Wollte der Fährtenleser ihnen etwa beweisen, dass er bereit war, in den Tod zu gehen?

»Ihr seid diese Verpflichtung eingegangen, so wie ich vor langer Zeit. Ihr habt sogar einen Eid geleistet. Wir sind jetzt alle Brüder und Schwestern. Aber vielleicht gibt es unter euch jemanden, der das Bandelier zu Unrecht trägt. Zumindest denken das manche. Einer von euch hat die Prüfungen nicht abgelegt, die jeder Rekrut bestehen muss, so einfach sie auch sind. Wenn die anderen ihn nicht als einen der ihren akzeptieren, wird dieser Schüler nie das Gefühl haben, zu Recht in Zauberranke zu sein. Er wird irgendwann aufgeben und die Schule verlassen.«

Jona überlief ein eisiger Schauer. Man musste kein Genie sein, um Gregerios Anspielungen zu verstehen. Mittlerweile wusste er kaum noch, wer gefährlicher war, die Chimäre oder der Fährtenleser.

Der Weltwanderer ging weiter auf die Bestie zu und griff immer noch nicht nach seiner Waffe. Dann sprach er noch ein paar Worte in die gespannte Stille hinein, die in der Arena herrschte. Doch diesmal waren es Worte einer fremden Sprache, und sie waren direkt an die Bestie gerichtet. Die Chimäre fauchte abermals, schnaubte widerwillig und legte sich wie ein dressierter Hund zu Gregerios Füßen nieder.

Mit einer theatralischen Geste zeigte der Oberste Fährtenleser auf Jona: »Ich schlage dir vor, die Sache ein für alle Mal zu klären, Jona. Ich schlage dir vor, dich wie in alten Zeiten dem

Kampf zu stellen! Wenn es dir gelingt, dieser Kreatur ein Haarbüschel auszureißen, hast du dir deinen Platz in Zauberranke zehnmal mehr verdient als jeder dieser Angsthasen hier. Dann könnte nie wieder jemand behaupten, du gehörtest hier nicht her. Was meinst du?«

Gess, Nobiane und Dælfine riefen Jona zu, er solle sich ja nicht darauf einlassen, doch der Junge hörte ihre Warnungen kaum. Der Puls hämmerte in seinen Schläfen, und seine Gedanken überschlugen sich. Was hatte Gregerio vor? Wollte er ihm helfen? Ihn blamieren? Oder ihn töten? Der Angriff der Krustenkrebse kam ihm wieder in den Sinn: Schon einmal hatte jemand versucht, ihn loszuwerden. Andererseits schien der Oberste Fährtenleser eine gewisse Macht über das Ungeheuer zu haben, und er würde sicher nicht zulassen, dass es einen seiner Schüler fraß. Oder war genau das seine Absicht? Er könnte dem Ungeheuer befehlen, Jona zu töten, und dann behaupten, es wäre ein tragischer Unfall gewesen.

»Nun?«, fragte der Weltwanderer.

Jona umklammerte sein Schwert. Er wusste nicht, ob er es gegen die Bestie oder gegen den Lehrer richten sollte, dessen Absichten er nicht durchschaute.

Gregerios Grinsen wurde breiter. Wie würde sich der Junge entscheiden?

Doch das Schicksal wollte es anders. In diesem Moment hallte das dumpfe Heulen eines fernen Nebelhorns durch die Arena. Überrascht blickten sich die Schüler an, und selbst die Chimäre spitzte die Ohren.

Die Miene des Fährtenlesers veränderte sich schlagartig. Er zog eine Grimasse, sah von der Chimäre zu Jona, schüttelte den Kopf und stieß ein rätselhaftes Lachen aus.

»Wir werden das wohl auf ein andermal verschieben müssen«, sagte er nur.

Vor den Augen seiner verblüfften Schüler kniete er sich neben die Chimäre, strich ihr kurz über die Mähne, zog eines seiner Messer und stieß es ihr mitten ins Herz.

Wieder blendete ein gleißendes Licht die Schüler, als hätte Gregorio ein weiteres Prisma zerschlagen. Als Jona die Augen wieder öffnete, war die Kreatur verschwunden. Der Oberste Fährtenleser hatte sich schon wieder aufgerichtet und steckte seine Waffe weg.

»Jammerschade«, sagte er zu sich selbst.

Er ging auf den Ausgang zu, schloss das Tor auf und drehte sich zu den verwirrten Schülern um.

»Wartet hier«, wies er sie an. »Ich sollte euch eigentlich zu euren Lehrern zurückbringen, aber dafür habe ich jetzt keine Zeit mehr. Ich lasse ihnen eine Nachricht zukommen und sage ihnen, sie sollen euch abholen.«

»Was ist denn los?«, wagte Dælfine zu fragen.

Sein Gesichtsausdruck war schwer zu deuten. Nach kurzem Schweigen antwortete er: »Der Magister ist zurück.«

40

Als Vargaï, Vohn und ihre Eskorte sich ihrem Ziel endlich näherten, wurde es im Wald bereits dunkel. Dem Weltwanderer bereitete die fortgeschrittene Stunde Sorgen, denn er hatte nicht vorgehabt, in Tannakis' Lager zu übernachten. Wären sie wie geplant zu Pferd weitergeritten, so wären sie viel früher angekommen. Doch die vier jungen Männer, die vor ihnen hergingen, waren zu Fuß unterwegs, und so mussten sie sich wohl oder übel ihrer Geschwindigkeit anpassen. Dem Alten, der sehr auf seine Freiheit bedacht war, schmeckte das ganz und gar nicht.

Immerhin waren sie auf diese Weise unbehelligt an mehreren Wachposten vorübergekommen. Vargaï fragte sich, warum Tannakis in dieser gottverlassenen Gegend so viele Männer postierte – und dann auch noch so weit entfernt von seinem Stützpunkt. Falls er Wachen in denselben Abständen rings um seine Lager aufgestellt hatte, dürfte es sich um mehrere Dutzend Männer handeln.

Vargaï hatte die jungen Weltwanderer, die sie durch den Wald geleiteten, dazu befragt, aber sie hatten nur ausweichend geantwortet. Auch als er wissen wollte, welche Banditen sie bedrohten und wie sich die Schule entwickelt hatte, erhielt er keine Auskunft. Bald gab er die Befragung auf und beschloss, einfach abzuwarten. Doch als sie nun vor Tannakis' Lager standen, bereute er, nicht besser auf die Überraschung vorbereitet gewesen zu sein.

»Wir sind da!«, verkündete Yonnel. »Das da drüben ist unsere Bastion. Die Enklave.«

Die Erklärung war keineswegs überflüssig. Wäre Vargaï allein hergekommen, hätte er angenommen, sich im Weg geirrt zu haben. In seiner Erinnerung bestand die Enklave nur aus ein paar armseligen Hütten, die inmitten von alten Eichen standen. In ihnen hatte eine kleine Gemeinschaft gewohnt, die sich um einen exzentrischen Magister scharte. Doch nun blickte Vargaï auf eine gewaltige Festungsanlage. Mitten im Wald war eine mehrere Hundert Meter lange Fläche abgeholzt worden. Zweifellos wollten sich die Weltwanderer so vor Waldbrand schützen und Land für den Ackerbau gewinnen. Das gesamte Lager war von einer hohen Palisade umgeben. Davor verlief ein mit spitzen Pfählen gesicherter Graben, und in regelmäßigen Abständen ragten Wachtürme in die Höhe, auf denen jeweils mindestens ein Posten stand. In der Dämmerung hatten die Wächter auf dem Rundgang Fackeln und Laternen angezündet. Es sah aus, als wollten sie der Dunkelheit die Stirn bieten.

»Das alles nur wegen einer Handvoll Banditen?«, fragte er. »Es macht vielmehr den Eindruck, ihr wärt im Krieg.«

»Wir müssen uns schließlich auch vor Chimären schützen«, erklärte einer der jungen Männer.

»Ja!«, rief ein anderer. »Nicht alle haben das Glück, dass ihnen eine Zauberranke unter den Füßen wächst!«

Der Alte drehte sich zu ihm um, und der Mann tat so, als bemerke er seinen Blick nicht. Vargaï ging nicht auf die Provokation ein. Dass er in Tannakis' Lager Anfeindungen und bösen Worten ausgesetzt sein würde, war ihm vorher klar gewesen. Am besten reagierte man darauf, indem man betonte, dass sie alle zur selben Bruderschaft gehörten. In der Regel genügte das, um Hitzköpfe zu beruhigen.

»Welche Art von Chimären kommen denn in dieser Gegend vor?«, fragte er. »Lupini? Ursiden?«

319

»Hin und wieder auch Carapaxe«, sagte Yonnel. »Sie verursachen großen Schaden. Aber gemeinsam können wir sie immer wieder hinter den Schleier zurückdrängen. Bisher zumindest«, fügte er hinzu.

Vargaï nickte. Das alles wusste er schon von den Abzeichen an den Bandelieren, die die jungen Männer trugen. Immerhin belogen sie ihn in diesem Punkt nicht.

Nun standen sie vor dem massiven Tor aus spitzen Pfählen, das den einzigen Zugang zu diesem Dorf mitten im Wald darstellte. Yonnel musste eine Weile mit dem Wachposten verhandeln und sich für seine Mitreisenden verbürgen, bis er sie hereinließ. Vargaï und Vohn führten ihre Pferde ins Innere, wobei sie von den Wachen auf dem Rundgang misstrauisch beäugt wurden.

»Ihr habt wohl nicht oft Besuch?«, bemerkte Vargaï.

»Nein. Da wir alles selbst herstellen, was wir zum Leben brauchen, kommen hier keine Händler vorbei. Und auch wir verlassen unseren Wald in der Regel nicht.«

»Wir brauchen niemanden!«, rief der Unfreundlichste der jungen Männer.

»Was ist mit den neuen Schülern? Irgendjemand muss sie doch rekrutieren?«

»Es gibt keine neuen Schüler«, antwortete Yonnel. »Schon seit fast sechs Jahren nicht mehr. Wir waren die vorletzte Klasse.«

Vargaï blieb vor Erstaunen der Mund offen stehen. Als er den Blick über die Hütten schweifen ließ, sah er tatsächlich nirgendwo ein Kind oder einen Jugendlichen, der das Bandelier der Schüler trug. Hier gab es nur misstrauische, schwer bewaffnete Männer.

»Keine Schüler mehr«, wiederholte er bestürzt. »Aber woran arbeitet ihr hier dann? Worauf bereitet ihr euch vor?«

Yonnel wechselte einen raschen Blick mit seinen Kameraden. Dann sagte er knapp: »Ich werde Euch zu Jor Tannakis bringen. Sicher wird er sich freuen, Euch zu empfangen.«

Vargaï nickte. Als sich die Eskorte in Bewegung setzte, ließ er den jungen Männern ein paar Meter Vorsprung. Er drehte sich zu dem schweren Tor um, das den Ausgang versperrte, musterte die Wachen, die ihn nicht aus den Augen ließen, und blickte schließlich zu Vohn. Der arme Junge wirkte etwas verloren und inmitten der schwer bewaffneten Männer sehr verletzlich ...

Doch nun war es zu spät, um kehrtzumachen. Mit einem unguten Gefühl im Bauch ließ sich Vargaï zum Magister dieser Weltwanderer-Gemeinschaft führen.

41

Der Ozean war aufgewühlt, aber Radjaniel hatte keine Mühe, das Gleichgewicht zu wahren. Er musste zugeben, dass ihm diese Übung sehr viel leichter fiel, seit er dem Alkohol abgeschworen hatte. Beim letzten Mal, als ein Schiff zum Tor von Zauberranke gekommen war und er das Gitter hatte öffnen müssen, war er mehrmals ausgerutscht und hätte sich fast an den spitzen Kristallen den Bauch aufgeschlitzt. Heute rannte er leichtfüßig den Kamm entlang, der vom Zeughaus zu der Öffnung in der Kristallbarriere führte, sprang von einem Zacken zum nächsten, wich der Gischt aus, die ihn umzuwerfen drohte, und sprang über Algenbüschel, die unter seinen Füßen hin und her schwappten.

Natürlich hätte er sich ohne die leuchtende Kuppel nicht so schnell fortbewegen können. Das Licht, das sich von Leuchtturm auf die Halbinsel senkte, war gleich bei Einbruch der Dunkelheit eingeschaltet worden. Dies war gleichzeitig das Signal zum Beginn des komplizierten Anlegemanövers gewesen. Wegen der schmalen Öffnung in der Kristallbarriere mussten große Schiffe stets umständlich manövrieren, bis sie in den Hafen einfahren konnten. Doch Radjaniel freute sich so sehr über Denilius' Rückkehr, dass er notfalls auch die ganze Nacht durchgearbeitet hätte.

Er war im Übrigen der Erste gewesen, der die Segel am Horizont erblickt hatte. Der Weltwanderer war gerade dabei gewesen, ein morsches Stück Steg auszubessern, und hatte die Arbeit sogleich ruhen lassen, um zu beobachten, wie das Schiff näher kam. Dabei hatte er gebetet, dass sich sein Wunsch erfüllte. Als dann der Wind den Ruf des Nebelhorns herübergetragen hatte, war er außer sich vor Freude gewesen. Es handelte sich um das Signal des Magisters, ganz sicher! Der Hohe Rat und die Schule hatten ihren Anführer wieder!

Der Rest des Nachmittags war mit quälendem Warten vergangen. Radjaniel hätte seinen Schülern am liebsten gleich die frohe Botschaft überbracht, aber das Schicksal wollte es anders. Er war der Hüter des Tors und musste dafür sorgen, dass das Schiff sicher anlegte. Radjaniel tröstete sich damit, dass er seine Schützlinge vielleicht später bei einem gemeinsamen Abendessen sehen würde. Vielleicht würden sie sogar mit Denilius an einem Tisch sitzen. Oder mit Maetilde und Sohia. Wie auch immer – sie würden schon einen Weg finden, diesen Festtag zu feiern.

Die Nachricht hatte sich blitzschnell in der Schule herumgesprochen, und einige Lehrer und Schüler hatten sich bereits am Strand versammelt, um den Magister, nach dessen Rückkehr sie sich so sehr gesehnt hatten, zu begrüßen. Am Abend standen über zweihundert Menschen um ein knappes Dutzend Lagerfeuer herum, und ihre Zahl stieg immer weiter an. Viele Schüler sangen und tanzten. Der Anblick rührte den Messerschleifer, und er überraschte sich dabei, wie er versonnen vor sich hinlächelte. Er selbst stand ganz am Rand der Kuppel neben dem Tor, und die Wellen schlugen gegen die Kristallbarriere. So glücklich war er nicht mehr gewesen, seit ... seit viel zu langer Zeit.

Als das Anlegemanöver begann, konzentrierte er sich auf seine Arbeit. Das Schiff hatte mittlerweile fast alle Segel eingeholt. Auf den letzten hundert Metern glitt es gemächlich dahin und ließ sich von den Wellen zum Hafen tragen. Als das Schiff nah genug an das Tor herangefahren war, betätigte Radjaniel die Winde. Die Ketten spannten sich und zogen die schwere Querstange beiseite, und ein weiterer Mechanismus öffnete die beiden Flügel des Gitters. Jetzt war der Hafen von Zauberranke befahrbar. Kurz darauf trieb das imposante Schiff durch das Tor und unter die schützende Kuppel. Radjaniel grüßte einige Seemänner, die er seit Jahren kannte, mit einem Kopfnicken. Als er dann Denilius' rotes Haar und seinen grünen Umhang entdeckte, hob er beide Arme und winkte wild.

Der Magister grüßte kühl zurück, was die Begeisterung des Messerschleifers ein wenig dämpfte. Vargaïs Bruder lächelte nicht einmal. Brachte er so schlechte Neuigkeiten? Hatte etwa die Invasion der Chimären begonnen, die sich seit zehn Jahren ankündigte?

Aber vielleicht war Denilius auch nur deshalb so distanziert, weil er in ihm immer noch den Trunkenbold und Einsiedler sah. Radjaniel nahm sich vor, Denilius möglichst rasch von seiner Genesung zu berichten. Jetzt, wo er wieder etwas Stolz hatte, war es ihm wichtig, auch von anderen geachtet zu werden.

Doch im Augenblick hatte er genug zu tun. Sobald das Schiff durch das Tor geglitten war, betätigte der Messerschleifer erneut die Winde, um die Gitter wieder zu schließen. Er musste verhindern, dass Krustenkrebse nach Zauberranke eindrangen, oder schlimmer noch, den Mechanismus des Tors blockierten. Zum Glück hatte er bisher keine Chimären gesichtet. Während die klirrenden Ketten die Querstange wieder an ihren Platz schoben, beobachtete Radjaniel, wie das Schiff anlegte. Es musste an einer ganz bestimmten Stelle am Steg festmachen, oberhalb mehrerer Holzblöcke, auf denen der Kiel am nächsten Morgen ruhen würde, denn bei Ebbe lag das Segelboot auf dem Trockenen.

Da das Manöver reibungslos vonstattenging, dachte sich Radjaniel, dass auch er zum Strand gehen konnte, um an der Begrüßungsfeier teilzunehmen. Mit dem guten Gefühl, seine Aufgabe erfüllt zu haben, lief er erneut über die rutschigen Kristalle. Nach all den Jahren in Einsamkeit und Trübsinn freute er sich, in eine weniger düstere Zukunft zu blicken.

Es war Ironie des Schicksals, dass gerade in diesem Moment alles in Finsternis versank. Zwei Sekunden lang begriff Radjaniel gar nicht, was los war. Instinktiv blieb er stehen und wunderte sich, dass er nicht mehr sah, wohin er die Füße setzen sollte. Dann ging ihm auf, was geschehen war, und vor Schreck verlor er fast das Gleichgewicht.

Die schützende Kuppel von Zauberranke war erloschen!

Von Strand erklangen panische Rufe. Die Spitze des Leuchtturms gloste nur noch schwach. Was ging dort oben vor sich? Wie lange würde es dauern, das schützende Netz wiederherzustellen?

Die Lehrer und älteren Schüler, die schon seit Jahren hier lebten, waren gar nicht mehr an die tiefe Dunkelheit gewöhnt. Sie schliefen stets im sanften Schein eines rötlichen Lichts, und allein die Tatsache, dass es verschwunden war, versetzte sie in Angst und Schrecken. Aber natürlich würde es noch schlimmer kommen ...

Radjaniels Puls beschleunigte sich. Er wandte den Blick von den Lagerfeuern am Strand ab und sah hinaus auf den Ozean, damit sich seine Augen an die Dunkelheit gewöhnten. Dann kletterte er weiter über die Kristallspitzen. Jetzt zählte jede Minute!

Nach zehn Metern hörte er hinter sich ein beunruhigendes Krabbeln und Klacken. Nun war es also so weit. Ein plötzliches Erlöschen der Kuppel war sehr viel schlimmer, als das Licht in der Dämmerung gar nicht erst einzuschalten! Denn alle Chimären im Umkreis, ganz egal, ob sie sich noch hinter dem Schleier oder schon in Gonelore befanden, waren vom Licht der Kuppel angezogen worden und würden nun über die Schule herfallen.

Fünf Meter weiter lief Radjaniel an einem Krustenkrebs vorbei, der soeben auf die Zauberranke kletterte. Nach vier weiteren Schritten entging er nur knapp einer riesigen Schere, die aus dem Wasser fuhr und ihm fast die Wade aufgerissen hätte. Radjaniel holte seine Machete hervor, um sich notfalls verteidigen zu können, aber in der Dunkelheit würde ihm die Waffe nicht viel nützen. Seine einzige Chance bestand darin, es zum Zeughaus zu schaffen.

Er beschleunigte seine Schritte noch etwas mehr, fest entschlossen, seine Haut zu retten. Noch mehr aber wurde er von dem Gedanken an seine fünf Schüler angetrieben. Er musste sofort zu ihnen. Er hatte geschworen, auf sie aufzupassen. Das Unglück durfte sich nicht wiederholen! Die Vergangenheit konnte er nicht ändern, aber er würde bis zum letzten Atemzug kämpfen, um eine erneute Tragödie zu verhindern.

Er sprang von einem Kristall zum nächsten und wich immer wieder den Attacken der Krustenkrebse aus. Versperrte ihm eine Chimäre den Weg, kletterte er kurzerhand über sie hinweg, andere stieß er mit einem Machetenhieb oder Fußtritt zurück ins Wasser. Doch bald war die ganze Ranke von Ungeheuern bedeckt, und es waren einige besonders große und gefährliche Exemplare darunter.

Radjaniel überlegte, ob er ins Meer springen und schwimmen sollte. Doch wenn ihn eines der Viecher packte und in die Tiefe zog, wäre er verloren. Er schob den Gedanken beiseite, biss die Zähne zusammen und stapfte weiter. Wie viele Meter blieben ihm noch? Zwanzig? Er hatte eher das Gefühl, es wären zweihundert.

Inmitten des Getümmels und während er weiterhin wild um sich schlug, um die Angriffe der Meeresungeheuer abzuwehren, hielt der Weltwanderer dennoch kurz inne.

Vom Strand und vom Steg schallte das Gebrüll der Chiroptiden zu ihm herüber, die sich vom Himmel stürzten. Und die Schreie ihrer Opfer.

42

»Habt ihr das gehört?«, fragte Berris. Nobiane spitzte die Ohren und hoffte, Radjaniels Schritte im Gang zu vernehmen, aber sie wurde abermals enttäuscht. Schon seit über einer Stunde warteten sie nun in der Arena auf ihren Lehrer, und seit die Nacht hereingebrochen war, lagen die Nerven der Kinder blank.

»Nein. Was denn?«, fragte sie.

Die Antwort kam sofort: Plötzlich herrschte über ihren Köpfen völlige Dunkelheit. Die Schüler zuckten überrascht zusammen. Als ihnen klar wurde, dass die Halbinsel nicht mehr von der Lichtkuppel geschützt wurde, schrien einige von ihnen in heller Panik auf.

»Das hat uns gerade noch gefehlt!«, rief Dælfine.

Sie bewies eine Ruhe, um die Nobiane sie beneidete. Ihr selbst war viel mehr danach zumute, wie die anderen loszukreischen. Sie blickte zu dem Leuchtturm, der in einiger Entfernung in den Himmel ragte, und betete, dass das Licht an seiner Spitze rasch wieder aufleuchtete. Als sich dieser Wunsch nicht erfüllte, wurde Nobiane klar, welche schrecklichen Folgen die Katastrophe haben würde.

Keiner ihrer Kameraden rührte sich vom Fleck. Mittlerweile waren sie nur noch zu zehnt. Der unsympathische Jor Kartigann hatte seine Schüler abgeholt, kurz nachdem Gregerio sie allein gelassen hatte. Sohias und Radjaniels Schüler hatten sich schon gefragt, ob der Fährtenleser ihre Lehrer überhaupt benachrichtigt hatte. Doch dieses Problem war nun zweitrangig.

»Wir dürfen auf keinen Fall hierbleiben!«, sagte Nobiane eindringlich. »Wir müssen uns irgendwo verstecken!«

In der Dunkelheit sah sie Gess nicken, und auch Jona und Dælfine schienen ihre Einschätzung zu teilen. Die Mitglieder der anderen Gilde rührten sich jedoch nicht vom Fleck. Entweder wollten sie sich Gregerios Anweisung nicht widersetzen, oder sie hatten zu große Angst.

»Jor Gregerio hat gesagt, wir sollen hier warten«, sagte Deoris, ein Junge mit stoppelkurzem Haar. »Sohia könnte Schwierigkeiten kriegen, wenn wir nicht gehorchen.«

Deoris war der Anführer von Sohias Schülern, und bei seinen Worten fiel Nobiane ein, dass auch sie diesen Titel trug. Im Alltag spielte das zwar kaum eine Rolle, aber nun verspürte sie zum ersten Mal den Drang, das bisschen Autorität zu nutzen, das der Rang ihr verlieh. Sie konzentrierte sich auf die Angst, die ihr den Magen zusammenschnürte, und zog daraus die Kraft, die Schultern zu straffen und zu den anderen Schülern zu sprechen, wie sie es noch nie getan hatte.

»Wer hier sitzen bleibt, ist innerhalb der nächsten zehn Minuten tot«, sagte sie. »Wenn ihr eure Lehrer und Eltern wiedersehen wollt, dann verschwindet von hier! Ich verlange nicht von euch, einen Ozean zu durchschwimmen, ich will nur, dass ihr euch in den Gängen der Arena versteckt!«

Sie sah die überraschten Blicke der Schüler, die in ihrer Nähe standen, aber sie hatte weder Lust noch Zeit, mit ihnen zu diskutieren. Sie marschierte auf den nächsten Ausgang zu, und zu ihrer Erleichterung merkte sie, dass ihre Kameraden ihr folgten. Die Mitglieder der anderen Gilde würden sich ihnen gewiss bald anschließen. Nobiane legte eine Hand auf das schwere Tor und wollte es aufschieben, doch es bewegte sich keinen Millimeter.

»Das Tor ist verriegelt!«, rief sie mit einem Anflug von Panik in der Stimme. »Ich bekomme es nicht auf.«

Sie machte Berris und Jona Platz, und die beiden Jungen stemmten sich vergeblich gegen das Gitter. Als Nächstes versuchten es die beiden kräftigsten Jungen aus Sohias Gilde, doch auch sie hatten keinen Erfolg. Angst machte sich unter den Kindern breit.

»Die Dreckskerle haben uns eingesperrt!«, rief Deoris. »Sie würden alles tun, um uns das Leben schwer zu machen.«

Nobiane nickte. Vermutlich hatte er recht. Aber was, wenn Jor Kartiganns Schüler es gar nicht gewesen waren? Genauso gut konnte sie jemand anders in der Arena eingesperrt haben. Vielleicht sogar der Oberste Fährtenleser? Sein Verhalten war ziemlich verdächtig gewesen. Womöglich war er heimlich zurückgekommen und hatte den Riegel vorgeschoben. Jedenfalls saßen die zehn Schüler in der Falle.

»Was machen wir jetzt nur?«, schluchzte ein Mädchen.

Auf ihre Frage folgte verzweifeltes Schweigen. Während alle nach einer Antwort suchten, fuhr in geringer Höhe ein Windhauch über die Arena hinweg. Es klang wie ein Luftzug, der durch ein offenes Fenster wehte. Oder wie ein Vogel, der durch die Nacht flog. Ein ziemlich großer Vogel ... Oder eine Flugchimäre, die den Schleier durchstoßen hatte.

Nobiane rechnete damit, dass die anderen wieder in Panik losschrien, doch der Überlebensinstinkt der Schüler war stärker. Sie pressten sich gegen die Mauer und blieben mucksmäuschenstill. Zwei weitere Luftzüge fegten über die Arena hinweg und kreuzten sich, als stimmten sich die Wesen bei der Jagd ab. Der gellende Schrei, den die Kreaturen im Davonfliegen ausstießen, ließ Nobiane das Blut in den Adern gefrieren. Bei den Chimären handelte es sich eindeutig um Chiroptide. Radjaniel hatte ihnen von den Kreaturen erzählt.

»Gess«, flüsterte sie. »Was meinst du? Kannst du das Tor öffnen?«

Der Junge murmelte irgendwo links von ihr: »Mit meinem Dietrich kann ich da nichts ausrichten. Man müsste auf die Tribüne klettern, irgendwie ins Innere gelangen und den Riegel aufschieben. Und das alles im Dunkeln.«

Nobiane war bereits zur selben Schlussfolgerung gekommen. Ein weiterer Schatten überquerte die Arena. Er flog so niedrig, dass sie eine dunkle Gestalt ausmachen konnten. Rechts neben Nobiane begann eine von Sohias Schülerinnen zu weinen. Sie konnte ihr Schluchzen kaum unterdrücken. Irgendwo auf der Halbinsel waren Rufe und Schreie zu hören.

»Ich versuche es«, wisperte Gess.

»Ich komme mit«, sagte Dælfine.

»Nein«, befahl Nobiane.

Ihr Ton war sehr viel schärfer gewesen, als sie beabsichtigt hatte.

»Wir brauchen dich hier«, erklärte sie. »Du bist die Einzige, die mit ihrem Schwert umzugehen weiß, Dælfine. Nur du kannst uns beschützen. Bitte bleib hier!«

»Ich arbeite sowieso lieber allein«, sagte Gess.

Er schlich lautlos davon und hielt sich im Schatten der Mauer. In seinem früheren Leben als Straßendieb hatte er wohl oft auf diese Art fliehen müssen. Kurz hatte Nobiane den Impuls, ihn zurückzurufen, doch dann besann sie sich eines Besseren. Von allen Schülern war er derjenige, der es am ehesten schaffen konnte.

»Weiß noch jemand mit einer Waffe umzugehen?«, flüsterte sie.

»Ich«, sagte Deoris.

Nobiane stellte keine weiteren Fragen, sondern reichte ihm wortlos das Schwert, das sie selbst aus dem Bein eines Krustenkrebses gefertigt hatte. Die Waffe abzugeben kostete sie einige Überwindung, aber sie wusste, dass sie zu unerfahren und zu schwach war, um etwas Wesentliches zur Verteidigung der

Gruppe beizutragen. Die Schwerter gehörten in die stärksten Hände.

In den folgenden Minuten wurde kein Wort gesprochen. Sobald eine Chimäre über den Sand hinwegfegte und sich wieder in die Lüfte erhob, drückten sich die neun Schüler an die Mauer und beteten zu den Göttern, dass ein Wunder geschah. Sie hatten keine Ahnung, wo Gess war. Sie wussten nicht einmal, ob er überhaupt noch lebte. In der Dunkelheit sahen sie nicht weiter als zwei Meter. Vielleicht lag ihr mutiger Kamerad längst mit aufgeschlitztem Bauch am Fuße der Tribüne.

Dieser schreckliche Gedanke ging Nobiane nicht aus dem Kopf. Etwas Schlimmeres konnte sie sich nicht vorstellen.

Im nächsten Moment wurde sie eines Besseren belehrt: Eine der grauenhaften Kreaturen landete direkt vor den Schülern.

Die Chimäre hatte den Kopf eines Schweins, den Körper und die Flügel einer Fledermaus, die Spannweite eines Adlers und Krallen, die wie die Hände eines Skeletts aussahen. Ihre Haut bestand aus demselben schwarzen Leder wie Sohias Kampfanzug, und sie war ein ganzes Stück größer als die Kinder.

Beim Anblick des Ungeheuers war es mit der Disziplin der Kinder vorbei. Eines der Mädchen kreischte los, ein Junge schrie lauthals um Hilfe, und ein Dritter rannte davon und verschwand in der Dunkelheit. Im nächsten Moment setzte Berris ihm nach. Aus Sohias Gilde wagten es nur Deoris und Tiarija, sich dem Ungeheuer in den Weg zu stellen. Doch leider waren ihre kopflos davonstürzenden Kameraden ein gefundenes Fressen für alle Chiroptiden, die über der Arena kreisten.

Erst eine, dann zwei weitere Chimären landeten vor den Kindern, die wie auf einem Präsentierteller dastanden. Wäre die Mauer nicht gewesen, hätten sich die Bestien wohl einfach auf ihre Beute gestürzt. Berris und der andere Junge, der davongelaufen war, begriffen rasch, dass die Mauer ihnen einen kleinen Schutz bot. Wild mit ihren Schwertern um sich schlagend, kamen sie aus der Dunkelheit zurück. Um ein Haar hätte Berris mit seinem Gefuchtel seinen Kameraden verletzt.

Glücklicherweise befanden sich die anderen drei Waffen, über die die Schüler verfügten, in geschickteren Händen. Deoris hatte nicht gelogen, was seine Fertigkeiten im Schwertkampf anging, und Dælfine machte Radjaniel alle Ehre. Auch Jona entwickelte im Kampf gegen die Chimären ungeahnte Kräfte. Offenbar hatte ihn die Herausforderung, die Gregerio ihm gestellt hatte, angestachelt. Schon jetzt hätte niemand mehr sein Recht, das Bandelier zu tragen, infrage gestellt.

Zu dritt hielten sie die Chimären einigermaßen in Schach, aber es bald war klar, dass sie ihnen nicht mehr lange standhalten konnten. Die drei Kämpfer mussten sich ein Stück von der Mauer entfernen, damit ihre Freunde hinter ihnen Schutz suchen konnten, aber dadurch gaben sie ihre eigene Deckung auf.

Deoris traf es als Ersten. Eine der Bestien machte einen Satz nach vorn und riss ihm das Gesicht auf. Er schrie vor Schmerz und konnte das Ungeheuer mit Mühe in die Flucht schlagen, musste dann aber zurückweichen, weil ihm Blut aus der Stirnwunde über das ganze Gesicht lief. Ohne lange nachzudenken, nahm Nobiane ihm das Schwert ab und nahm seinen Platz in der Verteidigungslinie ein. Mittlerweile hatte sich Berris den Kämpfern angeschlossen, aber sie waren immer noch nur zu viert.

Unter den Kindern wuchs die Verzweiflung. Ihre Waffen waren viel zu primitiv. Sie konnten mit ihnen kaum etwas ausrichten, und schon gar nicht die Ungeheuer niederstrecken. Immer mehr Chimären sammelten sich in der Arena wie ein Heer hungriger Vampire. Sie stießen schrille Schreie aus, die den Schülern den Verstand zu rauben drohten.

Nobiane schrie auf, als eine der Bestien ihr mit seiner Kralle die Hand aufriss. Der Schmerz fuhr ihr durch den ganzen Körper, doch anstatt sie zu schwächen, verlieh er ihr neue Kraft. Ihr Überlebenswille war ungebrochen. Sie war nach Zauberranke gekommen, um sich das Bandelier zu verdienen und Weltwanderin zu werden, nicht, um einem Ungeheuer als Zwischenmahlzeit zu dienen! Sie war Nobiane von Vallaurière, und sie war fest entschlossen, sich dieses Namens würdig zu erweisen. Sie wollte ihre Ehre, die sie zu Unrecht verloren hatte, wiederherstellen, und dafür brauchte sie fünf Jahre. Auf keinen Fall durfte sie schon in dieser Nacht sterben!

In diesem Moment knirschte hinter ihr das Tor, und sie konnte ihr Glück kaum fassen. Sie hatte jedoch keine Zeit, sich umzudrehen, da die Chimären immer näher rückten. Als Gess sie gleich darauf nach hinten zog, schluchzte sie vor Erleichterung auf.

»Sie sind überall in den Gängen!«, flüsterte der Junge jedoch. »Ich konnte mich an ihnen vorbeischleichen, aber vielleicht sollten wir besser ...«

Offenbar hatte er vorschlagen wollen, dass sie in der Arena blieben, aber als er das Heer an Chimären sah, das die Kinder in einem Halbkreis umgab, schob er sie hastig in den Gang und schlug das Tor zu. Die Chiroptiden schossen vor und warfen sich mit gellenden Schreien gegen die Gitterstäbe. Das Echo ihres Gekreischs hallte ohrenbetäubend von den Wänden des Gewölbes wider.

»Und was machen wir jetzt?«, wollte Dælfine wissen.

Die Frage war direkt an Nobiane gerichtet. Die anderen blickten sie ebenfalls an. In ihren Augen stand das Grauen. Die Schüler schienen zu erwarten, dass Nobiane eine Entscheidung traf. Das Schicksal von neun Kindern lag in ihren Händen, und eine falsche Entscheidung konnte sie alle das Leben kosten.

»Wir bleiben hier«, sagte Nobiane fest. »Hier im Gang können sie uns wenigstens nicht von oben angreifen.«

Allerdings hatte das den Nachteil, dass sie zwischen zwei Fronten festsaßen. Schnell fügte sie hinzu: »Irgendeiner von uns hat doch bestimmt ein Feuereisen dabei. Wir opfern ein paar Kleidungsstücke und zünden auf der Treppe ein kleines Feuer an. So halten wir die Chimären auf Abstand!«

Dælfine trug einen Beutel mit einem Schlagfeuerzeug in ihrem Bandelier herum, und sie gingen sofort daran, den Plan in die Tat umzusetzen. Als die Kleider brannten, suchten die Schüler Schutz hinter dem Feuer, doch schon nach ein paar Minuten sammelten sich erste Chiroptiden vor den Flammen. Abermals machte sich Entsetzen breit.

»Wir müssen ihnen so lange wie möglich standhalten«, rief Nobiane. »Mindestens vier Lehrer wissen, wo wir sind. Sie werden uns sicher bald zu Hilfe kommen!«

Sie sagte das vor allen, um die anderen zu beruhigen. Womöglich waren ihre Lehrer längst tot oder hatten sie im Stich gelassen – wenn einer von ihnen sie nicht sogar absichtlich in die Falle gelockt hatte.

In den nächsten Minuten passierte nicht viel, außer, dass sich immer mehr Chimären zu beiden Seiten der Schüler zusammenrotteten und ihre Feuer immer kleiner wurde. Die Zeit verging quälend langsam, und die schützende Lichtkuppel am Himmel blieb erloschen. Würde die legendäre Schule in dieser Nacht ein für alle Mal zerstört werden?

Nobiane glaubte schon nicht mehr an eine Rettung, als auf einmal aus der Ferne laute Schreie durch die Gänge hallten. Auch die Chimären in ihrer Nähe begannen wütend zu kreischen und heftig mit den Flügeln zu schlagen. Es klang wie das Knallen einer Peitsche. Ihre schrillen Rufe gingen den Kindern durch Mark und Bein. Verabredeten sie sich zu einem letzten Angriff? Das Feuer war mittlerweile heruntergebrannt. Die Ungeheuer drängten einander beiseite, weil sich jedes einen Teil der Beute sichern wollte. Die ersten Chimären traten in die glimmenden Stofffetzen und wichen zurück, als sie sich verbrannten, während ihre Artgenossen von hinten schoben. Ihre Leiber bildeten eine Wand aus schwarzem Leder. Sie waren kurz davor, die Schüler gegen das Tor zu drängen, hinter dem gierige Mäuler nach ihnen schnappten.

Plötzlich durchstieß Radjaniels Lanze die Wand. Darauf war niemand gefasst gewesen, nicht einmal Nobiane. Die Tränen, die dem Weltwanderer über das Gesicht liefen, zeugten davon, dass auch er nicht mehr an ein Wunder geglaubt hatte.

43

Ihre Ausbildung hatte Sohia nicht auf eine derart brutale Schlacht vorbereitet. Die Weltwanderin rannte über den Strand, um nicht von Krustenkrebsen eingekreist zu werden, und musste sich immer wieder wegducken, weil sie ein Chiroptid aus der Luft angriff. Mit ihrem Speer hieb sie auf jedes Wesen ein, das ihr zu nahe kam. Niemals hätte sie gedacht, dass sie so bald an einem der großen Kämpfe teilnehmen würde, wie sie in der Chronik beschrieben wurden. So geballte Attacken kannte sie bisher nur aus Erzählungen von älteren Weltwanderern. In Zauberranke hatte sie so etwas noch nie erlebt.

Die Chimären zogen sich nicht einmal mehr kurzzeitig hinter den Schleier zurück. Berauscht von ihrer Übermacht, trunken von ihren eigenen Schreien, fielen sie wie ein Heuschreckenschwarm über den Strand her. Die Menschenmenge, die am Strand auf Denilius wartete, war von dem Angriff überrumpelt worden. Die meisten Schüler waren unbewaffnet, und selbst manche Lehrer hatten ihre Schwerter zu Hause gelassen. So gab es in den ersten Minuten der Schlacht unzählige Opfer. Sohia zwang sich, nicht auf die zerfetzten Leichen zu achten, die um sie herum im Sand lagen. Sie musste sich konzentrieren, um selbst am Leben zu bleiben und denjenigen, die die erste Angriffswelle überstanden hatten, zu Hilfe zu kommen. Sie hoffte nur, dass Maetilde es geschafft hatte, ihre Schützlinge rechtzeitig in Sicherheit zu bringen, so wie sie es vereinbart hatten. Sohia selbst widmete sich mit aller Kraft dem Kampf.

Nach dem ersten Schreck hatten die Weltwanderer ihre Erfahrung genutzt und eine Verteidigungslinie aufgebaut. Ein Dutzend Jorensans hatte sich zusammengefunden und die Flucht der jüngsten Schüler gedeckt, die sich im Schuldorf in den Häusern verbarrikadierten. Dann war die Eskorte zum Strand zurückgekehrt, wo es auf jeden Kämpfer ankam. Die Schüler des vierten und fünften Kreises standen ihren Lehrern zur Seite. So versuchten etwa sechzig Kämpfer, die Chimären in ihre jeweiligen Horizonte zurückzutreiben. Doch während es ihnen gelang, die Krustenkrebse durch entschlossenes Vorgehen in Schach zu halten, fuhren die Chiroptide immer wieder aus der Dunkelheit auf sie herab und sorgten für Panik und Chaos.

Obwohl sie sich bemühten, eine geordnete Formation zu bilden, mussten die Weltwanderer deshalb oft einzeln kämpfen. Schreckliche Szenen spielten sich ab, die den Überlebenden noch lange im Gedächtnis bleiben würden. Wohin Sohia auch blickte, lagen Leichen von Erwachsenen, tote Schüler und Kadaver von Ungeheuern. Manche Krustenkrebse hatten nur noch die Hälfte ihrer Beine und krochen trotzdem weiter, und einige Chiroptide machten sich über ihre toten Artgenossen her. Zudem stifteten die Beschwörungen der alten Jorensans Verwirrung, da sich durch sie noch mehr Chimären auf dem Schlachtfeld tummelten.

Nach etwa einer halben Stunde des pausenlosen Kampfes konnte Sohia ein wenig durchatmen und ihr Schlüsselbein abtasten, das höllisch wehtat. Auch die Wunde an ihrer Wade war wieder aufgeplatzt, wie sie an dem blutdurchtränkten Verband sah. Sohia holte ein kleines Fläschchen aus ihrem Bandelier und leerte es mit einem Schluck. Der Trunk verlieh ihr kurzfristig neue Kraft, auch wenn er die Versorgung ihrer Wunden nicht ersetzen konnte. Doch darum würde sie sich später kümmern – falls sie die Nacht überlebte.

Plötzlich fiel ihr auf, dass sie sich ganz in der Nähe des Anlegestegs befand. Sie rannte auf das Segelschiff zu, ganz aufgeregt bei dem Gedanken, dass sie dort den Magister antreffen würde. Wenn jemand den Kampf zu ihren Gunsten entscheiden konnte, dann er.

Bevor sie das Schiff erreichte, musste sie zwei Schneidkrabben mit messerscharfen Scheren und einen Chiroptiden abwehren, der aus der Luft auf sie herabstieß und versuchte, sie mit seinen Krallen zu packen. Auf dem Holzsteg lagen mehrere leblose Chimären. Sie waren wohl von der Besatzung des Schiffs getötet worden. Von Anfang an hatten die Ungeheuer das Segelschiff ins Visier genommen, und noch immer tobte der Kampf an Bord, wie die gellenden Schreie bewiesen, die von Deck herüberschallten.

Als Sohia den Rumpf erreichte, stellte sie erleichtert fest, dass eine kleine Brücke ausgefahren war. Sie rannte hoch zum Deck und blieb bei dem Anblick, der sich ihr bot, wie erstarrt an der Reling stehen.

Vor ihr lagen die Leichen von etwa zwanzig Seeleuten. Einige lagen an Deck, andere hingen in den Tauen, und alle waren grausam verstümmelt. Manche klammerten sich selbst im Tod noch an ihre Waffen, nutzlose Eisenklingen, die den Chimären nichts anhaben konnten. Die Angreifer waren immer noch an Bord. Sie beugten sich über ihre Opfer und tranken ihr Blut.

Etwa zwei Dutzend Chiroptiden weideten sich an dem grausigen Mahl. Acht weitere kämpften gegen den letzten Mann, der noch aufrecht stand, den einzigen Überlebenden des Massakers. Es handelte sich um den Magister persönlich, der sich die Bestien mit seiner Streitaxt, in deren Klinge ein Prisma eingelassen war, vom Leibe hielt.

Sohia fasste sich rasch wieder und stürzte sich in den Kampf. Durch den Überraschungseffekt konnte sie zwei Riesenfledermäuse erstechen, noch bevor sie sich zu ihr umdrehten. Denilius nutzte die Gelegenheit und erlegte mehrere seiner Gegner mit einem Streich. Bis zu diesem Tag hatte die junge Frau den Magister noch nie kämpfen sehen. Nun stellte sie fest, dass er seinem Ruf mehr als gerecht wurde. Offenbar hatte der Magister eigenhändig all die Chimären, die an Deck herumlagen, getötet. Er hatte das Segelschiff ganz allein gegen die Bestien verteidigt! Inzwischen war er jedoch sichtlich am Ende seiner Kräfte, und so war Sohias Eingreifen seine Rettung. Gemeinsam bezwangen sie die letzten Chiroptide. Dann nahmen sie sich die Kreaturen vor, die das Blut der Seeleute tranken, und schlugen mit aller Kraft auf sie ein, um sie zu töten oder zurück hinter den Schleier zu treiben.

Als alle Gefahr gebannt war, standen sie atemlos in der Mitte des Decks. Sohia fand den Magister in dieser Nacht noch beeindruckender als sonst. Er war etwas größer als sein Bruder und hatte eine kerzengerade Haltung. Man sah ihm an, dass er gewohnt war, Befehle zu erteilen. Im Schein der Laternen des Segelschiffs wirkte seine Miene düster. Sein Gesicht war gezeichnet, als wäre er durch die Hölle gegangen.

»Vargaï kann stolz auf dich sein«, sagte er langsam. »Kämpft er am Strand?«

Sohia zögerte. Dann schüttelte sie den Kopf und sagte: »Er ist wieder unterwegs. Er will zu Tannakis.«

»Tannakis ...«, wiederholte der Magister mit dumpfer Stimme. Er rieb sich müde die Stirn. In einer Sekunde schien er um zehn Jahre gealtert zu sein.

»Dann begibt er sich geradewegs in die Höhle des Löwen«, murmelte er. »Als hätten wir hier nicht schon genug Probleme. Wir müssen ...«

Als schwere Schritte auf der Landungsbrücke erklangen, verstummte Denilius abrupt. Die beiden Weltwanderer erstarrten und umklammerten ihre Waffen fester. Im nächsten Augenblick tauchte Arolds Kopf an der Reling auf.

Der Oberste Wächter schien allein zu sein. Wie immer trug er sein Monokel, aber das Schwert, das sonst an seinem Bandelier hing, hielt er jetzt in der rechten Hand.

Einen angespannten Moment lang maßen sich die höchsten Amtsträger Zauberrankes mit Blicken. Sohia packte ihre Lanze fester, obwohl sie wusste, dass sie keinem der beiden Männer gewachsen war, falls es zu einem Kampf kam.

»Jor Arold«, grüßte Denilius.

»Magister«, antwortete der andere. »Ich dachte schon, Ihr würdet gar nicht mehr zurückkehren!«

Beide machten ein paar Schritte aufeinander zu und fielen sich dann in die Arme. Sohia stand vor Verblüffung der Mund offen. Doch ihr stand noch eine weitere Überraschung bevor.

»So etwas dürft Ihr nie wieder von mir verlangen«, sagte Arold. »Ihr könnt Euch nicht vorstellen, welchem Druck ich standhalten musste, um das Geheimnis zu wahren.«

»Wir hatten keine Wahl«, erklärte Denilius. »Niemand durfte von meiner Reise wissen. Selbst diejenigen, denen wir vertrauen, hätten sich ungewollt verraten können.«

»Und?«, fragte der Oberste Hüter. »Habt Ihr etwas herausgefunden? Wer steckt hinter der Verschwörung gegen die Bruderschaft?«

Der Blick des Magisters wanderte zum höchsten Punkt der Halbinsel. Sohia wusste, was er sagen würde, noch ehe er den Mund öffnete: »Zakarias. Und er weiß, dass ich ihn entlarvt habe. Deshalb hat er das Licht des Leuchtturms ausgeschaltet. Sicher hofft er, dass mich die Chimären töten, bevor ich zu ihm gelange.«

44

Der Raum, in dem Vargaï und Vohn warteten, war fensterlos, und draußen vor der einzigen Tür standen zwei Wachen. Angeblich sollten diese Männer den Reisenden zu Diensten sein, aber Vargaï ließ sich nichts vormachen. Selbst sein junger Schüler hatte offensichtlich begriffen, in welcher Lage sie sich befanden.

»Sind wir jetzt Gefangene?«, fragte er.

Vargaï überlegte, wie er darauf antworten sollte, und nickte schließlich langsam.

»Nur für kurze Zeit«, sagte er beruhigend. »Tannakis' Männer sind einfach sehr viel misstrauischer, als ich dachte. Sie werden sicher bald merken, dass wir keine Feinde sind, und uns gehen lassen.«

Seine Zuversicht war aufgesetzt. In Wahrheit hatte er keine Ahnung, wie die Sache ausgehen würde. Im besten Fall würde alles so verlaufen, wie er es eben gesagt hatte. Im schlimmsten Fall würde man sie umbringen.

Mittlerweile bereute der Weltwanderer seine Entscheidung, Tannakis aufzusuchen, bitter. Er war blauäugig in eine Falle getappt. Doch es war nicht seine Art, lange mit der Vergangenheit zu hadern. Er konzentrierte sich lieber auf die Suche nach einem Ausweg. Außerdem war er gewohnt, auf seinen Reisen mit bösen Überraschungen umzugehen. Wer viel unterwegs war, dem blies der Wind eben manchmal ein Staubkorn ins Auge.

»Wie wäre es, wenn wir einfach versuchen, durch die Tür zu

gehen?«, schlug Vohn vor. »Dann wüssten wir, ob sie uns daran hindern.«

»Du weißt genauso gut wie ich, dass sie uns aufhalten würden. Im Augenblick dürfen wir sie nicht provozieren. Sonst betrachten sie uns tatsächlich noch als Feinde.« Nach kurzem Nachdenken fügte er hinzu: »Bisher haben sie uns unsere Waffen nicht abgenommen. Diesen Vorteil dürfen wir nicht verspielen. Wir müssen vermeiden, sie gegen uns aufzubringen.«

Der Junge nickte und tastete nach dem Messer, das an seinem Bandelier hing. Die Klinge war sehr kurz, und der Zwölfjährige würde sich damit niemals gegen kampferprobte Männer zur Wehr setzen können. Doch Vargaï wusste nicht, wie er dem Jungen sonst Mut machen sollte. Ganz sicher nicht, indem er ihm seine Befürchtungen anvertraute.

Seit ihrer Ankunft hatte der Weltwanderer darüber nachgedacht, warum Tannakis die Enklave zu einer Festung ausgebaut hatte. Für das Misstrauen und die Feindseligkeit seiner Männer, die sich vom Rest der Welt abschotteten, gab es mehrere Erklärungen, und alle bereiteten ihm Bauchweh. Jor Tannakis konnte seine Schüler zu Söldnern ausgebildet haben. Es gab immer wieder Weltwanderer, die ihre Dienste an den einen oder anderen Herrscher verkauften. Vielleicht hatte sich der ehemalige Prismenschmied auch auf die Chimärenjagd verlegt. Mit etwas Geschick konnte man die Kreaturen hinter dem Schleier hervorlocken und ihnen eine Falle stellen, um ihre Kadaver zu zerlegen und alles Brauchbare für teures Geld zu verkaufen. Derlei Umtriebe waren zwar in ganz Gonelore verboten und wurden schwer bestraft, aber nicht alle hielten sich an die Gesetze. Vielleicht hegte der Magister der Enklave auch insgeheim Rachegefühle gegen jeden, der aus Zauberranke kam. Was auch immer der Grund war, die Reisenden waren hier nicht erwünscht. Vielleicht war sogar ihr Leben bedroht …

Als Schritte im Gang erklangen, wurde er aus seinen Gedanken gerissen. Vargaï legte eine Hand an seinen Säbel. Nach außen hin blieb er ruhig, doch er war darauf gefasst, beim kleinsten Anzeichen von Gefahr zu reagieren. Die Tür wurde geöffnet, und Yonnels Gesicht erschien in dem Spalt.

»Der Magister ist jetzt bereit, Euch zu empfangen, Jor Vargaï. Wenn Ihr mir bitte folgen wollt ...«

Bemüht gelassen trat Vargaï auf den Gang. Sofort nahmen ihn die beiden Wachen in die Mitte.

»Euer Schützling muss hierbleiben«, erklärte Yonnel. »Der Magister duldet keine Schüler in seiner Werkstatt.«

Vargaï drehte sich zu dem bestürzten Vohn um und wies mit dem Kopf unauffällig auf die beiden Wachen, die hinter ihm standen. »Du wirst nicht lange allein sein«, versicherte er. »Ruh dich einfach ein wenig aus.«

Am liebsten hätte er hinzugefügt: »Und verschwinde von hier, wenn es hart auf hart kommt«, aber eine solche Nachricht war mit einem Augenzwinkern nur schwer zu übermitteln. Rasch verabschiedete er sich von seinem Schüler, um es ihm nicht noch schwerer zu machen.

Die drei Männer seiner Eskorte führten ihn durch das größte Gebäude des befestigten Lagers, ein stabiles Haus aus Rundhölzern. Nach einer Weile gelangten sie zu einer Tür, die halb offen stand. Yonnel bat ihn einzutreten.

Vargaï folgte der Anweisung. Seine Finger lagen immer noch auf dem Griff seines Säbels. Fast rechnete er damit, im nächsten Moment einer Chimäre gegenüberzustehen. Doch hinter der Tür lauerte nur Tannakis. Als Vargaï seinen irren Blick sah, schoss ihm durch den Kopf, dass ihm ein Ungeheuer vielleicht lieber gewesen wäre.

»Immer herein, teurer Freund!«, sagte der Magister der Enklave. »Ihr anderen, lasst uns allein! Ihr habt sicher Besseres zu tun, als hier herumzustehen!«

Vargaï ließ sich von den freundlichen Worten nicht täuschen. Zumal Tannakis ganz anders aussah, als er ihn in Erinnerung hatte. Der ehemalige Prismenschmied von Zauberranke, der sich früher stets über seine Manuskripte gebeugt hatte, ähnelte jetzt einem Kriegsherrn.

Er trug zwei Bandeliere, die sich vor der Brust kreuzten, und zwei Schwerter, die aus den Zähnen eines Walorks gefertigt waren. Ganz offensichtlich hatte er viel trainiert und viel Zeit an der frischen Luft verbracht: Seine Haut war von der Sonne gegerbt, und unter dem Hemd zeichneten sich kräftige Muskeln ab. Das weiße Haar und den Bart trug er zu Zöpfen geflochten, die an den Stachel eines Skorpions erinnerten. Nur eins hatte sich nicht verändert: Auf dem Kopf trug er immer noch sein altes Diadem. Es handelte sich um einen schmalen, reich verzierten Reif aus Bronze mit zwei eingearbeiteten Prismen. Wenn sein Träger sich das Artefakt auf die Nase setzte, blickte er durch zwei verschiedene Linsen.

»Willst du mich nicht begrüßen?«, fragte der Magister. »Na ja, dann eben nicht. Verlieren wir keine Zeit mit dummen Spielen. Gib mir das Prisma!«

Vargaï zuckte zusammen, versuchte aber, sich nichts anmerken zu lassen.

»Wovon redest du?«

»Von dem Prisma, das du bestimmt unter deinem Mantel versteckst«, sagte Tannakis. »Es hat keinen Sinn, es zu leugnen. Ich weiß viel mehr, als du dir vorstellen kannst. Ich weiß, dass du einen Drakoniden in die Flucht geschlagen hast und dass du zusätzlich zu deinen fünf Rekruten einen fremden Jungen nach Zauberranke gebracht hast. Nur eins wusste ich bisher nicht: Wohin dich diese Reise führen würde. Stell dir nur vor, wie überrascht ich war, als du hier aufgetaucht bist! Aber wenn ich eins und eins zusammenzähle, fällt es mir nicht schwer zu erraten, dass du mir etwas zeigen wolltest. Etwas, das du in dieser Höhle entdeckt hast. Es muss sich um ein außergewöhnliches Stück handeln. Also, gib mir das Prisma!«

Vargaïs Gedanken überschlugen sich, und er bemühte sich, die Fassung zu bewahren. Woher hatte Tannakis all diese Informationen? Was hatte er vor? Sollte er ihm das Prisma zeigen, oder war es an der Zeit, sich zu widersetzen? Vargaïs Hand lag noch immer auf seiner Waffe. Er stand in der Nähe der Tür und ließ den Blick durch den Raum schweifen, während er krampfhaft nachdachte.

»Mach keine Dummheiten«, sagte der Magister drohend. »Und lass die Finger von deinem Bandelier. Ich will nicht, dass eine deiner verfluchten Beschwörungen mir die Werkstatt verwüstet!«

»Dann lass mich und meinen Schüler gehen«, sagte Vargaï. »Vergessen wir die Sache. Ich hätte niemals hierherkommen sollen.«

»Natürlich nicht!«, sagte Tannakis mit einem bösen Lachen. »Aber jetzt ist es zu spät. Gib mir einfach, was ich haben will. Wenn du es schon nicht für dich tust, dann wenigstens für deinen Schüler!«

Vargaï funkelte Tannakis zornig an, während er in einer der Taschen seines Bandeliers nach einem Prisma tastete. Blitzschnell zog der Magister eines seiner Schwerter und drückte ihm die Spitze an die Brust. Offenbar hatte er mit so etwas gerechnet.

»Du wärst tot, bevor du es werfen kannst«, knurrte er.

»Oder auch nicht«, entgegnete Vargaï. »Ich habe dich schon einmal im Duell geschlagen. Erinnerst du dich?«

Der Abtrünnige lachte.

»Das war doch nur ein Schaukampf unter Freunden, der zwanzig Jahre her ist. Ich werde nicht zögern, dir diese Klinge zwischen die Rippen zu bohren, das kannst du mir glauben! Aber müssen wir es wirklich so weit kommen lassen? Sei vernünftig, und denk an deinen Schüler. Meine Männer haben ihn bereits an einen anderen Ort im Lager gebracht. Wenn du ihn lebendig wiedersehen willst, musst du dich ergeben.«

Nach einigen Augenblicken angespannter Stille fügte er hinzu: »Ich sage dir, dass ich euch schon bei eurer Ankunft hätte töten und eure Leichen durchsuchen lassen können. Meine Neugier hat euch das Leben gerettet. Willst du nicht Antworten auf deine Fragen bekommen? Zeig mir das Prisma, und ich verspreche dir, dass ich mein Wissen mit dir teilen werde. Du hast doch gar keine Wahl.«

Er hatte recht, und trotzdem zögerte Vargaï. Er wusste, dass er Tannakis besiegen konnte. Doch anschließend würde er allein gegen Horden von schwer bewaffneten Männern kämpfen müssen, und diese Kerle hatten Vohn in ihrer Gewalt.

Seufzend nahm er die Hand von der Tasche, in der sich die Prismen mit seinen Beschwörungen befanden. Er zog den Rohkristall, auf den Tannakis es abgesehen hatte, aus der Innentasche seines Mantels und reichte ihn dem Magister.

»Wie ich sehe, hast du Vernunft angenommen«, sagte dieser triumphierend. »So gefällst du mir besser!«

Er steckte sein Schwert weg. Seine ganze Aufmerksamkeit war nun auf das kleine Paket aus goldenem Stoff gerichtet. Er legte es auf eine Werkbank und öffnete es vorsichtig. Der gierige Ausdruck auf seinem Gesicht überraschte Vargaï nicht. Jeder halbwegs erfahrene Weltwanderer hätte gewusst, wie kostbar dieses Prisma war, und für einen Prismenschmied war es von unschätzbarem Wert.

»Sieh mal einer an!«, rief Tannakis.

Dann sagte er eine Weile nichts mehr. Er hatte wohl sogar vergessen, dass sich der Alte in seiner Werkstatt befand. Seine Welt schien nur noch aus dem Kristall zu bestehen. Er musterte ihn von allen Seiten, betrachtete ihn durch mehrere bunte Linsen und beleuchtete ihn mit verschiedenen Lampen. Nun fühlte sich Vargaï wieder an den Kameraden erinnert, mit dem er vor langer

Zeit in Zauberranke zusammengearbeitet hatte. Doch als er dem irren Blick des Abtrünnigen begegnete, wurde ihm klar, dass diese Zeit endgültig vorbei war.

»Du wolltest dein Wissen mit mir teilen«, rief ihm Vargaï in Erinnerung. »Also? Ich bin ganz Ohr.«

Tannakis war wie im Rausch. Er hielt das Prisma über die kleine orangefarbene Flamme eines Brenners und überprüfte, wie es auf den Rauch reagierte.

»Ich weiß natürlich, welche Vermutung du von mir bestätigt haben willst«, murmelte der Magister.

Nach einer kurzen Pause fügte er hinzu: »Das Prisma stammt in der Tat aus einem Horizont, der sich ganz in der Nähe der Furien befindet. Die Partikel, die darin eingeschlossen sind, und die Luft, die die Kristallisierung bewirkt hat, kommen aus weiter Ferne. Dieses Prisma verfügt über ungeheure Kraft, mein Freund. Dieser Edelstein könnte seinem Besitzer große Macht verleihen!«

Vargaï biss sich auf die Lippen. Unter anderen Umständen wäre diese Nachricht eine unerwartete Hoffnung für die Bruderschaft gewesen. Doch aus Tannakis' begeistertem Ton schloss er, dass das Schicksal es anders wollte. Ein Jammer!

»Behalte es«, sagte er. »Dafür lässt du uns gehen. Wenn du noch einen Funken Ehre im Leib hast, vergreifst du dich weder an einem Kind noch an jemandem, den du ›mein Freund‹ nennst.«

»Oh, aber natürlich werde ich euch gehen lassen!«, versicherte der Magister. »Wahrscheinlich jedenfalls. Das hängt ganz davon ab, ob du ehrlich auf meine Fragen antwortest. Die erste lautet: Wo hast du dieses Prisma gefunden?«

Der Alte blickte ihn erstaunt an. »Das weißt du doch schon«, sagte er. »In einer Höhle, vier Tagesreisen von Zauberranke entfernt. Dort, wo der Drakonid sein Versteck hatte.«

»Ja, das willst du mir weismachen«, entgegnete der Schmied. »Aber ich weiß, wie der kristallisierte Atem eines Drakoniden aussieht, wenn ich ihn in den Händen halte. Das hier ist etwas anderes! Ich weiß nicht, welche Kreatur beim Durchbrechen des Schleiers diesen Kristall erzeugt hat, aber es war bestimmt kein Drakonid! Also, ich wiederhole meine Frage: Wo hast du dieses Prisma gefunden?«

Vargaï brauchte seine Verständnislosigkeit nicht vorzutäuschen. Er hatte das Prisma tatsächlich in der Höhle in den Bergen entdeckt, nachdem er zusammen mit Sohia den Drakoniden hinter den Schleier zurückgetrieben hatte. Und die Vorstellung, dass dieser Kristall über Jahrhunderte oder auch nur Jahre dort gelegen hatte, war vollkommen abwegig. Aber dann stellte sich die Frage, welche Chimäre dort den Schleier durchbrochen und in Gonelore Gestalt angenommen hatte. Es musste eine sehr mächtige Kreatur gewesen sein, ein direkter Nachkomme der Furien. Welches geheimnisvolle Wesen war außer dem Drakoniden noch in der Höhle gewesen und hatte dort diese Spur hinterlassen?

Die Antwort traf Vargaï wie ein Peitschenhieb. Der Gedanke verschlug ihm die Sprache. Plötzlich war er überzeugt, die Wahrheit erkannt zu haben, so unglaublich sie auch war.

Das einzige Lebewesen, das sich sonst noch in der Höhle befunden hatte, war Jona.

»Du willst mir also nicht antworten?«, fragte Tannakis drohend. »Dann lässt du mir keine Wahl. Irgendwann wirst du schon reden, da bin ich sicher. Du ahnst ja gar nicht, welche Schmerzen ich dir mithilfe meiner Prismen zufügen kann!«

45

Die frische Luft tat Gess gut, und er atmete kräftig durch. Seine Kleider stanken erbärmlich. Sie rochen nach den modrigen Gewölben, nach der verbrannten Haut der Chiroptiden und nach dem Angstschweiß, der ihm bei seinem einsamen Ausflug in die Tiefen der Arena über den Rücken gelaufen war.

Durch Radjaniels unerwartetes Eingreifen waren die Schüler den Chimären in letzter Sekunde entkommen. Vor der Arena waren sie auf Jora Maetilde gestoßen, die dem Messerschleifer den Rücken freigehalten hatte. Es war ein wenig seltsam, die Oberste Gelehrte mit einem Dreizack in der Hand zu sehen, und unter anderen Umständen hätten sie wohl applaudiert. Doch dazu waren sie viel zu verängstigt, und einige von ihnen sogar verwundet.

Nach Deoris war noch ein weiterer von Sohias Schülern Opfer eines Überraschungsangriffs geworden. Radjaniel hatte zwar alles getan, um die Kinder zu beschützen, doch während sie durch einen Gang liefen, hatte sich der Chiroptid unbemerkt von der Decke auf den Schüler fallen lassen. Dælfine und Jona vertrieben das Ungeheuer mit ihren Schwertern aus Krebsbeinen, aber den armen Kerl hatte es am Kopf und an der Schulter erwischt. Seine Kameraden mussten ihn stützen, damit er es bis zum Ausgang schaffte.

»Wir müssen eure Wunden behandeln!«, sagte Maetilde. »Wir können uns in meinem Haus verbarrikadieren, das ist nicht weit von hier.«

»Nein«, entgegnete Radjaniel. »Ich muss nachsehen, was am Leuchtturm los ist.«

Sie mussten schreien, so laut hallte das Gebrüll der Chimären über die Halbinsel. Immer wieder stießen geflügelte Wesen auf die Gruppe herab, aber mit seiner Prismalanze gelang es dem Messerschleifer jedes Mal, sie zu vertreiben.

»Du kannst nicht allein dort hingehen!«, rief die Gelehrte. »Du brauchst jemanden, der dir Rückendeckung gibt! Außerdem ist um diese Uhrzeit der Eingang sicher verschlossen!«

Radjaniel nickte nachdenklich. Dann sah er zu Gess. Den Jungen überlief ein Schauer. Das konnte kein Zufall sein. Sein Lehrer wusste etwas! Als der Weltwanderer ihn beiseitenahm, bestätigte sich seine Befürchtung.

»Die Tür ist äußerst massiv gebaut, damit sie Angriffen von Chimären standhält«, erklärte Radjaniel. »Es würde Stunden dauern, sie aufzubrechen. Denkst du, du könntest das Schloss aufkriegen?«

Gess erbleichte. Er wusste nicht, was er sagen sollte. Kein Wort kam ihm über die Lippen.

»Mach dir keine Sorgen. Ich kenne die Vergangenheit von jedem von euch«, sagte Radjaniel. »Vargaï hat mir erzählt, wo und wie er euch rekrutiert hat. Als eurer Lehrer musste ich das wissen. Aber ich werde dich nicht ans Messer liefern. Darauf gebe ich dir mein Wort. Also, was ist? Würdest du es schaffen?«

Gess schluckte. Dann nickte er.

Der Weltwanderer ging zu den anderen zurück. »Ich nehme Gess mit«, sagte er zu Maetilde. »Bring du die anderen Schüler in Sicherheit.«

»Ich komme auch mit!«, rief Dælfine. »Auf keinen Fall werde ich mich feige verkriechen!«

»Wir dürfen uns nicht trennen«, warf Nobiane ein. »Wenn einem von uns etwas passieren sollte ...«

Damit traf sie bei ihrem Lehrer einen wunden Punkt, was zweifellos ihre Absicht gewesen war. Radjaniels Blick wanderte von dem entschlossen dreinblickenden Jona zu Berris, der offensichtlich Angst davor hatte, im Stich gelassen zu werden. Dann traf er seine Entscheidung: »Gut, ich nehme alle meine Schüler mit! Maetilde, schließ du dich mit Sohias Gilde ein, und rührt euch bis zum Morgengrauen nicht vom Fleck!«

Das war ein weiser Rat, denn bei Tag würde die Zauberranke wieder das Sonnenlicht reflektieren und ein unsichtbares Netz über die Halbinsel spannen. Dann würden die Chimären in der Falle sitzen ...

Doch zunächst einmal forderten Radjaniel und seine Schüler noch einmal das Schicksal heraus, indem sie durch die Gassen des alten Kerns zum Leuchtturm rannten.

Sie huschten von einem Haus zum nächsten und drückten sich in jede Nische. Auf diese Weise kamen sie schneller voran, als Gess gedacht hätte. Zwischendurch hob er den Blick zu dem festungsartigen Turm, der beeindruckender wirkte als je zuvor. In dem schwachen Schimmer, der immer noch an der Spitze glimmte, sah er einen ganzen Schwarm Chiroptide um den Turm kreisen. Unzählige der Fledermauswesen flogen dort oben umher. Hin und wieder scherte eine Kreatur aus, um auf die Halbinsel herabzustoßen, und eine andere nahm sofort ihren Platz ein. War das ein bekanntes Verhalten? Belagerten die Ungeheuer den Leuchtturm? Suchten sie nach einem Versteck? Gess ahnte, dass er schon bald Antworten auf diese Fragen erhalten würde.

In der Nähe des Turms erwartete sie ein grauenvoller Anblick. Gess wurde übel, und er musste sich auf der Stelle übergeben, auch wenn er nicht mehr viel im Magen hatte.

Auf dem Vorplatz lagen drei Leichen mit verrenkten Gliedern. Sie mussten aus großer Höhe zu Boden gestürzt sein. Waren sie von Chiroptiden gepackt, in die Luft erhoben und dann fallen gelassen worden? Oder waren sie bei der Verteidigung des Turms in die Tiefe gestürzt? Die drei Opfer waren kaum vierzehn Jahre alt. Es handelte sich um Schüler des dritten Kreises, die im Dienste von Jor Zakarias gestanden hatten. Lag der Oberste Leuchtturmwärter auch mit zerschmetterten Knochen irgendwo ganz in der Nähe? Das würde erklären, warum niemand das schützende Licht wieder angeschaltet hatte.

Die letzten Meter zum Turm waren die schwersten. Ohne Radjaniel und seine Lanze hätten sie das schwere Eingangstor der Festung niemals erreicht. Dort erwartete sie ein weiterer schrecklicher Anblick. Ein Weltwanderer, kaum älter als Sohia, lag tot vor dem Gebäude. Gess bemühte sich, nicht hinzusehen. Er zog die Dietriche aus seinem Ärmel und ging sofort ans Werk. Was er seine Freunde sagen hörte, war beunruhigend: »Das sieht nicht wie eine Verletzung durch eine Chimäre aus«, meinte Nobiane.

»Nein, er wurde erstochen!«, rief Dælfine.

»Von hinten«, ergänzte Berris.

Radjaniel schwieg, stellte sich aber mit dem Rücken zur Wand und überwachte die Umgebung. Sein Verhalten bewies, dass er die Einschätzung seiner Schüler teilte. Gess wagte nicht, sich umzudrehen, und konzentrierte sich auf seine Aufgabe, die komplizierter war, als er gedacht hatte. Das Schloss war ihm recht simpel vorgekommen, aber es war so alt, dass er den Mechanismus nicht kannte.

»Schneller!«, drängte der Weltwanderer.

Nur zu gern hätte Gess ihm den Wunsch erfüllt. Immerhin konnte er die wichtigsten Bolzen und Federn ertasten, und er begann damit zu spielen, so wie er es gelernt hatte. Da er keine dritte Hand hatte, hielt er einen der Dietriche mit dem Mund fest, während er die anderen beiden vorsichtig hin und her bewegte.

Selbst als Berris hinter ihm einen Warnruf ausstieß, riss er sich zusammen und setzte seine Arbeit fort. Er rührte sich auch nicht, als Radjaniel vorsprang und mit der Lanze nach etwas stieß, was sich genau hinter ihm befand. Trotzdem wagte er erst wieder zu atmen, als sein Lehrer abermals neben ihm stand.

»Schneller!«, rief Radjaniel.

Als hätte das Schloss sein Stoßgebet erhört, gab es auf einmal nach. Der Weltwanderer schob das Tor auf, die Lanze in der Hand und auf mögliche Angreifer gefasst. Aber die Eingangshalle des Turms war leer. Radjaniel ließ seine Schüler eintreten und wollte das Tor rasch zuziehen, um das draußen tobende Chaos auszuschließen.

»Jona!«, rief er. »Jona, komm!«

Der Junge stand immer noch draußen. Er hatte die Augen verdreht und schien sich in einer Art Trance zu befinden. Bei dem Gedanken, was das bedeutete, wurde Gess abermals übel. Starr vor Schreck sah er zu, wie Radjaniel nach draußen stürmte, Jona am Arm packte und ihn in den Turm zog.

In diesem Moment gab es einen dumpfen Aufprall, und der Boden unter ihren Füßen bebte. Ein Drakonid war genau an der Stelle gelandet, wo die Schüler soeben noch gestanden hatten.

46

Radjaniel schloss das Tor mit einem Fußtritt, doch schon im nächsten Moment riss die Bestie es aus den Angeln. Dælfine hatte das Gefühl, den albtraumhaften Kampf in der Höhle noch einmal zu erleben. Zum Glück hatte sie gute Reflexe, und so stieß sie ihre Kameraden in den hinteren Teil des Saals.

»Nach oben!«, schrie Radjaniel. »Lauft, lauft!«

Er selbst zog Jona mit sich, auch wenn er den Jungen fast tragen musste. Im Grunde konnte der Drakonid nicht weit kommen, es sei denn, er zerstörte sämtliche Wände … Allerdings konnten durch das herausgerissene Tor nun alle kleineren Chimären in den Turm eindringen.

»Die Treppe rauf! Los!«, brüllte Radjaniel.

Dælfine ließ sich nicht zweimal bitten. Die Schule konnte nur gerettet werden, wenn sich die schützende Kuppel wieder über die Halbinsel senkte, und obwohl Dælfine keine Ahnung hatte, wie man das Licht anschaltete, wusste sie immerhin, dass es sich oben auf dem Turm befand. Den anderen voran rannte sie blindlings die Treppe hoch. Sie kam an geschlossenen und offenen Türen vorbei, nahm sich aber nicht die Zeit, in die dahinterliegenden Räume zu sehen. Wozu auch, sie waren ja ohnehin leer. Fast alle Bewohner Zauberrankes hatten sich am Strand versammelt, um den Magister zu begrüßen. Wenn noch jemand im Turm war, dann höchstens ein Feigling, der sich hier vor den Chimären versteckte, oder ein Verwundeter. Allerdings konnte es natürlich auch ein Feind sein, der der Bruderschaft schaden wollte.

»Bleibt dicht an der Wand!«, rief Radjaniel. »Und haltet euch von den Fenstern fern!«

Ein sehr kluger Rat, wie Dælfine fand. Durch die Fackeln im Treppenhaus waren die Schüler für alle Chiroptiden sichtbar, die den Turm umkreisten. Bald würde sich wahrscheinlich noch der Drakonid zu ihnen gesellen. Es war nur eine Frage der Zeit, bis er aufhörte, sich gegen die Mauern im Erdgeschoss zu werfen. Bei dem Gedanken, dass die Kreatur die Spitze des Turms zerstören könnte, sank Dælfines Mut. Sie konnte nicht beschwören, dass es sich um dieselbe Bestie wie in der Höhle und im Moor vor Zauberranke handelte, aber wenn das der Fall war, dann war sie verdammt hartnäckig. Sie würde nicht aufgeben, bis sie ihre Beute erwischt hatte!

Trotzdem stiegen die Schüler immer weiter nach oben. Sie fuhren zusammen, wenn sich ein Chiroptid gegen ein vergittertes Fenster warf oder wenn der Drakonid seiner Wut durch ein ohrenbetäubendes Fauchen Ausdruck verlieh. Dælfine war völlig außer Atem, und ihre Oberschenkel und Waden brannten höllisch, aber sie lief immer weiter, angefeuert von Radjaniel, der am Ende des Trupps folgte. Schließlich hatte sie darauf bestanden, ihren Lehrer zu begleiten. Das Schicksal hatte sie bestimmt nicht umsonst hierhergeführt. Niemand konnte die Tragödie dieser Nacht ungeschehen machen, aber vielleicht war das eine einzigartige Gelegenheit für sie, der Bruderschaft zu dienen. Sie wollte sich ihres Bandeliers würdig erweisen!

Als sie an Zakarias' Klassenraum vorbeikam, wusste Dælfine, dass es nicht mehr weit war. Nach ein paar weiteren Treppen stand sie endlich vor der Tür, die zur Plattform an der Spitze des Turms führte. Sie bebte vor Ungeduld, war aber so klug, auf Radjaniel zu warten. Der Lehrer öffnete vorsichtig die Tür.

In der kalten Nacht schlug ihnen ein rauer Meereswind ins Gesicht. Radjaniel und seine Schüler wagten sich langsam auf die Plattform vor, stets darauf gefasst, beim kleinsten Anzeichen von Gefahr ins Treppenhaus zurückzukehren. Seltsamerweise stießen sie hier auf keine einzige Chimäre. Etwas weiter oben umkreisten jedoch mehrere Dutzend von ihnen kreischend die verglaste Kammer, in der sich die Laterne befand.

»Da oben ist jemand!«, sagte Nobiane. »Ich habe einen Schatten gesehen!«

»Das ist Zakarias!«, rief Gess.

Dælfine blickte zum obersten Stockwerk hoch, konnte aber nichts erkennen. In diesem Moment ertönte ein Pfeifen, das rasch so sehr anschwoll, dass ihr die Ohren wehtaten. Gleich darauf verstummte das Geräusch, aber ihr blieb keine Zeit, sich davon zu erholen: Kaum herrschte wieder Stille, stürzten die Chiroptiden auf die Gruppe herab.

Sie saßen in der Falle. Es war, als verfügten die Ungeheuer auf einmal über menschliche Intelligenz. Sie kamen aus allen Richtungen zugleich, brachen aus ihrem Kreis aus und fielen mit ungeheurer Brutalität über die Schüler her.

Dælfine gehorchte abermals blind ihren Reflexen. Mit ihrem primitiven Schwert hieb sie auf Schweinsköpfe ein, die nach ihr schnappten, schlug Krallen beiseite, die auf ihren Hals zielten, und stach auf die ledrigen Flügel ein, die sie vom Turm fegen wollten.

Um sie herum kämpften ihre Freunde ums Überleben. Ohne Radjaniel wären sie nach wenigen Augenblicken getötet worden. Der Weltwanderer bemühte sich, in der Mitte der Gruppe zu bleiben. Er wehrte sämtliche Attacken aus der Luft ab, beugte sich vor, um Berris zu retten, wirbelte herum, um Gess zur Seite zu stehen, und drehte sich in die andere Richtung, um Jona zu Hilfe zu kommen. Er schien plötzlich über mindestens zehn Arme zu verfügen, aber allen war klar, dass er das nicht mehr lange durchhalten würde.

Am liebsten hätte sich Dælfine mit all dem Zorn, der in ihr

brodelte, auf die kreischenden Chimären gestürzt und sie niedergemetzelt. Sie empfand weniger Angst, sondern vielmehr schreckliche Wut darüber, dass sie so kurz vor dem Ziel zu scheitern drohten. Sie waren nur noch wenige Meter von der gläsernen Kammer entfernt, in der sich das Leuchtfeuer des Turms befand. Wenn es ihnen gelang, das Licht einzuschalten, würde die Zauberranke die Strahlen reflektieren, und die Chimären würden in dem leuchtenden Gitter verbrennen.

Nach einer Weile hielt Dælfine es nicht mehr aus. Sie wusste, dass es eine verrückte Idee war und sie ihr Leben aufs Spiel setzte, aber kam es darauf jetzt noch an? Sie würde nicht im schwersten Moment ihres Lebens ihren Charakter ändern. Sie dachte an ihre Eltern, tauchte zwischen den Ungeheuern hindurch und rannte auf die Treppe zu, die zur Glaskammer führte.

Kurz kam ihr der Überraschungseffekt zugute. Sie wich mehreren Riesenfledermäusen aus und verteilte Schwerthiebe nach allen Seiten, um weitere Ungeheuer abzuwehren, während ihre Freunde sie entsetzt zurückriefen. Dælfine ignorierte ihr Geschrei, denn sie wusste, dass es jetzt kein Zurück mehr gab. Dieser Irrsinn konnte nur auf zwei Arten enden: Entweder sie schaffte es oder sie würde ihr Leben verlieren. In kürzester Zeit würde sich ihr Schicksal entscheiden. Ein paar Sekunden lang glaubte sie, es schaffen zu können. Die Tür zur Glaskammer war nur noch zwei Schritte entfernt. Sie konnte sie fast berühren.

Doch plötzlich spürte sie einen heftigen Schmerz am Hinterkopf. Sie merkte nicht einmal, wie sie hinfiel. Im nächsten Moment lag sie am Boden, umzingelt von gierigen Bestien.

Die Chimären waren das Letzte, was Dælfine sah. Ihre Flügel nahmen ihr die Sicht. Um sie herum wurde alles schwarz.

Die Ungeheuer warfen sich auf sie. Dælfine schlug wild um sich. Sie hörte sich schreien, um Hilfe rufen, brüllen, dass sie blind sei und nicht sterben wolle.

Dann wünschte sie sich nur noch, dass es schnell vorbeiging.

47

Durch die Verletzungen, die Jona erlitten hatte, kehrte er langsam wieder in die Wirklichkeit zurück, aber er befand sich immer noch in einem fast hypnotischen Zustand, abgetrennt von der Katastrophe um ihn herum. Angefangen hatte alles in der Arena, als die ersten Chiroptide angegriffen hatten. Seither erlebte er das Geschehen wie ein unbeteiligter Zuschauer oder ein Automat. Er empfand weder Angst noch Hoffnung oder Verzweiflung. Er folgte einfach seinen Kameraden, wehrte Attacken ab, wenn es nötig war, fühlte sich dabei aber, als würde ihn das alles nichts angehen. Als fände sein wahres Leben woanders statt.

Als Dælfine losschrie, zerplatzte diese Illusion wie eine Seifenblase.

Einen Moment lang stand er kurz davor, sich an seine Vergangenheit zu erinnern. Er streifte flüchtig die Wahrheit, aber sie entzog sich ihm sogleich wieder. Es war, als hätten ihn die Götter persönlich zum ewigen Vergessen verdammt. Rasch klammerte er sich an seine früheste Erinnerung ...

Da war Dælfine. Erneut spürte er die Hand des Mädchens auf seiner Stirn, während er vor der Höhle in den Bergen auf dem kalten Boden lag. Er sah, wie das Mädchen Sohia und Vargaï half, ihn zu den Planwagen zu tragen. Er roch abermals die Seife, mit der sie ihm den Dreck vom Gesicht gewaschen hatte. Und er spürte den Kuss, den sie ihm auf die Stirn gedrückt hatte, als sie beide allein waren und Dælfine dachte, er wäre bewusstlos! Plötzlich hatte er nur noch dieses Bild vor Augen und hörte sich selbst schreien. Er brüllte ein Wort oder besser gesagt, einen Namen. Plötzlich wusste er, dass es der Name eines Beschützers war, eines Schattens, der ihn behütete und den er seit Ewigkeiten kannte, auch wenn er sich an keinen einzigen gemeinsamen Moment erinnern konnte.

»WOBIAX!«

Weil er fürchtete, im Kampfgetümmel nicht gehört zu werden, rief er den Namen immer wieder, während Radjaniel und die anderen versuchten, zu Dælfine vorzudringen. Obwohl Jona klar war, dass die Rufe seinen Freunden Angst einjagten, war er um nichts in der Welt bereit, damit aufzuhören. Vor seinem geistigen Auge sah er bereits, wie sich die rettende Gestalt mit ihren langen Krallen an der Außenwand des Turms emporhangelte, und bei dieser Vorstellung erschien ein Lächeln auf seinem Gesicht. Er hatte keine Ahnung, was geschehen würde, aber er wusste, dass er das einzig Richtige tat. Er spielte seinen letzten Trumpf aus.

Im nächsten Moment näherte sich tatsächlich eine riesige Gestalt dem Leuchtturm. Gemächlich schlug sie mit ihren Drachenflügeln.

Die Chiroptiden erstarrten. Sie schienen sich zu fragen, was das höhere Wesen vorhatte. Lange mussten sie nicht auf eine Antwort warten. Der Saurier fegte mit einem einzigen Prankenhieb zwei Dutzend Riesenfledermäuse vom Turm. Anstatt zu fliehen, gingen die Chiroptiden zum Gegenangriff über. Sie stürzten sich ebenso angriffslustig auf den Drachen wie kurz zuvor auf die Menschen.

Mit einem Mal waren Radjaniel und seine Schüler ihre Gegner los. Verblüfft wandten sie sich zu Jona um, der nur mit den Achseln zuckte. Dann eilten sie zu Dælfine.

Das Mädchen lag wimmernd am Boden. Ihr Körper war von

unzähligen Kratzern und Schnitten übersät, aber am beunruhigendsten war ihr starrer Blick. Als Gess und Nobiane sie am Arm fassten, um ihr auf die Füße zu helfen, zuckte sie heftig zusammen. Schluchzend rief sie, dass sie nichts mehr sehen könne.

»Bringt sie ins Treppenhaus«, rief Radjaniel. »Und macht die Tür hinter euch zu!«

Berris kam Gess und Nobiane zu Hilfe, und zu dritt führten sie ihre Freundin in den Turm. Der Weltwanderer bedeutete Jona mit einer Kopfbewegung, dass er ihnen folgen sollte. Der Junge antwortete auf dieselbe Weise: Er wies mit dem Kopf auf den Drachen am anderen Ende der Plattform, der immer noch gegen mehrere Dutzend Chiroptide kämpfte. Er schnappte zu, schlug mit dem Schwanz um sich und gebrauchte seine langen Krallen, während er von allen Seiten angegriffen wurde. Der Ausgang des Kampfes war ungewiss.

»Kannst du ihn kontrollieren?«, fragte Radjaniel.

Jona schüttelte den Kopf.

»Ich weiß auch nicht, wieso er uns hilft. Oder wie lange er noch bleiben wird. Aber ich bin überzeugt, dass es sicherer ist, wenn ich bei Euch bleibe.«

Der Messerschleifer runzelte die Stirn, nickte dann aber knapp.

»Dann wollen wir dem alten Piraten mal einen Besuch abstatten!«, verkündete er.

Er stieg die Stufen zum obersten Stockwerk des Turms hinauf. Jona folgte ihm dicht auf den Fersen. Gleich darauf standen sie in der verglasten Kammer, von der der Junge schon so oft geträumt hatte.

Auch hier hatte er keine Offenbarung. Der uralte Apparat aus Linsen und Spiegeln war ein Wunderwerk der Technik, und in seiner Mitte funkelte ein wunderschönes Prisma, aber nichts in dem Raum weckte Jonas verlorene Erinnerungen. Seltsamerweise war die Kammer leer. Niemand war hier.

»Er muss auf dem Dach sein«, murmelte Radjaniel.

Mit der Spitze seiner Lanze schob er die Falltür auf, die in die Decke eingelassen war, und stieg die Leiter hoch, über die man aufs Dach gelangte. Als er durch die Öffnung kletterte, konnte Jona der Versuchung, ihm zu folgen, nicht länger widerstehen. Vorsichtig schob er den Kopf durch die Luke. Er war bereit, sich beim ersten Anzeichen von Gefahr fallen zu lassen, doch die beiden Männer auf dem Dach standen reglos da. Radjaniel richtete seine Lanze auf den Leuchtturmwärter, und Zakarias blickte aufs Meer hinaus.

»So lange beobachte ich Euch nun schon, und jetzt seid Ihr zu mir gekommen«, sagte Zakarias und stieß ein kurzes Lachen aus. »Seht Ihr, wie klein Euer Zeughaus von hier oben aussieht? Wir beide leben am äußersten Rand der Zauberranke, aber an entgegengesetzten Enden ...«

Er drehte sich um und grinste böse. Sein Haar flatterte im Wind. Verblüfft starrte Jona auf die Tätowierung, die unter seinem halb aufgeknöpften Hemd zu sehen war. Als er die Verwirrung des Jungen bemerkte, riss der Pirat die letzten Knöpfe seines Hemds auf und ließ es im Wind flattern. Selbst Radjaniel schien der Anblick aus der Fassung zu bringen. Quer über Zakarias' Brust verlief ein Bandelier, das direkt auf die Haut tätowiert war.

»Gefällt es Euch?«, rief er. »Das ist das Zeichen der Auserwählten! Nur wer so weit gereist ist wie ich, versteht seine Bedeutung ...«

»Warum tut Ihr das, Jorensan?«, fragte Radjaniel. »Warum habt Ihr heute Nacht so viele Leben zerstört? Warum habt Ihr uns nach all den Jahren verraten?«

»Selbst wenn ich es Euch sagte, würdet Ihr es nicht begreifen«, antwortete der Pirat schroff. »Wie gesagt, ich beobachte Euch schon lange. Ich lese alles, was in Zauberranke geschrieben wird, alle Berichte, Briefe und Einträge in die Chronik. Nachts gehört der Leuchtturm mir, dann bin ich der Magister! Nach all den Jahren weiß ich, wem ich vertrauen kann, und Ihr gehört nicht dazu, Radjaniel. Ihr seid nur einer von Denilius' Speichelleckern. Euch von der Wahrheit überzeugen zu wollen, ist Zeitverschwendung.«

Der Messerschleifer schüttelte seufzend den Kopf. Jona begriff, dass er sich sehr beherrschen musste, um den Verräter nicht von dem Turm zu stoßen.

»Na schön«, sagte Radjaniel. »Was wollt Ihr? Mich töten? Selbst wenn Euch das gelingt, werden andere kommen und Euch zur Rede stellen. Ihr könnt nicht entkommen. Was auch immer Euer Plan war, er ist gescheitert!«

Der Pirat setzte ein fieses Grinsen auf.

»Das glaubt Ihr!«, rief er.

Er öffnete die Hand und zeigte seinem Feind, was er die ganze Zeit über darin verborgen hatte. Es handelte sich um ein längliches Prisma von der Form eines Fingers. Radjaniel packte seine Lanze fester und machte sich auf einen Kampf gefasst. Doch statt das Prisma auf den Boden zu schleudern, führte der Pirat es an den Mund und blies hinein.

Jona rechnete damit, dass der Pfiff die Chiroptiden anlocken würde, und Radjaniel erging es offenbar nicht anders, denn er machte einen Schritt auf die Falltür zu. Doch nach einer halben Minute war immer noch nichts geschehen. Zakarias' Grinsen verblasste.

»Ihr hattet recht«, sagte er tonlos. »Mein Plan ist gescheitert. Zumindest in diesem Punkt.«

»Eine Pfeife?«, fragte Radjaniel. »Ihr habt aus einem Prisma eine Pfeife gemacht? Wozu?«

Zakarias bedachte ihn mit einem hochmütigen Blick.

»Es gibt so vieles, was Ihr nicht versteht«, sagte er. »Wir sind Euch weit voraus. Das werdet Ihr bald einsehen müssen.«

Mit diesen Worten drehte er sich um, holte tief Luft und stürzte sich in die Tiefe.

Radjaniel stieß einen lauten Fluch aus und kletterte eilig hinter Jona die Leiter hinab. Der Pirat hatte den Sprung auf die Plattform unverletzt überstanden. Von der gläsernen Kammer aus beobachteten die beiden, wie sich Zakaris über die Brüstung schwang und diesmal wirklich vom Turm sprang.

Jona überließ es seinem Lehrer, in die Tiefe zu schauen. Er selbst war mit etwas ganz anderem beschäftigt. In den letzten Minuten hatte er den Drachen aus den Augen verloren. Jetzt entdeckte er, dass der Drache verschwunden war. Auch die Chiroptiden, die sich an ihn gekrallt hatten, waren nicht mehr zu sehen. War er davongeflogen, um sie davonzutragen? Hatte er sich hinter den Schleier zurückgezogen? Oder war er so schwer verletzt, dass er zum Sterben in seinen eigenen Horizont zurückgekehrt war?

Jona spürte eine entsetzliche Leere in sich. Dieses Gefühl würde er seinen Freunden und Lehrern nur schwer erklären können. Falls die Schule nach dieser blutigen Nacht nicht ohnehin geschlossen wurde.

Plötzlich wurde die Tür zur Plattform aufgerissen, und mehrere Weltwanderer kamen auf sie zugestürzt. Jona erkannte Sohia, Arold, Gregerio, den alte Selenimes und die hochmütige Vrinilia. Sie alle hatten irgendwo auf der Insel gegen die Chimären gekämpft. Vielleicht hatte einer von ihnen Zakarias dabei geholfen, Verderben über Zauberranke zu bringen. Der Hohe Rat würde einige Nachforschungen anstellen müssen ...

Die Weltwanderer umringten Radjaniel, und während der Messerschleifer erzählte, was auf dem Leuchtturm geschehen war, drehten sie sich mehrmals zu Jona um, der immer noch an der Treppe zu der gläsernen Kammer stand. Ganz besonders einer der Weltwanderer sah ständig zu ihm hin. Es handelte sich um einen hochgewachsenen, rothaarigen Mann von etwa fünfzig Jahren, der einen grünen Umhang trug. Vielleicht war das der Magister, von dem alle immer redeten. Nach einer Weile löste sich der Fremde von den anderen und kam auf Jona zu. Mit jedem Schritt wurde die Verwunderung in seinem Gesicht größer. Er ging vor Jona in die Knie und legte ihm sanft die Hände auf die Schultern.

»Lehander?«, fragte er. »Bist du es? Ich habe überall nach dir gesucht! Bei allen Göttern!«

Jona wusste nicht, was er sagen sollte. Der Name Lehander sagte ihm nichts, aber er konnte es kaum erwarten, zu erfahren, was es damit auf sich hatte.

> Das Abenteuer geht weiter in:
>
> Pierre Grimbert
> **Der Ruf des Drachen**
> Die Saga von Licht und Schatten 2

NOBIANES NOTIZEN

ARKANDIELLE

Legendäres Mitglied der Bruderschaft der Weltwanderer. Als jüngster Schülerin aller Zeiten wurde ihr das Bandelier im Alter von acht Jahren überreicht. Den Chroniken zufolge ist sie auch die Jüngste, die jemals gegen eine Chimäre gekämpft hat (einen Carapax oder einen Lupinus, da sind sich die Quellen nicht ganz einig). Sie ging siegreich aus diesem Kampf hervor, während ihr Lehrer (der einigen Gelehrten zufolge auch ihr Vater war) verletzt wurde. Zu ihren Ehren gibt es den Arkandielle-Stern. Diesen bekommen alle Schüler nach ihrem ersten Kampf an ihr Bandelier genietet, falls sie der Bruderschaft Ehre gemacht haben.

BANDELIER

Das Bandelier wurde in der Anfangszeit der Bruderschaft eingeführt. Damals bekriegten sich zahlreiche Länder noch erbittert, und es kam häufig vor, dass Weltwanderer, die der Fährte einer Chimäre folgten, bei der Überquerung einer Grenze für den Feind gehalten wurden. Mehrere tragische Vorfälle veranlassten die Magister, darüber nachzudenken, wie die Weltwanderer ihre Neutralität offen zeigen konnten. Erst gaben sie ihnen eine Fahne mit, doch diese erwies sich im Kampf als unpraktisch. Auch ein spezieller Waffenrock war im Gespräch, doch der hätte an eine Uniform erinnert und damit nur noch mehr Verwirrung gestiftet. So fiel die Wahl auf einen breiten Ledergürtel, der quer über die Brust getragen wird. Er ist ein Symbol dafür, dass sich die Weltwanderer aus allen Kriegen und politischen Streitigkeiten heraushalten, denn der Kreuzzug, den sie führen, dient der Rettung ganz Gonelores.

Im Laufe der Zeit wurde es üblich, das Bandelier mit Abzeichen zu schmücken. Aus dieser Tradition entwickelten sich feste Rituale. Der einfache Ledergürtel aus der Anfangszeit wurde ebenfalls weiterentwickelt. Mittlerweile sind die meisten Bandeliere mit Ketten und Metallplatten verstärkt und haben mehrere Taschen. Es gibt besonders festliche Bandeliere, die aus besticktem Stoff bestehen und mit kostbaren Kristallen verziert sind.

BRUDERSCHAFT

Glaubt man den Legenden, ist die Bruderschaft der Weltwanderer so alt wie Gonelore selbst. Der Chronik zufolge gibt es sie hingegen erst seit einem Jahrtausend. In früheren Zeiten waren ihre Mitglieder über die ganze Welt verstreut und standen nicht im Austausch miteinander. Das Einzige, was sie verband, war das Wissen über die Kraft der Prismen. In vielen Fällen waren sie zufällig darauf gestoßen. Dieses Wissen wurde möglichst von Generation zu Generation weitergegeben. Manchmal geriet es jedoch in Vergessenheit, nur um wenige Zeit später wieder entdeckt zu werden.

Fünf Brüder, die die ganze Welt bereisen, sollen die Grundlagen eines Ordens geschaffen haben, der sich nach und nach über die verschiedenen Länder ausbreitete. Dies würde erklären, warum die Weltwanderer trotz aller Rangunterschiede als eine geschwisterliche Gemeinschaft gelten.

CARAPAXE

Eine Unterart der Chimären. In den vergangenen Jahrzehnten wurden kaum Carapaxe gesichtet, doch in der Vergangenheit fielen sie in großer Anzahl nach Gonelore ein. Damit ist ihr Vorkommen großen Schwankungen unterworfen. Es handelt sich um große, behäbige Wesen mit einem äußerst widerstandsfähigen Panzer. Meistens braucht es mehrere Weltwanderer, um die Bestien hinter den Schleier zurückzutreiben. Zu den häufigsten oder bekanntesten Vertretern dieser Art zählen die Mummats, die Langustiden, die Igeldonten und die Mui-Goi.

CHRONIK

Die Chronik umfasst alle Überlieferungen der Weltwanderer seit dem Aufkommen der Bruderschaft. Sie besteht aus den unterschiedlichsten Schriftstücken: Reiseberichten, Versammlungsprotokollen der Hohen Räte, historischen Abhandlungen, Traktaten über Bandelier-Abzeichen, Klassifizierungen von Chimären, usw. Die Chroniken sind für die Weltwanderer von ebensolcher Bedeutung wie die Prismen. Sie werden eifrig studiert und ständig erweitert. Jede Generation bemüht sich, ihr neue Erkenntnisse hinzuzufügen.

DRAKONID

Die gefährlichste Art von Chimären. Den Legenden zufolge waren die Drakonide die ersten Kreaturen, die nach den Göttern auf die Welt kamen. Sie nahmen die Energien auf, die die Furien hinterlassen hatten, weshalb sie alle Chimären, die später entstanden sind, an Größe, Kraft und Widerstandsfähigkeit übertreffen.

DUKATEN

Währung, die in fast allen Ländern Gonelores gilt. Gondanische Händler sorgten für ihre Verbreitung, indem sie sich weigerten, fremdes Geld anzunehmen – weniger aus Patriotismus als aus Misstrauen. Sie nutzten einfach ihre wirtschaftliche Vormachtstellung aus. So begannen die anderen Völker Münzen zu prägen, deren Größe und Legierung mit der gondanischen Dukate identisch war. Sie fürchteten, Gondania würde sonst keinen Handel mehr mit ihnen treiben und sie könnten verarmen.

Einige Länder mit diktatorischen Herrschern oder sehr auf Unabhängigkeit bedachten Regierungen haben ihre eigenen Währungen behalten, doch kann man diese jenseits ihrer Grenzen nicht benutzen und nur schwer umtauschen. Das gilt für das Königreich Duuzar, das Fürstentum Artemong und den Stadtstaat Tarvipolis.

EID

Der Chronik zufolge hat sich der Eid der Weltwanderer seit dem Entstehen der Bruderschaft kaum verändert. Ein Schüler muss ihn zweimal ablegen: Einmal, wenn er seine Ausbildung beginnt, und einmal, wenn er sie beendet. Beide Male bekommt der Schüler ein Bandelier überreicht, das seine Treue zur Bruderschaft versinnbildlicht. Der Eid lautet wie folgt:

»Ich schwöre, der Bruderschaft der Weltwanderer treu zu dienen, meinen Brüdern und Schwestern bei allen Kämpfen beizustehen, meine Lehrer zu ehren und mein Wissen an meine Schüler weiterzugeben.

Ich schwöre, unser Erbe und unsere Traditionen zu wahren, sie gegen Lug und Trug zu verteidigen, standhaft überall auf der Welt für unsere Werte einzustehen und sie an die nächste Generation weiterzugeben.

Ich schwöre, alle Einwohner von Gonelore zu beschützen, unabhängig von ihrer Herkunft, ihrem Glauben oder ihrer Zugehörigkeit zu einem Volk, nicht nach eigenem Ruhm zu streben und für meine Dienste keinen Lohn zu fordern.
Ich schwöre, niemals vor den Kreaturen zurückzuweichen, die aus dem Schleier kommen, sie mit Mut und Tapferkeit zu jagen, bis sie besiegt oder vertrieben sind, und dafür notfalls mein Leben zu lassen.«

FELINAE

Eine Unterart der Chimären. Es gibt mehrere Dutzend Unterordnungen, und alle paar Jahre wird eine neue entdeckt, obwohl die Weltwanderer diese Wesen seit über einem Jahrtausend erforschen.
Größe und Gestalt einer Felina können sehr unterschiedlich sein. Zu den kleineren Arten gehören die Daribbos, die sich hauptsächlich von Fröschen ernähren und hervorragende Schwimmer sind. Die größten sind die Titantiger, die Megaloparden oder die Mahibohi.

FURIEN

Bezeichnung für die Naturgewalten, die einander zu Anbeginn der Zeit bekämpften. Das Gleichgewicht, das sich unter den mächtigsten von ihnen herausbildete, brachte die Welt hervor. Aus den Energien, die die Furien hinterließen, entstanden erst die Götter und dann die Chimären, vor allem die Drakonide.

HIPPODORNE

Eine Unterart der Chimären. Hauptvertreter sind die Einhörner, fleischfressende Pferde mit einem Sporn auf der Stirn, die manchmal in ganzen Herden in Gonelore einfallen und Angst und Schrecken verbreiten. Weitere Vertreter sind das Zweiköpfige Tarpan, das Blutross und der Riesenrappe.

HOHER RAT

Regierende Versammlung einer örtlich begrenzten Gemeinschaft von Weltwanderern, meist einer Schule. Die Zahl der Mitglieder unterscheidet sich je nach Gemeinschaft. Der Magister ist der Vorsitzende des Rats. Er bestimmt die Anzahl der Sitze und kann sie erweitern oder begrenzen, wenn er die Mehrheit des Rats hinter sich hat. Häufig wird ein Amt für einen ganz bestimmten Weltwanderer neu geschaffen, weil seine Fähigkeiten gebraucht werden.

Der Hohe Rat trifft alle wichtigen Entscheidungen und ist auch für die Rechtsprechung innerhalb der Gemeinschaft zuständig.

JORANSAME (KURZFORM JORA)

Weibliche Form von Jorensan, die sich im Laufe der Zeit herausgebildet hat.

JORENSAN (KURZFORM JOR)

Höfliche oder respektvolle Anrede eines Weltwanderers. Im weiteren Sinne auch für alle Mitglieder der Bruderschaft gebraucht: »Früher hatte Gonelore viel mehr Jorensans.« »Die alten Jorensans waren disziplinierter als die heutige Generation.«

Die Bezeichnung geht auf den Namen des ersten Weltwanderers zurück, der eine Schule gründete, um sein Wissen weiterzugeben. Allerdings liegt diese Zeit so weit zurück, dass aus der Chronik nicht klar hervorgeht, ob der Meister von Anfang an diesen Namen trug oder ob er ihn als Ehrentitel annahm. Die meisten Gelehrten gehen von Letzterem aus.

KOKATRI

Eine Unterart der Chimären. Kokatri können fliegen und sind extrem gefährlich. Sie unterscheiden sich in Aussehen und Größe. Sie sind die entfernten Vorfahren unserer Greifvögel und Aasgeier. Sie werden nur sehr selten gesichtet. Am häufigsten begegnet man Reißern, Hakichten, Speiern und Adlerlöwen.

KRUSTENKREBS

Eine der häufigsten Gattungen von Meereschimären. Es gibt mehrere Unterarten: Stachelkrebse, Tiefenkrabben, Kröteriche, Schneidkrebse und Schmiedekrabben.

LUPINI

Eine Unterart der Chimären, die alle Wesen umfasst, die eine wolfartige Gestalt haben. Es gibt sechs Unterordnungen, zu denen die Waufen und die Schlinger gehören, und über fünfzig Unterarten. Einige davon kommen sehr selten vor, so die Grauschwänze, die Würger und die Zweibeiner.

MAGISTER

Vorsitzender des Hohen Rats, der über eine Gemeinschaft von Weltwanderern herrscht, in der Regel eine Schule. Der Magister bleibt auf unbestimmte Zeit im Amt. Wenn er zurücktritt, stirbt oder der Hohe Rat ihn absetzt, wird ein Nachfolger gewählt. Für seine Absetzung ist eine Zweidrittelmehrheit notwendig.

Bei der Wahl eines neuen Magisters muss der Kandidat die Stimmen von mindestens der Hälfte der Mitglieder erhalten. In der Geschichte gibt es mehrere berühmte Beispiele, bei denen keine Mehrheit zustande kam. Häufig spalteten sich die Gemeinschaften daraufhin auf, eine Gruppe zog fort und ließ sich an einem anderen Ort nieder. So hat sich die Bruderschaft über alle Länder Gonelores verbreitet.

PANARYN

Weltwanderer, der einige Jahrzehnte nach der Großen Flucht eine kleine Schule gründete und ihr Magister wurde. Bei einer Expedition in gefährliches Gebiet soll er seine Schüler einem entfesselten Kokatrus überlassen und selbst das Weite gesucht haben. Er selbst stellt sich allerdings als Held dar, der versucht hätte, seine Schüler zu retten. Da er der einzige Überlebende des Kampfes ist, kann niemand bezeugen, was wirklich geschehen ist.

Jemand, der Schande über die Bruderschaft gebracht hat, wird mit dem Panaryn-Mal gezeichnet, einem doppelt durchgestrichenen Hufeisen.

PIARON

Ehemaliger Schüler von Zauberranke. Der Legende nach stürzte er sich ins Meer, als ein Dutzend Drakonide versuchte, die Prismabarriere des Turms zu durchbrechen. In der Chronik findet diese Geschichte keine Erwähnung, weshalb man ihren Wahrheitsgehalt nicht überprüfen kann.

SCHAUMKLINGE

Spitzname von Vargaïs Säbel, der aus dem Stoßzahn eines Walrausses gefertigt wurde. Es handelt sich um eine besonders kostbare Waffe, denn diese Chimären sind äußerst selten. Dafür sind sie umso bösartiger: Sie schießen urplötzlich aus dem Wasser hervor. Sie wurden bisher nur oberhalb des Marganidengrabens gesichtet, in einem als hochgefährlich bekannten Gewässer fernab der großen Seewege.

Die Klinge des Säbels ist weiß und mit grünen und blauen Punkten übersät, den Splittern eines Prismas. Der Handschutz besteht aus gehärtetem Stahl, der Griff wurde aus dem Geweih eines Kaiserhirsches geschnitzt. Das war einer der Gründe, warum Vargaï ausgerechnet diese Waffe ausgewählt hat. Er liebt den Kontrast zwischen der Kühle des Stoßzahns und der Wärme des Geweihs, das fast lebendig wirkt.

Einige Schüler behaupten, mit der Schaumklinge könne man einen Eisblock ebenso mühelos durchschneiden wie einen Laib Brot. Vargaï hat dieses Gerücht nicht in Umlauf gebracht, aber er hat ihm auch nie widersprochen.

SCHWARM

Bestimmte Arten von Drakoniden schließen sich zu Schwärmen zusammen, die, so vermutet man, von einem weiblichen Leittier angeführt werden. Aus der Chronik erfährt man nur sehr wenig über die Zusammensetzung und das Innenleben dieser Schwärme. In den ersten Jahrzehnten nach der Entstehung der Bruderschaft konzentrierten die Weltwanderer sich auf die Bekämpfung der Schwärme, und nach blutigen Opfern konnten sie Gonelore von dieser Plage befreien. Seitdem kommen jedes Mal, wenn ein solcher Schwarm entdeckt wird, die Hohen Räte ganz Gonelores zusammen, um die Drakoniden zu bekämpfen und hinter den Schleier zurückzudrängen. Damit wollen sie verhindern, dass andere ihrem Beispiel folgen. Alle Weltwanderer hoffen, dass diese Vorsichtsmaßnahme auch in Zukunft erfolgreich sein wird.

URLYS

Weite Ebene im Norden Gonelores, auf der hauptsächlich Nadelwälder wachsen und die einen Großteil des Jahres von Schnee bedeckt ist.

URSIDE

Eine Unterart der Chimären. Seit der Entstehung der Bruderschaft versuchen die Weltwanderer, sämtliche Unterarten zu erfassen, was sich als fast unmöglich erwiesen hat. Anfangs zählte man vierunddreißig Arten, doch inzwischen ist man bei über sechzig angelangt. Vermutlich werden in Zukunft noch weitere seltene Arten entdeckt werden. Zu den häufigsten Arten zählen die Kahlfresser, Wütriche, Brummer und Kermoden.

WULX

Eine Chimäre der Gattung Lupini. Sie sieht aus wie eine Mischung aus Wolf und Luchs und hat etwa die Größe eines drei Monate alten Kalbs. Der Wulx jagt in einer fünf- bis sechsköpfigen Meute und tötet manchmal aus reinem Spaß, was ihn sehr gefährlich macht. In manchen Gegenden Gonelores ist der Wulx der größte Feind der Weltwanderer. Dort werden regelmäßig Treibjagden organisiert, um die Bestände zu verringern.

DIE MAGISCHEN WELTEN VON PIERRE GRIMBERT

DAS GEHEIMNIS DER SAGENUMWOBENEN INSEL JI ...

DIE MAGIER

Die Gefährten des Lichts
Einst reisten die weisesten Männer und Frauen aller Nationen auf die Insel Ji. Dort gerieten sie in den Tiefen der Insel in ein Felsenlabyrinth und verschwanden spurlos. Nun treffen sich Jahr für Jahr ihre Nachkommen am Eingang des Labyrinths, um das Geheimnis der Insel zu lösen. Doch dann wird einer nach dem anderen ermordet ...

Krieger der Dämmerung
Nur sechs Nachkommen der einstigen Gesandten haben die geheimnisvolle Mordserie überlebt und einen Blick in die scheinbar paradiesische Welt von Ji erhascht. Doch nun ist auch ihr Leben in Gefahr ...

Götter der Nacht
Um das Rätsel um die Insel Ji zu lösen, müssen die sechs Erben der Gesandten in der Bibliothek von Romin eine uralte Schriftrolle ausfindig machen. Doch der Weg dorthin ist weit und gefährlich, und schon bald werden Gefährten von finsteren Dämonenwesen und kaltblütigen Mördern gejagt ...

Kinder der Ewigkeit
Mit der Priesterin Lana haben die Gefährten eine neue Verbündete im Kampf um die Wahrheit gewonnen, doch gleichzeitig werden sie vor die größte Herausforderung ihres Lebens gestellt: Um das Geheimnis der Insel Ji zu lüften, müssen sie in die Unterwelt hinab steigen, die Welt der Dämonen ...

DIE KRIEGER

Das Erbe der Magier
Einst hatte die Gemeinschaft der Erben ihr Leben aufs Spiel gesetzt, um das Geheimnis der Insel Ji zu lüften. Doch der Fluch der Insel ist aufs Neue erwacht, und nun sind es die Erben der Magier, die um ihr Leben kämpfen müssen.

Der Verrat der Königin
Ein finsterer Dämon ist aus den Tiefen der Zeit zurückgekehrt und zwingt die Gefährten dazu, zur Insel Ji zurückzukehren. Dort, so hoffen sie, können sie mehr über das schreckliche Ungeheuer erfahren. Doch auf der Insel müssen die Krieger feststellen, dass nicht all ihre Verbündeten auch auf ihrer Seite stehen, und beinahe geraten sie in eine tödliche Falle.

Die Stimme der Ahnen
Noch immer versucht die Gemeinschaft der Krieger, verzweifelt, das Geheimnis der Insel Ji zu lösen. Das rätselhafte Tagebuch einer verschollenen Magierin scheint den Gefährten erste Hinweise zu liefern, Gewissheit kann ihnen jedoch nur das mächtige Orakel liefern. Die Reise dahin stellt wird zum bisher größten Abenteuer ihres Lebens, denn noch immer ist ihnen der Dämon auf den Fersen.

Das Geheimnis der Pforte
Die Gefährten sind auf eine uralte Prophezeiung gestoßen, die das Geheimnis der Insel Ji endlich zu lüften verspricht. Doch um die Prophezeiung zu erfüllen, muss sich einer von ihnen dem Kampf mit dem Dämon stellen …

Das Labyrinth der Götter

In einer uralten und verlassenen Tempelanlage kommt es schließlich zum finalen Kampf zwischen dem Bund der Krieger und ihrem finsteren Verfolger aus der Unterwelt. Ein Kampf, bei dem nicht nur das Schicksal der Menschen, sondern auch das der Götter auf dem Spiel steht.

DIE GÖTTER

Ruf der Krieger

Seit Jahrhunderten wissen die Erben von Ji um das Geheimnis, das hinter der Pforte in den Katakomben der Insel Ji verborgen liegt. Als die Nachkommen der einstigen Krieger von Ji zusammengerufen werden, um ihr Erbe anzutreten, werden sie plötzlich von den Anhängern eines grausamen Kultes verfolgt.

Das magische Zeichen

Die Erben der Krieger wurden ausgesandt, um das Geheimnis der Insel Ji zu schützen, doch noch wissen die jungen Hüter nicht, was sie erwartet. Sie ahnen nur soviel: Das Schicksal der Menschen und das der Götter ist untrennbar miteinander verknüpft.

Die Macht der Dunkelheit
Im Kampf um die Insel Ji wird die Gemeinschaft der Hüter auf eine neue, schwierige Probe gestellt: Sie müssen sich auf eine Reise ins Reich der verlorenen Seelen begeben, um Antworten auf all ihre Fragen zu erhalten. Doch dort erwarten sie Gegner, denen selbst der Tod nichts anhaben kann ...

Das Schicksal von Ji
Der Gemeinschaft der Hüter ist es gelungen, bis in die Katakomben der Insel Ji vorzudringen, und nun stehen sie kurz davor, die magische Pforte zu öffnen. Die Pforte, mit der alles begann ... Doch was wird dann passieren? Bricht ein neues goldenes Zeitalter an, oder versinkt die Welt der Menschen und der Götter für immer in den Schatten?

DIE SAGA VON LICHT UND SCHATTEN

Die Hüter von Gonelore
Immer öfter fallen Menschen den Dämonen zum Opfer, und als sich auch die Angriffe auf die Bruderschaft der Weltwanderer häufen, keimt in dem mutigen Vargaï ein schrecklicher Verdacht auf: Es gibt einen Verräter in den eigenen Reihen.

Der Ruf des Drachen
Die Bruderschaft der Weltwanderer ist durch Machtkämpfe und Intrigen geschwächt. Ungehindert bringen die Dämonen nun Tod und Verderben über Gonelore. Die letzte Hoffnung der Menschen ist der junge Weltwanderer Jona, der mit den Ungeheuern sprechen kann. Doch Jona verbirgt ein Geheimnis, das ganz Gonelore für immer zerstören könnte …

BERNHARD HENNEN
DRACHENELFEN

In seinem Epos *Drachenelfen* entführt Bestsellerautor Bernhard Hennen die Leser in das atemberaubende Universum der Elfen und lüftet das lange gehütete Geheimnis der sagenumwobenen Drachenelfen.

Band 1
ISBN 978-3-453-26658-2

Band 2
ISBN 978-3-453-53345-5

Band 3
ISBN 978-3-453-53346-2

Jeweils erhältlich auch als E-Book und Hörbuch
Lese- und Hörproben unter heyne.de

HEYNE ‹

Peter V. Brett

Manchmal gibt es gute Gründe, sich vor der Dunkelheit zu fürchten ...

... denn in der Dunkelheit lauert die Gefahr! Das muss der junge Arlen auf bittere Weise selbst erfahren: Als seine Mutter bei einem Angriff der Dämonen der Nacht ums Leben kommt, flieht er aus seinem Dorf und macht sich auf in die freien Städte. Er sucht nach Verbündeten, die den Mut nicht aufgegeben und das Geheimnis um die alten Runen, die einzig vor den Dämonen zu schützen vermögen, noch nicht vergessen haben.

978-3-453-52476-7

Peter V. Bretts gewaltiges Epos vom Weltrang des »Herrn der Ringe«

Das Lied der Dunkelheit
978-3-453-52476-7

Das Flüstern der Nacht
978-3-453-52611-2

Die Flammen der Dämmerung
978-3-453-52474-3

Erzählungen aus Arlens Welt

Der große Bazar
978-3-453-52708-9

www.heyne.de

HEYNE